NIGEL WILLIAMS

Chefsache

Buch

Die Sekretärin Fiona McMillan arbeitet seit über fünf Jahren in der Buchhaltung einer Londoner Baufirma und hat drei Chefs: Peter Taylor, John Pappanauer und Paul Jackson. Sie nennt sie insgeheim »die drei Apostel«, Petrus, Johannes, Paulus: Peter, John und Paul tragen die gleichen Schuhe, besitzen den gleichen Aktenkoffer und haben eine ähnliche Art, sich zu bewegen.

Doch einer der drei hütet ein furchtbares Geheimnis: Einer von ihnen hat Fiona in ihrem Apartment vergewaltigt und bereits mehrere Frauen ermordet, Geld unterschlagen und zwei Geschäftspartner aus dem Weg geräumt. Fiona hat mit niemandem über ihre Vergewaltigung und ihren Verdacht gesprochen, bis sie auf einer Incentive-Reise mit Paul und John zum zweitenmal überfallen wird. Sie vertraut sich Peter an, der ihr seinerseits von einem Dokument berichtet, das plötzlich auf seiner Festplatte aufgetaucht ist: ein umfangreiches, anonymes Geständnis aller Verbrechen. Am Tag nach dem zweiten Überfall bekommt Fiona Post: Disketten, einen Brief von Paul, Auszüge aus ihrem eigenen Tagebuch, die sie Peter zu lesen gegeben hatte, und Auszüge aus einem Tagebuch, das Peter selbst begonnen hat – einen Tag nach Fionas erster Vergewaltigung. Fiona liest alles – und gewinnt doch keine Klarheit. Denn alle Beteiligten scheinen zwar die Wahrheit zu erzählen, aber jede Wahrheit hat zwei Seiten.

Autor

Nigel Williams, Jahrgang 1948, hat bereits einige Romane geschrieben, darunter die in England und Deutschland sehr erfolgreichen Wimbledon-Krimis. Nigel Williams lebt mit seiner Frau und drei Kindern in Putney.

NIGEL WILLIAMS

Chefsache

Roman

Aus dem Englischen

von Bernhard Schmid

GOLDMANN

Die englische Originalausgabe erschien 1997 unter dem Titel
»Stalking Fiona«
bei Granta Books, London

Umwelthinweis:
Alle bedruckten Materialien dieses Taschenbuches
sind chlorfrei und umweltschonend.
Das Papier enthält Recycling-Anteile.

Der Goldmann Verlag
ist ein Unternehmen der Verlagsgruppe Bertelsmann

Deutsche Erstausgabe 7/98

Umschlaggestaltung: Design Team München
Umschlagfoto: G+J/Photonica
Satz: Uhl + Massopust, Aalen
Druck: Elsnerdruck, Berlin
Verlagsnummer: 43927
Redaktion: Ursula Buchheister
FB · Herstellung: Katharina Storz/Str
Made in Germany
ISBN 3-442-43927-2

3 5 7 9 10 8 6 4 2

»Wahrheit ist, was immer man glaubhaft behauptet
und mit Überzeugung vertritt.«

Talleyrand

Teil 1

1

Gegen elf wachte ich auf.

Ich erinnere mich noch an jede Einzelheit jenes scheinbar endlosen Apriltages – Dienstag, der 13. –, und das haargenau. Schließlich passiert es nicht allzuoft, daß man sich auf die Suche nach einem Mann begibt, der einen mit fast absoluter Gewißheit umzubringen versucht. Aber selbst jetzt noch ist der Augenblick des Aufwachens so lebendig wie nur irgendeiner der Schrecken, die auf mich lauerten, als ich die Augen aufschlug.

Das erste, was ich hörte, war der Regen. Es hatte fast jeden Tag geregnet, seit es passiert war, und es war der Regen, der mich für einen Augenblick glauben ließ, ich sei wieder in meiner Wohnung. Ich stand im Schlafzimmer, nackt. Ich hatte eben das Rascheln des Duschvorhangs wahrgenommen – das erste Geräusch, das mich wissen ließ, ER war da. Ich hatte entsetzliche Angst, bis mir klar wurde, daß es eine Woche her war, seit ER mich das erste Mal überfallen hatte, und daß ich im Haus meiner Mutter aufgewacht war. Ich war sicher.

»Du bist jetzt sicher, Liebes«, hatte sie mir am Abend zuvor gesagt, »du bist zu Hause.«

Sie nennt es ein Zuhause. Für mich wie für sie. Sie hat immer gehofft, ich würde zu ihr ziehen, und in dem Versuch, mich zurückzulocken, eine besonders abscheuliche grüne Tapete gewählt. Sie hat fast dasselbe Grün wie mein alter Klosterschulblazer. Und um das Ganze noch verlockender zu machen, hat sie einen weißen Schaukelstuhl gekauft und ans Fenster gestellt. Auf den hat sie zwei Teddys und einen arg mageren Hasen gesetzt, die ich vor Jahren sehr, sehr liebgehabt habe. Das Ganze wirkt gewiß unheilverkündend.

Mein Vater war nie lange genug zu Hause gewesen, um Interesse für die Einrichtung aufzubringen. Seine Vorstellung von Behaglichkeit war die Bar irgendeines Hotels. Manchmal versuche ich mir einzureden, wenn er mir nicht gestorben wäre, würde ich noch, ganz die pflichtbewußte Tochter, bei ihnen wohnen. ER wäre mir nach Hause gefolgt und am Gartentor auf Papi gestoßen. Papi hätte schon dafür gesorgt, daß mir nichts geschieht. Aber schon im nächsten Augenblick wird mir klar, daß Papi auf Geschäftsreise gewesen wäre. Und damit nicht da.

Ich kam nicht dahinter, was mich aufgeweckt hatte. Es war jedenfalls nicht das Licht, das durch die dünnen Vorhänge kam. Draußen schien alles gespenstisch und grau. Ich konnte mir dir Dächer vorstellen, vom Regen gewaschen, und, zwischen schäbigen Zäunen, das unnatürlich leuchtende Gras.

Könnte es das prasselnde Geräusch des Regens gewesen sein? Als ich noch dalag und angestrengt lauschte, hörte ich, wie eine Böe einen Schwall Tropfen gegen die Scheibe blies. Es hörte sich an, als hätte jemand eine Tüte Eisenspäne gegen das Glas geworfen. Ich hatte etwas gehört. Aber nicht das. Vielleicht war es Mama gewesen. Sie war weggegangen. Ich hörte an der Stille im Haus, daß ich allein war. Hatte sie im Gehen heraufgerufen? »Fiona!«

Das war es auch nicht. Dann fiel es mir ein, oder nein, vielleicht *hörte* ich es in diesem Moment erst wirklich: ein dumpfes Plumpsen von der Haustür her. Das Geräusch eines Päckchens, das durch den Briefschlitz an der Tür auf die Fliesen fiel.

Wer hatte es gebracht? Es war zu spät für die Post. Nur einen Augenblick spielte ich mit dem Gedanken, daß es Paul gewesen sein könnte. Ich hatte ein deutliches Bild von ihm, wie er da draußen im Regen stand – die Locken gegen die Stirn geklatscht, das bleiche Gesicht mit Wassertropfen garniert. Ich konnte nichts dagegen tun, aber lächerlicherweise war ich schlagartig quietschvergnügt. Es war dasselbe Gefühl, an das ich mich erinnere, wenn ich Papis Schritte auf dem Weg draußen hörte und wußte, er kam, mit billigen, aber herrlichen Geschenken bepackt, von einer seiner Reisen nach Haus. Dann fielen mir eine ganze Menge anderer Dinge ein, und ich bekam Angst, schämte mich, wurde wütend. Ich ging in den Flur, blickte hinab auf die Straße und sah einen Boten – in jenem herausfordernden Gang, den Leute mit viel Leder am Leib so an sich haben – zu seinem Motorrad zurückwatscheln. Das Visier seines Helms war schwarz getönt, und obwohl ich ziemlich genau hinsah, als er seine Maschine antrat und die Straße hinunter losdonnerte, konnte ich sein Gesicht schlicht nicht sehen.

Männer wollen alle gleich aussehen. Deshalb haben sie die Uniform erfunden. Das einzige Mal, daß ich eine Uniform bekam – im Konvent zu den Fünf Wunden –, warf ich Rock und Bluse auf den Schlafzimmerboden und sprang eine halbe Stunde darauf herum. Den kleinen Strohhut nahm ich mit hinab ins Vorgärtchen und überfuhr ihn mehrmals mit meinem Rad.

Ich konnte mich – im Augenblick jedenfalls – nicht daran erinnern, wer außer Peter bei uns im Büro noch wußte, wo meine Mutter wohnte. Was mich etwas beunruhigte. Man sollte so etwas immer im Kopf haben. Man sollte gut aufpassen, was man anderen sagt und was man von ihnen erfährt. Hätte ich besser aufgepaßt, wäre einiges von dem hier gar nicht passiert.

Ich nehme an, ich hätte sie alle drei viel besser kennen sollen. Da wir die letzten zwei Jahre über nahezu jede Woche fast dreißig Stunden im selben Büro zugebracht hatten, ging ich davon aus, *daß* ich sie kannte, nehme ich an. Aber Leute in Büros sind wie Schauspieler am Theater – sie zeigen nur, was der Ort von ihnen zu fordern scheint. Der Titel dieses Romans könnte also ebensogut *Die Geschichte der Sekretärin* lauten –

die Geschichte eines Mädchens, das in der Ecke sitzt, den Blick sittsam auf die Tastatur ihres Computers gesenkt.

Nicht alle Sekretärinnen spielen diese Rolle. Einige reden noch nicht mal mit einem, wenn man sie nicht als »Persönliche Assistentin« oder mit irgendeinem anderen Titel bezeichnet, der ihrem niederen Stand Status verleiht. Mir jedoch hat es nie was ausgemacht, als Sekretärin bezeichnet zu werden. Ich bin der Meinung, Wörter sollten aussagen, was sie bedeuten – so ziemlich das einzige, was von meinem literaturwissenschaftlichen Studium hängengeblieben ist.

Und doch – gute alte Fiona –, hätte man mir eine andere Rolle geboten, die der fidelen Schwester, der liebenden Mutter, ja sogar der schönen Tochter (Gott steh mir bei), ich hätte sie wohl genommen, nehme ich an. Das Problem war, daß keiner von uns im Büro den Mut hatte, auszubrechen aus der selbstverordneten Konvention. Aus dem einen oder anderen Grund – Männer zeichnet ja ein derartiger Mangel an Neugier aus – hatte man mich zu der anonymen Kleinen in der Ecke gemacht. Dabei bin ich doch gar nicht so. Aber eben dadurch sind auch sie für mich lediglich Schatten geworden – Anzüge und weiße Hemden, Aktenköfferchen und jene behutsamen, nachdrücklichen, taktvoll formulierten Forderungen, die der Feminismus den Männern beigebracht hat.

Hört sich das bitter an? War aber nicht beabsichtigt. Ich würde mich gern Ihren Forderungen beugen und Sie in dem Glauben wiegen, ich sei glamourös, liebevoll, geistreich oder wie auch immer Sie Ihre Frauen gern haben. Aber ich fürchte, ich bin einer von den Menschen, denen leider – sei es im Leben oder auf der Seite eines Buches – der Charme abgeht. Mein ganzer Charme ist in meinem Kopf und wartet darauf, entdeckt zu werden.

Ich tappte zurück ins Schlafzimmer und spähte hinaus in den Regen. Dann ging ich, die Arme gegen die Kälte um mich geschlungen, die schmale Treppe hinab in die Diele, wo an der

Haustür ein dickes, längliches Päckchen lag. Wer immer es geschickt hatte, er hatte einen alten Umschlag benutzt und diesen sorgfältig mit einem Band umwickelt – wie ein kleines Kind, das man zum ersten Mal in den Schnee hinausschickt.

Ich wußte fast augenblicklich, daß es von Paul war. Ich weiß nicht warum. Mein Name stand in ungelenken Blockbuchstaben vorn drauf, und seine Handschrift ist mir nicht so vertraut. Aber ich wußte – wie man auf den ersten Blick weiß, ob jemand einem helfen oder weh tun will –, daß es von Paul und seine Version der Geschichte war.

Falls dem so war, dann sah es so aus, als schicke er mir keinen Brief, sondern das Manuskript seines ersten Romans. Es sei denn, es war ein Freßpaket. Was immer es war, es begann mich zu ärgern. Seit dem Augenblick, in dem diese Geschichte begann, boten mir Leute ihren Rat und sagten mir ihre Meinung dazu. Ich hatte immer wieder gute Lust, ihnen zu sagen: »Es ist *meine* Geschichte, nicht eure. Sie gehört mir. Das wird euch schon noch klar, wenn ich herauskriege, wer von euch Scheißkerlen mir diese häßlichen, schrecklichen Dinge antut.«

Ich machte das Päckchen auf. Es enthielt einige separate Bündel Papier und einen Brief, der von Paul zu sein schien. Außerdem ein Manuskript, so um die hundert Seiten, in schwarzer Tinte geschrieben – in einer sauberen, kräftigen Handschrift, die mir nicht geläufig war. Und dann waren da noch einige einzelne Seiten, die aussahen, als hätte man sie aus einem Schulheft gerissen. Sie waren voller verschmierter blauer Krakel, eine Schrift, die mir allzu vertraut war. Die Vokale schienen alle die gleiche Form zu haben, und jeder Konsonant sah wie nach einem schlimmen Verkehrsunfall aus. Paul war an mein Tagebuch gekommen. Wie? Ich hatte es erst am Abend zuvor Peter Taylor gegeben. Hatte ich es womöglich mit einer Art Freimaurerring von Perversen zu tun? Reichte man etwa untereinander meine intimen Aufzeichnungen herum und benotete Satzbau, moralischen Gehalt und

Originalität, was die Gliederung anging? Als ich die Seiten durchblätterte, gelangte ich zu der Überzeugung, ich hätte das Ganze wohl besser getippt. Die Leute glauben etwas eher, wenn es getippt ist, finden Sie nicht?

Ich weiß nicht, was ich davon halten sollte, daß Paul es gelesen hatte. Es hatte mir nicht wirklich etwas ausgemacht, sie am Abend zuvor Peter zu geben. Ich hatte alles geglaubt, was er mir gesagt hatte. Aber am Morgen darauf war alles anders. Ich konnte mich des Gedankens nicht erwehren, daß die Stille in der Wohnung, die Dunkelheit draußen und die unheimlichen Schritte auf der Straße mich um mein Urteilsvermögen gebracht hatten. Am Anfang jenes widerlichen, furchterregenden Tages wurde mir klar, daß ich einfach nicht wußte, wem ich noch vertrauen konne. Jeder von ihnen konnte der Mörder/Vergewaltiger gewesen sein. Ging man mal davon aus, daß das das Äußerste war, was er tat. Vielleicht teilten sie sich ja die Verantwortung für all diese Verbrechen zu gleichen Teilen unter sich auf. Vielleicht war es Teamarbeit. Alles, woran ich wirklich denken konnte, war, daß jetzt nun schon zwei meine intimen Gedanken gelesen hatten. Seit dem ersten Überfall hatte ich nicht mehr das Gefühl gehabt, meine Gedanken gehörten tatsächlich mir. Ich hatte keine Privatsphäre mehr. Ich war nicht weniger nackt als in dem Augenblick, als ER…

Jetzt, wo ich das niederschreibe, stellt sich, ungebeten, die Erinnerung an den ersten Überfall ein. Zuerst als wirre Bilderflut: eine gelbe Maske, ein gräßlicher Laut aus einem fremden Rachen und ein Paar behandschuhter Hände, das nach mir greift. Ganz bewußt denke ich alles durch und erinnere mich mit all der Präzision, die ich aufzubringen vermag, an den Geruch meiner eigenen Angst. Erst dann kann ich von dem Besitz ergreifen, was mir passiert ist, und die nächste Zeile schreiben – mit Tinte und Feder, in Langschrift auf jungfräulichem Papier, an einem sicheren Ort.

Alle Blätter waren der Reihe nach geordnet. Der Brief von Paul an mich lag obenauf. Danach kam mein Tagebuch. Soweit ich das beurteilen konnte, hatte jemand – vermutlich Paul – es in Abschnitte aufgeteilt und dazwischen die sauber in schwarzer Tinte geschriebenen Seiten gesteckt. Die stammten, wie ich bemerkte, alle von Peter Taylor. Wozu sollte das gut sein? Ich konnte mich des verrückten Gedankens nicht erwehren, daß diese Typen *Die Geschichte Fionas* zur Veröffentlichung vorbereiteten.

Ich stellte den Umschlag hochkant und schüttelte ihn über den Fliesen aus. Eine blaue Computerdiskette fiel vor mir auf den Boden. Ich nahm sie mit Daumen und Zeigefinger. Sie war, sauber getippt, mit der Aufschrift: A:/LUFT versehen. Ich steckte die Diskette zurück in den Umschlag und zog dann die ersten Seiten von Pauls Brief an mich heraus. Er begann, wie mir auffiel, mit: »Liebste Fiona, …« Es hat nicht viele Männer gegeben, die meinem Vornamen dieses spezielle Adjektiv vorausgeschickt haben. Mir fiel jedoch auf, daß seine Handschrift, vor allem aber die Großbuchstaben, alle einzeln mit dicker Feder geschrieben, an die eines übereifrigen Kindes erinnerten. Ich starrte den Anfang an. Ich setzte mich auf den Boden, gleich dort in der Diele, und begann zu lesen. Draußen trommelte der Regen unablässig an die Fenster und Türen. Weiter die Straße hinunter versuchte jemand, seinen Wagen anzulassen. Er gab hüstelnde Laute von sich wie ein alter Mann, der nach Atem ringt. Ich hatte die erste Seite von Pauls Brief zur Hälfte durch, als es an der Tür klingelte.

Ich lief zurück in die Küche, ging an den Geschirrschrank und warf die Papiere mitsamt dem Umschlag mit der Diskette hinein. Nachdem ich den Schrank wieder geschlossen hatte, stand ich einen Augenblick mit dem Rücken davor, als ob ich ihn gegen einen Einbrecher verteidigen wollte. Ich nehme an, der Ton von Pauls Brief war mir unter die Haut gegangen. Weder weinte ich, noch tat ich sonst etwas dergleichen, aber ich wußte, ich wollte nicht, daß jemand – auch nicht die Hüter von Gesetz und Ordnung – las, was er mir geschrieben hatte.

Jedes »Töpfchen« hat sein Deckelchen, heißt es, nur daß es nicht jeder findet. Und wenn man es findet, dann bringt es möglicherweise eine Menge Ärger mit sich. Ich weiß noch, daß ich das dachte, als es noch mal klingelte und ich, noch immer halb angezogen, zur Haustür lief.

Als ich an den kitschigen Spiegel mit dem Goldrahmen in der Diele kam, blieb ich stehen. Mir wurde klar, daß ich einen von Daves Pyjamas trug. Er hatte immer behauptet, ich trage sie, weil ich darin aufreizend sexy wirke, sittsam und doch verrucht. Aber als ich so mein Spiegelbild anstarrte, wußte ich wieder, warum sie bei meinem Auszug in einem meiner Koffer gelandet waren: Sie waren warm. Dann klingelte es ein zweites Mal.

Ich hatte bis zu diesem Augenblick nicht daran gedacht, daß die Person auf der anderen Seite der Tür gefährlich sein könnte. Wie Sie noch erfahren werden, hätte ich allen Grund gehabt, genau das zu denken, aber meine Hand war schon fast auf der Klinke, als mir noch einfiel zu rufen: »Wer ist da?« Ich hörte meine Stimme durch die Diele hallen. »Wer ist da?« *Wenn ich so weitermache,* dachte ich bei mir, *dann ende ich noch als alte Jungfer.*

»Peter«, sagte er. »Peter Taylor. Aus dem Büro. Und jemand von der Polizei.«

»Geben Sie mir zwei Minuten, ja?« sagte ich. »Ich zieh' mir nur was Anständiges an!«

Genau das gleiche würde meine Mutter sagen. Obwohl ich es nicht gern zugebe, bin ich ihr in vieler Hinsicht schrecklich ähnlich. Ich mag mich ja in einem Gespräch über, sagen wir mal, Lévi-Strauss' strukturale Anthropologie oder postmoderne Literaturtheorien behaupten, aber wenn mich jemand anspricht, dann neige ich noch immer den Kopf wie ein Vogel, der nach Würmern lauscht. Und wenn ich eine Zigarette rauche, was ich nach Möglichkeit aus genau diesem Grund vermeide, dann kann ich nicht anders, als den linken Unterarm über den Bauch zu legen, meinen rechten Ellenbogen in die linke Hand zu bohren und dann mit der brennenden Zigarette herumzufuchteln, als befände ich mich in einem Film aus den vierziger Jahren.

Ich hörte lautes Husten. Dann lief ich hinauf in mein Zimmer, zog Daves Schlafanzug aus und stopfte ihn hinten in meine Klamottenschublade. Dort sah ich auch das weiße Seidennachthemd, das ich am Abend zuvor aus der Wohnung mitgebracht hatte. Ich glaube nicht, daß ich es für wichtig gehalten hatte, als ich es in meine Reisetasche stopfte. Aber als meine Finger den weichen Stoff streiften, sah ich plötzlich mit erschreckender Klarheit, daß es ein Beweisstück war. Ich schob die Schublade rasch wieder zu und sah mich, mir meiner Nacktheit peinlich bewußt, um.

In meiner Tasche wühlte ich nach einem frischen Höschen. Ich besaß das einzige konkrete Beweisstück in dieser ganzen schrecklichen Geschichte. »DNS«, skandierte eine kleine Stimme in meinem Kopf. »DNS. Es ist erst eine Woche her, seit er seine Flecken draufgemacht hat! Laß es bloß nicht aus den Augen!« Und dann sah ich plötzlich einen aufgeblasenen Anwalt, der das schäbige weiße Seidending über den Kopf hielt und mit Stentorstimme in den Gerichtssaal schrie: »Das, Euer Ehren, ist Beweisstück A!« Mir war, als würde er mich mitsamt dem Hemd hochhalten. Ich baumelte von seinen Fingerspitzen vor einer Menge neugieriger Gesichter, der Kopf hing zur Seite, wie der einer kaputten Puppe oder eines gehenkten Verbrechers. Seit Dartsea kam ich mir vor wie Beweisstück A.

Ich wollte gerade in die Jeans steigen, als mich irgend etwas den Schrank neben dem Fenster aufmachen ließ. Dort hing, an dem einzigen Bügel, das schwarze Kleid, das Papa mir – unter meiner Oberaufsicht – gekauft hatte, etwa ein halbes Jahr vor seinem Tod. Ich kann mir nicht denken, warum ich es genommen hatte, außer um den armen Hund von seiner Qual zu erlösen. Wie an so vielen Kleidungsstücken, die man mit einem bestimmten Mann im Hinterkopf kauft, habe ich keine Freude mehr daran. Es ist trist, fast altjüngferlich – die Art von Kleid, das man trägt, wenn man alles, nur nicht auffallen will. Bevor ich wieder hinunterging, schlüpfte ich hinein. Ich vermute, daß ich selbst so früh am Tag schon zu ahnen begann, daß meine Anonymität eine wertvolle, ja notwendige Verkleidung war – die ich mir bewahren sollte, wollte ich eine Chance haben, diese Geschichte lebendig zu überstehen. Eines war sicher, und das ist eine der wichtigsten Lektionen, die ich aus alledem gelernt habe: Die Polizei nutzt einem absolut nichts.

Selbst jetzt ertappe ich mich bei dem Gedanken, was wohl passiert wäre, hätte ich der Polizei etwas von dem ersten Überfall auf mich gesagt. Zuweilen versuche ich mir einzureden, man hätte ihn womöglich doch irgendwie aufgespürt. Oder man hätte ihn, falls man ihn gefunden hätte, richtig bestraft. Dann fällt mir wieder ein, daß man ja heute die Opfer bestraft und in meinem Fall die Strafe mit ziemlicher Sicherheit eindeutig gewesen wäre – der Tod.

Zu dem Zeitpunkt, so glaube ich, beeindruckte mich das Gesetz doch noch ein bißchen mehr. Ich glaube, als ich nach unten ging, überlegte ich wahrscheinlich, wie ich mich diesem Polizisten gegenüber verhalten sollte, der mit Peter Taylor auf der anderen Seite der Haustür stand. Mir ist womöglich sogar der Gedanke gekommen, ich sollte versuchen, ihm zu vertrauen, so wie ich mich gezwungen hatte, meinem Vater und seinen ewigen Ausreden und Entschuldigungen, weshalb er nicht nach Hause kam, zu vertrauen. »Ich hab' da 'n kleines Problem, Kleines! Ich sitz' hier am Ende der Welt fest, Kleines! Grüß mir die Mami!«

Ich hatte natürlich Angst. Das einzige, was einen mutig macht, ist, mutig zu sein. Und ich glaube nicht, daß ich da große Chancen hatte, das kam erst ein Weilchen später, als ich zum ersten Mal Gelegenheit hatte, sein schreckliches, krankes Gehirn vor mir zu sehen – ausgebreitet wie ein zerlegter Motor. Am Morgen dieses Tages hatte ich Angst. Ich öffnete die Tür und blickte auf ihre Füße. Als ich mit dem Blick schließlich über die Knie hinauskam, sah ich sie beide mit väterlicher Anteilnahme nicken.

»Alles in Ordnung«, sagte ich, »Sie können reinkommen.«

Sie nickten noch immer. Ich hörte meine krächzende, lächerlich tiefe Stimme: »Ich werd' Ihnen schon nichts tun!«

Worauf Peter lachte, dann kamen beide in die Küche. Der Polizist sah hinaus auf den winzigen Garten hinter unserem Haus. Er musterte den Schuppen und den müden Rosenstrauch. Dann, als versuche er, sich das alles für eine polizeiliche Vernehmung zu merken, blickte er über die Reihe der Gärten dahinter. Die Rückseiten von Häusern haben etwas Trauriges, finde ich, zumal im englischen Regen.

Ich machte ihnen Tee. Peter saß am Tisch. Er sagte: »Er hat bei mir eingebrochen. Heute morgen.«

»Oh!« sagte ich vorsichtig.

Ich hatte von Pauls Brief erst eine halbe Seite gelesen. Ich war fest entschlossen, nicht an ihn zu denken, als ich zu lesen begann. Ich wußte, hatte ich erst mal ein klares Bild von ihm – in der Pizzeria, die Speisekarte vor sich, oder wie er mich in Dartsea über den Tisch hinweg angrinst –, dann könnte ich nicht anders, als mich gegen sie und auf seine Seite zu stellen. Ich hatte mir alle Mühe gegeben, die Wörter auf der Seite nicht zu hören, als lese er sie mir vor – schließlich war es seine Stimme gewesen, die den Ausschlag gab, mich in ihn zu verlieben. Aber obwohl ich kaum mehr als ein paar Absätze gelesen hatte, war Paul bereits bei mir im Raum. Ich konnte ihn berühren, ich spürte ihn, hörte ihn, roch ihn. Ich war in jenem Hotelzimmer, er hielt mich fest, und Zeit war plötzlich nur mehr ein Wort.

Ich sah Peter Taylor an. Er hat volles rotes Haar und ein etwas pausbäckiges Gesicht. Offensichtlich ein Psychopath. Daß er verheiratet ist und kleine Kinder hat, läßt es um so wahrscheinlicher erscheinen, daß er ein Perversling ist.

»Möglich«, sagte der Polizist und heftete seinen Blick wieder auf mich, »daß er hierherkommt.«

Dann kam eine Menge Zeug wie etwa, daß ich keine Angst zu haben brauche und daß ich Polizeischutz anfordern könnte. Ich sagte, daß ich das nicht in Anspruch nehmen wollte und auch keine Angst hätte. Was nicht stimmte. Und wie ich Angst hatte. Aber ich fürchtete mich vor ihnen genauso wie vor dem verkorksten Dreckskerl, der da hinter mir her war.

Jetzt bin ich fast sicher, daß er vor mir genauso Angst hatte wie ich vor ihm. Deshalb hat er mich auch nicht umgebracht, glaube ich – so wie die anderen jungen Frauen. Ich denke, daß irgend etwas an mir ihn bedenklich nahe an eine echte menschliche Regung brachte, und das machte ihm eine Heidenangst. Nur daß ihm das gefiel. Ich glaube, daß er mich aufsparte, mich – wie ein Vielfraß einen Leckerbissen – bis zum Schluß aufbehielt. Er versuchte das Ganze hinauszuzögern. Er benahm sich – ich komme um den Vergleich nicht herum – wie ein Liebhaber, der den Augenblick des Höhepunkts hinauszögert und alles langsamer zu machen versucht... langsamer... immer langsamer...

Vielleicht ahnte ich auch bereits, daß ich etwas tun konnte, was ihn dazu bringen würde, sich zu erkennen zu geben. Aber ich war auch absolut sicher, wenn ich es tat, was immer es sein mochte – ein Wort vielleicht, ein Satz, womöglich eine Geste oder ein Blick in meine Augen –, dann würde er alles vergessen, die merkwürdigen Regeln über Bord werfen, nach denen er spielte, und mich ein für allemal umzubringen versuchen.

»Wir glauben«, sagte der Polizist, »daß es möglicherweise einen Zusammenhang gibt zwischen dem, was Ihnen passiert ist, und dem, was diesen Mädchen südwestlich von London zugestoßen ist...«

Ich ließ ihn reden. Männer reden gern, aber man braucht ihnen nicht zuzuhören. Während sie sich unterhielten, dachte ich an andere Dinge. Jedenfalls wollte ich nicht daran denken, was diesen armen Mädchen passiert war.

Ich dachte sogar an Liebe, wenn Sie es unbedingt wissen wollen. Ich überlegte, was es wohl war, das einen zu dem Schluß kommen ließ, man kenne jemanden ganz und gar. Ich dachte daran, daß manche Leute das Glück haben, den Rest ihres Lebens mit einem anderen vor sich zu sehen. Und daß andere glauben, sie sähen es, ohne es wirklich zu sehen – und schließlich allein enden, zornig und traurig, in Räumen, die nie jemand besucht.

Nachdem mein Papa gestorben war, fand ich im Schubfach seines Schreibtisches einen Brief an Mama. Er mußte wohl vierzig oder fünfzig Jahre alt sein. Er lautete folgendermaßen:

»Ich habe über Dich und Dein selbstbewußtes Auftreten nachgedacht, und ich mag Dich so. Ich habe mir vorgestellt, wie es wohl sein wird, wenn wir erst einmal verheiratet sind – ach ja, und was für Kinder wir haben wollen und wie viele. Eine ganze Menge, denke ich – vier? Fünf? Aber das erste wird ein Mädchen, und das nennen wir Fiona.«

Ich weinte, als ich das las. Teils, weil es mir das Gefühl gab, seine *Idee* zu sein. Eine seiner wenigen erfolgreichen Ideen. Ich war das erste Kind, nur daß nach mir keine mehr kamen. Und teils, weil seine Art zu schreiben – so ganz anders als seine Art zu sprechen – ein solcher Schock für mich war, daß ich ihn vor mir sah. Der Augenblick, als ich Papas rotes Gesicht sah, seine hellblauen Augen, die nervös hinter der Brille umherhuschten – das war der Augenblick, in dem ich zu weinen begann.

Während der Polizist von brutalen Morden sprach, dachte ich an Paul. Ich rief mir ein deutliches Bild vor Augen: ich und er in einem kleinen, sauberen Häuschen irgendwo, zwei Kinder, ein Garten, ein Stückchen blauer Himmel wie das Stückchen blauer Himmel auf dem Foto auf Peter Taylors Schreibtisch. Eine unmögliche Phantasie. Und eine, die – wie mir jetzt mit trauriger Ironie klar wird – in derselben Woche begonnen hatte, in der ich vergewaltigt und nahezu zu Tode gewürgt worden war.

Es war eine Art von Phantasie, mit der sich Kinder Mut zusprechen. Ich war mir fast sicher, daß es für mich und Paul zu spät wäre, selbst wenn ich entdecken sollte, daß alles so war, wie ich es haben wollte – das heißt, daß mich Peter Taylor belog. Aber während Peter und der Polizist sich endlos darüber ausließen, daß er damit nicht durchkommen und sie schon dafür sorgen würden, daß er seine Strafe bekam, zog es mich immer und immer wieder zu Paul und seinem geheimnisvollen Lächeln zurück.

Nein, ich kannte ihn nicht. Das stimmte schon. Ich verhielt mich ganz unglaublich naiv. Ich hatte absolut kein Recht, meinen Gefühlen in bezug auf ihn zu trauen. Warum, in Gottes Namen, war ich überhaupt zu dem Schluß gekommen, ich könnte meinen Gefühlen trauen? Wie Sie noch sehen werden, waren sie mir ja nicht gerade gute Leitsterne in meinem Leben, nicht ein einziges Mal. Aber sie waren alles, was ich noch hatte. Beweisen traute ich in diesem Stadium nun ganz sicher nicht mehr.

»Also«, sagte Peter, »wenn er Sie anruft...« Er fuhr sich mit beiden Händen durchs rote Haar und sah mit einemmal wie ein besorgter kleiner Junge aus.

»Ja«, sagte ich, »wenn er mich anruft, melde ich mich...«

Der Polizist legte mir eine väterliche Hand auf die Schulter. Ich quittierte es ihm mit einem nicht gerade töchterlichen Blick. Die Augen zusammengekniffen, starrte ich auf seine

Hand. Sie hatte die Farbe von frischem Schinken. Die Finger sahen wie rohe Würste aus. Ich hasse Polizisten. Tut mir leid. Aber es stimmt. Ich hasse sie seit Dartsea. Sollten sie ihre väterlichen Hände jemand anderem auf die Schulter legen. »Wir denken«, sagte der Polizist, als er mich mit einem Blick fixierte, der mir sagen sollte, er sei nicht so dumm, wie er aussah, »daß Paul Jackson womöglich extrem gefährlich ist!«

Ich nickte. »Ja«, sagte ich. Mir gefiel das »womöglich«. Ich denke mal, wenn die sich eingestehen würden, daß er der Typ *war*, der dieses Jahr sechs Frauen vergewaltigt und ermordet hatte, dann müßte ihnen ihr ohnehin schlappes Angebot, mir einen Bobby vor die Tür zu stellen, ziemlich unzulänglich aussehen. Aber vielleicht hatte die Londoner Polizei ja auch nicht die Mittel, mich in einem sicheren Haus in Malaga unterzubringen oder mich einfrieren zu lassen, bis alles vorüber war.

Ich glaubte zu diesem Zeitpunkt nicht, daß die Polizei irgend etwas in der Hand haben konnte, was mich mit diesen Mädchen in Verbindung brachte, die man auf dem Treidelpfad überfallen hatte. Sehen Sie, in jener Phase dachte ich, wer immer hinter mir her war, er konnte unmöglich so krank sein wie der Herr, der diese jungen Frauen unten am Fluß überfallen hatte. Eine von ihnen, eine Krankenschwester, gerade mal zwanzig Jahre alt, hatte man so brutal zugerichtet, daß die Zeitungen sich weigerten, Näheres zu berichten. Das Problem war nur, daß die Leute dadurch auf ihre Phantasie angewiesen waren. Und natürlich sind den entsetzlichen Dingen, die Menschen so erfinden können, keine Grenzen gesetzt. Eine der Sekretärinnen in der Firma hatte geschworen, ER hätte der Schwester ein Messer in die Leisten gerammt und sie aufgeschlitzt wie einen Fisch.

Als er weiterredete, sah ich mir meinen Gendarm näher an. Das andere, was ich an Polizisten nicht mag, ist die Art und Weise, wie sie zwischen dich und deinen Zorn zu kommen versuchen. *Zu unserem Bedauern hören wir, daß Sie Opfer einer Straftat geworden sind,* begann ein Formbrief unserer Gesetzeshüter an meine Mutter damals, als man bei ihr eingebrochen hatte, und in Dartsea war mir aufgefallen, daß alle Polizisten, die mich *darauf* anzusprechen versuchten, dieselbe professionelle Anteilnahme zur Schau trugen, was in etwa genauso hilfreich war wie jener Brief. Selbst wenn sie sich Mühe gaben, so auszusehen, als spürten sie, wie ich mich ihrer Ansicht nach fühlen mußte, überzeugend waren sie nicht. Ein-, zweimal hatte ich ihnen gesagt, ich würde ihn finden, und hätte ich ihn erst mal gefunden, dann würde ich ihm mit einem Hammer den Schädel einschlagen. Ein Verfahren, für das sie durchaus Verständnis hatten. Der eine oder andere gab sogar seinen eigenen sadistischen Beitrag zum besten. Aber man sah, daß es ihnen nicht ernst damit war. Sie dachten, ich sei absichtlich vulgär, um mich besser zu fühlen. Sie erkannten nicht, daß ich es absolut und völlig ernst meinte.

Peter Taylor stand auf. Er schien plötzlich müde. Er fuhr sich mit einer seiner feisten Hände über die Stirn und sah zu mir herüber.

»Ich habe Ihr Tagebuch gelesen, Fiona«, sagte er, »dieser Mann hat Sie also schon mal überfallen? Stimmt das?«

Meine Miene blieb ungerührt. »Nein«, sagte ich.

»Fiona«, fuhr Peter fort, »Sie schreiben, Sie wurden in Ihrer Wohnung überfallen. Sie wurden überfallen. In Ihrer Wohnung. Etwa nicht?« Ich dachte an das Nachthemd oben im Schlafzimmer. Sicher im Schubfach. »Nein«, sagte ich.

Peter fuhr sich mit der Hand über die Stirn und seufzte leise in sich hinein. Der Polizist sah ihn an, als wolle er ihn noch etwas fragen, aber Peter schüttelte, fast unmerklich, den Kopf.

Nach einer Weile gingen sie. Wohin, das sagten sie nicht. Ich fragte nicht nach. Alles, woran ich denken konnte, waren die im Küchenschrank versteckten Unterlagen. Ich mußte weiterlesen, so wie ich als kleines Mädchen eine Schauergeschichte zu Ende lesen mußte, und sei es allein in meinem finsteren Haus.

Plötzlich schien mir Pauls Brief so unheimlich wie die verschmierte Schrift in den Taschenbuchausgaben meiner liebsten Schauerromane. »Liebste Fiona« – er will sich wieder in dein Vertrauen schleichen. Er will dir näherkommen, ganz nah. Er weiß, daß du ihm nicht widerstehen kannst, obwohl du ihm widerstehen willst. Und hat er erst einmal dein Vertrauen wieder, wenn er dich schreien, stöhnen und in seinen Armen aus dem Leim gehen läßt, wenn du eine Nacht mit ihm verbracht hast, dann greift er nach dem Gipfel der Zweisamkeit und schlitzt dir mit diesem fiesen Fleischermesser den Bauch auf.

Ich stand an der Tür, als sie in den Streifenwagen stiegen. In diesem Augenblick hätte ich ihnen beinahe von dem Päckchen erzählt. Von den Papieren und der blauen Diskette mit der Aufschrift A:/LUFT. Aber ich tat es nicht. Ich nehme an, ich hätte etwas sagen sollen. Und daß alles ganz anders gekommen wäre, hätte ich etwas gesagt. Aber schon damals wurde mir langsam klar, daß ich mich selbst um diese Geschichte kümmern müßte. Ich nehme an, ich begann zu verstehen, daß Vergewaltigung eine private Sache zwischen Angreifer und Opfer ist. Jetzt jedenfalls sehe ich das so. Und selbst damals, so denke ich, wußte ich bereits, daß ich nichts zwischen mich und IHN kommen lassen wollte – mit Ausnahme des Splitthammers mit dem schwarzen Stil oben in dem Zimmer, das mal mein Schlafzimmer hätte werden sollen. Der andere Grund, weshalb ich nichts sagte, war natürlich dieses »Liebste« in Pauls großer, unvertrauter, kindischer Schrift. Ich wollte niemandem etwas davon sagen, bevor ich nicht jedes Wort gelesen hatte, das Paul mir geschickt hatte. Hätte ich den Mund aufgemacht, dann nicht, um über das zu sprechen, was sie wahrscheinlich bereits »den Fall« nannten. Ich hätte den Mund aufgemacht, um sie anzuschreien: »Natürlich ist er gefährlich! Weil Liebe gefährlich ist! Ist Liebe vielleicht nicht das Gefährlichste auf der Welt? Und überhaupt, das würde ich doch gern mal wissen: War einer von euch beiden jemals verliebt?«

Als der Wagen wegfuhr, dachte ich an das Nachthemd oben. Es war meine einzige Hoffnung. Eines freilich hatte ich noch immer nicht verstanden: Warum hatte ER es sich noch nicht geholt? Ich mochte ja eine Woche gebraucht haben, um dahinterzukommen, wie wichtig es war, aber ER mußte das doch wohl die ganze Zeit schon gewußt haben. Dessen war ich mir sicher. Es war ein Beweis. Mir kam in diesem Augenblick der Gedanke, daß ER womöglich darauf wartete, daß ich es der Polizei gab, schließlich müßte ich dann allen drei Männern klarmachen, daß ich wußte, ER mußte einer von ihnen sein. Und kaum hätte ich es getan, würde ER mich umbringen. Während die Polizei sich noch mit Anwälten, Gegenüberstellungen und DNS-Tests beschäftigte, wäre ER schon hinter mir her – ER und sein fieses Messer.

Noch immer beherrschte der Regen Himmel und Straße. Auf der anderen Seite radelte der alte Mr. Lacey, der drei Häuser weiter wohnte, nach Hause; das Wasser tropfte ihm von seinem Südwester aufs gelbe Cape. Mama war noch immer nirgendwo zu sehen.

Ich ging zurück in die Küche. Ich nahm das Päckchen aus dem Schrank und legte die Unterlagen auf den Tisch. Dann nahm ich, allein in dem stillen Haus, die erste Seite von Pauls Brief an mich. Ich wollte ihn wie einen Liebesbrief lesen, tat es aber natürlich nicht. Ich las ihn wie ein Detektiv auf der Suche nach Hinweisen und Fallen. Ich las ihn wie ein Kritiker, versuchte hinter jedem Satz die versteckte Bedeutung herauszufinden und die Wortwahl zu analysieren. Lesen Sie ihn auch so. Weil es in dieser Geschichte nämlich darum geht, wie sich etwas dem Auge darbietet, wie ein Tonfall, ein stilistischer Trick einen irreführen kann, vor allem aber, wie Wörter auf einer Seite genauso ungeniert und grausam lügen können wie ein treuloser Liebhaber, in dessen Armen man womöglich in einen friedlichen Schlaf gefallen ist.

2

Dienstag, 13. April, 8.45 Uhr

Liebste Fiona,
ich schreibe das hier in Peter Taylors Haus. Jedes einzelne Wort davon ist wahr. Ich weiß nicht, wie ich es Dir zukommen lassen soll, aber aus den Dingen, die Du mir mal in Dartsea erzählt hast, habe ich den Eindruck gewonnen, daß Du in »Krisenzeiten« durchaus ins mütterliche Nest zurückkehrst. Ist Dir schon mal aufgefallen, daß Menschen, die Kummer haben, sich verletzt fühlen, immer nach Hause wollen?

Das Dokument, das Du auf der Diskette findest, ist nicht von mir. Es stehen Dinge darin, die es so aussehen lassen, als hätte ich es geschrieben, aber ich schwöre Dir, es ist nicht mein »Werk«. Falls es, wie ich argwöhne, zu dem Zwecke geschrieben wurde, mich zu belasten, dann kann ich mir sehr gut vorstellen, wer der Übeltäter sein könnte. Ich möchte, daß Du es liest, weil man es dir mit Sicherheit vorlegen wird. Ich bin ein schüchterner, ungeschickter, unbeholfener Mensch, und ich weiß, würde ich Dich anzurufen oder Dich zu sehen versuchen, es würde wahrscheinlich alles nur noch schlimmer dadurch. Aber schriftlich kann ich dir meine Gefühle wenigstens zu erklären versuchen.

◇

An dieser Stelle legte ich den Brief weg. Ich bemerkte, daß meine Hände zitterten. Natürlich – eines der Probleme an diesem Fall war doch, daß ich die Beweise nie aus erster Hand, nie aus der Sicht eines Mannes studieren konnte. Und wenn mich das hier überhaupt weiterbringen würde, dann mußte ich zu vergessen versuchen, daß ich Paul liebte. Finde etwas darin, was du nicht magst, sagte eine Stimme in meinem Kopf, halte den Mann getrennt von dem, was er sagt. Betrachte den Stil mit den Augen eines Kritikers, so als wäre das hier ein Text.

Eines war jedenfalls sicher: Paul hörte sich auf Papier weniger nach einem Liebhaber als nach einem Beamten an, der sich die Zeit in einer unglaublich langweiligen Konferenz zu vertreiben versucht. Er schrieb nicht, wie er sprach, dachte ich bei mir. Was kaum überraschte, schließlich macht er den Mund so gut wie nie auf. Was sollten die Anführungszeichen? Es schien ihm ein Bedürfnis, sie wie Schlingen um den Hals völlig unschuldiger Wörter zu legen – wie eine viktorianische Matrone, die die Beine ihres Klaviers abdeckte, damit nur keiner auf unkeusche Gedanken kam.

Nicht, daß mir das viel über ihn gesagt hätte, natürlich nicht, außer der Tatsache, daß er nicht schreiben kann. Und es wappnete mich noch immer nicht gegen die Erinnerung an sein Lächeln oder die schüchterne Art, wie er an jenem Kliff auf mich zugekommen war, von dem aus man den Strand von Dartsea überblicken kann. Aber meine Hände zitterten nicht mehr. Ich machte mich wieder an den Brief.

Du mußt mir glauben. Wenn Du mir nicht glaubst, dann bin ich eigentlich schon erledigt. Deine Meinung ist die einzige, die für mich zählt. Und Du bist der einzige Mensch, den ich mir denken kann, der aus den Unterlagen, die ich Dir anbei schicke, schlau werden könnte.

Wie ich hierhergekommen bin? Nun, wenn Du es genau wissen willst, ich mach' mich hier des klassischen »Einbruchs« schuldig. Ich bin durchs Küchenfenster eingebrochen. Ich sage »eingebrochen«. Es war offen. Ich habe mich über die Spüle gehievt, bin übers Geschirr geturnt und habe mich durch die Plastikdreiräder, Puzzles und all den anderen Kram, der dieses Haus ziert, zu Peters Arbeitszimmer hochgearbeitet. Dort sitze ich jetzt und kritzele das hier auf sein Notizpapier, sehe hinaus auf den unaufhörlichen Regen und den friedlichen Park, der hinter seinem Garten beginnt und sich endlos an den Horizont zu erstrecken scheint.

Ich finde die Worte nicht, um zu sagen, was ich Dir sagen will, Fiona. Kannst Du Dir vorstellen, was das für ein Gefühl ist, zu wissen, daß Du mich verdächtigst, der Mann zu sein, der diese schrecklichen Dinge getan hat? Ich kann mir noch nicht mal vorstellen, daß es auf dieser Welt Menschen geben soll, die sich derart widerliches Zeug ausdenken, geschweige denn, so etwas tun können. Ich sage Dir die Wahrheit, wenn ich Dir sage, ich habe vor dem Besuch der »Staatsgewalt« heute morgen noch nicht mal von der Hälfte der Dinge, die da passiert sind, gewußt. Aber es sieht ja nun mal so aus, als wäre einer von uns dreien dafür verantwortlich. Noch vor einigen Wochen dachte ich, ich würde die Leute, mit denen ich arbeite, so gut wie irgend jemanden sonst kennen. Jetzt bin ich mir da nicht so sicher. Ich glaube, die meisten Menschen in dieser Stadt – in der Familien nichts mehr zu bedeuten scheinen, in der die Gier nach Geld und Status Freundschaften unterminiert – leben in einer Art Dämmerwelt. Sie gehen, sagen wir mal, ins Büro, wo sie die Leute zu kennen glauben, mit denen sie arbeiten. Aber sie kennen sie nicht. All die Unterhaltungen, die wir gehabt haben, im Laufe der Jahre, jetzt scheinen sie mir mehr zu verbergen, als zu enthüllen. Ich muß mich der Tatsache stellen, daß entweder John Pappanauer oder Peter Taylor – beides Menschen, denen ich zu vertrauen, die ich zu respektieren meinte – ein Mörder, ein Vergewaltiger und ein…

◇

Ich ließ den Brief sinken. Er hatte jetzt etwas, was ich als Pauls Stimme erkannte. Es war weniger die verklemmte Umgangssprache oder der gelegentliche Versuch, brillant zu sein (besonders fiel mir die Passage auf, in der es hieß, wir lebten alle in einer Dämmerwelt), nein, es war eher eine Atmosphäre, die ich mit ihm verband. Paul hat etwas von der Düsterkeit einer Kirche, und die war ihm in seine Sätze gerutscht. Ich sah ihn jetzt, in seinem adretten dunklen Anzug, an der Wand des Büros stehen, die Hände gehoben wie Hamsterpfoten, den Kopf in einem merkwürdigen Winkel – wie der einer Marionette – geneigt. Ich sah seine merkwürdige Förmlichkeit, die kleinen Eigenheiten in seiner Kleidung, das elegante rote Taschentuch oder die unglaublich adretten grauen Socken. Ich sah Paul so, wie ich ihn gesehen hatte, als ich mich in ihn zu verlieben begann. Und sosehr ich auch versuchte, dem, was er da sagte, mit Skepsis zu begegnen, ich stellte fest, daß ich ihn genauso wollte, wie ich wußte, daß er mich wollte.

»Dürfte ich dich zum Diktat bitten, Fiona?« Die drei Männer in meinem Büro teilten sich mich – ein Ausdruck, den sie auch tatsächlich, ohne rot zu werden, benutzten. Pauls Bitten jedoch waren immer von einer bemühten Höflichkeit, die aufrichtig schien. Ich nehme an, ich hätte ihn wohl als »einen Herrn« bezeichnet – auch so ein Wort meiner Mutter, das ich mir nicht abgewöhnen kann.

Warum war er nicht vorbeigekommen? Hatte er Angst, etwas in seinem Gesicht könnte ihn verraten? Der Gedanke gab mir wieder Kraft, und ich nahm seinen Brief wieder auf.

Wer immer es ist, Liebste, ich schwöre Dir, ich bin es nicht. Ich bin unschuldig. Du mußt mir das glauben. Wenn du mir nicht glaubst, dann habe ich keine Chance. Aber ich bin unschuldig. Ich schwöre es Dir bei Gott.

Peters Frau ist bei der Arbeit. Peters Kinder sind in der Schule. Ich kenne seine häusliche Routine gut genug, um zu wissen, daß ich herausfinden muß, ob es Peter Taylor war, der die Beweise in meiner Wohnung versteckt hat, oder ob es Pappanauer war. Würde »unserem John« doch ähnlich sehen, meinst du nicht? Jemand anderen dazu zu bekommen, die Drecksarbeit für ihn zu tun. Natürlich habe ich nichts gefunden, abgesehen von einem Dokument, das mich nur noch mehr zu belasten scheint. Es ist das mit der Aufschrift A:/LUFT auf der blauen Diskette. Ich will, daß Du es Dir ansiehst, weil ich Dir die Möglichkeit geben will, Dir selbst »ein Bild« von der Angelegenheit zu machen. Aus diesem Grund schicke ich Dir auch Taylors Tagebuch, zusammen mit Deinem eigenen.

Was ich nicht verstehen kann, ist, warum er sich gegen mich stellt und wie er darauf gekommen sein sollte, daß ich der »Schuldige« sei. Zuerst war ich sicher, daß er irgend etwas in seinem eigenen Verhalten zu vertuschen versucht, aber nachdem ich sein Tagebuch gelesen habe, weiß ich nicht mehr so recht. Und wie Du sehen wirst, geht es darin in der Hauptsache um ein Thema, von dem ich weiß, daß es Dich nicht im geringsten interessiert – Geld.

Warum, Fiona, hast Du eigentlich die Stellung bei uns angenommen?

◇

Schierer Mangel an Ehrgeiz, die alte Geschichte. Eine totale Unfähigkeit vorwärtszukommen. Ein eingebauter Drang zur

Selbstzerstörung. Die tiefe Überzeugung, die mir von der Natur zugedachte Rolle sei die niedrigste Form von Büroleben. Ich bin da einfach so hineingeschlittert, nehme ich an. Nach meinem Abgang von der Universität ging ich – aus Gründen, die ich immer noch nicht ganz durchschaue – nach Thailand. Ich reiste mit Cheryl, einem Mädchen mit langem schwarzem Haar und leichenblassem Teint; sie rauchte ununterbrochen. »Ich habe keine Beziehungen«, sagte sie auf dem Flug, »ich schlafe nur mit den Leuten!« Sie bedachte mich dabei mit einem vielsagenden Blick. Von Thailand weiß ich nicht mehr allzuviel, aber an Cheryl erinnere ich mich noch sehr gut. Sie war die Sorte Mensch, von der man meint, man mag sie, bis man sie näher kennt.

Nach Cheryl und Thailand hatte ich einige Vorstellungsgespräche, und dann – ich glaube, ein Freund von Dave hat mir das vermittelt –, dann kam die Firma. Ich weiß nicht, warum ich bei Euch angefangen habe, Paul. Mädchen wie ich tappen überall nur hinein. Vielleicht bin ich zu Euch gegangen, weil ich dachte, ich lerne einen netten Mann kennen, den ich heiraten kann.

✉

Ich weiß, warum *ich* dort arbeite. Ich war schon immer besessen vom Geld. Es interessiert mich dabei nicht im geringsten, was man damit anfangen kann. Nein, ich ziehe ein perverses Vergnügen daraus zu sehen, wie es sich vermehrt – selbst wenn es nicht das meine ist. Aber Du warst mir immer schon ein Rätsel. Du bist einer jener Menschen, die ständig mit der Verteidigung ihrer Privatsphäre beschäftigt sind. Ich glaube nicht, daß es mir da allein so ging. Ich glaube, wir hatten alle ein bißchen Angst vor dir – selbst Pappanauer.

Ich hatte gehofft, in Taylors Aufzeichnungen würde sich etwas finden, das mir sagte, ob er oder Pappanauer es war.

Aber es ist nichts da. Er scheint auf Papier derselbe steife Witzbold mit dem grimmigen Zug um den Mund zu sein wie im »richtigen Leben«. Er erzählt die Geschichte genauso, wie er im Büro seine Berichte schreibt – klar, schlicht und mit einer Art »derbem« Humor, der völlig über meinen Horizont geht. Und während ich mir das hier zu schreiben abringe, weiß ich, daß das, was ich zu sagen habe, sich hohl anhört, schlecht ausgedrückt und manchmal zu offenkundig ist. Ich liebe Dich, mein Schatz, verstehst Du, aber mir will keine kluge Art und Weise einfallen, Dir das zu sagen. Dasselbe gilt für den Versuch, Dich davon zu überzeugen, daß das, was auf der Diskette steht, nicht von mir stammt. Das Schreckliche ist, daß der Mann, der das gewesen ist – ich weiß, daß sich das merkwürdig anhört –, es zuwege gebracht hat, sich viel klüger, gewitzter und manchmal sogar amüsanter anzuhören, als ich es je sein könnte. Ist das nicht ein entsetzlicher Gedanke? Daß ein kranker verkorkster Mörder unter Umständen »ein glänzender Gesellschafter« sein könnte.

Fiona, warum hast Du Peter Dein Tagebuch gegeben? Wo Du doch darin so bewegend über uns beide schreibst? Hat er Dich davon überzeugt, ich hätte Dir diese scheußlichen Dinge angetan? Hast Du es getan, um unser Vertrauen, unsere Zuneigung füreinander auszulöschen? Wenn du es nämlich deshalb getan hast, dann fürchte ich, es war kein großer Erfolg. Weil ich Dich nämlich immer noch liebe. Ich liebe Dich so sehr, daß es mir nichts ausmacht, daß Du liest, was auf der Diskette steht, obwohl so vieles darauf eindeutig auf mich zu weisen scheint. Ich will, daß Du Dir Dein eigenes Urteil bildest, in aller Ruhe und Klarheit. Ich will Dich nicht überwachen. Lies die Fakten und urteile selbst.

Ich habe das nicht geschrieben, Fiona. Das war jemand anders. Und sie haben gewisse Dinge hineingeschrieben, damit es sich so anhört, als wäre es von mir. Weil sie natürlich gewisse Dinge über mich wissen, die sonst keiner weiß. Sie wissen Dinge über mich, die ich nicht wagen würde, Dir zu sagen, aber sie haben es in das Gespinst dieses schrecklichen »Dokuments« eingearbeitet, in dieses Gewebe aus Halbwahrheiten, um mich noch mehr zu verletzen und zu demütigen.

◇

Wieder legte ich Pauls Brief aus der Hand. Ich nahm die Diskette heraus und hielt sie zwischen Daumen und Zeigefinger. Anschließend nahm ich den Brief und starrte ihn an. Objektiv sollte ich sein. Meinetwegen. Dann würde ich es halt sein.

Schon der Versuch führte fast auf der Stelle dazu, daß ich wütend wurde. Was sollte das heißen, ich »verteidige meine Privatsphäre«? Ich hatte zwei Jahre darauf gewartet, daß mich einer von ihnen wie ein Mensch behandelt. Paul, ich ging beinahe daran zugrunde, daß Ihr meine Privatsphäre verletzt habt. Hat denn das keiner von Euch gesehen? Glaubst Du, ich hatte Freude daran zu sehen, wie Ihr drei zur Tür hinaus in die Restaurants gesaust seid, wo ich Euch Plätze gebucht hatte?

Ich warf wieder einen Blick auf den Brief. Hätte ich Paul über einen Fernkurs kennengelernt, dachte ich bei mir, wäre die Chance sehr gering gewesen, ihn persönlich kennenzulernen, geschweige denn, mit ihm ins Bett zu gehen. Er hörte sich überaus einschmeichelnd an. Warum sollte ihn die Tatsache, daß etwas gedruckt erscheint, so erschrecken, daß er mir gleich alle zwei Minuten seine ewige Liebe schwört?

Irgend jemand hatte etwas gegen ihn in der Hand. Soviel war klar. Jemand, der etwas über ihn wußte, was ich nicht wissen durfte. Ich wußte nur, was immer es war, ich wollte es nicht wissen. Ich war sicher, er würde es mir sagen, weil sein Brief schon von der ersten Seite an den fast öden Beigeschmack einer Beichte hatte. Aber mich interessierte in diesem speziellen Augenblick nur eins: War er nun der Typ, der die jungen Frauen unten am Fluß aufgeschlitzt hatte, oder war er es nicht? Ich wollte völlig frei von Gefühlen sein, wenn ich mir ansah, was er zu sagen hatte.

Ich wollte wissen, ob es Paul gewesen war, der mich vergewaltigt hatte. Ich wollte wissen, ob es Paul war, der mich umzubringen plante, wenn der richtige Zeitpunkt gekommen war. Das war alles. Ich strich den Brief auf dem Tisch vor mir glatt, aber als ich wieder zu lesen begann, war es um meine hart erarbeitete Objektivität auch schon wieder geschehen. Wie kannst du auch nur daran denken, ein Urteil über ihn zu fällen? Du liebst ihn doch, oder nicht? Du glaubst doch alles, was er sagt, oder etwa nicht, du dummes kleines Ding? Je plumper er schreibt, desto mehr verfällst du ihm, so wie du seiner linkischen Schüchternheit verfallen bist...

Peter kam heute morgen um acht bei mir vorbei. Er hatte John Forrester dabei. Kennst Du Forrester? Er ist ein »hohes Tier« in der Firma, und auch wenn er nicht Peters Chef ist, so glaube ich, daß er Peters Chef vorsteht. In der Branche nennt man ihn »Hoover«, weil er, wie es heißt, sein Leben damit zubringt, Dreck aufzusaugen.

Er ist ein großer Kerl. Mit weißem Haarschopf, Bauch und einem einschüchternden Lächeln, aber was mir an ihm immer wieder auffällt, das ist seine Nase. Sie ist nicht bloß da, damit die Brille nicht rutscht. Die Venen darauf sind wie Krakel und schartig vor lauter »Kampfgeist«, in den Nasenlöchern hat er einen Teppich dicker schwarzer Haare, und so wie sie im Gesicht sitzt, scheint sie zu sagen: »Paß auf, Sportsfreund! Ich rieche dich!«

Eine von Forresters Aufgaben besteht darin, Leute zu feuern. Ich habe ihn mal gesehen, wie er in ein Büro kam und vier leitenden Angestellten sagte, sie sollten das Gebäude verlassen und nie wieder betreten. »Und es wird nichts mitgenommen«, sagte er lächelnd, als wäre alles ein Scherz, »verlassen Sie einfach Ihren Schreibtisch und gehen Sie zur Tür!«

In der Vergangenheit habe ich einige seiner Vorstellungen geradezu genossen. Ich hatte eigentlich immer gedacht, daß er mich mag. Nicht so heute morgen. Er trat einfach an mir vorbei in meinen schmalen Flur. »Wir müssen Ihr Haus durchsuchen, Mr. Jackson«, sagte er, »um etwas klarzustellen. Ich bin sicher, Sie haben nichts dagegen.«

Ich sagte, ich hätte nicht das geringste dagegen. Schließlich habe ich in meiner Wohnung »nichts zu verbergen«.

◇

Wenn man die Tiefkühltruhe nicht zählt. In der liegt eine Leiche ohne Kopf.

Ich legte Pauls Brief beiseite. Er verwirrte mich mehr und mehr. Ich erkannte den Mann, den ich zu kennen glaubte, auf diesen Seiten einfach nicht wieder. Um mir zu beweisen, daß der Schreibstil mancher Leute weniger über sie verrät als die Haarfarbe oder ihr Geschmack in Sachen Kleidung, nahm ich die Blätter, die Peter Taylor geschrieben hatte. Zu meiner Überraschung sah ich – hörte ich, wie Paul gesagt hatte – fast schon vom ersten Absatz an den klaren, gesetzten Ton unseres Chefs. »Folgendes dient der Dokumentation meiner Ansicht, daß in der Firma jemand bestechlich ist…« Ich legte Peters Tagebuch wieder beiseite und senkte den Blick auf die knittrigen Blätter vor mir.

✉

Peter Taylor bedachte mich mit einem seiner »merkwürdigen Blicke«. Die kennst Du ja wohl, Fiona, nicht wahr?

Um ehrlich zu sein, nein. Ich hatte nicht die geringste Ahnung, wovon er sprach.

✉

»Darf ich fragen, worum es geht?« sagte ich. Er und Peter wechselten einen Blick.

»Um eine Firmenangelegenheit«, sagte Forrester.

»Und –«, begann Peter.

»So manch anderes!« sagte Forrester.

Ich nehme an, sie nahmen mein Schweigen als Zustimmung. »Viel gibt es nicht zu durchsuchen«, sagte ich, als die beiden in die Küche gingen und Schränke zu öffnen begannen. »Ich habe ja kaum etwas!«

Als sie Schubladen und Regale durchgingen, Teller hochhoben, Tassen und Töpfe herausholten, dachte ich zuerst, sie suchten etwas Kleines. Aber später wurde mir klar, daß sie es auf einen Gegenstand abgesehen hatten, der groß genug war, um leicht zu sehen zu sein. Ich nahm an, sie suchten nach Papieren. Als sie nach vorn ins Wohnzimmer gingen und dort unter die Sessel schauten, dachte ich, wie jämmerlich meine Habseligkeiten doch aussehen. Wie provisorisch alles in meinem Leben zu sein scheint. Zwar gehört mir der Couchtisch mit der Glasplatte, die drei Bücherregale und der impressionistische Druck an der Schlafzimmerwand, aber sie sehen immer so aus, als hätte sie jemand anderes gekauft.

Nachdem sie mit dem Wohnzimmer durch waren, gingen sie nach hinten ins Schlafzimmer.

»Wenn Sie mir sagen würden, was Sie suchen…«, sagte ich, »könnte ich Ihnen vielleicht behilflich sein!« Forresters Blick streifte mich nur. Dann widmete er seine Aufmerksamkeit meinem Kleiderschrank. »Die BHs und Schlüpfer hab' ich verschwinden lassen!« sagte ich. Er lachte nicht.

Er blätterte meine vier Anzüge durch, tastete sich durch

meine Socken und legte meine beiden Trikots auseinander. Ganz besonders interessierte ihn ein rotes Kopftuch ganz hinten im Schrank. Er zog es heraus und hielt es Peter hin. Peter schüttelte nur den Kopf.

»Hier ist nichts«, sagte ich. Sie ignorierten mich. Peter war drüben am Bett. Er lag auf dem Rücken und fuhr mit dem rechten Arm wie mit einer Sichel durch den Wust von Papieren, Büchern und Unterhosen, der sich in dem schmalen Bereich zwischen Teppich und Matratze so anhäuft.

Das Ganze hätte es mir irgendwie leichter gemacht, wenn sie dabei brutaler vorgegangen wären. Wenigstens hätte ich sie dann anschreien können. Aber sie verrichteten ihre Arbeit so verhalten, falteten die Sachen wieder zusammen, die sie inspiziert hatten, machten das Bett wieder wie zwei herrschaftliche Dienstboten, daß mir schlicht nichts zu sagen blieb.

»Buchprüfer«, sagte Peter, als er wieder aufstand, mit einem schmalen Lächeln, »sollten ordentlich sein!« Dann verfinsterte sich seine Miene. Ich konnte sehen, daß er dachte, daß er mir genau dasselbe zu sagen pflegte, als ich bei der Firma angefangen hatte. Als ich sein Lieblingssohn war.

Weißt Du, Fiona, große Firmen spielen immer »Familienspiele«. Es gibt schwarze Schafe, böse Onkels und obskure Cousins, wie sie in russischen Romanen auftauchen. Hinter offiziellen Bezeichnungen wie Inner- und Außerbetriebliche Revisionsabteilung verbergen sich Leidenschaften, wie man sie sonst nur bei »Blutsverwandten« vermuten würde. Ich glaube, daß wir im Büro lange herumliefen und dachten, wir würden einander nicht kennen, während wir uns in Wirklichkeit immer näherkamen bis hin zum gefährlichen Punkt der Intimität. Was letzte Woche passiert ist, war schrecklich. Aber zuweilen war es auch aufregend. Zwei Jahre Höflichkeit wichen schlagartig primitiven Gefühlen, denen man auf heftigste Weise Ausdruck verlieh. Und die Engländer sind gut, wenn es darum geht, derlei zu unterdrücken, nicht wahr?

Ich habe Dir nie richtig vom Waisenhaus erzählt, oder? Ich sage Dir eins: Die »Saatzeit der Seele«, wie es so schön heißt…

◇

Als ich an das Zitat kam, legte ich mir Pauls Brief auf das Knie. Ich begann zu verstehen, was es mit seinem Stil auf sich hatte. Wenn er Dinge beschrieb, die ihm passiert waren – daß da ein Typ in sein Zimmer kommt und seine Sachen auf den Kopf stellt –, dann schien er nicht das Bedürfnis zu haben, auf altjüngferliche Tante zu machen. Aber kaum sprach er mich an oder brachte irgendein Gefühl ins Spiel, schon fuhr er die Anführungszeichen auf, die zweifelhaften Zitate und was Ernest Hemingway als Zehn-Dollar-Wörter bezeichnet hatte.

Was er über die Firma gesagt hatte, stimmte freilich. Es erinnerte mich schmerzhaft daran, wieviel Zeit ich dort verschwendet habe. Das war ja auch, obwohl ich mir das damals nicht eingestehen wollte, mit der Grund, weshalb ich mit Dave Schluß gemacht habe.

»Wir könnten heiraten«, sagte er immer, der nette, altmodische Kerl, der er war, »du könntest aufhören zu arbeiten. Du hast doch gar keine Freude an der Arbeit, Fiona, oder? Auch wenn sie dich ständig bis in die Puppen dabehalten.«

Sehen Sie, da ich über Peter, Paul und John für gewöhnlich in gereiztem Ton sprach, dachte er, ich »möge« sie nicht. Als könnten unsere Gefühle Arbeitskollegen gegenüber jemals so einfach sein. Er konnte nicht verstehen, daß sie ein Teil von mir waren – sie waren mir ins Blut übergegangen wie eine schleichende Krankheit. Ich wartete die ganze Zeit über, wartete und wartete…

Ich nehme an, ich dachte wohl daran, irgendwann wieder zu gehen. Deshalb brachte ich auch so viel Zeit damit zu, aus meinem Fenster hinaus auf den Firmenvorhof hinabzusehen, oder erfand raffinierte Ausreden, um erst gar nicht bei der Arbeit zu erscheinen. Irgendwie entwickelte ich mich zu der aufsässigen Kleinen in der Ecke, der man die kleinste Kleinigkeit zweimal auftragen mußte. Aber das war nur die eine Seite des Theaters, das wir vier spielten. Es gab eine stillschweigende Übereinkunft, daß man für Fiona, das gescheite Mädel, das sie nun mal war, eines Tages etwas anderes finden würde. Und wenn sie schwierig war, wenn sie Peter Taylor – *le patron* – manchmal in die Augen blickte und bis zu dem Augenblick, in dem sie seinem Wunsch schließlich nachkam, zu sagen schien: »Buch dir dein Taxi doch selber, du Arsch!«, tja, dann lag das daran, daß wir alle wußten, daß Peter Taylor ihr – zu seinem immensen Bedauern – nichts bieten konnte, was ihren Talenten entsprach.

Ich muß das immer wieder durchgehen, wissen Sie, weil ich etwas verstehen will, was mir damals nicht aufgehen wollte – nämlich die Wirkung, die ich auf diese drei Männer hatte. Inwiefern ich ihnen – um die gräßliche Wendung zu gebrauchen – »Hoffnungen gemacht« habe. Inwiefern ich IHM Hoffnungen gemacht habe, um genau zu sein. Ihn aufgefordert habe, die Dinge zu tun, die er mir angetan hat. O ja, sie haben mich machen lassen. Sie haben mir das Privileg gegeben, das man so vielen Frauen in so vielen Büros gibt: die Erlaubnis, sich nicht einen Deut um das zu scheren, womit der Rest dort beschäftigt ist. Die Erlaubnis, nicht sonderlich schlau und dazu ungeschickt, unüberlegt, barsch und manchmal auch hysterisch oder unmanierlich zu sein, weil man, wie bei so vielen Frauen, davon ausging, daß ich wartete, wartete und noch mal wartete – auf Babys, auf Liebe, auf all diesen belanglosen Kram.

Die echte Fiona war, egal wie klug und gebildet sie war, nur ein Mädchen, das darauf wartete, geheiratet zu werden. Was erklären könnte, warum es so lange gedauert hat, bis einer von ihnen mir Avancen zu machen begann. Ich begann wieder zu lesen.

Als sie zum Bad kamen, sah ich, daß sie langsam, aber sicher ärgerlich wurden. Sie machten sich etwas nachlässiger ans Werk. Peter kippte einen Weidenkorb um, der mit Seife, Rasierschaum, Schwämmen und Handtüchern vollgestopft war, und als er nicht fand, was er suchte, ließ er einfach alles auf dem Boden liegen. Forrester nahm sogar eine Tube Zahnpasta zur Hand und musterte sie spekulativ.

»Der Mikrofilm«, sagte ich, »steckt im grünen Streifen.« Er bedachte mich mit einem flüchtigen, neutralen Blick und machte sich wieder an die Suche. Ich ging hinüber zu Peter, der bereits auf dem Weg in die Diele war.

»Peter«, sagte ich, »ich arbeite jetzt zehn Jahre für dich. Ich denke doch, ich habe ein Recht darauf zu erfahren, was das hier soll.«

Er setzte seine Schulmeistermiene auf. Hast Du gewußt, daß sein Vater Schulmeister war? »Wir nehmen uns Harold Porters Wohnung vor«, sagte er, »irgendwas hast du sicher dort liegenlassen. Wir werden dir das schon noch nachweisen, verlaß dich drauf.«

Mit Harold Porter hast Du höchstens einmal telefoniert, Fiona. Er ist so eine Art Bauträger, und wir machen eine Menge Geschäfte mit ihm. Er ist ein großer Mann mit einer ziemlich großen Klappe. Ich hatte keine Ahnung, weshalb Peter Taylor ihn überhaupt erwähnte. Obwohl ich wie eine ganze Reihe anderer Leute aus der Firma auf einigen seiner Partys gewesen bin, glaube ich, daß ich seit fast einem Jahr nicht mehr bei ihm zu Hause war. Ich teilte Peter das auch mit, aber er fuhr mich gleich an: »Tu nicht so, als *wüßtest* du das nicht, Paul. Harold wurde ermordet, okay? Samstag abend. Und auf eine nicht eben schöne Art. Okay?«

Ich schwöre, ich hatte keine Ahnung, wovon er sprach. Forrester beobachtete mein Gesicht, als erwarte er, dort irgendein

Geheimnis zu finden. Aber alles, was er gesehen haben konnte, war blankes Erstaunen über das, was ich da zu hören bekam. Nachdem sie das zweite Mal die Diele auf den Kopf gestellt hatten, dachte ich schon, sie würden aufgeben. Sie waren tatsächlich schon auf dem Weg zur Tür – obwohl, vielleicht wollten sie ja auch nur die Täfelung abmontieren, anstatt rauszugehen –, als Peter sagte: »Der Aktenkoffer, natürlich. Der Aktenkoffer.«

Mein Aktenkoffer steht auf einem Regal in der Diele. Und mein erster Gedanke, als Peter das sagte, war: »Ich habe aus Versehen Pappanauers genommen. Das ist alles ein schreckliches Versehen.« Wir haben ja alle drei, wie Du weißt, die gleichen Aktenkoffer aus mattem schwarzem Kunststoff mit dem gleichen silbernen Strich auf der Innenseite der Klappe. Ich wollte etwas dazu sagen, aber noch bevor ich dazu kam, hatte Forrester den Koffer schon in der Hand, riß das rechte Knie darunter hoch und rang mit dem Verschluß. »Ich mach' schon auf!« sagte ich. Sie dachten offensichtlich, sie hätten etwas entdeckt. Sie standen zu beiden Seiten von mir, als wären sie überzeugt, ich würde das Ding über den Kopf heben und es durchs Fenster zu schleudern versuchen. Ich für meinen Teil mußte zugeben, daß mir die Hände zitterten, während ich mich mit dem Schloß abmühte.

Erst als ich den Deckel aufhatte, wußte ich, daß es tatsächlich der meine war. Von außen unterscheidet das Ding ja schlicht nichts von Peters oder Pappanauers. Erst als ich die Lineale, die Aktendeckel, das Mobiltelefon und den Rechner sah, alles mit der Akribie gestapelt, die mich überkommt, wenn es um etwas geht, was nur irgendwie mit der Arbeit zu tun hat, erst da wußte ich mit schrecklicher Gewißheit, daß es tatsächlich mein Aktenkoffer war.

Und in diesem Augenblick habe ich sie gesehen. Und sie sahen sie auch. Ich hörte Forrester leise und verhalten fluchen. Er flucht sonst nie. Links von den beiden Büchern, die ich immer dabeihabe, lag ein Paar gelber Gummihandschuhe. Ich erinnerte mich noch, wie ich dachte, daß die Farbe etwas Schockierendes hat. Die Handschuhe lagen ordentlich nebeneinander, genauso wie die Lineale und das Schreibzeug, das daneben lag. Ich mußte sie nicht eigens herausnehmen, um zu wissen, was es mit ihnen auf sich hatte. Um genau zu sein, keiner von uns rührte sie an.

Ich vermute, wir wußten wohl alle, daß es sich um Beweismaterial handelte. Forrester klappte den Deckel zu. Ich rührte mich nicht.

»Das nehmen wir mit«, sagte er.

»Hören Sie –«, antwortete ich.

Peter schüttelte den Kopf. »Warum?« sagte er.

Ich konnte ihm die Frage nicht beantworten. Forrester schob sein Gesicht ganz nah an das meine. »Wir müssen uns entscheiden, was zu tun ist«, sagte er, »und wir werden die Polizei benachrichtigen. Bleiben Sie zu Hause.«

Einen Augenblick lang dachte ich, sie wollten mich gleich selbst festnehmen. Aber andererseits war das hier, wenigstens zum Teil, eine Firmenangelegenheit, und die erste Regel der Firma ist, niemals etwas zu tun, was nicht absolut nötig ist. Dann sagte Peter: »Wir haben das Dokument.«

Ich sah ihn nur ausdruckslos an. »Welches Dokument?«

Forrester schüttelte den Kopf. *Lügner sind schon schlimm genug,* schien seine Miene zu sagen, *aber Amateurlügner, das geht nun doch zu weit.*

»LUFT«, sagte er. »LUFT. Haben Sie es nicht so genannt?« Einen Augenblick lang dachte ich, er würde mir mit der Faust ins Gesicht schlagen. Dann schüttelte er sachte den Kopf und trat einen Schritt zurück.

»Sie widern mich an!« sagte er. »Das Dokument, das Sie geschrieben haben. Über Fiona. Und über all die anderen Dinge, die Sie so getrieben haben.«

Bald darauf ließen sie mich allein. Sie sagten mir noch einmal, ich solle das Haus nicht verlassen, niemanden anrufen, sondern geduldig ihren nächsten Schritt abwarten. Ich sagte ihnen, absolut wahrheitsgemäß, daß ich gar nicht wüßte, wohin ich gehen sollte. Daß ich keine Freunde habe, keine Verwandten, niemanden. Was ich natürlich nicht sagte, ist, daß ich Dich habe. Ich habe Dich doch noch, oder? Werde ich Dich auch noch haben, wenn Du ihr Dokument gelesen hast? Wirst Du glauben, daß ich fähig bin, so etwas auch nur zu *denken*, geschweige denn, es zu tun?

◇

Wieder nahm ich die Diskette zur Hand. Im nächsten Absatz seines Briefs bestritt Paul, soweit ich das sehen konnte, ein weiteres Mal die Wahrscheinlichkeit, das Dokument darauf könnte von ihm sein. Es sei pornographisch, sagte er. Es sei abscheulich, sagte er. Daß ihm schlecht würde, wenn er es nur ansah. Dann, am Fuß der Seite, machte er sich wieder daran, mir zu sagen, wie sehr er mich liebt.

Ich wußte nicht so recht, ob ich das noch mal hören wollte. Es interessiert mich eigentlich nicht sonderlich, ob Männer mich lieben oder nicht. Ich glaube, der Augenblick, in dem für mich alles in die Brüche ging, war, als ich Mama mit Papa telefonieren hörte: »Du sagst mir nie, daß du mich liebst!« sagte sie in der schrillen Stimme einer Frau, die Theater macht. »Nie sprichst du meine zarten Gefühle an!« Meine Mama redet tatsächlich so. »Du bist nie da!« Und dann fuhr sie, mit erstaunlichem Scharfblick, fort: »Jetzt bist du nicht da! Du bist in Newcastle. Du bist betrunken!« Kannst du ihm das vorwerfen, *mater*? Ich wäre in Gothenburg und sturzbesoffen, wäre ich mit dir verheiratet!

Eine unserer wichtigsten Methoden, Dinge zu definieren, besteht darin, über sie zu schreiben. Was diese Tätigkeit, wie ich annehme, so wichtig macht. Pauls Brief – einer der wenigen, die ich in meinem Leben erhalten habe – hatte mich in die Nähe von etwas gerückt, dem ich seit Jahren aus dem Weg zu gehen versuchte. Und dem ich mich vielleicht immer noch nicht aufrichtig stelle, selbst jetzt, wo ich ein weiteres weißes Blatt heraushole und diesen Satz niederschreibe. Wie sehen mich andere? Was halten Sie von mir? Bin ich tatsächlich das Mädchen, das Sie gern hätten, oder enttäusche ich Sie?

Hätten Sie es lieber, wenn ich mich mehr nach Liebe sehnte? Wie die Heldin eines romantischen Romans? Ich erinnere mich noch an meine Tutorin an der Universität – eine alte Schreckschraube namens Muriel – und wie sie mich mit Adlerblick fixiert hat, bevor sie mich fragte, und das in einem Ton, als hätte sie die Information und Aufklärung tatsächlich nötig gehabt: »Warum, Fiona, meinst du, mögen wir Jane Eyre?« »Ehrlich gesagt, Miss Stapleton«, antwortete ich, »ich mag sie gar nicht. Ich finde, sie ist eine Nervensäge.« Liebe, Liebe, Liebe. Soll das vielleicht die Richtschnur fürs Leben sein? Ist das eine Methode, bessere Menschen zu schaffen?

Menschen sind zu allem fähig. Sie machen sich überhaupt keine Vorstellung davon, was denen plötzlich so einfallen kann. Und ich fürchte, sie zu lieben macht es nicht leichter, ihr Verhalten vorherzusagen. Soweit ich sehen konnte, war Pauls Brief voll von persönlichem Zeug, das normalerweise erst nach zehn Jahren Ehe ans Tageslicht kommt. Ich war mir noch nicht mal sicher, ob ich das alles wissen wollte. Falls er sich durch irgendein Wunder nicht als der Schurke dieses Stückes erweisen sollte, dann wollte ich die Möglichkeit nicht ausschließen, er könnte der Held darin sein.

Aber ob das Dokument auf der Diskette nun von dem Mann stammte, der mich vergewaltigt hat oder nicht, das mußte ich selbst lesen. Ich ließ die Unterlagen auf dem Tisch liegen und ging nach oben in den kleinen Raum neben meinem Zimmer, in dem Papas Computer jetzt vor dem Fenster steht und verstaubt. Mama hat ein Laken darüber gelegt. Ich glaube nicht, daß ihn jemand seit Papas Tod angerührt hat, und als ich das Laken abnahm und ihn einschaltete, hatte ich das unheimliche, unangenehme Gefühl, die Privatsphäre eines Toten zu verletzen.

»Hör zu, Kleines, mir ist hier war dazwischengekommen. Ich habe da am Bahnhof in Birmingham ein paar Jungs getroffen, und ...«

»Und was, Papa?«

»Na ja, um genau zu sein, ich habe die Nacht in einer Zelle verbracht ...«

Er vermittelte mir immer den Eindruck, als sehe er das Gefängnis als zweite Karrieremöglichkeit. Vor langer, langer Zeit hatte er mal achtzehn Monate wegen eines kleinen Betruges gesessen, und er sprach davon immer mit einer gewissen, wehmütigen Nostalgie. Er hatte seine Freude daran, die Leute darauf aufmerksam zu machen – vor allem, wenn sie durch und durch respektabel waren. Wenn sie obendrein noch Freunde meiner Mutter waren, um so besser.

»Ich habe im Kittchen eine Menge gelernt, Kleines – flunker niemanden an, wenn's nicht unbedingt notwendig ist! Zum Beispiel!«

Ohne mir auch nur die Mühe zu machen nachzusehen, was Papa auf seiner Festplatte hatte (Prospekte für unglaublich zwielichtige Firmen, nehme ich an), holte ich mir den Inhalt der Diskette im Laufwerk A: auf den Schirm. Dort befand sich nur ein Dokument darauf. A:/LUFT. Während weiterhin der Regen gegen das Fenster prasselte, öffnete ich es und begann zu lesen.

3

>A:/LUFT

Würde ich ein Buch über das hier schreiben (und womöglich mache ich das sogar), ich glaube, ich würde es wahrscheinlich Jagd auf Fiona nennen. Ein schrecklich vulgärer Titel, nicht wahr? Es sei denn, man hat lange genug keine Zeitung mehr in der Hand gehabt, um sich einzubilden, es hätte etwas mit Rotwild zu tun.

Ich habe mich an Frauen herangepirscht, lange bevor die Presse darin einen Trend sah. Meine Gefühle für Fiona haben mit Trends nicht das geringste zu tun. Ich könnte Dir unmöglich sagen, wie ernst ich die kleine Brünette in unserem Büro nehme. Wie ich von ihr träume. Wie sehr ich mich danach sehne, sie für mich allein zu haben. Wie es… nun, wie es mich danach verlangt, ihr zuzusehen, wie sie sich für mich auszieht. Wie sagt man so schön? Pudelnackt. Das wird sie nämlich sein müssen für mich, ob es ihr nun paßt oder nicht. Darum und um nichts anderes ging es die letzten fünf Jahre über. All die anderen Frauen waren nur Ersatz für sie, und alle waren sie unbefriedigend. Man lernt eine Frau schließlich nicht kennen, indem man sich aus den Bäumen am Treidelpfad heraus auf sie stürzt, sie ins lange Gras zerrt und ihr die Beine auseinanderzuzwingen versucht, ohne sich auch nur vorgestellt zu haben.

Und wie die sich wehren, mein Gott! Ich weiß, in sämtlichen Zeitungen steht, ich sei ein psychisch minderwertiger Feigling, aber ich würde doch zu gern mal sehen, wie sich so ein Journalist bei einer Vergewaltigung anstellt! Das ist dieser Tage nämlich ein extrem riskantes Unternehmen, und das für alle Beteiligten. Bei all den Kursen, in denen die Frauen so waren, und den feministischen Traktaten, die sie gelesen haben! Sie treten und schlagen nach einem, sie ziehen einen an den Haaren, greifen in ihre Handtaschen nach der chemischen Keule! Einige von ihnen beherrschen sogar die eine oder andere Kampfsportart! Die eine gegenüber von Brentford versuchte es gar mit Kickboxen, obwohl, nachdem ich sie mit dem Backstein getroffen hatte, schien sie nicht mehr so scharf darauf, mir die Fächerhand oder was auch immer sie gerade machte, zu demonstrieren, als ich ihr die Schläfe einschlug.

Sie war die erste, die ich umgebracht habe. Nicht, daß ich auch nur eine hätte umbringen wollen, natürlich nicht. Ich hätte sie nicht umgebracht, hätte sie mich nur einfach machen lassen. Und ich will auch Fiona nicht umbringen. Aber sie muß die Spielregeln lernen. Sie muß aufhören, in der Art und Weise ans Fenster zu gehen, wie sie das so macht, den Hintern rausgestreckt, provozierend, voller Verachtung. Sie muß aufhören, den Finger in den Mund zu stecken, wenn ihr einer von uns was diktiert, oder sich das braune Haar über die Augen zu schütteln oder…

Ich habe alles mögliche versucht, ihr Bild zu verbannen. Sie ist schuld daran, daß ich anfing – das mag sich jetzt pervers anhören – zu Prostituierten zu gehen. Nachdem ich sie einen ganzen Tag lang mit den Augen verschlungen hatte, brauchte ich einfach einen echten Körper, auch wenn ich dafür bezahlte. Auf dem Nachhauseweg vom Büro ging ich an der Portokasse vorbei, nahm hundert Pfund heraus und betrat die nächstbeste Telefonzelle.

Das Angebot an sexuellen Dienstleistungen war atemberaubend und aufregend in seiner Vielfalt. London hat sich während der letzten Jahre in dieser Hinsicht wirklich unglaublich gemacht. In der linken oberen Ecke klebte eine Postkarte mit der primitiven Strichzeichnung eines Frauenhinterns, daneben – in Blockschrift – der ausdrückliche Befehl ZÜCHTIGE MICH. Diese Nummer notierte ich mir als erste. Es sah so aus, als hätte die Frau die Karte selbst entworfen, und, bedenkt man die offensichtlich beschränkten finanziellen und geistigen Möglichkeiten, hatte sie etwas geleistet, was womöglich auf wirkliche Begeisterung für ihr Metier schließen ließ. Mir war an jenem Nachmittag sowieso danach, jemanden zu züchtigen. Ich glaube mich zu erinnern, daß Finona sich mit jener berechnenden Art, die dieser Typ Frau so an sich hat, über ihren Schreibtisch gebeugt hatte, so daß ich – ohne es zu wollen – gesehen hatte, wie sich unter ihrer Hose ihr Slip abzeichnete.

Die nächste Karte – IM BANNE DER FESSELNDEN CHARLOTTE – ignorierte ich, in der Hauptsache deshalb, weil ich den Namen Charlotte nicht mag. Außerdem ließ Charlottes Bild aus irgendeinem Grund vermuten, daß sie eher Friseuse als Prostituierte war. Außer IM BANNE DER FESSELNDEN CHARLOTTE gab es noch zwei oder drei noch langweiligere. MASSAGE VON JUNGEM HÜBSCHEM MODELL. Großer Gott! Das ist doch wohl ein Markt mit Konkurrenz, oder nicht? Einige dieser Mädchen erbieten sich ganz offen, einem ins Gesicht zu urinieren oder einem, an den Bettpfosten gebunden, den Hintern blutig zu hauen, und alles, was ihr einfiel war MASSAGE VON JUNGEM HÜBSCHEM MODELL. Warum rückte sie nicht gleich damit raus und ließ sich eine Karte drucken, auf der es LANGWEILIGER HANDBETRIEB VON PHANTASIELOSER FRAU UNBESTIMMTEN ALTERS hieß?

Ich überging einen, der sich Derek nannte und bereit war, einem eine GANZKÖRPERMASSAGE, wie er es nannte, zu geben, worin ich das schüchterne Synonym für eine sexuelle Handlung sah, die ich noch nicht einmal ahnen konnte. CINDY, DAS DIENSTMÄDCHEN! PRÜFEN SIE MEINE REFERENZEN! bedachte ich noch nicht einmal mit einem zweiten Blick, vor allem, weil ich nicht dahinterkam, wem das Luder denn nun etwas bot, dem Voyeur, dem Kleiderfetischisten, dem Sadotyp oder gleich allen dreien. Mein Blick verfing sich an einer schlichten Postkarte gleich neben dem Hörer. Ich las – FIONA, DEINE DOMINA – und daneben eine Telefonnummer, in der ich einen Bezirk erkannte, der gerade mal eine Taxifahrt weg war. Es war durchaus möglich, daß es sich dabei um die Fiona aus unserem Büro handelte. Bei dem Gehalt, das wir ihnen bezahlen, überrascht es mich, daß nicht auch die letzte unserer Sekretärinnen in jeder verfügbaren freien Minute ihren Hintern vor der King's Cross Station zu Markte trägt.

Ob es nun meine Fiona war oder nicht, für den Nachmittag kam sie mir gerade recht. Ich wollte nicht zuviel für die Anfahrt ausgeben. Ich wußte nicht, wieviel man für das, was auch immer wir anstellen würden, bezahlte, aber es war mit Sicherheit kostspielig. Und sollte ich das künftig zur Gewohnheit werden lassen, mehr als um die hundertfünfzig die Woche wären einfach nicht drin.

Im Taxi auf dem Weg zu ihr dachte ich über mein erstes Angebot nach. Als Buchprüfer neige ich dazu, mir so etwas zu überlegen. Ich versuchte mir vorzustellen, was das Ganze wohl wert wäre. Sie hatte wahrscheinlich Staffelpreise, die nichts damit zu tun hatten, inwiefern ihre Kundschaft ihre Dienstleistungen genoß oder nicht. Wie sollte sie auch wissen, daß das Vergnügen, das ich daraus ziehen würde, sie mit Fiona anzusprechen, alles, was sie sonst noch zu bieten hätte, bei weitem überwiegen würde. »Oh, Fiona!« hörte ich mich sagen, ganz schüchtern und weiblich, während die Namensvetterin unserer Sekretärin sich einen riesigen Dildo umschnallte, mir den Kopf auf den Boden zwang und die Knie um meine Schenkel preßte, als wäre sie der Jockey und ich das Pferd.

Was sie wohl unter »dominieren« verstand? War es das, was ich wollte? Und falls ja, was war es wert? Wäre es nicht billiger, es so zu machen wie letztes Jahr und der richtigen Fiona einen versauten Schlüpfer in die Hauspost zu geben? Ich erinnere mich noch gut an ihr Gesicht, als sie den Umschlag öffnete. Und ich habe noch immer mein Vergnügen daran, sie mir vorzustellen, wie sie den Umschlag seelenruhig wieder verschloß und völlig beiläufig an den Schreibtischrand legte. Oh, sie ist schon eine starke Frau. Und das mag ich.

Fiona wohnte in einer Souterrainwohnung in Notting Hill Gate, die, wie sich herausstellte, zum Glück gleich gegenüber einer Telefonzelle lag. Zu meiner Überraschung schien sie keine ihrer Karten in der Zelle zu haben. Vielleicht hatte man sie auch gestohlen. Oder war es, ich ertappte mich bei der Frage, Achtlosigkeit? Geschäftsstrategie vielleicht? Oder hatte es gar mit der hiesigen Polizei zu tun? Als ich ihre Nummer wählte, sah ich, daß sich in der Souterrainwohnung eine Gestalt bewegte, und ich war fast sicher, ich sah sie herauf und über die Straße zur Telefonzelle schauen. Vielleicht riefen ihre Kunden alle von gegenüber an. Vielleicht wollte sie sichergehen, nicht irgendeinem Perversen die Tür zu öffnen. Bei dem Gedanken mußte ich kichern. Brachte sie denn nicht den ganzen Tag mit Perversen zu? Fast genauso wie meine Fiona.

»Hallo?«

»Hi.«

Ich war fast beleidigend keß. Hören Sie, nahm ich mir vor zu sagen, ich bin hier, um mich von einer Frau in schwarzer Unterwäsche auspeitschen zu lassen. Kein Grund, darum ein großes Trara zu machen. Ich muß einfach. Also gehen wir's an.

Auf der anderen Straßenseite sah ich sie hinter ihren Stores hervor in den Nachmittag hinausspähen. Vermutlich versuchte sie sich einen Eindruck von ihrem nächsten Kunden zu verschaffen. Vielleicht gab es etwas an der Haltung, das ihr sagte, ob einer gern »Schaftstiefel leckte« oder lieber ein Nudelholz in den Arsch geschoben bekam. Vielleicht war sie wirklich nervös, was die Kerle anging, die die Treppe herab in ihr Souterrain kamen. Zum ersten Mal, seit ich diese Begegnung ins Auge gefaßt hatte, war ich erregt.

»Hören Sie, Fiona«, sagte ich, »ich würde mich gern dominieren lassen…«

»Okay, Guter…«, sagte sie. Ich sah das Hüpfen ihres nervösen kleinen Kopfes hinter dem Vorhang.

»Ich komme jetzt rüber«, sagte ich. »Ich habe mächtig einen stehen!«

Obwohl ich das herausbekam, ohne groß die Miene zu verziehen, bekam ich fast einen Kicheranfall, weil sie offensichtlich die witzige Implikation darin nicht sah. Einen Kicheranfall! Als ich mir das Wort insgeheim vorsagte, sah ich mich in Lippenstift und tief ausgeschnittenem Kleid in tuckiger Selbstvergessenheit über die dunkelnde Straße scharwenzeln. Jetzt wirklich erregt, legte ich auf und hielt auf Fionas schmieriges Fenster zu.>

An dieser Stelle des Dokuments angelangt, scrollte ich wieder hoch. Ich hielt bei der Wendung »Schaftstiefel leckte« und sah mir die beiden Worte mitsamt den Anführungszeichen, die sie umschlossen, eine Zeitlang an. Es war das erste Mal, daß ich etwas von Pauls Stimme in dem zu erkennen meinte, was ich da las. Aber natürlich war es nicht Pauls Stimme. Es war schlicht ein typographischer Trick. Das Ganze sah ihm so ganz und gar nicht ähnlich, ja auch niemandem sonst, den ich so kannte, so daß ich zunächst fast sicher war, es handelte sich um einen grotesken Witz.

Ich stand auf und ging hinaus auf das Treppenpodest. Ich konnte es nicht ertragen, im selben Raum mit dem Bildschirm zu sein, auf dem diese Wörter standen. Schließlich erinnerte ich mich an den Umschlag mit dem fleckigen Schlüpfer, sehr deutlich sogar. Etwa ein Jahr war das her. Wahrscheinlich sogar länger. Ich erinnerte mich noch an das merkwürdige Gefühl, das ich beim Öffnen des Umschlags hatte, daß mich jemand beobachtete, und ich wußte ganz genau, so spöttisch der Ton des Mannes auch sein mochte, es war ihm bitterernst.

Oder etwa nicht? Ich wußte auch, und das von Anfang an, daß an diesem Dokument etwas faul war. Es war durch und durch irreführend. Aber dieses Detail stammte aus dem richtigen Leben. Wer immer das geschrieben hatte, es war der Mann, der mir jenes unverlangte Päckchen geschickt hatte. Und nachdem mir klar geworden war, daß es sich dabei um ein authentisches Detail handelte, war es nur ein kleiner Schritt zu dem Schluß, daß alles, jede schreckliche Einzelheit, die der Kerl da geschrieben hatte, wörtlich zu nehmen und das Ganze ein akkurates Zeugnis war. Wir neigen nun mal dazu, dem geschriebenen Wort zu glauben. Wir suchen so verzweifelt nach der Wahrheit, selbst in der beiläufigsten Bemerkung eines Fremden, daß wir schlicht nicht begreifen können, wie und warum jemand, der uns nahesteht, uns belügt.

Ich lauschte auf den Regen auf dem Dach, und mit einemmal wünschte ich mir von ganzem Herzen, meine Mutter käme zur Haustür herein. Sie kam nicht. Also wieder zurück zu dem Dokument, von dem ich jetzt überzeugt war, daß es von IHM war.

>A:/LUFT

Fiona öffnete mir mit einer merkwürdigen Förmlichkeit. Sie trug bereits Berufskleidung, einen geblümten Morgenmantel, den sie in dieser Phase unseres Geschäfts ziemlich fest um sich geschlungen trug. Vermutlich hatte es seinen Preis, zu sehen, was darunter war. Als sie weg von mir zurück in den Raum trat, glaubte ich einen Hauch schwarzer Spitze um ihre Brüste zu erspähen und beugte mich – etwas zu eifrig – vor in dem Versuch, die Ware zu sehen. Sie zog den Morgenmantel noch enger. Sie war eine Schwarze Mitte Dreißig.

»Komm doch rein, Guter!« sagte sie in einem lässigen Singsang. Dann spähte sie mich argwöhnisch an.

»Warst du schon mal bei mir, Guter?« fragte sie.

Ich sah mich in dem karg möblierten Wohnzimmer nach Peitschen, Ketten oder Kapuzen um. Ich sah nichts dergleichen. Das einzige, was – soweit ich das beurteilen konnte – als Werkzeug einer Domina hätte herhalten können, war eine zusammengerollte Zeitung auf dem Eßtisch. Es sei denn, sie versohlte einem den Hintern mit der bloßen Hand. Sie sah mir nach einer großen, kräftigen Frau aus. Sie ging zu einer Tür auf der anderen Seite des Zimmers und wandte sich mir wieder zu. Als sie wieder sprach, hatte ihre Stimme etwas Scharfes, das, wie ich annahm, zu ihrer professionellen Rolle gehörte. »Dann mal rein in die gute Stube!« sagte sie.

Als ich ihr folgte, dachte ich nicht an sie, sondern an meine Fiona. Ich dachte an die Büro-Fiona, als ich in einen Raum trat, der vielleicht, drei, vier Meter im

Quadrat haben mochte und dessen Wände schwarz gestrichen waren. Es gab keine Fenster. Es war klar, daß sie sich hier mit der Ausstattung weit mehr Mühe gegeben hatte als bei ihrem Wohnzimmer, und die Accessoires waren wirklich spektakulär. Sie hatte Haken an den Wänden, von der Decke hingen einige Ketten, und in der Ecke erspähte ich etwas, was mir nach einem großen Holzkruzifix aussah. Nur zum Spaß schlug ich ein Kreuzzeichen und deutete einen Knicks in seine Richtung an. Fiona schien es nicht zu bemerken. Auf einem Ecktisch lagen – und die Art des Arrangements erinnerte mich an einen Wohltätigkeitsbasar – ein Haufen Peitschen, Vibratoren und auf der Tischkante ein Ding, das mir nach einer riesigen ungeschälten Plastikbanane aussah.

Fiona grinste mich anzüglich an. »Der gefällt dir, was, Guter?« sagte sie.

Ich hatte sie ganz vergessen. Als ich mich ihr wieder zuwandte, sah ich, daß sie den Morgenmantel auseinanderklaffen ließ, auch wenn ich unmöglich sagen konnte, ob es eine Geschäftstaktik war oder nicht. Sie trug geradezu langweilig konventionelle schwarze Unterwäsche und einen Slip. Ich sah, daß ihr, wie ein unheilvolles, wildes Gewächs, eine Handvoll groben Schamhaares auf dem linken Schenkel sproß, und stellte fest, daß ich meinen Blick nicht mehr davon losreißen konnte. Vermutlich würde sie das Ding, das ich in meiner linken Hand hielt, dann über den Slip schnallen. Ein Gedanke, der mir gar nicht gefiel. Es erschien mir nahezu wie ein Schwindel. »Nein!« sagte ich kalt, »der gefällt mir ganz und gar nicht.«

Jedes meiner Worte schien ein merkwürdiges Gewicht zu haben. Ich hatte mir diese Begegnung irgendwie mit einer Frau ganz ohne Präsenz vorgestellt, und obwohl sie mich offensichtlich nur das sehen zu lassen versuchte, was sie auch verkaufte – ihre Brüste, ihre Beine, ihre Schenkel, ihre großen schlaffen Hinterbacken –, so gerieten da schreckliche kleine Fragmente ihrer Persönlichkeit zwischen mich und meine Lust. Ich legte den Dildo zurück auf den Tisch und sah sie geradeheraus an.

Ich sehe nicht toll aus. Ich sehe aus wie jedes andere Gesicht in der Menge. Ich kleide mich konventionell wie alle in meinem Büro, und ich habe nichts an mir, was einem im Gedächtnis bliebe. Wenn ich mich genauer im Spiegel ansehe (und das mache ich ziemlich oft), dann ist da etwas an meinen Augen – eine gewisse Blässe, eine Zurückhaltung –, das einem durchaus angst machen könnte, aber kein Mensch sieht mir wirklich in die Augen. Kein Mensch sieht mich wirklich an. Und das ist mir nur recht.

Ich bin befangen im Umgang mit anderen. Mag sein, daß ich manchmal den Eindruck mache, ich hätte Humor. Aber ich lasse mich beim Lachen nie wirklich gehen. Und obwohl ich Frauen gegenüber höflich und zuvorkommend sein kann, mag ich sie eigentlich nicht. Abgesehen natürlich von Fiona. Nur daß diese »Fiona« da nicht Fiona war.

»Willst du dich nicht ausziehen, Guter?« fragte sie. Sie hörte sich wie eine Turnlehrerin an! Wieso sollte ich mich ausziehen wollen? Und wieso – das scheint mir das Wesentliche –, wieso hatte sie die Frechheit, den Namen der Frau zu mißbrauchen, die ich in die Höhen der Ekstase zu führen gedenke? Der Frau, die ich seit zwei langen Jahren nicht aus den Augen lasse – und deren Zeit erst jetzt im Kommen ist.

»Sie sind nicht Fiona!« sagte ich. Und auf einmal nahm ich den Dildo wieder zur Hand und schlug ihr damit kräftig übers Gesicht.>

Das folgende las ich nicht. Schon weil ich, wie ich schon gesagt zu haben meine, Angst hatte, ich könnte es glauben. Hätte er doch nur nicht den fleckigen Schlüpfer erwähnt! Ich wollte nichts lieber, als das ganze Dokument für ein Hirngespinst halten. Der folgende Abschnitt las sich wie etwas aus einem Pornoshop in Soho. Soweit ich sehen konnte, hatte er das gesamte Zubehör in dem Verlies dieser armen Frau gegen sie eingesetzt.

Sehen Sie? Ist sein Stil nicht ansteckend? Und wenn ich ihn übernommen habe, dann doch wohl, weil ich das Ganze noch immer nicht glaube. Nach allem, was ich an jenem Morgen gehört und gesehen hatte, fasse ich immer noch nicht, was ER getan hat und was ER noch vorhat.

Den Teil, den ich glaubte, war der Abschnitt mit den Augen und daß die Leute ihn nie ansahen. Ich mußte dabei wieder an sie denken, Paul und Peter und Pappanauer – der einzige von den dreien, der einem nicht in die Augen sehen konnte, war Paul. Ich scrollte das Dokument vor, bis ich auf folgendes stieß.

>A:/LUFT

Ich sage mal leichthin, »durchschnittliche Vorstadtehe«. Ich habe nämlich im Grunde keine Vorstellung davon, wie eine solche aussehen könnte. Ich bin in einem Waisenhaus in einer abgelegenen Gegend Englands aufgewachsen, und ich lebe allein in einer kleinen Wohnung. Ich bin einer von jenen Menschen, die man im Zug so sieht, abends, auf dem Heimweg, der an einer anonymen Station aussteigt und dann den Bahnsteig entlang in ein noch anonymeres Leben am Rand dieser riesigen einsamen Stadt verschwindet. Ja, ich wohne in einer Vorstadt, aber es spielt eigentlich keine Rolle, in welcher. Ich bin einsam, wenn Du es genau wissen willst. Ich kann Dir leid tun, wenn Du willst. Ist mir völlig egal.>

Es gab meines Wissens nur einen in unserem Büro, der in einem Waisenhaus aufgewachsen war. Und auch das war Paul.

Als ich mir noch einmal die Schilderung seiner Tat vornahm – oder dessen, was er dieser Prostituierten angetan zu haben behauptete –, stellte ich zu meinem Entsetzen fest, daß der Ton von diesem Wissen beeinflußt schien. Und obwohl es nicht dem glich, was Paul mir geschrieben hatte oder wie er – in der Regel – sprach, so glaubte ich doch einen bestimmten Rhythmus zu erkennen. Irgend etwas an der Art, sich plötzlich und überraschend emotional zu öffnen, erinnerte mich an den Mann, den ich zu lieben glaubte. Könnte das Pauls Stimme sein?

Die Leute sind ja nicht immer gleich. Weder in ihrer Art zu sprechen, noch wie sie handeln, denken oder schreiben. Wenn sie sie selbst sind, allein mit einem, sagen wir mal, im Dunkeln oder vielleicht allein mit sich selbst, dann werden sie komisch, wenn es doch zum Fürchten ist, oder übermütig, wenn sie schüchtern sein sollten. Als ich mich wieder dem Dokument zuwandte, beschloß ich, den Versuch zu machen, es ohne vorgefaßte Meinung zu lesen. Es mir so anzuhören, als wäre es eine schreckliche Geschichte, von einem Narren oder einem Verrückten erzählt. Wenn ich bis zum Ende kam – und ich war mir wirklich nicht sicher, ob ich das schaffte –, dann würde mir ja vielleicht ein Licht aufgehen.

>A:/LUFT

Ich bereute den Mord an der Schlampe nicht. Und sie tut mir auch nicht im geringsten leid. Wenn man sich mit verkorksten, kranken Drecksäcken wie mir abgibt – es scheint mir doch nur vernünftig, so etwas wie einen Alarmknopf in sein schalldichtes Verlies einzubauen. Aber vielleicht rückt die Polizei für eine Sado-Maso-Nutte ja noch nicht einmal aus. Wie auch immer, sie war die einzige der Prostituierten, die ich umgebracht habe. Es war Lampenfieber, sagte ich mir. Bei einer von ihnen – an der Edgware Road, glaube ich – war ich nahe

dran, weil sie mir mitten unter den Verhandlungen nach dem Hosenstall grapschte. Seit ich regelmäßig zu ihnen gehe, habe ich ein paar einfache Regeln aufgestellt, und im großen und ganzen ist es eine nette und lehrreiche Erfahrung.

Zunächst einmal erledige ich das mit dem Geld immer gleich vorab und sorge dafür, daß beide von uns genau wissen, was passieren soll. Wie passend für einen Buchprüfer! (Ich sage das manchmal. Nicht eine hat darüber gelacht.) Außerdem sorge ich dafür, daß ich nie zu einer gehe, die den Nerv hat, unter dem Namen Fiona zu arbeiten. Was dieser Tage kein Problem ist, da ich in jüngster Zeit eher Männer für Sex bezahle als Frauen. Es gibt da einen Typ, der zu Fuß zu erreichen ist, der mir für fünfzig Pfund einen runterholt. Zu ihm gehe ich ganz gern. Ich habe etliche Male versucht, unsere Beziehung intimer zu gestalten, aber obwohl er meine Fragen höflich beantwortet, habe ich den Eindruck, daß er mich immer so schnell wie möglich loswerden will. Er behauptet, Tänzer zu sein. Erst neulich kam mir der Gedanke, er hält mich womöglich für einen, der plötzlich ein Messer zieht, ihm die Gurgel durchschneidet und dabei etwas von der Rache des Herrn schreit. Merkwürdigerweise hat der Gedanke etwas Erregendes für mich. Als ich jedoch vorige Woche dort war, machte er mir nicht auf – obwohl ich seinen Schatten hinter dem Rollo sah.

Männer sind gut, weil man noch nicht mal so zu tun braucht, als begehre man sie. Außerdem sind sie viel naiver. Man will es, und sie verstehen das. Das »Bedürfnis«, mit dem ich in ihr Zimmer komme, habe ich schon seit Kindertagen, kristallisiert sich aber erst jetzt zu etwas, was ich erkennen kann. Jahrelang war es nur ein Puls, ein Wort in meinem Kopf, als ich auf der Straße an Kleidergeschäften oder Frauen vorbeiging, erst jetzt formt es sich zu einem Wort, das etwas beschreibt – jemanden beschreibt, sollte ich sagen – und das vom Aufwachen bis zum Schlafengehen drei Silben in meinem Kopf pochen läßt: »Fi-o-na! Fi-o-na! Fi-o-na!«

Sie ist eine Verschwendung für diese Firma. Sie ist viel zu intelligent. Sie hat studiert! Ein- oder zweimal hat sie sogar versucht, damit zu prahlen. Sie hat kaum Freunde – etwas, was ich immer sehr erotisch finde. Sie ist die Frau für mich! Ich denke das vom ersten Tag, an dem sie durch die Tür kam, in ihrem grünen Kleid, eine rote Schleife im Haar. Ach, Fiona! Erinnerst Du dich, meine Süße?>

Ich mußte wieder aufhören. Ich erinnerte mich nicht. Ich erinnerte mich absolut nicht. Aber ich sah mich zwei Jahre zuvor, wie ich zum ersten Mal ins Büro kam, und versuchte mir die drei vorzustellen, Paul, Peter und Pappanauer, jeder an seinem Arbeitsplatz. Wandten sich ihre Köpfe der Tür zu, als ich hereinkam? Oder hielt einer die Augen gesenkt und sah mich nicht an? Und war dieser eine Paul?

>A:/LUFT

Fiona und ich kommen ganz gut miteinander aus. Einmal, (ich erinnere mich nicht mehr genau, wie lange es her ist), wir waren alle gerade dabei, Feierabend zu machen und nach Hause zu gehen, da ging ich an ihrem Schreibtisch vorbei und sagte ihr mit einem direkten Blick in die Augen: »Kein Friede für die Gottlosen!« Sie lächelte. Obwohl sie nicht antwortete, zählte ich das als Gespräch. Fünf Wörter! Und eines gar mit drei Silben! »Kein Friede für die Gottlosen!« Als ich vor einigen Wochen bei einer meiner Damen war, sagte ich, während sie mich an die Wand ihres Apartments kettete, zu ihr: »Kein Friede für die Gottlosen!«

»Nein«, sagte sie und schnallte sich einen Lederdildo um, »wirklich nicht.« Dann machte sie sich an die Arbeit. Ich winde mich vor Lust beim Gedanken daran.

Was ich ihr natürlich nicht gesagt habe (schließlich ist sie nur eine Schlampe, wieso sollte ich ihr irgend etwas davon sagen?), war, daß ich an Fiona dachte, während mein Schwanz hart wurde. Ich widme alle meine Ständer dem Mädchen in unserem Büro.

Diesem ersten vielsagenden Austausch folgten noch eine ganze Menge »Wortwechsel«, die mir weit mehr bedeuteten als ihr. »Hallo, Fiona, wie geht's denn so?« – »Ganz gut, kann nicht klagen, und selbst?« – »Ach, nicht übel, nehme ich an!« Mir wuchsen diese Banalitäten ans Herz, und es gab Zeiten, da mußte ich sie sehr, sehr sorgfältig rationieren. Ich meine, wie oft kann man jemanden fragen, wie es ihm geht, ohne – na ja, sagen wir mal, abartig zu wirken? Aber seit ich angefangen habe, zu den Prostituierten zu gehen, tue ich mich zunehmend schwer, an mich zu halten.

Letztes Jahr (oder war es vorletztes Jahr? Zeit hat keinerlei Bedeutung, wenn es um Fiona geht) war mein Verlangen nach ihr so stark, daß ich einfach nicht warten konnte, bis sich eine Gelegenheit bot, nach dem Telefon zu greifen und mich schleunigst auf den Weg zu Debbie oder Julie oder Jane auf der anderen Seite der Stadt zu machen. Sie genügten mir nicht mehr. Und überhaupt, was diese Frauen zu bieten hatten, war eindeutig nicht das, wonach mir wirklich war, war nicht, tja, fi-o-na-haft genug, so daß ich immer abwegigere Dienstleistungen in Anspruch nehmen mußte, um mein Bedürfnis zu befriedigen. Eine von ihnen war bereit, ein Ledercape umzulegen und mir ins Gesicht zu urinieren, und ich erinnere mich, das erste Mal, als sie das machte, dachte ich: »Oh! Wie interessant!« Aber es hielt nicht an. Naß und salzig und sinnlos – am Ende des Tages.

Ich glaube, das war denn auch die Zeit, wo ich die Herrentoilette am Ende des Flurs, auf dem unser Büro liegt, aufzusuchen begann. Einmal, kurz vor Weihnachten, mußte ich mich im Verlauf eines einzigen Nachmittags nicht weniger als viermal stimulieren gehen. Es kam mir jedesmal, wie ich zu meiner Zufriedenheit berichten kann. Beim dritten Mal, als ich absolut sicher war, daß niemand in den Nachbarkabinen war, stöhnte ich beim Höhepunkt laut… »Fiona… Fiona…« Ich war ziemlich stolz auf mich. Aber als ich ins Büro zurückging, gab ich mich zugeknöpft wie eh und je. Ich dachte, wie es wohl aussehen würde, würde ich mich buchstäblich zuknöpfen – mit Knöpfen auf den Lippen wie die kleinen grauen an unseren kurzen Hosen im Waisenhaus. Ich stellte mir meinen Mund vor, wie zum Kuß gespitzt, und malte mir aus, wie ich ihn sorgfältig aufknöpfte, um etwas sagen zu können. Ich lachte fast laut auf. Aber nur fast. Es gibt in der Buchprüferei nicht viel zu lachen. Schon gar nicht, wenn der Firma mehrere Millionen Pfund abhanden gekommen sind.

Es gab Augenblicke, da konnte ich sie vergessen. Komischerweise hatte ich, bis vor kurzem, nie den Drang, sie zu Hause anzurufen oder ihr außerhalb der Bürozeit zu folgen. Man hätte meinen können, mein Verlangen nach ihr hätte mit Heftklammern, Memos, Besprechungen und all dem Rest der Standardausstattung dieser sonderbaren Dämmerwelt zu tun, in der wir alle zu leben scheinen. Aber während der letzten paar Monate hat sich die Lage extrem zugespitzt.>

Tja, dachte ich, sie verschwinden ständig aus dem Büro, einer wie der andere. Keiner hebt die Hand und fragt, ob er mal austreten dürfte. Wenn einer öfter auf die Toilette (wie er sich ausdrückte) ging als die anderen, dann war das Pappanauer. Ich versuchte mich daran zu erinnern, wie er aussah, wenn er von diesen Expeditionen zurückkam, aber es gelang mir nicht. Meine Augen kehrten auf den Bildschirm zurück.

>A:/LUFT

Weißt Du, ich hatte den Vorsatz gefaßt, mich zu bessern. Ich schreibe das hier ebenso ungern, wie Du es liest. Ich war nicht gerade stolz darauf, alle zehn Minuten aufs Klo zu trippeln, um mir einen runterzuholen. Wenn ich ehrlich bin, es war nicht nur eine Geldfrage, die in mir den Wunsch weckte, die Ausflüge in die Stadt auf der Suche nach Sex aufzugeben. Mir wurde klar, daß es nichts half, die Schritte zu zählen, die sie braucht, um vom Schreibtisch zur Tür zu kommen – weder das noch irgendeine der anderen Routinen, die ich so hatte, um mich ihr nahe zu fühlen. Vor einigen Wochen wurde mir schließlich klar, daß ich einen Annäherungsversuch der Art machen mußte, wie man es von Leuten erwartet, die nett zu einem Mädchen sein wollen. Ich glaube, ich hatte dieses schreckliche, dieses bestialische Ding in mir bis zum Überlaufen zu füttern versucht. Und am Ende wollte ich, daß es sich schlafen legte, wie ein Löwe in seinem Käfig, so daß ich mich wieder auf das Wesentliche konzentrieren konnte… die Lie-be. Eine Be-zie-hung… Ich mußte den ersten Schritt tun!

Ich wartete, bis Fiona ihren Schreibtisch aufzuräumen begann. Wenn sie Sachen wegräumt, ist sie beängstigend attraktiv. In diesen Augenblicken wird ihre beinahe reizlose Art unwiderstehlich. Sie sitzt da, den

Hintern breit auf dem kleinen schwarzen Stuhl, den ihr die Firma besorgt hat, dreht sich um 90 bis 100 Grad, nimmt etwas zur Hand, ballt Zettel zu kleinen Papierkugeln und (das finde ich am erotischsten) rückt das Telefon zurecht. Ich weiß nicht, warum sie das am Ende eines jeden Tages macht.

Wenn sie mit dem Telefon fertig ist, steht sie auf, durchquert das Großraumbüro in Richtung Flügeltür, die hinaus auf den Korridor führt und nimmt ihr braunes Kopftuch und den braunen Mantel vom Haken. Dann dreht sie sich ganz abrupt um, so daß die dunkelbraunen Zöpfe gegen ihre blassen Wangen prallen, und erlaubt ihrem breiten Mund, das Gesicht zu einem schiefen Lächeln zu verziehen. »Tschüssi!« ruft sie. Sie sieht dabei nie jemand Speziellen an. Ebensowenig wie sie jemals auf Antwort wartet. Sie schiebt nur ruckartig die knochigen Schultern hinaus in den Korridor, in Richtung der Aufzüge, hinab ins Foyer, über den großen Platz vor dem Hauptgebäude, auf den Zaun um das Gelände zu und dann... Ja, wohin?

Wohin? Erst in diesem Augenblick wurde mir klar, daß ich nicht die geringste Ahnung hatte, wo Fiona wohl wohnen könnte. Ich stand vor meinem Computer und streckte mich, als mir dieser Gedanke kam. Die Flügeltür knallte zu, und sie war dahin. Ohne zu überlegen, schnappte ich mir meinen harten schwarzen Aktenkoffer und lief ihr nach. Ich war schon fast an der Tür, bevor mir klar wurde, daß mich ein derartiges Verhalten belasten könnte (ich glaube, das war das erste Mal, daß ich einen kriminellen Gedanken in bezug auf Fiona hatte). Ich achtete darauf, das Tempo zu drosseln, und als ich die Tür erreichte, wandte ich mich den anderen im Büro zu, wie wir das alle am Ende eines harten Arbeitstages machen, und rief: »Tschü-hüss!« Ich weiß nicht, wer mir antwortete, als ich mich durch die Flügeltür drängte. Ich hatte nur noch einen Gedanken – daß da draußen, vielleicht fünfzig Meter vor mir, im schwindenden Londoner Tag, die Frau war, die ich wollte.

»Wollen« ist das falsche Wort. Es ist eher so, daß ich sie haben mußte. Ich wollte sie nicht haben müssen. Aber so war es nun mal. Wenn ich so zurücklese, was ich hier geschrieben habe, sehe ich, daß ich mich als einer zu geben versuche, der bewußte Entscheidungen trifft. Aber dem ist nicht so. Was der Wahrheit am nächsten kam, ist, was ich über das Tier in mir geschrieben habe, dieses Ding, das mich auffrißt und mich Dinge tun und denken läßt, die ich nicht tun und denken will. Ich glaube, deshalb habe ich auch dieses Dokument begonnen – in der Hoffnung, daß die Gefühle und Gedanken verschwinden. Ich habe noch nicht einmal begonnen zu beschreiben, wie entsetzlich sie sind.

Auch das mit dem »schwindenden Londoner Tag« ist falsch. Ich will hier nicht den Eindruck erwecken, daß sie mich zum Gemütsmenschen machte. Oder daß ich meine Stimmung von Dingen wie dem Wetter oder dem Licht beeinflussen ließ. Oder daß die Stadt, in der sich das alles abspielte, dabei eine besondere Rolle spielt. Tut sie nicht. Ich habe nur einen einzigen Horizont, und der bin ich selbst, und ich habe mein Leben völlig im Griff. Nicht jeder kann in ein möbliertes Zimmer gehen, seinen Blazer ausziehen, über einen Stuhl hängen und einem jungen Mann mit Schnurrbart sagen: »Ich hätte gern eine Massage.« Aber es besteht kein Zweifel daran, daß etwas an ihrer Art, wie sie ging, der linke Arm von der breiten Achsel baumelnd, die rechte Hüfte in einem ungelenken Winkel, nun ja, attraktiv war. Und endlich kam ich mir doch noch wie jemand vor, der sie womöglich ansprechen könnte.>

4

So weit war ich mit dem Dokument gekommen, da klingelte es zum zweiten Mal an diesem Vormittag an der Tür. Es riß mich buchstäblich vom Stuhl. Obwohl ich vorher, als Peter Taylor mit dem Polizisten aufgekreuzt war, merkwürdig ruhig gewesen bin, hatte ich jetzt nicht weniger entsetzliche Angst als am Abend zuvor. Und wenn ich mir zehnmal eingeredet hätte, daß der größte Teil dessen, was ER da geschrieben hatte, der Phantasie entsprang (daß die Alternative zutreffen könnte, ertrug ich schlicht nicht), das Zeug über mich war real genug. Und es hatte eine schreckliche Logik. Als könnte ihn seine Besessenheit nur in eine Richtung führen.

Wie auch immer, bis zu diesem Augenblick war er nicht greifbar gewesen, er hatte nichts von einem Menschen gehabt – ich hatte mich gegen ihn wie gegen eine Krankheit gewehrt. Jetzt starrte er mich aus dem Computer meines Vaters heraus an, und ich sah mich vor der unmöglichen Aufgabe, seinen Tonfall, seine Wortwahl mit… ja, mit dem Ding in Einklang zu bringen, das mir das angetan hatte. Es war alles leichter gewesen, solange ER für mich ein Ungeheuer in Blockbuchstaben gewesen war. Jetzt jedoch war er hier im Zimmer mit mir und flüsterte mir in Kleinbuchstaben ins Ohr. Bevor ich ans Fenster zur Straße ging, um zu sehen, wer vor der Tür wartete, schaltete ich den Bildschirm aus.

John Pappanauer wartete an der Tür. Mein erster, etwas hysterischer Gedanke war: »Na toll, heute morgen kommt wohl jeder vorbei!« Er hatte diese alberne Lederjacke an, die er manchmal zur Schau trägt. Sie kann unmöglich als Schutz gegen das Wetter taugen und betont seine Erscheinung nicht mehr als eine Teehaube oder ein Mülltonnendeckel auf seinem Kopf. Er hatte eine Hand in die Hüfte gestemmt, nachdem er zum zweiten Mal geklingelt hatte, und grinste blöde die Straße hinauf und hinunter, nur für den Fall, daß Mrs. Dunlop, die Rentnerin aus der Nummer 33, vor unbändiger Lust aus dem ersten Stock sprang, um ihm seine kühnsten Phantasien zu erfüllen.

Ich hatte Pappanauer mal lustig gefunden. Ich finde ihn nicht mehr lustig. Er macht mir genauso angst wie die anderen. Er hat ein spitzes Gesicht mit zwei leuchtenden kohlrabenschwarzen Augen, wie die von einem Nagetier. Sein schwarzes Haar ist steif wie ein Fuchsschwanz, und wie die beiden anderen Männer aus meinem Büro hat er schmucke kleine Hände. Sie haben natürlich alle die gleiche Statur. Die gleiche Statur, die gleichen Aktenkoffer, die gleiche Art, sich zu bewegen...

Wer hatte mir das nur gesagt? Wer hatte »kein Friede für die Gottlosen« zu mir gesagt? Ich konnte mich einfach nicht erinnern.

Ich hatte nicht die Absicht aufzumachen. Ich machte mir keine Gedanken mehr darüber, wieso sie alle zu mir zu finden schienen. Ich mußte jedem von ihnen mehr über mich gesagt haben, als ich im nachhinein weiß. Nachdem man jemanden einige Jahre zum Kollegen gehabt hat, vergißt man natürlich, was genau er über einen weiß und was nicht. Ich stand mucksmäuschenstill am Treppenpodest, gegen die Wand gelehnt, und getraute mich nicht zu rühren, damit er ja nichts aus dem Haus hörte. Dann schlich ich langsam und vorsichtig wieder ans Fenster. Er sah nicht herauf. Er grinste noch immer dumm die Straße hinauf und hinab, die Hände in die Hüften gestemmt, und scharrte mit seinen albernen modischen Schuhen. Ich setzte mich wieder an den Computer und schaltete den Bildschirm an. War es Pappanauers Stimme, die ich da hörte?

>A:/LUFT

Kaum war sie im Aufzug verschwunden, da lief ich auch schon den Flur hinauf, stocherte mit dem Finger auf den Knopf ein, und als der nächste Lift kam, stürzte ich hinter ihr her durch einen der langen, kühlen Brunnen, die das Gebäude bewässern.

»Abwärts!« sagte der Lift.

»Ich weiß!« antwortete ich.

»Fünfter Stock!« sagte der Lift.

»Ich weiß!« antwortete ich. Dann stieg jemand zu, und ich hielt den Mund.

Im Foyer erspähte ich sie an der Glastür, wo sie sich eben an einem livrierten Portier vorbeischob. Ich war zwar nur in etwa zwanzig Meter hinter ihr, aber sie sah mich nicht. Als sie durch die Tür war, eilte ich darauf zu, und als ich meine Hand gegen das Glas legte, sprach der Portier mich an.

Er hat mich noch nie angesprochen. Seit zehn Jahren gehe ich in diesem Gebäude ein und aus, und er hat mir immer den Eindruck vermittelt, für ihn weniger wichtig zu sein als die Bügelfalte an seinen Hosenbeinen. Ich habe ihn immer geflissentlich ignoriert. Für mich ist jemand in einer lächerlichen weißen Schirmmütze und einer lächerlichen schwarzen Uniform, die ihn wie einen Lehrling der Sanitätsbrigade aus dem St. John's aussehen läßt, einfach keiner, den man ernst nehmen kann. Wieso steckt man ihn nicht in eine Mülltüte, Hergott noch mal! Zu was ist er schon gut? Aber bei dieser Gelegenheit, und das ist wichtig, sprach er mich an. »Guten Abend, Sir!«

Einen Augenblick lang wollte ich auflachen. Entweder lachen oder ihm eine in die Fresse hauen. Ich sah an seinem blöden Lächeln, daß er annahm, ich und er, wir spielten – wenigstens an diesem Tag – im selben Team.

Er als Unteroffizier, ich als Offizier. »Guten Abend!« sagte ich mit lauter, kräftiger Stimme, als ich mich hinter Fiona hermachte.

Ganz offensichtlich hatte ich mich irgendwie verändert. Ich hatte eine Brücke überquert. Man konnte mir Fiona vom Gesicht ablesen. Ich habe mir schon des öfteren Gedanken gemacht, daß das, was ich mit den Prostituierten mache – und auch so manches andere, über das ich nicht sprechen will, schlimmere Dinge als das, was den Frauen unten am Fluß zugestoßen ist –, daß mir all das vom Gesicht abzulesen ist. Daß ich etwas Unreines an mir habe und daß die Leute das riechen. Aber an diesem speziellen Abend mußte ich – jedenfalls für ihn – wie ein Mann gewirkt haben, der sich im Griff hatte. Und das verdankte ich Fiona.

Draußen, im abendlichen Menschenstrom, der sich auf der Straße in Richtung Bahnhof schiebt, wurde sie anonym. Mit einemmal schien es Hunderte von jungen Frauen wie sie zu geben, deren Mäntel und Kopftücher von dem ihren nicht zu unterscheiden waren; und alle trieben sie in untröstlicher Einsamkeit auf die Züge zu, die sie hinaus in trostlose Vorstädte wie der meinen brachten. »Sie braucht mich!« sagte ich laut vor mich hin. Und kicherte dann bei dem Gedanken. Offensichtlich braucht sie mich nicht. Wahrscheinlich erwartete sie irgendwo in irgendeinem Pub ein pickeliger, junger Kerl – ein Krankenpfleger oder ein Bürolehrling –, irgendein Nichts, das perfekte Gegenstück zu ihrer Anonymität.

Es hat mal einen Dave gegeben, aber soweit ich das mitbekommen habe, ruft er nicht mehr an. Manchmal erinnere ich mich daran, wie sie ihn angeschrien hat, meist wegen irgendwelcher privater Arrangements. Aber seit über sechs Monaten hat sie, soweit ich das beurteilen kann, keiner mehr angerufen. Ja, ich bin ganz sicher, sie ist allein auf der Welt. Sie begann schneller zu gehen – mit großen Schritten und einer Menge Schultereinsatz.

Was ich an ihr mag, ist – natürlich – genau das, was sie so einsam gemacht hat. Ihre sture Art, ihr Mangel an Lebensart, ihr unterdrückter Zorn, ihre verhaltene Energie. All das gefällt mir an ihr. »Möchte jemand Te-eee?« sagt sie und legt dabei die Hand an die Hüfte und schwenkt ihren aufreizenden Hintern nach außen, auf eine ganz offen satirische Art. Rühr mich an, du Arschloch, und ich schrei das ganze Haus zusammen, sagen ihre Augen, während ihre Titten, ihr Arsch sagen: Na komm schon, Großer – zeig, was du draufhast!

Wieso ging sie so schnell? War sie auf dem Weg zu einer Verabredung? Ich stellte fest, daß ich ins Keuchen gekommen war. Der Gedanke, daß da irgendwo, in einem versteckten Winkel ihres Lebens, ein Dave oder vielleicht etwas Schlimmeres als ein Dave steckte, ein Kevin womöglich, schmeckte mir nicht. Der Regen hörte auf, und mit einemmal sickerte Licht durch die tiefhängenden Wolken. Der graue Himmel über der Eisenbahnbrücke hatte die Dramatik einer Opernkulisse. Ich hatte das Gefühl, daß die Menge, die sich darauf zuschob, mit einemmal wie angewurzelt stehenbleiben könnte und diese ganze ungeheure Masse sich wie ein Eingeborenenstamm ihrem Gott zuwenden würde. Nur daß man ihn nicht anbeten würde. Zornig würden sie sich einem weißen Gesicht zuwenden, das durch irgendein Zeichen, einen Lichtstrahl oder einen riesigen Finger aus dem drohenden Himmel auf sich aufmerksam gemacht hatte; und das Gesicht wäre vor Schrecken verzerrt, ganz eingefallen vor Angst, und der Besitzer dieses Gesichts wäre ich, und jeder einzelne in der Menge würde meinen Namen kennen und all meine geheimsten Gedanken.

Sie war bereits im Bahnhof verschwunden. Ich lief hinter ihr her. Einen Augenblick lang dachte ich, ich könnte doch vielleicht einen Grund finden, sie anzusprechen – »Du hast eine Münze verloren!« »Jemand hat für dich angerufen.« Aber kaum hatte ich mich bei dem Gedanken ertappt, verwarf ich ihn auch schon wieder. Es schien mir irgendwie obszön. Solch ein großes Unterfangen mit einer Lüge beginnen!

Der Reverend im Waisenhaus sagte immer: »Sag die Wahrheit, und dir bleibt jeder Ärger erspart!« Er ist auf diese Weise zu einer Menge Beichten gekommen. Und eine Beichte hat ihn nie davon abgehalten, uns zu verhauen.>

In diesem Augenblick klingelte es wieder. Ich dachte: War das nicht so ziemlich das einzig Persönliche, das er mir erzählt hat, als wir das erste Mal zusammen zu Mittag gegessen haben? Daß er im Waisenhaus aufgewachsen war? Und, Fiona, kommt das so oft vor? Gibt es im Büro sonst noch jemanden, der im Waisenhaus aufgewachsen ist? Obwohl, so wie Pappanauer sich verhält und so wie er redet, also, wenn man nicht wüßte, daß er eine Mutter hat, man möchte ihn glatt für das Produkt einer Anstalt halten. Als ich ihn das erste Mal sah, kam ich zu dem Schluß, daß er wahrscheinlich bei wilden Tieren aufgewachsen war. Ich glaube, ich habe ihm das sogar gesagt – weswegen unsere Beziehung seither eine gewisse Pikanterie hat.

Ein Klingeln an der Tür macht mir immer angst. Das Klingeln meiner Mutter hat etwas Scharfes, Humorloses, das die Stille, die normalerweise im Haus herrscht, wie eine Kettensäge durchdringt. Diesmal stand ich erst gar nicht auf. Ich saß einfach da und starrte die Wörter auf dem Bildschirm vor mir an. *»Solch ein großes Unterfangen mit einer Lüge beginnen!«* Würde John Pappanauer so etwas sagen? Also nein, natürlich nicht. Aber andererseits, so erinnerte ich mich, saß auch Wordsworth nicht in der Dorfschmiede herum und sagte Dinge wie »Ihr Zuhause war der nie betret'ne Pfad…«

Die intimen Gedanken anderer haben eine Form, die uns vorzustellen wir noch nicht mal versuchen sollten. Er würde noch mal klingeln und dann wieder gehen. Ich starrte wieder in den Bildschirm.

>A:/LUFT

Als sie sich ihren Weg zum Schalter bahnte, hatte ich Gelegenheit, ihr ziemlich nahe zu kommen. Drei oder vier Leute standen vor ihr in der Schlange. Als sie die Köpfe zur Sprechöffnung beugten, sahen sie sich ängstlich um, wie Tiere, die ihre Mäuler in den Fluß halten, um zu saufen. Als sie davoneilten, suchte Fiona in ihrer Handtasche nach dem passenden Kleingeld, und als die Hand wieder zum Vorschein kam, präsentierte sie der unsichtbaren Präsenz hinter dem Kartenschalter frontal ihr Gesicht. Ich hörte sie den Namen ihrer Station sagen. Der Angestellte bat sie, ihn zu wiederholen. Diesmal rückte sie etwas von der Sprechöffnung ab und bedachte ihn mit dem leicht abschätzigen Blick, den ich so gut kenne (und liebe), und sagte das Wort wie eine Schauspielerin auf der Bühne noch mal. Ach, diese tiefe rauhe Stimme! Die Stimme, in die ich mich verliebt habe, liebste Fiona!

Ich wandte mich ab und ging wieder hinaus auf die Straße. Ich ließ sie allein die metallenen Stufen der Brücke hinaufsteigen. Ich blickte auch nicht ein einziges Mal zurück, als ich mir meinen Weg durch die Menge in Richtung des Firmenparkplatzes und meines Firmenwagens bahnte. Aber ich hatte eine ekstatische Leichtigkeit in der Brust. Ich hatte das Gefühl, würde ich mit den Fingerspitzen nach unten stoßen, würde ich über die Köpfe all dieser Heimkehrer aufschweben in Richtung des

unerwarteten Lichts. Immer und immer wieder wiederholte ich mir in Gedanken: »Ich weiß, wo sie wohnt. Ich weiß, wo sie wohnt. Ich weiß, wo sie wohnt.« Was natürlich nicht stimmte. Es sei denn, sie hauste in einem der Stellwerke. Ja, ich mußte mir im Wagen auf dem Weg nach Hause ordentlich die Meinung geigen, um mir klarzumachen, wie saublöd ich doch war. Wie seinerzeit Bill im Waisenhaus, der dazu mit der Hand auf eines der Pulte einschlug, sagte ich es mir immer und immer wieder vor. »Sei doch nicht so saublöd!«

Ich hätte mit Leichtigkeit in ihren Zug schlüpfen können. Ich hätte an ihrem Bahnhof aussteigen und ihr, da es ja bereits dunkelte, folgen können, an den roten Holzkistchen der Wohnsiedlung vorbei, über die zotteligen Rasenflächen davor in Richtung der größeren Häuser unten am Fluß.

Merkwürdigerweise kannte ich die Station, die sie genannt hatte, gut genug, um sie mir deutlich vorzustellen, während ich an jenem Abend nach Hause fuhr. Wenn sie ausstieg, müßte sie über eine Fußgängerbrücke zurück auf den anderen Bahnsteig. Auf dem Weg hinaus müßte sie an einem kleinen Schuppen vorbei, hinter dem eine Gruppe von Schrebergärten liegt. Falls jemand auf sie wartete, wenn sie aus dem Zug stieg, und falls dieser Jemand nicht gesehen werden wollte, dann würde er sich wahrscheinlich auf dem Parkplatz gleich neben dem Schuppen verstecken. War sie erst einmal auf der Straße, so ging sie (wie ich beschloß) mit fast absoluter Sicherheit zu Fuß. Es gab keine Busse vom Bahnhof zum Fluß, und ich war mir aus irgendeinem Grund sicher, daß sie in dieser Richtung wohnte. Die Straße führt an struppigem Gras und rostigen Drahtzäunen vorbei, auf eine Reihe von Pappeln und Weiden zu, die den Lauf der Themse markieren. Nicht viele Leute gehen in diese Richtung. Es bestand also eine gute Chance, daß sie allein unterwegs war.

Ich wartete darauf, daß mich dieser Gedanke erregte, mußte aber feststellen, daß er es nicht tat. Ich war ruhig. Ich wußte nur, daß ich eines Abends, gegen sechs oder halb sieben, auf dem Parkplatz sitzen würde, wenn ihr Zug einfuhr, und dann, wenn sie in südlicher Richtung heimwärts stapfte, den Wagen wenden und leise auf die Straße hinausfahren würde, um ihr zu folgen, bis ich ganz genau wußte, wo sie wohnt.

Sie ist mein heiliger Gral! dachte ich bei mir. Das hat mit Sex nichts zu tun. Als ich das Wort dachte, hatte ich eine Vision von Fiona im schwarzen Slip, Strapsen und hochhackigen Schuhen. Sie trug keinen BH. Aber sie stolzierte nicht, wie ich irgendwie erwartet hatte, für mich auf und ab, nein, sie stand über einen massiven Holztisch gebeugt und heulte vor Schmerz. Ich stellte etwas (wenn ich auch nicht so recht wußte, was) mit ihr an, was mir eine ebenso wilde wie notwendige Freude bereitete.

Weißt Du, wenn das Ding in mir sich aufsetzt und zu knurren beginnt, dann duldet es einfach kein Nein. Schon ein schlichtes Wort wie »Enthauptung« kann es aufwecken. Schon die Buchstaben des Wortes »Schafott« auf einer Seite. Es genügt der erfrischende Gedanke an Maria von Schottland, wie sie das Oberkleid von den Schultern streift und den Arsch in die Höhe streckt, während sie den Kopf auf den Block senkt, schon befiehlt er mir, den nächsten sicheren Ort aufzusuchen, befiehlt mir, meinen Zebedäus herauszunehmen und ihn zwischen den Handflächen zu rollen, als würde ich eine Havanna prüfen.

Als ich nach Hause kam, holte ich einen der Stadtpläne heraus, die ich in einem Schrank oben habe, und nahm mir die Seite mit dem Ort vor, den ich insgeheim bereits Fiona-Town zu nennen begann. Ich habe Stadtpläne schon immer gemocht, vor allem die von den Vorstädten. Ich habe es gern, wenn sich das Gewirr der Straßen und Häuser, je weiter man in die Außenbezirke kommt, allmählich in weiße Flächen verläuft, die nur noch mit Wörtern wie WASSERSPEICHER oder GEMEINDELAND benannt sind, oder manchmal auch einfach in eine schlichte jungfräuliche Leere ohne Hinweis darauf, was es wohl sein mag.

Fiona-Town enttäuschte mich nicht. Es gab tatsächlich einen Wasserspeicher. Und da war die Siedlung, an die ich mich erinnert hatte, gleich südlich vom Bahnhof, und dahinter die weiße Fläche, die sich am Fluß entlangzog. Vom Osten führten, den Fluß entlang, einige Straßen hinein. Ich konnte mir die Häuser ganz deutlich vorstellen. Es waren große viktorianische und edwardianische Villen, die man in Wohnungen aufgeteilt hatte, jede mit einem eigenen Eingang. Fiona, dessen war ich mir sicher, wohnte ganz oben in einer davon. Ihre Haustür wäre über die Feuertreppe zu erreichen. Sie hätte drei große Zimmer, und ihr Schlafzimmer (ich spürte meinen Schwanz hart werden bei dem Gedanken) hätte einen Blick über das flache Grasland bis hin zum Fluß, der sich im Westen ins Abendlicht wand.

Die Erektion ärgerte mich. Das hatte ich nicht gewollt. So macht es das Tier immer. Es kommt ungebeten und setzt sich prahlend auf meine Brust. Ich versuchte es noch etwas zu füttern. Wenn es das ist, was du willst, sagte ich ihm, dann geben wir dir doch einen großen Happen Fiona, mal sehen, wie sie dir schmeckt. Geben wir dir doch Fiona, bis du an ihr erstickst.

Ich dachte daran, was eine der Frauen, zu denen ich gehe, für mich getan hatte – schon lange ist das jetzt her. Das Problem dabei war, daß Fiona nicht mit dieser Art Szene in Einklang zu bringen war. Sie paßte da schlicht nicht hinein. Sie stand da, hilflos, und beobachtete mich und die Schlampe. Sie hielt sich dabei in der Ecke des Zimmers wie ein verängstigter grauer Vogel, das kantige Gesicht von etwas verzerrt, das mir nach Scham aussah. Sie ist für so was zu gut. Sie ist zu kostbar, um sie zu verschwenden.

Ich glaube, das war es denn auch, was mich zu dem Entschluß brachte, ihr nicht nach Hause zu folgen. Ich konnte mir jetzt alles zu deutlich vorstellen: der Ausdruck auf ihrem Gesicht, falls sie sich an irgendeiner Stelle der Strecke umdrehen sollte und mich dabei sah. Mir wurde klar, sie würde in meinem Gesicht etwas sehen, von dem ich nicht wollte, daß es jemand sah. Nicht daß es offensichtlich wäre. Aber wenn ich mich zwanzig, dreißig Meter hinter ihr hielt, mein Wagen im Schleichgang, und ihre Fesseln beobachtete, das Mahlen ihres Arsches unter dem Kleid, da war mir völlig klar, daß es schier unmöglich wäre, das Tier aus meinem Gesicht zu verbannen. Nicht daß es fauchend die Fänge zeigen würde. Das braucht das Tier nicht. Es wäre gerade mal die leichte Neigung meines Kopfes, ein Flackern in meinen blassen Augen. Das würde schon genügen, jedes Mädchen, das etwas auf sich hält, auf die nächste Polizeiwache torkeln zu lassen, um ein Getöse zu veranstalten. Ich würde mir irgendeine Maske zulegen müssen.>

Mit einemmal hörte ich auf zu lesen. Ich hatte draußen etwas gehört, und so ging ich ans Fenster und sah hinab auf die Straße. Zu meinem Entsetzen war Pappanauer noch immer da. Das Interesse am Klingeln schien ihm vergangen zu sein. Er stand da, die Hände noch immer in die Hüften gestemmt, und blickte vom Haus weg. Er starrte die leere Straße hinunter, als erwarte er jemanden. Aus irgendeinem Grund machte mir das angst. Als ich vom Fenster wegtrat, war ich besonders vorsichtig, als könnte schon das geringste Geräusch unten auf dem Pflaster zu hören sein. Als ich das Dokument einmal mehr nach unten zu scrollen begann, achtete ich darauf, mich auf dem Stuhl nicht zu bewegen. Es gab nur noch mich, den blauen Bildschirm und Stille.

>A:/LUFT

Ich begann die Bedeutung der Bemerkung des Portiers zu verstehen. Fiona hatte mich mit einer Art Zauber belegt. So wie es eine Fiona-Town gab, gab es auch ein Fiona-Ich, das besser, reiner war als der armselige Typ, der seine Mittagspause damit verbrachte, sich mit dem Gedanken an sie auf dem Herrenklo einen runterzuholen, und es sich an den Wochenenden in den Arsch besorgen ließ, und das von einer Frau, die so dominant war, daß sie für diesen Service sogar was fordert.

Die Maske würde das Tier verstecken. Der Einfall mit der Maske gefiel mir. Ich konnte Fionas Gesichtsausdruck sehen, als ich sie abnahm. Sie hätte entsetzliche Angst, obwohl mir im Augenblick nichts einfallen wollte, wovor sie hätte Angst haben müssen. Aber nach und nach würde sich die Angst in eine Art strahlende Überraschung verwandeln. Womöglich machte ich sogar irgendeine witzige Bemerkung, wenn ich sie abnahm. »Hallo, Leutchen! Ich bin's!«

Ich machte mir mein Abendessen und dachte darüber nach, wie sich das mit der Maske bewerkstelligen ließ. Es machte mir Spaß, darüber nachzudenken, und ich vergaß dabei Fiona. Ich vergaß auch das Waisenhaus, was eine Erleichterung war. Wie das Untier kommt es ungebeten in meine Gedanken, und seine Typen fläzen sich dann in den Zimmern in meinem Kopf, und sie benutzen

manchmal Wörter und Ausdrücke, die mir angst machen. Bill hat mir einmal gesagt, daß in seinem Kopf richtige Leute aus Fleisch und Blut brüteten, die manchmal herausspringen und dann den Flur hinunter davonflitzen würden. Aber Bill war ein paranoider Schizophrener. Unter anderem.

Ich schnitt mir ein Stück aus einer karierten Decke, etwa einen knappen Meter im Quadrat, und damit es auch richtig paßte, stellte ich mich vor den Spiegel und wickelte es mir um den Kopf. Ich lachte tatsächlich laut auf, als mir klar wurde, daß ich die Augenlöcher vergessen hatte. Nachdem ich ausgelacht hatte, redete ich mit mir in recht strengem Ton.

»Also, so darfst du dich nicht anstellen«, sagte ich. »Wir wollen doch nicht, daß sie sie dir vom Kopf reißt, alter Junge! Schließlich kennt sie dein Gesicht!«

Ich bin ungeschickt mit den Händen, wäre aber schon immer gern fähig gewesen, etwas zu schaffen. Nicht das primitive Holzzeug, das sie die Jungs in der Schreinerei des Waisenhauses machen ließen – ich glaube mich an ein groteskes Ding zu erinnern, das wie ein primitives Fruchtbarkeitssymbol aussah, aber in Wirklichkeit ein Zahnbürstenhalter war –, nein, zarte Mädchensachen.

»Die meisten von euch«, sagte der Reverend immer, »werden mit ihren Händen arbeiten.« Dann sah er mich immer ganz gemein an. »Einige von euch landen wahrscheinlich in einem Laden.«

Er dachte, ich sei nicht kräftig genug. Ich glaube, er hielt mich für schwul und meinte, ich hätte Angst, daß man mir dahinterkam. Weswegen er auch ziemlich überrascht war, als ich sagte, daß ich gern mit den Mädchen in den Nähunterricht gehen würde.

Später ging ich dann in diesen irren Laden mitten in der Stadt, wo sie alten Militärkram verkaufen – Messer

und Tarnanzüge –, und kaufte dort die Maske. Es war eine gelbe Drei-Loch-Maske mit winzigen Schlitzen für die Augen. Ich glaubte nicht wirklich, sie mit dem Gedanken an Fiona zu kaufen. Ja, ich ließ sie sogar eine Woche in einem Schubfach liegen, bevor ich sie ausprobierte – an einem Mädchen im Chester Park. Und nachdem ich mit ihr gemacht hatte, was ich mit ihr gemacht hatte, räumte ich sie wieder weg, weil ich mich an den Ausdruck auf ihrem Gesicht erinnerte, als sie mich sah. Ich gab irgendwie der Maske die Schuld daran – auch an dem entsetzlichen Laut, der ihr aus der Kehle kam. Es war ein Fehler, ein dummer Fehler. Ich wollte sie nicht bei Fiona anziehen.>

Es hatte nicht mehr geklingelt. Vielleicht war Pappanauer noch immer draußen. Vielleicht auch nicht. Es war mir eigentlich egal. Ich konzentrierte mich jetzt so sehr auf das, was ich da vor mir hatte, daß ich mir kaum des Regens an der Fensterscheibe bewußt war, noch des geradezu albern lauten Tickens der Uhr in der Diele oder des monotonen Summens der Maschine vor mir.

Das Ritual, das er für mich reserviert hat, ist ganz anders als alles, was er sonst macht. Er ist womöglich noch nicht einmal derjenige, der diese anderen Dinge tut. Der Ton, in dem er sie beschreibt, hat etwas Merkwürdiges – als passierten sie jemand anderem. Es sei denn, das gehört zu seiner Krankheit, natürlich. Er will mich, das ist es, was mir wirklich angst macht. Daß er *mich* will.

>A:/LUFT

Ich vermute mal, ich wußte, daß ich sie eigentlich für Fiona gekauft hatte. Und der Gedanke machte mir angst. Wochenlang lag sie in meinem Schubfach und zog mich an. Manchmal ging ich ins Zimmer, ging auf den

Schrank zu, als wollte ich ihr weismachen, ich sei drauf und dran, sie zu benutzen, nur um dann im letzten Augenblick abzudrehen. Aber selbst wenn ich allein war, im Zimmer nebenan, dann stellte ich fest, daß ich an sie dachte. Daran, wie ich darin aussah. Wie schön sie mich verbergen würde vor der Häßlichkeit dieser Welt.

Schließlich, so vor ein, zwei Wochen, ging ich dann ins Schlafzimmer und holte das dicke gelbe Ding aus dem Schubfach, wo es zusammengefaltet unter einem Stapel anderer Sachen lag. Sie war sogar noch besser, als ich sie in Erinnerung hatte. Sie war für Perverse gemacht! Die Augenlöcher waren so klein und der Stoff so dick, daß man die Konturen des Schädels kaum sah.

Es war mir nicht hundertprozentig recht, der Versuchung schließlich doch nachgegeben zu haben. Ich hatte das Gefühl, Fiona im Stich zu lassen. Und zugleich hatte ich, ich kann noch immer nicht erklären, warum, das Gefühl, sie war es, die mich das Ding zu tragen zwang. Ich war deswegen wütend auf sie.

»Miststück«, sagte ich laut, »du benimmst dich besser anständig, Mädchen, sonst gibt's Ärger!« Ich legte die Maske, fein säuberlich gefaltet, auf den Boden meines Aktenkoffers, schenkte mir ein großes Glas Whiskey ein und setzte mich über einige der Kalkulationstabellen, die wir gegenwärtig durchgehen. Es war fast schon halb zehn, und ich brauchte etwas, um mich etwas abzuregen. Zahlen haben mich schon immer beruhigt.

Man sollte sich nie ein Bild von dem machen, was man vorhat. Solche Bilder nehmen ein Eigenleben an. Wie die Kreaturen in Bills Kopf springen sie aus einem heraus und eilen davon, um ihr Schicksal zu vollbringen. Ich nehme an, ich wußte von dem Augenblick an, in dem ich mich auf jenem Parkplatz hinter dem Bahnhof von Fiona-Town gesehen habe, daß ich mich nie dort hinbegeben würde. Ich hatte es mir vorgestellt. Damit war es schon viel zu langweilig, um es tatsächlich zu tun.

Deshalb schlenderte ich denn auch einige Tage später ins Büro der Personalabteilung und begann die Liste der Namen, Privatanschriften und Telefonnummern unserer Angestellten durchzugehen. Die ganze Zeit über, die ich sie nun schon beobachtete, hatte ich – bewußt – davon abgesehen, diese persönlichen Daten herauszufinden. Es hätte wie eine plumpe Verletzung der Privatsphäre gewirkt. Aber nachdem ich einmal zu dem Schluß gekommen war, daß es völlig in Ordnung war, wenn ich es tat, weckte es in mir die Gedanken an alle möglichen köstlichen Möglichkeiten. Ich könnte mich ihr nähern, langsam, immer näher. Ich könnte ihre Post lesen, ihre Anrufe abhören, warten und Abend für Abend unter ihrem Fenster stehend zusehen, wie sie den kleinen weißen Slip auszog, um schlafen zu gehen! Wir hatten drei Fionas in der Abteilung. Eine Fiona Macmillan, eine Fiona Malahide und Fiona Hamlyn. Fiona Macmillan wohnte im

Apartment 2
1, The Avenue.

Ich mußte sofort an ein großes Haus denken, das ein gutes Stück vom Fluß stand und einen weiten Blick über friedliche Felder bot. Ich notierte mir Adresse und Telefonnummer und ging wieder hinauf ins Büro. Ich nahm einen Stadtplan aus meiner Schreibtischschublade, und während ich die Route zu ihrer Wohnung studierte, sah ich zu Fiona hinüber.

Sie tippte einen Brief ab. Den Blick gesenkt, sah sie ihn dabei an, dann nahm sie die Fingerspitze des Zeigefingers an die Lippen, als wäre sie drauf und dran, sich die ganze Hand in den Mund zu schieben. Ihre Unterlippe glänzte vom Speichel. Sie nahm den Finger weg, tippte einige Wörter und gestattete ihm dann mit einem weiteren Blick auf ihre Kurzschrift, wieder zurück zu ihrem jetzt geöffneten Mund zu schweben. Aber diesmal berührte sie sich nicht. Sie neckte ihr Loch und hielt dann, plötzlich von ihren Nägeln fasziniert, die Hand vor sich hin, steif, kritisch, um sie zu inspizieren. Sie sind leuchtend rot lackiert – die Farbe von Blut.

Ich beugte mich wieder über meine Karte. Ich war ärgerlich, ja verzweifelt, als ich feststellte, daß die Avenue noch nicht mal in der Nähe des Flusses lag. Sie befand sich in einem Irrgarten häßlicher Seitenstraßen nördlich des Bahnhofs. Daß sie häßlich waren, sah ich an ihren Namen – Gladstone Road, Kitchener Street. Es waren schäbige, zweigeschossige Häuser aus dem Ende des 19. Jahrhunderts. Fiona bewohnte die eine Hälfte von einem davon. Eine Maisonette nennt man so etwas wohl. Ich sagte es laut vor mich, als ich über den Rand des Stadtplans zu ihr hinübersah.

Plötzlich kam ich zu dem Schluß, daß sie häßlich war. Mit ihrer spitzen Nase und dem entschlossenen kleinen Kinn sah sie aus wie eine Krähe, die den Boden nach Nahrung abpickt, und ihr Verhalten an ihrem Computer, das mir tags zuvor noch so anmutig und präzise erschienen war, schien jetzt pedantisch. Sie sah auf, und einen Augenblick lang trafen sich unsere Blicke. Obwohl ich auf der Stelle wegsah, hatte ich das unangenehme Gefühl, daß sie wußte, was ich dachte.

Wenn irgend jemand wüßte, was der andere denkt. Was er wirklich denkt… Aber ich glaube nicht, daß sie es wußte. Ich glaube, sie ist dumm. Dumm und vulgär. Ich erinnere mich, wie sie mal mit einer gewissen Pam telefoniert hat: »Ich weiß… isses nicht fuuurchtbar… ja… na dann, tschüs-sie!… mmm… jaa…«

Sie hört mit der für Frauen typischen Geschäftigkeit. Aber wenn ich ans Telefon gehe, dann kann unmöglich irgend jemand wissen, wer oder was am anderen Ende ist. Sie ist so leicht zu durchschauen. Ich glaube, was ich ihr getan habe, war richtig. Verdammt noch mal, wenn nicht ich, dann hätte es ein anderer getan.

Aber ich darf der Geschichte nicht vorgreifen. Ich muß alles ordentlich der Reihe nach niederschreiben. Ich möchte es noch mal durchlesen, immer wieder, um es immer und immer wieder erleben zu können, genauso wie es passiert ist. Außerdem möchte ich meine Fehler korrigieren: an Fiona im Londoner Tag zu denken, der nicht schwand, oder daran, daß Fiona um ein Haar von mir verfolgt worden wäre, in einem dunklen Wagen, als sie klappernd und allein die Straße zum Fluß hinabging, wo sie gar nicht wohnt.

Wie es scheint, ist der Firma eine Menge Geld abhanden gekommen. Habe ich das schon erwähnt? Ich glaube. Wenn ich sage »abhanden gekommen«, dann nimmst Du wahrscheinlich an, man hätte es gestohlen, aber so etwas bietet sich nicht automatisch an, schon gar nicht für Buchprüfer. Wir befassen uns mit dem Problem, wie es scheint, schon seit Jahren – und es gibt Tage, an denen ich glaube, daß es buchstäblich einfach aus dem Haus gelaufen ist. Die Firma ist so groß und die Buchhaltung derart kompliziert – man revolutioniert sie praktisch alle drei oder vier Jahre –, daß ich nicht sicher bin, ob die Leute hier noch das Verhältnis zwischen Einnahmen und Ausgaben verstehen.

Versteht das überhaupt jemand? Unser Staat?

Ich erwähne das alles, um zu erklären, warum ich an jenem Nachmittag etwas früher weg konnte. Wir bereiten einen Bericht für unseren Abteilungsleiter darüber vor, was letztes Jahr bei einem Bauprojekt geschehen ist.

Die Firma baut ein Kongreßzentrum – irgendwo auf dem Land, wo müde Leute aus der Chefetage sich von dem Streß erholen können, sich Gedanken darüber zu machen, was es gekostet hat, es zu bauen. Es hat eine Menge gekostet, und, nach allem, was ich so sehe, sind die Ausgaben nur schwer nachzuvollziehen.

Ich hatte um vier einen Termin mit einem der Bauunternehmer – einem zwielichtigen kleinen Burschen namens Al Hunter –, und so stand ich um Viertel nach vier auf und machte mich mit einem Nicken ins Büro auf den Weg zur Tür. Ich spielte ein kleines Spiel mit mir. Wenn sie Wiedersehen sagt, so erinnere ich mich, gedacht zu haben, dann gehe ich heute abend nicht zu ihr. Aber wenn sie nichts sagt…

Als ich die Doppeltür erreichte, blieb ich stehen. Ich zählte bis drei und wandte mich dann wieder dem Büro zu, einem großen blauen Raum mit vier Schreibtischen, die in ausreichendem Abstand zueinander stehen, und einem schmutzigen Fenster auf der einen Seite, das auf die Eisenbahnbrücke hinausführt. Na, komm schon, Fiona!

»Dann bis morgen!« sagte ich. Aber sie antwortete nicht. Na gut, dachte ich. Okay. Na gut!

Ich traf mich nicht mit Al Hunter. Hunter ist einer jener kleinen wieselartigen Typen, die ständig ein »Meeting« verlangen. Und wenn man dann zu diesen »Meetings« geht, sitzt er einem nur gegenüber, für gewöhnlich in Hemdsärmeln, und sieht aus, als wolle er einen anknabbern. Statt dessen fuhr ich nach Hause und zog mich um.>

An der Stelle, wo er Al Hunter zum zweiten Mal erwähnte, stand ich auf und schlich noch einmal ans Fenster. Al Hunter ist tot. Das weiß ich ganz bestimmt. Pappanauer schien gegangen zu sein. Aber weiter die Straße hinab sah ich eine kleine, adrette Gestalt in einem grauen Regenmantel mit Gürtel. Sie hielt sich dicht an den Zäunen und Hecken vor den Häusern und an den Hauswänden selbst, als ob sie bange wäre, die Straße auf keinen Fall mit ihrer Gegenwart zu stören. Selbst auf diese Entfernung konnte ich sehen, daß sie an der Unterlippe nagte und einen verschlossenen Blick hatte wie jemand, der sich mit einem diffizilen intellektuellen Problem befaßt. Ich wußte aber auch, daß sie mit fast absoluter Sicherheit an gar nichts dachte.

Der Anblick meiner Mutter bedrückte mich immer wieder aufs neue. Warum? Sie hat niemandem was getan. Sie war immer fleißig, während Papa weg war. Auch sie war jemandes Sekretärin. Sie spielte die Rolle von Normans Sklavin (Norman war ein Grundstücksmakler) und beklagte sich nie. Sie ist zufrieden in ihrer untergeordneten Rolle. Falls sie mich jemals tadeln wollte, wenn ich spät nach Hause kam, in der Öffentlichkeit fluchte oder zuviel trank, dann tat sie das nur mit ihren Augen. Aber Tatsache ist, daß ich mir immer wie in einer griechischen Tragödie vorkomme, wenn ich sie sehe – sie ist eine einzige schreckliche Anklage, was all meine erbärmlichen Fehler angeht. Ich nehme an, von mir wurde erwartet, all das zu tun, was sie nie gemacht hat. Ich sollte mir irgendwo ein Zuhause als Professorin einrichten und mehr als nur ein schwieriges Kind vorweisen können.

Bei dieser Gelegenheit dachte ich jedoch einzig und allein daran, daß ich ein Klingeln unmöglich ignorieren konnte, wenn sie im Haus war. Ihre Tage waren so leer, daß ihr jede Art von Unterbrechung willkommen war. Und ich wußte – obwohl ich nicht hätte sagen können, warum –, daß Pappanauer bald zurückkehren würde. Ich setzte mich wieder an den Computer und las weiter mit dem schuldbewußten Hunger eines Menschen, der ein schreckliches Geheimnis teilt.

5

>A:/LUFT

Ich wußte nicht so recht, was ich anziehen sollte. Obwohl mir mittlerweile klar war, daß ich Fiona zu Hause aufsuchen würde, wußte ich noch nicht, ob ich mich ihr zu erkennen geben sollte (das gefiel mir – mich zu erkennen geben). Zuerst dachte ich an etwas Legeres – den blauen Blazer zum Beispiel, den ich manchmal trage, wenn ich zu einem mir bekannten jungen Türken gehe, damit er mir einen runterholt. Aber der blaue Blazer war nicht passend. Ich sah darin, so fand ich, wie ein Bankdirektor aus.

Ich probierte eine Jeans an. Darin fühlte ich mich schon wesentlich besser. Dazu wählte ich einen weiten grauen Pulli und über den einen schäbigen blauen Anorak. Kaum hatte ich den Anorak an, war ich ganz aus dem Häuschen.

Ich sah so ganz anders aus als mein Büro-Ich! Ich ging ins Schlafzimmer, holte ein schmuddeliges Paar Tennisschuhe heraus und stolzierte darin vor dem Schlafzimmerspiegel herum.

»Du siehst wie ein Vergewaltiger aus«, sagte ich laut zu meinem Spiegelbild.

Nachdem ich das gesagt hatte, konnte ich es nicht mehr erwarten, in die gelbe Maske zu kommen. Kaum hatte ich sie mir übers Gesicht gezogen, wurde ich völlig gelassen und ruhig. Als ich sie mir über den Hals gezogen hatte, überkam mich ein Gefühl, das ich mir als Kind so oft gewünscht hatte. Es war, als wäre ich unsichtbar –

als könnte ich in irgendein beliebiges Haus gehen, ungebeten, die Treppe hinaufgehen und die Bewohner beim Sprechen, Essen oder beim Sex beobachten, als würden sie nur zu meinem Amüsement existieren. Ich zog sie aus und stopfte sie in die Tasche des Anoraks.

Dann ging ich zur Haustür hinaus und machte mich auf den langen Fußmarsch nach Fiona-Town. Den Wagen zu nehmen kam nicht in Frage. Der stete Regen, der den ersten Teil des Tages entstellt hatte, hatte nachgelassen; es hing zwar noch immer Feuchtigkeit in der grauen Luft, aber sie schien in einzelnen brennenden Tropfen in die Atmosphäre genäht.

Ich bin gern zu Fuß in der Stadt unterwegs. Im Waisenhaus lief ich manchmal hinaus zu den dahinter liegenden Straßen, ging runter zur Tankstelle und stieg den Hügel hinauf, auf dem die reichen Leute zu Hause waren. Dort stand ich dann vor weißen Mauern und von Waldreben überwucherten Zäunen und starrte in ihre Zimmer. In einem, das mir besonders gefiel, daran erinnere ich mich noch, stand ein Flügel und, von der Straße aus gerade noch zu sehen, zusätzlich ein Panoramafenster mit Blick auf einen Garten mit gepflasterten Wegen und leuchtenden Blumen und Kräutern. Auch im Zimmer gab es Blumen, in einer Vase auf dem Flügel und auf dem reichgeschmückten Kaminsims darüber. Rechter Hand gab es Hunderte und Aberhunderte von Büchern. Das Haus sah danach aus, als könnten die Leute darin tatsächlich einige davon gelesen haben.

Was mir an dem Zimmer gefiel, war, daß es darauf zu warten schien, daß jemand kam. Ich stand manchmal ganz lange auf der Straße. Aber es kam nie jemand. Ich dachte, es könnte dort vielleicht einen Jungen mit grauen Hosen und sehnsüchtigem Blick geben. Ich dachte, er könnte vielleicht ein klein wenig so aussehen wie ich.

Die leeren Straßen Londons sind wie jenes Haus. Hinter jeder Ecke stelle ich mir den Fremden vor, der mein Leben verändert. »Man wird uns alle verändern!« sagte Bill, bevor sie ihn wegholten, nachdem er es dem kleinen Carter das letzte Mal besorgt hatte. »Aus jedem von uns wird man was Schönes machen!«

Es wird mich verändern! sagte ich mir, als ich die Hauptstraße verließ und die erste der vielen Nebenstraßen nahm, die kreuz und quer durch die Einkaufsarkaden, die Straßen und die ewigen Einbahnstraßen führen. Es wird mich verändern!

Ich war mir der Maske in meiner Tasche äußerst bewußt und begann mir Gedanken darüber zu machen, wann und wie ich das Ding überziehen würde. Außerdem machte ich mir Sorgen um die Zeit. Aus irgendeinem Grund war ich zu dem Schluß gekommen, daß es sehr wichtig war, dort nach Einbruch der Dunkelheit anzukommen, und obwohl ich früh genug aufgebrochen war, merkte ich, nachdem ich etwa drei Viertel des Wegs hinter mir hatte, daß bereits die eine oder andere Straßenlampe anging.

Ein Klopfen oder Klingeln an der Tür am Abend hat etwas Beängstigendes. »Wer kann das sein?« fragt man sich, und wenn man das Licht in der Diele anmacht, sieht man einen riesigen dunklen Schatten hinter der Scheibe vor der Haustür. Aber in dem Augenblick, in dem man zu dem Schluß gekommen ist, daß es ein Bote mit einem Buch oder einem Päckchen aus dem Büro sein muß, fällt einem ein, daß kein Mensch einen Boten bestellt hat. Man erwartet weder ein Paket noch einen eingeschriebenen Brief. Und außerdem ist die unförmige Gestalt kein Mann in Motorradmontur. Es ist etwas anderes, und was immer es ist, es scheint einen zu wollen, während es schwankend gegen die Mattglasscheibe klopft.

Ich würde bei ihr einbrechen. Ich würde es mir gemütlich machen – mich in einem ihrer Sessel niederlassen, und wenn sie die Tür aufmachte, dann säße ich einfach da, grinsend, ein Glas in der Hand. »Hallo, Schatz! Schönen Tag gehabt?«

Ich weiß nicht, was ich sagen würde. Als ich mich auf der Straße befand, die zu ihrem Bahnhof führt, wie ich ihn mittlerweile in Gedanken nannte, dachte ich das erste Mal ernsthaft daran, wieder nach Hause zu gehen. Ich konnte mir nicht so recht vorstellen, welche Form die Begegnung mit Fiona annehmen würde. Und das schmeckte mir gar nicht. Für gewöhnlich habe ich eine sehr genaue Vorstellung davon, wie ich mich in einer bestimmten Situation verhalte, was ich sage. Wenn etwas nicht ganz so läuft, wie ich es erwartet habe, dann kann ich unangenehm werden.

So war das auch mit dem Tänzer gleich bei mir die Straße hinauf, zu dem ich gehe. Das eine Mal, als er mir nicht aufmachte, ging ich noch mal zurück und lehnte mich gegen die Klingel. Wäre er heruntergekommen, das weiß ich, ich hätte ihm ins Gesicht geschlagen. Und nachdem ich ihm ins Gesicht geschlagen hätte, hätte ich noch mehr gemacht. Er ist ein sensibler Typ – vielleicht schwante ihm etwas aus der Art, wie ich klingelte.

Ich ging damals wieder. Bis ich zu einem Park kam – das heißt, eigentlich war es eher ein leeres Grundstück mit einigen tristen Holzbänken voller Vogelscheiße. Ich ging, bis die schreckliche Leere in meiner Brust verschwunden war und ich sicher sein konnte, daß das Ding in mir nicht mehr hungrig war. Ich dachte, das Gefühl würde auch an diesem Abend vergehen. Das war zum Teil auch der Grund, weshalb ich mich entschlossen hatte, das Auto stehenzulassen und zu Fuß zu gehen. Aber diesmal wurde es schlimmer, je länger ich ging. Oh, ich tat

so, als hätte ich ihm Einhalt geboten und blieb eigens an der Ecke zur Hauptstraße von Fiona-Town stehen, vor einer Apotheke, und machte eine große Schau daraus, wie einer zu wirken, der womöglich jeden Augenblick hineinging. Aber ich wußte, dieses »Stehenbleiben an der Ecke vor der Apotheke« war nur gespielt, um die unsichtbare Person zu besänftigen, die mich ständig beobachtet. Ich wollte ihnen weismachen, verstehst Du, wie ich das immer mache, daß ich kein gottloser Mensch bin. Aber es war nur gespielt. Das Untier in mir hielt sich kichernd die Hände vor den Mund, als wollte es sagen: »Du weißt doch, was du willst. Also geh und mach's«.>

Ich hörte meine Mutter zur Haustür hereinkommen. Ich hörte sie die Einkaufstasche fallen lassen und erleichtert aufseufzen. Dann rief sie nach mir mit ihrer merkwürdig monotonen Stimme. Einmal. Sie verbrachte einen Großteil der Zeit, die sie für Norman arbeitete, damit, mit ausländischer Kundschaft zu sprechen, und so spricht sie mit mir immer, als käme ich geradewegs vom Dampfer aus Gothenburg, ganz erpicht darauf, das eine oder andere einfache englische Sätzchen aufzuschnappen, mit dem sich der eine oder andere einfache englische Junge aufreißen ließ.

»Fiona!« Ich antwortete nicht. Ich erstarrte auf meinem Stuhl, als ich überlegte, ob sie wohl das Summen des Computers hörte. Würde sie meine Anwesenheit im Haus spüren?

»Bist du ausgegangen, Fiona?« Genau die Art schwachsinniger Frage, die meine Mutter mir ständig stellt. Selbst wenn mir danach gewesen wäre, ihr zu antworten, die Art, wie sie sie stellte, machte es fast zur Pflicht, es bleiben zu lassen. Ich hörte sie noch mal seufzen und nach hinten zur Küche gehen.

Sie machte sich natürlich Sorgen um mich. Jetzt verstehe ich das. Ich hatte ihr nicht erklärt, warum ich am Abend zuvor plötzlich vor ihrer Tür stand, in Begleitung meines Chefs. Ich glaube, ich hatte Peter dazu gekriegt, ihr zu sagen, daß bei mir eine Grippe im Anzug sei. Aber als sie mir mit all dem traditionellen Trost gekommen war, hatte ich sie angeblafft. Ich erinnere mich noch, gedacht zu haben, als ich die Küchentür zugehen hörte, daß irgend etwas in mir mich davon abhält, das zu sein, was ich gern wäre – selbst gegenüber dem Menschen, der mich auf dieser Welt am meisten liebt.

ER schien in mir eine ziemlich traurige Type zu sehen. Insofern ER überhaupt in der Lage war, mich oder überhaupt einen anderen zu sehen. Manchmal schrieb er, soweit ich das beurteilen konnte, seine eigenen Gedanken und Gefühle den Leuten um ihn herum zu. Und so wahllos und derb, wie diese waren, war es schwer – abgesehen von den Hinweisen auf das Waisenhaus –, sein Geschreibsel auf irgendeine einzelne Person im Büro zu beziehen. Aber wenn er die Art Irrer war, die sich ihre Persönlichkeit kleckerweise bei anderen zusammenborgt, dann war es durchaus möglich, daß er sich einfach einen Teil von Pauls Geschichte ausgeborgt hatte – so wie er sich die gräßlichen Überfälle auf diese Mädchen am Treidelpfad ausgeborgt und angeeignet hatte. Ich war absolut überzeugt (obwohl ich noch immer nicht genau hätte sagen können, warum), daß, wer auch immer dieses Dokument geschrieben hatte, kein Mörder war. Wonach ihm war, das war Macht über das Leben anderer, aber ausleben wollte er diese Macht in einer Phantasiewelt.

Okay. Ich lag falsch. Ich las, was ich lesen wollte, nicht was da auf der Seite stand. Man könnte sagen, so lesen wir doch beinahe alles, und in meinem Fall gibt es auch eine gute Entschuldigung dafür. Ich wußte, was kam. Ich wußte, was ER (wir sind also wieder bei den Blockbuchstaben) vorhatte. Mit mir.

>A:/LUFT

Ich bewegte mich also wie jemand in Trance, als ich an einer Ladenzeile vorbeikam – einem Waschsalon, einem

Spielwarengeschäft und einem Getränkemarkt, oberhalb ein roter Backsteinbau, in dem es eine Reihe schäbiger Wohnungen gab. In fast allen hingen Gardinen, die grau waren vom Schmutz der Stadt; soweit ich sehen konnte, war die einzige Möglichkeit, in die Wohnungen zu kommen, eine Leiter gegen die Wand zu lehnen. Erst als ich um die Ecke ging in die Straße, die an der Seite des Gebäudes entlangführt, sah ich, daß es dort eine schwarze, eiserne Feuertreppe gab, die auf ein eisernes Podest führte, von dem eine Reihe Türen abgingen, die sogar noch schmutziger waren als die Fenster nach vorn hinaus. Neben einer dieser Türen, deren verblaßte blaue Farbe Blasen zog, befand sich ein trister Blumenkasten voll mit Narzissen, deren Ostergelb bereits vor dem welkenden Grau zu kapitulieren begann. »Das ist Fionas Wohnung!« sagte ich mir. »Sie ist da, wo der Blumenkasten steht!«

Ich hatte recht. Genauso wie ich mit der Feuerleiter recht gehabt hatte. Die Blumen befanden sich vor dem Apartmet 2 im Haus The Avenue 1. Und obwohl es jetzt fast schon dunkel war, brannte innen kein Licht. Auch vorn hatte ich, wie ich mich erinnerte, keines gesehen. Fiona war nicht zu Hause. Sie hatten sich direkt vom Büro mit einem Mann in der Stadt getroffen. Einem jungen Kerl mit Schnurrbart. Sie würden gemeinsam zurückkommen, ganz rot im Gesicht vom billigen Wein, würden die eiserne Feuertreppe hinaufsteigen, und während sie nach ihrem Schlüssel fummelte, würde er plump einen Arm um sie legen und einen jener wohlfeilen Küsse bekommen, die Menschen, wie's scheint, einander so abzuluchsen verstehen.

Ich hatte mit einemmal schreckliche Angst, sie könnten ausgerechnet jetzt zurückkommen und mich dort auf der Straße sehen. Ich rannte schier auf die Treppe zu, nahm zwei Stufen auf einmal und sah mir dann, ohne so recht zu wissen, was ich tat, das Fenster rechter Hand von der Tür an. Ich nehm' ihr die Bude auseinander! dachte ich und lächelte über die eigentümliche Redewendung.

Das Fenster war zweigeteilt. Der obere Teil hatte eine Art Oberlicht und stand etwas offen. Ich kletterte auf das Fensterbrett, stieß es weiter auf und bekam meine Hand hinein. Ich erreichte gerade den Griff der unteren Scheibe. In zwei Minuten hatte ich es offen, und zwar in der mühelosen, natürlichen Art eines Mannes, der eine befummelt, die will, daß er die Knöpfe aufmacht, ihr den Rock hochschiebt, den Schlüpfer herunterzieht oder was immer. Ich hatte das Gefühl, Fiona erwartete mich, so wie die dunkle Diele mich erwartete, als ich hineinschlüpfte, sachte das Fenster hinter mir schloß und dann wie Aladin in der Höhle durch die verlassene Wohnung ging.

Gleich rechts von der Tür fand ich eine Spüle, in der sich das Geschirr stapelte. Sie ist eine Schlampe, dachte ich bei mir. Auf dem Holztisch stand eine halb leere Flasche Rotwein, und auf einer der Sessellehnen lag, mit der aufgeschlagenen Seite nach unten, ein Taschenbuchkrimi.

Das Mobiliar sah gemietet aus.

Sie hatte sich noch nicht mal die Mühe gemacht, ein Bild an die Wand zu hängen. Über der Spüle hing ein Kalender, der einen nutzlosen Eindruck machte, als hinge er in einem Büro. Er schien bei Oktober stehengeblieben. Ich ging durchs Schlafzimmer. Sie mußte diesen Morgen in aller Eile gegangen sein. Die herausgezogenen Fächer links vom Bett – ein Wirrwarr von Höschen, Strumpfhosen und Büstenhaltern – gähnten mich aus dem Schrank an wie eine Reihe unregelmäßiger Zähne. Auch auf dem Boden hatte sie Sachen liegenlassen. Gleich neben dem Bett lag ein schwarzer Slip. Ich hob ihn mit Daumen und Zeigefinger auf und beschnupperte ihn. Er roch nicht nach Fiona. Überhaupt roch nichts hier nach Fiona. Einen Augenblick lang dachte ich schon, ich wäre in die falsche Wohnung geraten. Und dann sah ich auf dem Nachttischchen ein Foto von ihr, auf dem sie neben einer kleinen Frau mit weißem Haar stand. Aus dem selten blöden Ausdruck auf beiden Gesichtern schloß ich, daß es ihre Mutter war. Keine Spur von einem Vater. Das war der einzige »persönliche« Gegenstand im Raum.

Ich legte mich auf das Bett. Die Laken waren gelb, und ich fragte mich, ob sie womöglich auch zum Inventar gehörten. Das Bad war vom Schlafzimmer durch einen lose aufgehängten Plastikvorhang getrennt. Ich nehme an, der Makler, dem sie dieses Loch verdankt, hat es als »eigenes Bad« annonciert. Erst als ich um den Vorhang spähte, sah ich, daß der Wasserhahn lief. Ich weiß nicht warum, aber das brachte mich auf den Gedanken, Fiona könnte nach Hause gekommen und wieder gegangen sein. Und dieser Gedanke machte mich wütend, ausgesprochen wütend sogar.

Sie ist dabei, hier auszuziehen, dachte ich mir. Sie hatte wahrscheinlich schon irgendwo was anderes, zusammen mit ihrem jungen Mann. Dem mit dem Schnurrbart. Ein Häuschen in einer Siedlung etwas außerhalb der Stadt. Sie würde bei der Firma kündigen und hätte zwei plärrende Babys mit großen, runden Gesichtern, mit Marmelade verschmiert. Sie würden sich eines dieser albernen Dinger kaufen, die wie verkümmerte Antennen aussehen, an denen sie dann seine Wäsche und die der Babys drapierte. Der Zaun wäre niedrig genug, um in den Garten des Nachbarn zu sehen.

Ich glaube, das war der Augenblick, in dem ich beschloß, die Maske überzuziehen. Ich stand vom Bett auf und ging ins Bad, um mich im Spiegel zu sehen. Das Bad war genau das, was ich erwartet hatte. Ein weißer Hängeschrank an der Wand, dessen Tür offenstand. Drinnen ein schmutziger Plastikbecher voll Zahnbürsten. Und, auf dem Regal daneben, eine runde Plastikschachtel mit einem Pessar. Oh, Fiona! Da machen wir wohl gern fickificki, was? Oh, Fiona!

Ich sah mich im Badezimmerspiegel an, der verkratzt und fleckig war. Ich fragte mich, wie ich mich wohl im Vergleich zu Mr. Schnurrbart machte. Wenn sie mit ihm zurückkam, würde er sich vielleicht aufs Bett legen, während sie ins Bad lief, in die Knie ging und das Pessar in sich hineinschob. Ich sah es aus dem Augenwinkel an und klappte dann den Deckel auf. Dann dachte ich, wie komisch es doch wäre, wenn ich jetzt wieder ging, die Wohnung einfach verließ, genau so, wie sie war, nur daß der Deckel ihrer Pessardose offenstand. Sie würde es nicht bemerken. Oder falls doch, dann würde sie davon ausgehen, daß sie sie offengelassen hatte.

Mir gefiel der Gedanke, durch ihre Wohnung zu gehen, winzige Veränderungen vorzunehmen und dann leise wieder zu verschwinden. Das würde sie ja vielleicht doch beunruhigen. Sie würde sich fragen: Habe ich meine Cold Cream wirklich da liegenlassen? Mein Schlüpfer lag doch wohl etwas weiter rechts, oder? War jemand hier? Wieso würde jemand so was machen?

Das würde ihr angst machen. Ich malte mir aus, wie sie wohl aussehen würde, allein in ihrer Wohnung, wenn ihr klar würde, daß ihr jemand einen Besuch abgestattet hatte. Ich stellte mir vor, wie sie sich womöglich über die Schulter sah, als ich die Maske heraus und über den Kopf zog. Dann zog ich den Reißverschluß meines Anoraks zu. Ich kam zu dem Schluß, das einzige, was mich verraten könnte, meine Hände wären. Und dann sah ich die Handschuhe. Sie waren gelb. Küchenhandschuhe. Sie hatte sie an den Handtuchhalter über der Wanne gehängt. Ich hielt die Hände hoch wie ein Chirurg, als ich die Finger hineinschob. Ich vergewisserte mich, daß sie auch ja über die Bündchen des Anoraks gingen und daß nirgendwo auch nur ein Zentimeter meiner Haut zu sehen war. Dann fuhr ich vor dem Spiegel auf dem Absatz herum. Ich kam zu dem Schluß, daß ich für eine wichtige Aufgabe gekleidet war. Ich hörte Fionas Schlüssel im Schloß.

Ich hatte nirgendwo Licht angemacht. Zum Glück. Das Neonlicht der Ladenzeile sickerte, gespenstisch und grausam, ins Schlafzimmer, und in eben diesem Licht sah ich, ganz deutlich, Fiona Macmillan ihre traurige kleine Wohnung betreten, allein. Ich sah geradewegs zur Diele durch. Leise schloß sie die Tür hinter sich.

Sie hatte eine Einkaufstasche dabei und trug den braunen Mantel und das braune Kopftuch. Den Kopf hielt sie gesenkt. Sie sah aus, so dachte ich, wie eine schlaffe Marionette. Ein Fuß folgte dem anderen über den abgetretenen Teppich. Die Hand ließ die Einkaufstüte los. Der braune Mantel durfte auf den Teppich fallen und dort als Häufchen liegenbleiben. Der erste Fuß schleuderte den Schuh weg. Der zweite folgte. Sie schüttelte zwei-, dreimal den Kopf, wie ein Hund sich schüttelt, der gerade aus dem Wasser kommt, als wollte Fiona den Dreck, den Lärm und den Kummer der Stadt draußen abschütteln. Dann kam sie ins Schlafzimmer.›

Ich hörte ein Geräusch von unten. Nur ein leises, aber einen Augenblick lang hörte es sich an wie der Soundtrack zum Dokument – Weiß auf pulsierendem blauem Hintergrund –, das ich jetzt auf dem Bildschirm des Computers vor mir hatte.

Es hörte sich an wie das Geräusch SEINER Schuhe in meiner Wohnung. Fast eine Minute lang hielt ich mich mucksmäuschenstill, wagte noch nicht mal weiterzulesen, bevor mir klar wurde, daß es meine Mutter war, die durch die Diele ging. Merkwürdigerweise war es deshalb nicht weniger ungemein wichtig, sie nicht wissen zu lassen, daß ich zu Hause war. Ich kam mir wie ein kleines Mädchen beim Versteckspielen vor. Mein Herz raste ebenso schnell wie IHM das Herz gegangen sein mußte, als er hinter dem Vorhang auf mich wartete. Obwohl ich die Wörter ansah, verstand ich sie im Augenblick nicht. Mama ging wieder in die Küche. Ganz langsam und vorsichtig, als könnte man jede Bewegung einer meiner Muskeln hören, hob ich den Blick einmal mehr auf das Dokument.

>A:/LUFT

Ich wollte nicht, daß sie ins Schlafzimmer kam. Allein deshalb, weil ich mein Herz so laut schlagen hörte, daß ich fast sicher war, sie könnte es hören. Und dann reichte der Plastikvorhang nur fast bis zum Boden, es fehlte noch eine Handbreit, so daß sie, falls sie nach unten blickte, womöglich meine Turnschuhe sah. Ganz, ganz leise trat ich zurück und beobachtete sie durch den Spalt im Vorhang, als sie auf das Bett zuging.

Als sie das Licht anmachte, hielt ich den Atem an. Ich war sicher, daß mein Schatten durch den Vorhang zu sehen sein mußte. Aber sie sah nicht in Richtung Bad. Vielleicht dreht sie sich um und geht wieder hinaus, dachte ich. In diesem Stadium, verstehst Du, wollte ich nicht, daß sie da war. Ich wollte sie nicht beobachten. Ich hatte begonnen, ihre Wohnung als die meine zu sehen. Ich hatte das Gefühl, sie gehörte mir genauso wie die Aufzüge, die Foyers, die Straßen, Bahnhöfe oder Autos, in denen ich tagtäglich weile. Ich hatte Angst. Würde

sie schreien, wenn sie mich sah? Würden die Nachbarn es hören?

Ich wünschte mir sehnlichst, daß sie jetzt nichts Intimes machte. Ich wünschte mir, sie würde mir nicht zeigen, daß sie nicht die kleine gebeugte Sekretärin in der Ecke des Büros war, sondern eine Frau. Als ich das Wort Frau dachte, verspürte ich wieder jene Schwerelosigkeit in der Brust. Und ich hatte eine Vision von auseinanderklaffendem weißem Fleisch. Es war auch Blut dabei, obwohl ich nicht hätte sagen können, ob in meinen Ohren oder auf der Leiche. Ich mußte mein Handgelenk festhalten, sehr fest sogar, damit ich nicht laut aufschrie oder den Vorhang beiseite riß. Verstehst Du, ich wußte, es würde etwas Schlimmes passieren. Und tatsächlich, genauso wie bei der Feuertreppe und dem Blumenkasten, was ich mir vorgestellt hatte, trat ein. Meine verfluchte Phantasie! Es sind schon Leute an ihrer Phantasie gestorben.

Als ich wieder hinsah, zog sie sich bereits aus. Die Prostituierten, zu denen ich gehe, machen das auf raffinierte Art und Weise. Manchmal auch dann, wenn man gar nicht hinsieht. Sieht man dann doch hin, dann tun sie, als hätte es keinerlei Bedeutung. Als gingen sie zu Bett. Sie erinnerten mich an ein Aktmodell, das ich einmal gesehen habe. Es war von zwanzig oder dreißig Leuten umgeben, fast alles Männer, die über Bleistift und Papier gebeugt saßen, und als es sich in ihrer Mitte bewegte, herrschte eine knisternde Spannung. Das Modell trug einen losen Kaftan, aber noch bevor einer gewahr wurde, was es da tat – in genau dem Augenblick, würde ich sagen, in dem die Menge unaufmerksam war –, verwandelte es sich mit einem geringschätzigen Achselzucken von angezogen in nackt. Sozusagen, wenn man mit einer Frau zusammen wäre, die wollte, daß man ihr beim Ausziehen zusieht, und man selbst wollte ihr dabei zusehen, und sie macht es tatsächlich, läßt also den BH über die Brüste gleiten, wie im Kino, guckt dann völlig unschuldig und überrascht auf – und plötzlich: Oooh, möchtest du meinen Hintern sehen…? Möchtest du…?

Verstehst Du, genau so war es, sie zu beobachten. Es war tatsächlich so, als wollte sie, daß ich es tat. Weil ich es so sehr wollte. Ich wollte nicht, daß es so war, aber so war es nun mal. Zuallererst zog sie den Reißverschluß an der Seite ihres Rocks auf. Das war in Ordnung. Damit kam ich klar. Es war noch nicht mal so schlimm, als sie aus der Strumpfhose stieg, denn auch das machte sie wie ein Mädchen in der Umkleidekabine einer Boutique – ganz nüchtern und rasch. Danach war es schlimm, weil ich ihre weißen Beine sah. Und es dauerte nicht lange, und es wurde wirklich schlimm, weil sie, in einem nicht weniger flotten und kessen Manöver als dem mit dem Rock, die Arme über dem Kopf kreuzte und die Bluse darüber zog. Sie hatte nämlich, wie Du wissen mußt, nicht gemerkt, daß da noch ein Knopf zu nah am Hals zu war, so daß sie mit einer Hand zurück in die Bluse mußte, in etwa dort, wo ich ihre Brüste vermutete, um sich zu befreien. Ich sah also ihren Brustkorb, und ich sah ihr Schambein, das wie eine Haifischflosse war.

Ich dachte, jetzt würde sie damit aufhören, weißt Du. Ich dachte, sie schlüpfte vielleicht in etwas anderes – eine Jeans, einen Rock – und geht dann noch mal hinaus. Aber das tat sie nicht. Sie stand eine Ewigkeit, wie es schien, neben dem Bett, in nichts weiter als Slip und BH – ihr Blick dabei so leer wie der einer gemolkenen Kuh. Dann ließ sie ihre Hände nach hinten zum Verschluß des BH's kriechen und ließ ihn zu ihrer übrigen Kleidung fallen, auf den Boden.

Okay, okay. Schluß jetzt, hörte ich mich denken. Aber sie hörte nicht auf. Sie faßte mit dem Daumen und Zeigefinger beider Hände zwischen Bauch und Höschengummi und schob das Höschen dann, ziemlich langsam, über den kleinen Hügel ihres Hintern.

Ich wollte, daß sie sich anzog. Das war dann auch der Augenblick, in dem ich hinter dem Vorhang vortrat. Sie stand mit dem Rücken zu mir, splitternackt, und der einzige Gedanke, den ich hatte, war – ich wollte ihren Arsch nicht mehr sehen. Ich war nach einem kurzen Aufflackern der Erregung, als ich ihre Beine sah, zu dem Schluß gekommen, daß sie mir einen Streich spielte – wie das Aktmodell oder die Frauen, die ich dafür bezahle, weit intimere Dinge zu tun, als sich auszuziehen. Ich ertappte mich bei dem Gedanken, daß die Menschen sich schützen, selbst wenn sie allein sind. Sie schützen sich vor ungebetener Aufmerksamkeit.

In meiner Phantasie – in der ich aus meinem Körper heraustreten und hingehen kann, wo immer ich will – sehe ich Paaren beim Ficken zu und belausche ihre intimsten Gespräche. Manchmal ertappe ich mich auf den Kopfkissen von Leuten, die ich kenne oder gekannt habe – sehe dem Reverend zu, wie er seiner Frau den Arsch leckt, oder beobachte einen der Kuratoren des Waisenhauses, wie er den Schwanz seines Freundes in den Mund nimmt.

Tja, da war ich nun. Und machte es. Und trotzdem war es – wie der Sex, für den ich so viel bezahle – etwas unbefriedigend. Habe ich das schon gesagt? Anfangs versuchte ich, so zu tun, als wäre es alles, was ich brauchte, aber das war es natürlich nicht. Ich brauche noch etwas anderes, und das Problem ist, ich weiß nicht, was es ist. Nur das Untier weiß, was es ist. Aber ich möchte hier klarstellen, daß es nicht das Untier war, das mich hinter dem Vorhang hervortreten ließ – ich trat aus dem Bad in ihr Schlafzimmer, weil ich mehr wollte. Es mußte einfach mehr geben als eine magere Frau mit einer großen Nase, die sich in einem möblierten Zimmer über einer Reihe von Läden auszieht. Obwohl ich nicht wußte, was ich sagen sollte, dachte ich, wenn sie mich sah, würde mir ihr Gesicht sagen, was zu tun war. Lauf, du perverser Scheißkerl! Lauf um dein Leben!

In Wirklichkeit sagte mir ihr Gesicht jedoch etwas ganz anderes. Ihr Gesichtsausdruck brachte Leben ins Spiel. Er brachte das Ganze beträchtlich in Schwung. Ich meine, wie sollte es auch anders sein? Wenn Sie sich umdrehen würden, splitternackt, im eigenen Schlafzimmer, und einen Typ mit einer leuchtend blaßgelben Maske und gelben Gummihandschuhen hinter Ihrem eigenen Vorhang hervor auf sich zukommen sehen, dann möchte man doch meinen – hey! Ich meine, das ist doch was anderes, oder nicht?

Ich dachte, sie würde schreien. Tat sie nicht. Sie sperrte nur den Mund auf wie ein Fisch. So wie sie es manchmal im Büro macht. Ihre Brüste, so dachte ich, waren ziemlich dürftig. Sie hingen ihr auf den mageren Brustkasten, ohne einen Hauch des Charismas, den ich für gewöhnlich mit Brüsten verbinde. Sie wirkten nicht im mindesten flott oder keck, wie Brüste meiner Meinung nach wirken sollten. Trotzdem war es mir unmöglich, nicht hinzusehen. Und ich hatte fast schon unangenehm lange Zeit, jedem der rosa Nippel ins Auge zu sehen. Die Stille schien sich in großen Wellen auf die Wohnung auszubreiten und dämpfte den fernen Verkehrslärm und, da es wieder zu regnen begonnen hatte, das gleichmäßige Tröpfeln draußen auf dem eisernen Treppenpodest. Sie dehnte die Sekunden wie Gummi in den Händen eines kräftigen Mannes, bis der Augenblick flach und endlos war wie der Horizont einer Wüste. Und die Brüste, die mich jetzt herausfordernd anstarrten, erinnerten mich daran, daß sich eines Tages womöglich die Mäuler gieriger Kinder darum schlossen, wie Billys Hand sich über dem kleinen Carter geschlossen hatte, als er…

Ich stieß sie hart vor die Brust, und sie fiel rücklings aufs Bett. Sie fiel zurück, ihre Beine spreizten sich in der Luft. Das war der Moment, in dem ich mich zu erregen begann. Es war der Ausdruck auf ihrem Gesicht. Sie schrie noch immer nicht – vielleicht mochte sie Männer in blaßgelben Masken, vielleicht machten gelbe Küchenhandschuhe sie scharf –, aber wenigstens verlor sie den Ausdruck eines toten Fisches. Sie wirkte zum ersten Mal lebendig. Ich konnte mich nicht erinnern, sie schon mal so gesehen zu haben. Ich hatte sie geduldig gesehen, grollend, gelangweilt, wütend, und ein- oder zweimal hatte ich sie die anderen Männer im Büro wie ein kleines Mädchen anreden sehen. Aber das war das erste Mal, daß ich auf ihrem Gesicht etwas sah, was ich einen echten Ausdruck nennen würde. Nicht nur, daß sie von meinem Aufzug beeindruckt war. Sie war ganz offensichtlich sehr damit beschäftigt herauszufinden, wie die Dinge hier enden würden. Was kam da auf sie zu?

Ich legte mich auf sie, als sie zu schreien begann. Ich packte sie an den Handgelenken. Dann – ich fürchte, ich muß Ihnen diese kleinen physischen Details schildern, weil es wichtig ist, die Zusammenhänge zu sehen – begann mein Schwanz hart zu werden.>

Ich glaube, das war das erste Mal, daß ich mich gezwungen sah, mich der Person zu stellen, die ich die Woche zuvor, als all das passierte, gewesen war. Was befremdend war, war die Lebendigkeit, mit der dieser Perverse mein altes Ich vor mir auferstehen zu lassen schien. Ich nehme an, ich hatte die entsetzlichen Ereignisse jenes Abends verdrängt, bewußt nicht an sie gedacht. Und jetzt sah ich mich selbst, sah mich so, wie ich mich manchmal in Schaufenstern oder Spiegeln gesehen zu haben erinnere, worauf ich ganz und gar nicht vorbereitet war. Fiona, wie andere sie sehen. Fiona, die sich hinlegt und alles über sich ergehen läßt. Etwa eine halbe Minute lang atmete ich langsam durch die Nase – so ziemlich das einzgie, was mir der arme Dave, die gute Haut, beigebracht hat –, und dann widmete ich mich mit einer fast grauenhaften Ruhe wieder dem Text.

>A:/LUFT

Noch nie habe ich mich so stark gefühlt. Im Waisenhaus galt ich als Schwächling. Ich betrieb absolut keinen Sport. Diese Kraft kam nicht aus mir. Sie fühlte sich nicht wirklich so an, als wäre ich dafür verantwortlich, obwohl die Person, die sie bei den Armen packte, herumwarf und ihr das Gesicht ins Kissen zwang, diese gelben Gummihandschuhe zu tragen schien. Und die Augen, die zusahen, wie ihr knochiger Arsch sich zuckend wand, befanden sich tief, tief in der Maske. Ich hatte sie in einem Nackenhebel – ich zwang ihre Arme gegen die Schultern, und je mehr sie schrie, desto tiefer stieß ich sie ins Bett.

In diesem Augenblick kam ich zu dem Schluß – oder besser, in diesem Augenblick wurde mir klar, daß sie es wollte. Es war nicht etwa so, daß ich plötzlich merkte, daß mir übermenschliche Kräfte zur Verfügung standen, nein, vielmehr merkte ich, daß ihre Gegenwehr Kleinmädchentheater und jedes Aufbäumen ihrer Beine, ihrer Arme, ihres Hinterns eine Art Aufforderung war, so was wie nicht aufhören, es tut so gut, mach's mir, o bitte, mach's mir, nicht aufhören, bitte, bitte, bitte…

Ich weiß nicht, warum ich etwas gesagt habe. Ich denke wohl, um es aufregender zu machen. Obwohl ich sagen muß,

daß es auch so nicht gerade langweilig war. Aber es bestand die Möglichkeit, mich jeden Augenblick an das zu gewöhnen, was ich da tat. Und sie anzusprechen schien mir die Aussicht zu bieten, es noch einmal ungewöhnlich und zu einer Herausforderung zu machen. Ich nehme an, hätte man seinen Spaß daran, Leute umzubringen, so würde es einem nach einer Weile einfach nicht mehr genügen, sie einfach mit Blei vollzupumpen oder über das nächstbeste Kliff zu stoßen. Man müßte sich wohl immer ausgefallenere Arten ausdenken, sie um die Ecke zu bringen. Ich wußte sehr genau, was ich tat, als ich sie ansprach. Ich weiß, daß Fiona meine Stimme kennt und daß ich geliefert war, bestand auch nur der Hauch einer Möglichkeit, daß sie sie erkannte. Aber das machte es nur um so aufregender. Ich hatte natürlich vor, sie zu verstellen und das allein war schon ein Kitzel für sich. Ich hatte ja auch noch ein paar andere Dinge auf meiner Seite. Ich glaube nicht, daß ich im Büro je etwas getan habe, was darauf schließen ließe, ich sei die Art Typ, die dazu fähig wäre, sich eine blaßgelbe Maske und gelbe Küchenhandschuhe überzuziehen und bei seiner Sekretärin einzubrechen, um sie zu vergewaltigen. Sie würde meine Stimme nicht erwarten.

Ich holte die Stimme tief aus dem Rachen. Ich versuchte ihr eine synthetische Qualität zu geben, indem ich jedes Wort des Satzes gleichmäßig betonte. Außerdem legte ich mir den einen Satz, den ich zu ihr sagte, überaus sorgfältig zurecht. Ich wollte, daß sie wußte, daß sie gegen mich nichts ausrichten konnte. Ich dachte kurz daran, zu wiederholen, was ich ihr damals im Büro gesagt hatte. »Kein Friede für die Gottlosen!« Aber obwohl die Symmetrie ganz amüsant gewesen wäre, wollte ich ein so großes Risiko nicht eingehen. Was ich ziemlich verachtenswert fand.

Ich sagte: »Wenn du's jemandem sagst, bring' ich dich um.«

Womit ich ziemlich zufrieden war. Es hörte sich ganz danach an, was ein Typ mit einer gelben Maske über dem Gesicht und einem Paar gelber Küchenhandschuhe an den Händen tatsächlich sagen würde. Es klang tief und brüchig und gleichmäßig – eine Stimme wie aus dem Computer eines Raumschiffs, die einem sagte, daß man drei Millionen Meilen vom Kurs abgekommen ist und die Klimaanlage gar nicht gut aussieht. Und, vielleicht wichtiger noch, es war ganz offensichtlich nicht die meine. Es schaffte die totale Distanz zu der Tatsache, daß die Person, die das gesagt hatte, noch während sie sprach, ihren Schwanz aus der Hose nahm. Ich glaube, ich sagte es noch einmal.

»Wenn du's jemandem sagst, bring' ich dich um.«>

6

Er hat es übrigens nicht zweimal gesagt. Nur das eine Mal. Was wohlgemerkt, auch genügte. Habe ich nicht irgendwo gelesen, Psychopathen hätten kein Zeitgefühl? Oder habe ich das erfunden? Ich weiß noch, als ich das erste Mal einen Blick in A:/LUFT geworfen habe, da dachte ich, wie merkwürdig fern SEINE Schilderung dieses ersten Überfalls wirkte – obwohl es doch eigentlich erst letzte Woche passiert war. Aber was mir ebenso auffiel, das war die schreckliche Unmittelbarkeit seines Tons. Wenn ich so überlege, wieso ich niemandem gesagt habe, was dieses erste Mal passiert war, dann tue ich manchmal so, als wäre meine totale Einsamkeit nach dem Bruch mit Dave daran schuld. Ich versuche mir manchmal einzureden, es hätte mit der Person zu tun, die ich am Morgen jenes Apriltages gewesen war, aber… aber ich weiß, nichts von alledem erklärt mein Schweigen während der Woche zwischen dem ersten Überfall und dem Tag, an dem ich mich auf die Suche nach ihm machte. Der wirkliche Grund war schlicht und ergreifend Angst. Ich war sicher, daß er meinte, was er sagte. Ich hatte Angst, es jemandem zu sagen, weil ich wußte oder weil ich es im Gefühl hatte, er würde es irgendwie herausfinden, wenn ich es tat. Ich spürte, er hatte die Macht zu erfahren, was ich zu jeder Tages- und Nachtzeit machte, daß er mein Fenster beobachtete und meine Post öffnete. All das aus einem einzigen Satz in einer unheimlichen, brüchigen Stimme, wie der eines Computers. So absurd es jetzt scheint, ich hatte Angst, es jemandem zu sagen, weil ich sicher war, daß er es herausfinden würde, wenn ich es weitererzählte, und daß er dann kommen würde, um mich umzubringen.

Warum? Warum sollte ich ihm geglaubt haben? Nur weil seine Stimme eine so schreckliche Autorität hatte. Ich dachte nur, ich wüßte es, so wie man weiß, daß zwei und zwei vier und Paris die Hauptstadt von Frankreich ist. Jetzt scheint mir das absurd. Aber andererseits habe ich jetzt keine Angst mehr. Ich bin, endlich, ich selbst. Aber selbst an jenem letzten Tag, als ich meine Mutter unten in der Küche herumfuhrwerken hörte, während ich das Dokument las, hatte ER eine schreckliche Macht über mich. Seine Stimme war auf der Seite nicht weniger glaubhaft als in der Wohnung. Ich stellte fest, daß das alles, obwohl ich mich fast bewußt dagegen wehrte, um so »authentischer« schien, je weiter ich las. Jedes seiner Worte – ich ertappte mich bei diesem Gedanken – jedes seiner Worte ist wahr.

Ich erinnere mich noch, daß Dave mir von einem Typ aus dem Gefängnis erzählt hat, der zwei Kinder erstochen hatte, beide unter zehn. Der Mann behauptete, sich absolut nicht an seine Tat erinnern zu können. Er hatte schon am Morgen zu trinken begonnen und, um sich der Verantwortung für seine Tat vollends zu entziehen, noch an die dreißig Gramm Marihuana und eine LSD-Tablette geschluckt. Ich weiß noch, daß Dave gesagt hatte, er wolle nichts davon hören, daß der Mann sich nicht an sein Verbrechen erinnern könnte. Er sollte begreifen, was er getan hatte. Bei IHM hatte ich dasselbe Gefühl – nur daß es noch schlimmer war. Er glaubte durchaus zu verstehen. Er hatte sich alles zurechtgelegt. Er hatte ein System. Ich habe kein System. Vielleicht hält er mich deshalb für eine so traurige Type.

Der nächste Abschnitt handelte vom Waisenhaus und war ziemlich lang und komplex. Ich überflog ihn nur. Ich merke jetzt, mit einer gewissen Belustigung, daß der Satz am Anfang des nächsten Paragraphen das Ganze irgendwie... ja, hohl klingen läßt. Sollen wir wirklich glauben, daß dieser Mann in einem Waisenhaus war? Gibt es wirklich einen Ort, wie er ihn da beschreibt?

>A:/LUFT

Es war der Ausdruck auf ihrem Gesicht. Er versetzte mich um Jahre zurück. Innerhalb einer Sekunde reiste ich Jahre, Monate, Wochen, Tage, Stunden, Minuten zurück und bremste dann auf Sekunden ab. Und dann war ich auf einmal der Junge im Waisenhaus, der sich mit Bill in dem leeren Klassenzimmer unterhielt, während der Reverend gegen die Tür hämmerte und dabei etwas schrie, was ich nicht verstand.

Ich mochte dieses Gefühl nicht. Ich hatte meinen Schwanz herausgeholt, aber es war, als gehörte er gar nicht mir. Ich konnte ihm nichts mehr von dem zeigen, was ich ihm hatte zeigen wollen, die Tour durch ihre Körperöffnungen – ihren Mund, ihren Arsch, ihre Scheide – war ebenso unmöglich geworden, wie ich mich bei ihr für diese schreckliche, häßliche, sinnlose Tat entschuldigen konnte. Habe ich deshalb dieses Dokument begonnen? Weil ich mir selbst die Absolution erteilen will, so wie ich mir all die anderen Dinge verschaffe, die andere Leute für gewöhnlich bei anderen Leuten suchen. In Wellen stellte sich der Zorn wieder ein. Er war schlimmer als das Untier. Es war etwas, was sich nicht mit einer hochtrabenden Metapher bezeichnen ließ. Es war, als würde ich im letzten Zipfel eines langen, langen Rennens mitlaufen, wie bei den Geländeläufen, die wir im Waisenhaus hatten, als würde jeder Atemzug an meiner Lunge zerren. Ich weiß nicht, wie sie dorthin gekommen waren, aber meine Hände befanden sich um ihren Hals und begannen zu drücken. Ihre Hände droschen nach mir, aber ich war zu schwer für sie.

Ich hatte durchaus alles im Griff, als die Ejakulation eintrat. Mein Schwanz verspritzte batzenweise Zeug, das – wie ich dachte – wie geschmolzene Eiscreme oder Haarconditioner aussah. Und während sich die Samenflüssigkeit pulsierend auf ihr Nachthemd verausgabte, das verknittert auf dem Bett lag, heulte es in meinem Kopf, wie eine Polizeisirene: »DNS, DNS, DNS«.

Deshalb ließ ich auch ihren Hals los. Hätte ich nicht »DNS« gedacht, ich hätte womöglich weitergedrückt, bis ihre Bewegungen in kleinen hilflosen Kreisen auf dem Laken erstorben und ihr Gesicht blau angelaufen wäre, die Zunge in den Mund gestopft wie ein Keilkissen im Schlafzimmer einer Pension. Aber ich hörte auf. Während sie noch würgend nach Atem rang, stemmte ich mich hoch und lief ins Wohnzimmer.

Mein einziger Gedanke war, da rauszukommen. Ich riß die Tür auf, polterte den eisernen Steg entlang und war schon halb die Treppe hinuntergelaufen, als ich merkte, daß ich die Maske noch trug. Ich zog sie mir schnell vom Gesicht, stopfte sie unter den Pullover und trat dann, langsam jetzt, auf die verlassene Nebenstraße hinaus.

Ich hatte im Grunde keinen Spaß daran gehabt. Es war eher alles wie eine schwierige Hausarbeit, eine Aufgabe, die ich zu erledigen hatte, weil mir jemand im Nacken saß. Obwohl ich damit eine durchaus anerkennenswerte Leistung vollbracht hatte, der eigentliche Ablauf – sie auf das Bett zu zwingen, ihr die Hände um den Hals zu legen und so weiter – war ziemlich öde. Es ging mir erst wieder wirklich gut, als ich auf die Hauptstraße kam und, immer noch langsam und ruhig, in Richtung Bahnhof ging, den ich bis dahin noch nicht besucht hatte. Mich überkommt ziemlich oft ein Hochgefühl, wenn ich allein in der Öffentlichkeit bin (ich bin fast immer allein), aber dieses Gefühl war anders. Es war eine tiefe Ruhe, eine ungeheure Erleichterung. Als ich nach Norden, auf den Fluß zuging, dachte ich an Fiona in ihrer Wohnung. Sie würde Luft schnappend wieder ins Leben zurückkehren. Sie würde zum Telefon greifen. Sie würde eine verworrene und ungenaue Beschreibung des Angreifers liefern. Sie wäre…

Ich merkte, daß ich die Küchenhandschuhe noch trug. Ich glaube nicht, daß mich jemand gesehen hat. Aber ich hatte plötzlich die Vision eines Polizisten im Fernsehen. »Miss Macmillans Angreifer wurde zuletzt auf dem Weg zum Bahnhof gesehen, er trug Küchenhandschuhe aus gelbem Gummi!« Ich steckte die Hände tief in die Taschen meines Anoraks. Ich war mir der Menschen gar nicht bewußt gewesen, bis ich mich mit den Handschuhen ertappte. Jetzt schienen es plötzlich Hunderte zu sein, und alle sahen in meine Richtung. Ich erblickte mich in einer Schaufensterscheibe. Ich fand, ich sah ziemlich schneidig aus.

Keine Spur einer Sirene, einer Funkstreife, kein Anzeichen dafür, daß in einem schäbigen Zimmer irgendwo hinter mir eine junge Frau mit blauen Flecken auf ihrem eigenen Bett lag, ihr Laken mit Spritzern meines Samens versaut. Scheiße, sollten sie DNS-Tests machen, bis sie schwarz wurden, dachte ich mir. Wessen DNS, wüßte ich da doch gern.

Die Karte für die Rückfahrt zu kaufen war zum Schießen. Ich hatte keinen Ort gesehen, der sicher genug gewesen wäre, die Handschuhe auszuziehen, so daß ich die Hände in die Ärmel verschwinden lassen und dann die Münzen wie mit einer Kneifzange aus der Tasche ziehen mußte.

»Kam Ihnen an jenem Abend etwas ungewöhnlich vor?«

»Na ja, Officer, da war ein Typ, der keine Hände zu haben schien…

»Na also, wir suchen doch einen Mann ohne Hände!«

Nach irgend jemandem suchten sie auf jeden Fall. Ich ging ans hinterste Ende des Bahnsteigs, streifte die

Handschuhe von meinen Händen und steckte sie tief in die Anoraktasche. Ich wollte sie nicht in Fiona-Town lassen. Ich schwitzte. Was bei mir ungewöhnlich ist.

Als der Zug kam, suchte ich mir ein leeres Abteil. Ich setzte mich in die Ecke und starrte hinaus in die Dunkelheit. Der Regen zog Schlieren über die Scheibe. Als der Zug so über Brücken ratterte, durch die Schluchten hoher Böschungen und dunkler Vorstädte, in denen hin und wieder eine Hauptstraße oder ein Einkaufszentrum aufblitzte, hielt ich an einem Gedanken fest.

Morgen, so sagte ich mir immer wieder zum Rhythmus des Waggons auf dem Wirrwarr des endlosen Schienenstrangs, morgen werde ich Fiona sehen. Und sie wird es nicht wissen. Aber ich werde es wissen. Und selbst wenn nicht morgen, sondern übermorgen oder den Tag darauf, irgendwann wird sie wieder ins Büro kommen müssen. Sie wird sich durch die Flügeltür schieben, in ihrem tristen braunen Mantel und dem tristen braunen Tuch. Und ich werde an meinem Schreibtisch sitzen und sie beobachten. Ich werde wissen, was ich ihr getan habe. Aber sie weiß es nicht. Und falls sie es je erfährt, falls sie durch irgendeinen Zufall herausfinden sollte, daß ich es gewesen bin, wird sie es nicht zu sagen wagen. Nie wird sie es wagen, jemanden wissen zu lassen, was ich für ein Mensch bin. Weil ich sie natürlich umbringe, wenn sie es tut.>

Hier schien das Dokument zu enden. Obwohl es jemand nach diesem letzten schaurigen Satz geöffnet hatte, waren die folgenden Seiten leer. Ich begann vorwärts zu scrollen, um zu sehen, ob nach dem leeren Platz noch was kam. Es war merkwürdig, daß es so viele leere Seiten sein sollten. Ich hatte mindestens zwölf gezählt, als ich ein Geräusch hinter mir hörte. Ich drehte mich um und sah meine Mama draußen auf dem

Treppenpodest. Sie trug einen Korb voll Wäsche. Sie war offensichtlich überrascht, mich zu sehen.

»Ach«, sagte sie, »ich dachte, du wärst weg!«

»Nein«, sagte ich vorsichtig, »ich bin da.«

Zu solchen Gesprächen kommt es oft zwischen mir und meiner Mutter. Das kann Stunden so gehen. Das scheint nichts mit Feindseligkeit zu tun zu haben, diese bewußt kontrollierte Banalität ist vielleicht eher eine Methode, Dinge zu umgehen, die da schlummern könnten. Wenn es tatsächlich Spannungen zwischen Mama und mir gibt, dann sind sie eher explosiver Natur.

»Was«, sagte sie, nachdem sie mich eine Weile argwöhnisch gemustert hatte, »machst du denn?«

»Nichts!« sagte ich.

Und das war ein Fehler. Sie kam ins Zimmer und spähte auf die Computertastatur.

»Das war Davids!« sagte sie.

Worauf ich wußte, daß wir gleich ein sentimentales Gespräch über ihn führen würden, vielleicht als Ausgleich für die eisige Verachtung, mit der sie ihn behandelt hatte, als er noch lebte. Deshalb ließ ich sie wahrscheinlich auch die »Aufwärts«-Taste drücken, mit der sie sich wieder zu dem Dokument zurückarbeitete, das ich gerade gelesen hatte. Ich wußte, ich wollte nicht, daß sie es las, und ich wußte, ich wollte nicht darüber reden. Ich hatte einfach nicht die Kraft, sie aufzuhalten. Als sie auf die letzte Seite mit Text kam, las sie mit ihrer deutlichen Aussprache und ihrer neutralen Stimme vor.

»Und falls sie es je erfährt, falls sie durch irgendeinen Zufall herausfinden sollte, daß ich es gewesen bin, wird sie es nicht zu sagen wagen. Nie wird sie es wagen, jemanden wissen zu lassen, was ich für ein Mensch bin. Weil ich sie natürlich umbringe, wenn sie es tut.« Sie blickte auf mich herab.

»Schreibst du ein Buch?« sagte sie.

»Ja«, sagte ich.

Sie schürzte die Lippen.

»Einen Thriller?« sagte sie.

»Ja«, sagte ich.

Einen schrecklichen Augenblick lang dachte ich, sie würde weiter nach oben blättern, und ich langte schon nach dem Schalter, um den Computer abzustellen. Als sie meine Hand nach vorn gehen sah, hielt sie inne, legte sich den Zeigefinger an die Lippen, wie ein kleines Mädchen, und lachte unbeschwert auf.

»Privat«, sagte sie, »dein privates Buch! Wie das Tagebuch, das du geführt hast, als du noch klein warst.«

Es gibt viele Arten, jemandem Gewalt anzutun. Meine Mutter zieht sich zwar keine gelbe Maske über und springt mich aus dem Bad heraus an, aber ihr ständiges, erbarmungsloses Interesse an meiner Privatsphäre rieb mich auf, wie Wasser einen Felsen abträgt. Als sie ihre Schnute wieder eingezogen und aufgehört hatte, mir ein schlechtes Gewissen machen zu wollen, weil ich sie ausschloß, führte sie den verschlagenen Zeigefinger von den Lippen auf die Seiten auf dem Tisch neben dem Computer.

»Das ist deine Handschrift«, sagte sie. »Ist sie nicht eigenartig?«

»Nicht wahr?« sagte ich.

Sie musterte das Tagebuch, das ich am Tag nach SEINEM Überfall angefangen hatte. Ich war einmal mehr froh, Peter Taylor überredet zu haben, ihr gestern abend nicht zu sagen, weshalb ich gekommen war. Nunmehr ärgerlich, hielt ich eine Hand über die Seite, die sie sich ansah.

»Es ist mein Buch«, sagte ich. »Ich will nicht, daß es jemand liest, bevor es fertig ist!«

»Du bist schon komisch, Fiona«, sagte sie. »Du und dein Vater. Ihr seid euch so gleich!«

Sie begann heiter vor sich hinzusummen, um mir zu zeigen, daß es ihr im Grunde egal war, was ich machte oder sagte.

Dann nahm sie, um mir zu zeigen, daß sie nicht auf mich angewiesen war und ohnehin zu tun hatte, den Korb mit der Wäsche wieder auf und trippelte hinaus auf das Treppenpodest. Kurz bevor sie über die Schwelle trat, drehte sie sich noch mal um und sagte: »Wenigstens geht's dir wieder besser!«

Schuldgefühl stieg in mir auf wie das Gefühl von Übelkeit. Du bist alles, was sie hat, Fiona. Warum kannst du das nicht akzeptieren? Ist schließlich nicht ihre Schuld, daß Papa sich zu Tode gesoffen hat, oder?

Erst als sie in den Schlafzimmern fertig und, nach wie vor summend, wieder nach unten gegangen war, nahm ich meine Hand wieder von dem, was ich letzte Woche geschrieben hatte. Oben auf der ersten Seite waren zwei besonders fett durchgestrichene Bleistiftzeichen. Jetzt sehen sie nur wie Kritzeleien aus, aber ich konnte mich noch erinnern, wie ich mich gefühlt hatte, als ich sie machte. Ich hatte richtige Rillen ins Papier gegraben, als würde ich die Bleistiftspitze über SEIN Gesicht ziehen. Ich erinnerte mich außerdem noch daran, was ich geschrieben hatte, bevor ich die Zeichen machte, und warum ich es weggeworfen hatte.

Jetzt, wo ich las, was ER selbst über sich zu sagen hatte, war ich erstaunt, wie meine eigenen ersten privaten Worte an mich selbst sich angehört hatten. Es ging größtenteils darum, was ich ihm antun wollte und wie ich es machen würde und was er sagen würde und wie ich ihn dabei beobachten würde, wie er litt, und wie sehr mir das gefallen würde. Ich ärgerte mich jetzt fast über mich selbst, daß ich es weggeworfen hatte. In den ersten Seiten danach, war es um meinen Papa gegangen. Nicht darum, was ihm später passiert war, sondern sentimentales Zeug darüber, wie er heimkam und mich hochnahm und in dem tristen Vorgarten herumschleuderte, bis mir der Kopf schwamm und das Herz raste. Ich nehme an, ich versuchte an diesen ungetrübten Kindheitserinnerungen festzuhalten (oder sie gar zu erfinden), von denen Wordsworth spricht. Die mit einer unbefriedigenden Kindheit sind dazu verdammt, Alternativen zu erfinden.

Als ich das jetzt las, war ich geradezu wütend auf mich. Und außerdem war ich schockiert darüber, wie mein Ton mich verriet. Ich konnte nicht glauben, daß ich mich so dumm anhören könnte, so kindisch, so kunstvoll kunstlos.

Wenn ich mich noch nicht einmal in dem erkannte, was ich selbst geschrieben hatte, wie sollte mir dann dieses Dokument namens A:/LUFT einen Hinweis auf seine Identität geben? Ich stieß den Stuhl vom Computer zurück und begann in meinem Tagebuch zurückzulesen, dem Tagebuch, das ich am Morgen nach dem ersten Überfall angefangen hatte. Noch in meiner Wohnung. Nur eine Woche lag zwischen dem Mädchen, das es geschrieben hatte, und dem Mädchen, das es am dreizehnten April wieder las. Und trotzdem war ich – ich sehe das jetzt deutlich – ein ganz anderer Mensch.

Dienstag, 6. April, 11 Uhr vormittags (F)

Nachdem Paps gestorben war, kam ich mit Mama viel besser klar. Manchmal glaube ich, die Streitereien, die ich mit ihr hatte, waren in Wirklichkeit die, die ich mich mit meinem Papa nicht zu haben traute. Ich erinnere mich noch an die Sachen, die er mir mitgebracht hat, als er aus Spanien zurückkam. Ich erinnere mich noch daran, wie Licht das Zimmer erhellte, wenn sein Gesicht um den Türpfosten bog, leuchtend rot von seinem letzten Schnaps, mit funkelnden Augen. »Hallo, Kleines! Bist mir doch nicht etwa bös!« Ich war ihm nie böse. Ich getraute mich nicht, mit ihm zu streiten, weil die kurze Zeit, die ich ihn für mich hatte, so kostbar war. Ich wollte mir das nicht verderben.

Er war ein lebhafter kleiner Mann mit einem kleinen roten Schnurrbart. Als ich klein war, dachte ich immer, er trage jahraus, jahrein, Tag für Tag, ein und denselben Anzug. Eines Tages schlich ich mich in sein Zimmer und schaute in seinen Schrank. Wie sich herausstellte, hatte er um die dreißig Anzüge, die nur alle gleich aussahen – schwarz mit holzkohlegrauen Streifen. Seine Krawatten, daran erinnere ich mich noch, hingen auf der anderen Seite des Schranks. Da gab es eine von der Luftwaffe, eine vom Rugbyclub, eine in den Farben eines teuren Internats und dann noch eine ganz außergewöhnliche dunkelblaue, die darauf schließen ließ, daß er mal etwas mit Ballonfahren zu tun gehabt hatte.

Aber das Wichtigste war sein Hinkebein. Das und die Blinddarmnarbe. Sein Hinkebein, glaube ich, hatte was mit dem Koreakrieg zu tun, aber die Blinddarmnarbe, die er des öfteren selbst relativ Fremden vorführte, begleitete immer ein vielsilbiges Wort, das er mit der knappen Würde des wahren Helden aussprach: »Granatsplitter!«

Ich denke ja, daß Papa dem Militär nie näher gekommen war als in den amerikanischen Filmen im Fernsehen. Trotzdem glaubte er an die Rollen, die er spielte. Und wenn er sich als der liebevolle Papa gab – wenn er mir dabei zusah, wie ich ein Geschenk auspackte, oder völlig versunken zuhörte, wenn ich ihm was vorlas –, dann nahm auch ich es ihm ab. Seine plötzlichen Auftritte in unserem kleinen Leben waren so überraschend, daß mich immer ein merkwürdiges, schwereloses Gefühl beschlich, und ich weiß heute, daß ich schlicht glücklich war. Der bloße Anblick seiner Handschrift auf einer Postkarte – nachdem ich ihn ein Jahr lang nicht gesehen hatte – konnte mir die Tränen in die Augen treiben. »BIN IN TUNESIEN!« Auf einer stand: »HEISS!« Und danach für ein weiteres halbes Jahr nichts. Aber seine Abwesenheiten waren Teil seines Charmes. Denn egal, wie schlecht es zwischen ihm und meiner Mutter stand, er kam immer wieder zu mir zurück. Ich nehme an, er mußte mich sehr geliebt haben.

Ich schreibe über meinen Papa, weil ich mir etwas bewahren will, was gut und gütig (er war nie gewalttätig, noch nicht mal im Suff) und angenehm war in einer Welt, die sich als schlimmer entpuppte als alles, was ich mir je hätte ausmalen können. Ich frage mich manchmal, ob ich mir *tatsächlich* etwas *so* Schreckliches hätte ausmalen können, ob es eine Möglichkeit gegeben hätte, es vorherzusehen, irgendwie zu wissen, was mich erwartete, als ich gestern abend meine Wohnung betrat. Aber jetzt ist es zu spät, an so was auch nur zu denken.

Ich führe seit Jahren kein Tagebuch mehr. Ich habe keinem was davon gesagt, verstehen Sie. Also muß ich es diesen Seiten hier sagen. Draußen regnet es – pausenlos. Autos und Busse bahnen sich ihren Weg durch riesige Pfützen; von den Blättern der Bäume im Vorhof und den schmutzigen Fenstern des Büros, wo ich das hier schreibe, rollen die Tropfen wie Tränen, die man nicht zurückhalten kann. Ich klammere mich an meine Umgebung. Obwohl ich mir nicht vorstellen kann, das hier meiner Mutter zu erzählen. Aber auch wenn ich niemanden habe, *für* den ich Schwester oder Tochter sein kann, ich werde mich trotzdem als Schwester und Tochter sehen. Ich werde sogar das Gute zwischen Dave und mir sehen. Ich glaube, das ging ohnehin nur deshalb schief, weil er zu sehr wie ein Bruder war. An unserer Beziehung war nichts grausam oder schrecklich gewesen. Als er ging, stritten wir noch nicht mal. Ich glaube, das einzige Mal, daß ich ihn angeschrien habe, das war, als er darauf bestand, Fußball im Fernsehen nicht nur anzuschauen, sondern es gleichzeitig auch noch aufzunehmen.

Ich bin eine Schwester und eine Tochter, und ich bin ich selbst. Heißt es nicht immer, man muß sich seine Selbstachtung bewahren, wenn jemand einen am Arbeitsplatz belästigt? Sie sagen einem freilich nicht, was man machen soll, wenn irgendein abscheulicher Perverser in deine Wohnung einbricht und dich vergewaltigt, aber ich kann mir ganz gut vorstellen, was sie einem sagen *würden*. Ich weiß, was sie alle sagen würden – sehen Sie, das ist ja auch teils der Grund, warum ich es nicht ertrage, es jemandem zu sagen. Selbstachtung bla, bla, bla. Schwestern bla, bla, bla... Ich bekomme die schreckliche Stimme nicht aus dem Kopf. Ich glaube, was er gesagt hat. Ich glaube, wenn ich es jemandem sage, dann kommt er, wo immer ich bin, und spürt mich auf. Ich muß all das Gute in meinem Leben zusammensuchen und um mich herum anhäufen wie einen Deich gegen ihn. Damit ich, wenn er das nächste Mal kommt – und ich bin mir sicher, daß es ein nächstes Mal geben wird, auf ihn gefaßt bin.

Eines der guten Dinge in meinem Leben, das sind die Leute in diesem Büro. Sehen Sie, ich sage »Leute«, obwohl es alles Männer sind; so etwas soll ja dazu führen, daß man alle Männer haßt, aber ich hasse nicht alle Männer. Ich hasse nur den einen, der mir das angetan hat. Die Männer in meinem Büro sind meinem Vater so unähnlich, wie man sich das nur vorstellen kann. Sie sind mir gegenüber merkwürdig förmlich. Sie kommen zur selben Zeit und gehen zur selben Zeit. Im Lauf der Jahre ist unsere Büroroutine zu einem Ritual geworden, an das man sich sorgfältig hält – bis hin zu Pappanauers unanständigen Witzen und Peter Taylors Mißbilligung selbiger. Sie mögen alle furchtbar interessant sein, aber ich achte sehr darauf, ihnen keine Gelegenheit zu geben, das zu zeigen. Es sagt mir was, daß sie alle fast die gleichen Anzüge tragen. Sogar ihre Aktenkoffer sind völlig gleich. So berechenbar sind sie.

Sogar John Pappanauer war diesen Morgen mir gegenüber sehr höflich. Ich brach fast in Tränen aus. Er kam herüber, als ich am Fotokopierer stand, und neigte den Kopf etwas zur Seite wie ein Vogel, der nach Würmern lauscht.

»Alles in Ordnung, Fi?« sagte er.

Es war das »Fi«. Abkürzungen können einen wirklich dahinschmelzen lassen, stimmt's? Ich mußte mich an dem Apparat festhalten, der gerade Papier ausspuckte. Und ich stellte fest, daß ich mir, ohne mir dessen bewußt zu sein, die Hand an den Hals gelegt hatte, wo mein Tuch den großen häßlichen blauen Fleck verbarg, den er hinterlassen hatte.

»Alles klar!« sagte ich.

Ich weiß, ich hätte nicht zur Arbeit kommen sollen. Ich weiß, ich hätte die Polizei rufen sollen. Ich weiß, alles mögliche, was ich so mache, ist falsch und dumm, aber das hielt mich nicht davon ab. Wenn Sie's genau wissen wollen, ich glaube, keiner von uns weiß, was er tut.

Ich werde mich gleich besser fühlen, da ich alles hier niederschreibe, in meiner krakeligen Handschrift, wie eine Spinnenspur. Die Dinge zu beschreiben gibt einem Kontrolle darüber. Die Quetschung an meinem Hals, zum Beispiel, ist dunkelblau, fast mauve, und als er auf mich losging, da... Sehen Sie? Langsam kann ich immerhin schon daran denken. Auch wenn ich mich noch nicht dazu überwinden kann, es zu schildern

Ausgerechnet Pappanauer mußte es sein, der mich fast zum Weinen brachte. Er ist der einzige von ihnen, den ich in der Tat nicht mag. In die anderen beiden, so nehme ich an, setze ich mittlerweile Vertrauen, obwohl sie mir, jeder auf seine Art, ein Rätsel sind. Sie haben beide blasse, zurückhaltende Augen, die einen nicht sehen lassen, was sie denken. Beide haben mich hin und wieder schon auf diese merkwürdige, kalte, spekulative Art angesehen, die Männer manchmal so haben, wenn man ihnen gefällt. Aber man weiß – oder glaubt es zu wissen –, daß sie im Grunde sanftmütig sind – eine Qualität meines armen verstorbenen Vaters, die mir heute besonders lieb in Erinnerung ist.

Peter Taylor ist der älteste von ihnen. Ich nehme an, er ist der Chef. Und selbst wenn er mir nicht unbedingt gefällt, so sehe ich ihn als eine warme, behütende Präsenz. Er hat rotes Haar. Er ist der einzige im Büro, der verheiratet ist. Obwohl ich seine Frau nie kennengelernt habe, so habe ich ihre Stimme oft genug am Telefon gehört, und einmal hat er mir ein Foto von ihr gezeigt. Sie ist viel hübscher, als ich erwartet hatte. Sie ist blond, hat ebenmäßige Züge und lächelte darauf nicht so, daß gleich das ganze Gesicht zerfiel – wie das bei mir der Fall ist, wenn ich Heiterkeit zum Ausdruck binge. Ein paar Tage später bat ich daraum, ein Foto von seinen Jungs zu sehen, und er sagte auf seine trockene Art, die er so hat: »Das wird ja langsam peinlich, Fi! Nur Perverse stellen Bilder von Frau und Familie zur Schau!« Dann grinste er. »Vor allem an der Sonnenblende ihres Wagens!« Aber er holte sie trotzdem heraus, und man sah, wie wahnsinnig stolz er auf sie war. Sie waren etwa zwei oder drei, und sie standen in einem Garten, Eimer und Spaten in der Hand. Jimmy, der älteste, ein ernster kleiner Junge mit einem Topfschnitt, sah seinen jüngeren Bruder etwas argwöhnisch an, und Johnny, der jüngste, starrte mit all seinen Sommersprossen grinsend in die Kamera. Sein ganzer Körper lächelte mit.

Peter hat ganz blasse Sommersprossen auf der blassen Haut, wie sein jüngster Sohn. Außerdem hat er eine süße kleine Himmelfahrtsnase, die ihn, obwohl er zwei Kinder hat und Oberrevisor ist, was immer das heißt, oft aussehen läßt, als schmettere er jeden Augenblick »Oh, for the Wings of a Dove«. Einmal kam er, und das gilt hier als ausgesprochen gewagt, in einem Sommeranzug ins Büro.

Da ich seine Familie nie kennengelernt habe, überlege ich mir oft, wie sie wohl ist. Einmal bin ich, nachdem er sein Jackett neben die Tür gehängt hatte und sonst niemand da war, auf Zehenspitzen hinübergeschlichen und habe das Foto seiner Frau herausgeholt. Sie trug darauf Jeans und T-Shirt. Sie stand in einem Garten, und hinter ihr gab es jede Menge blauen Himmel. Aus irgendeinem Grund kam ich zu dem

Schluß, sie hätte, falls sie auf dem Bild etwas sagte, einen australischen Akzent, obwohl sie am Telefon eine komische, schüchterne, kleine englische Stimme hatte. Vor ein paar Tagen fragte ich Peter: »Hat deine Frau mal in Australien gelebt?« Er sah mich seltsam an. Er schien nicht allzu erfreut, daß ich ihn auf sie ansprach.

»Ich glaube nicht. Wie kommst du denn darauf?«

»Weiß nicht.«

Ist schon eigenartig, um wieviel ruhiger mich die Schilderung dieser kleinen Details aus dem Büroleben macht. Ich nehme an, seit Dave mich verlassen hat, ist es zum Mittelpunkt meines Lebens geworden. Ich fühle mich hier sicher.

Ich denke mir immer, wenn sie Brüder wären, dann wäre Paul der mittlere. Er ist sehr umsichtig und zurückhaltend. Wenn er etwas sagt, was nicht sehr oft vorkommt, dann mit Bedacht und wohlüberlegt. Er hat dichte Locken, was merkwürdig ist, weil er nicht die Art Gesicht hat, mit dem man Locken verbindet. Es gab eine Zeit, da habe ich doch tatsächlich gedacht, es könnte eine Perücke sein. Paul spricht kaum über sich, und im Gegensatz zu uns anderen im Büro bekommt er fast nie einen privaten Anruf. Und er sagt selten etwas, was darauf schließen ließe, daß er Grund dafür hätte, einen zu bekommen. Ich weiß nicht, ob er eine Freundin, ja noch nicht mal, ob er Vater oder Mutter hat. Aber irgendwas an ihm bringt mich auf den Gedanken, er könnte unglücklich sein. Er lacht nicht wie wir anderen, und wenn wir lachen, dann sieht er immer ein bißchen verängstigt aus, als lachten wir womöglich über ihn. Peter meint, daß er furchtbar gescheit ist. Vor allem wenn es um Zahlen geht. Ich bin ein hoffnungsloser Fall, was Zahlen angeht.

Letzte Woche hat er mir fast einen Schreck eingejagt. Ich machte Überstunden und hatte nicht gemerkt, daß noch jemand im Büro war. Die Teppiche in unserem Büro sind richtig dick, und wenn man beschäftigt ist, hört man einfach nicht, daß jemand von hinten auf einen zukommt. Ich hatte also nicht so recht gemerkt, daß jemand in meiner Nähe war, als ganz plötzlich aus dem Nichts eine Hand kam und meinen rechten Arm berührte, mit der Zartheit eines Kindes, ganz, ganz leicht. Als ich den Kopf hob, war es Paul, mit dem ernsten Blick, den er so hat. Wenn er etwas sagt, dann sagt er es ganz präzis. Und er verschluckt dabei nichts – ganz besonders keine Konsonanten.

»Gute Nacht, Fiona!« sagte er.

»Oh«, sagte ich, »gute Nacht!« Und er ging.

Obwohl sie alle drei ein bißchen langweilig aussehen, ist ihre Arbeit – das versichern sie mir immer wieder – sehr wichtig. Ihre Aufgabe ist es, sämtliche Rechnungen zu bezahlen, die die Firma bei anderen Firmen macht – vor allem bei Bauunternehmern. Und wie ich mir das so zusammenreime, stecken sie im Augenblick *mächtig in der Scheiße*, weil sie ein paar Millionen verlegt haben. Ich weiß nicht, ob das daran liegt, daß sie sich zuerst verzählt haben, oder ob alle drei das Geld einfach im Aktenkoffer mit nach Hause genommen haben. Aber die letzen paar Monate wurde hier viel über ein gewisses Newsom-Projekt gemunkelt.

Ich hielt mich da raus. Ich verstehe davon nichts. Alles, was ich weiß, ist, daß es nicht meine Millionen sind, und ich glaube nicht, daß ich was davon gesehen habe. Ich tippe Briefe an Leute, die ich nie im Leben sehen werde. Ich drucke Listen mit Zahlen aus, die ich nicht verstehe. Und deshalb arbeite ich schließlich hier. Ich kann mir einfach nicht vorstellen, etwas zu tun, woran mir was liegt. Ich weiß, daß ich beim leisesten Anzeichen von Entmutigung – sagen wir mal – seitens eines Lehrers oder Kritikers einen Tobsuchtsanfall bekäme. Hier drinnen jedoch ist alles ruhig und im Lot. Hätte mein Leben hier eine Farbe, es wäre ein ruhiges Grau.

Ist schon sonderbar. Ich fühle mich jetzt besser. Es wird furchtbar viel Zeit brauchen und furchtbar viele Wörter über irgendwelche andere Dinge, bevor ich wirklich anfangen kann, *darüber* zu schreiben. Aber ich habe jetzt schon nicht mehr das Gefühl, darüber zu schreiben würde dazu führen, daß es noch mal passiert, daß das Wörtchen ER ihn wie den Teufel heraufbeschwört. Obwohl ER meiner Meinung nach, wenn Sie es genau wissen wollen, der Teufel ist oder wenigstens von *ihm* besessen war. Ich glaube, er ist wirklich gottlos. Es gibt gottlose Menschen, und sie sollten bestraft werden für das, was sie tun.

Insgeheim nenne ich die drei Männer in meinem Büro die Apostel. Natürlich weil der dritte John heißt. Ein Heiliger ist er nicht, fürchte ich. Er ist ein *heißer Typ*. Sie kennen die Art – gestern abend immer auf einer tollen Party gewesen, von der er jedem erzählen muß. Er erzählt einem nicht nur von der Party, er erzählt einem auch noch, daß er sich im Taxi nach Hause erbrochen hat, wie es ihm ging, als er um drei Uhr morgens aufwachte, und wenn's nur irgendwie geht, läßt er einen auch noch wissen, neben wem er aufgewacht ist. Wenn ihm ihr Name nicht mehr einfällt, dann hat er immer ein paar physische Einzelheiten parat – wie etwa die Oberweite oder kleinere Probleme mit der körperlichen Hygiene, die er danach hatte. Würde ich neben ihm aufwachen, ich würde schreien und schreien, bis ich mich übergeben müßte. Noch ekliger ist er, wenn er mit den Jungs ausgewesen ist. Einmal, so hat er uns erzählt, hat er sich mit Ted, Mick, Sid und Jim (die Namen tauchen immer wieder auf bei ihm, und er geht davon aus, daß man sie kennt und weiß, wie viele Pickel sie mehr haben als Kevin, Dan, Jeff und Ted) so zugesoffen, daß er im *Zug* eingeschlafen ist, und als er wieder aufwachte, war es *vier Uhr morgens*, und er war in *Southend*. Erstaunlich!

»Ich habe den Schaffner angequatscht«, sagte er. »Mit Türken bin ich schon immer gut ausgekommen!« Dann zwinkerte er mir zu. Ich zog lediglich die Brauen hoch. Männer wie John

Pappanauer lächelt man nicht an. Sie verstehen das immer gleich falsch. Obwohl, man könnte sie genausogut anlächeln, sie verstehen sowieso alles falsch. Er beugte sich über meinen Computer und zwinkerte wieder. »Ich steh' auf Türken, Fiona!« sagte er. »Wie ist das mit Ihnen?«

»Sie sind besser als pickelige Engländer!« sagte ich. Aber es hatte nicht die geringste Wirkung.

Er hat immer zwei oder drei Frauen gleichzeitig. Behauptet er jedenfalls. Und soweit ich das mitbekommen habe – ich höre nicht immer zu, wenn er anfängt –, sind sie gar nicht so selten anderer Leute Frauen. Er scheint sich in diesem Punkt für unglaublich clever zu halten. Er nennt sie nie beim Namen. Er nennt sie immer nur Missis.

»Also«, erzählte er mal, »ich bin im Schlafzimmer und besorg' es der Missis, als ich ihren Männe die Treppe heraufkommen hör'. Und mit dem ist *nicht gut Kirschen essen!*« Pappanauer benutzt ständig Wendungen wie »nicht gut Kirschen essen«. »Die Treppe *bebt*!« fährt er fort. Und dabei schaut er zu mir herüber. Es soll mich schließlich interessieren, wissen Sie, als Frau.

»Was haben Sie gemacht?« fragte ich schließlich.

»Zum Fenster raus!« sagt Pappanauer. »Ich bin durchs Fenster abgehauen. Und ließ Missis an der Pforte zum Himmel stehen!«

Natürlich! Das sieht dir ähnlich!

John hat übrigens gar keine Pickel. Er ist der Typ, der einem in der Masse nicht auffallen würde. Er hat ein sauberes, scharf geschnittenes Gesicht und flottes, ziemlich steifes schwarzes Haar. Obwohl er ständig von seinen Frauen spricht, hören wir nie was über seine Familie. Ich frage mich manchmal, ob sein ganzes Gerede nicht ausgedacht ist – es ist durchaus möglich, daß er allein in einem möblierten Zimmer wohnt und sich im Spiegel anstarrt. Ich erwische ihn ziemlich oft dabei, daß er sich in den Fenstern studiert, und wenigstens zwei-, dreimal am Tag verschwindet er aufs Klo, um sich zurechtzumachen. Zumindest nehme ich an, daß er deswegen geht.

Wie alle drei spricht er für sein Leben gern über Routen, Karten, Trinken, Motoren, Zahlen und all die anderen Dinge, über die Männer so gern zu reden scheinen. Wenn er ernst wirken will, dann kneift er die Augen ganz klein zusammen und tut so, als kaue er etwas – grauenhaft! Wenn er einen unbedingt beeindrucken will, dann versucht er, wie ein Amerikaner zu klingen. Aber ich schildere ihn hier schlimmer, als er eigentlich ist. Er ist wie eines der Püppchen, die man sich so als Maskottchen ins Heckfenster seines Wagens hängt. Keiner *erwartet* von ihm tadellosen Takt und Geschmack. Wenn es einen nicht stört, daß einer um halb zehn Uhr vormittags im Büro mit dem Hintern zu wackeln trainiert oder Zeug von sich gibt wie »Ich bin im Augenblick dabei, total in mich zu gehen!«, dann mag man ihn wahrscheinlich über kurz oder lang. Nur seine Augen scheinen irgendwie immer ganz woanders zu sein. Weder fällt einem ihre Farbe auf noch ihr Ausdruck, und wenn man versucht, sie wahrzunehmen, dann fragt man sich, wieso einem das nicht schon vorher aufgefallen ist.

◇

In diesem Augenblick klingelte es wieder an der Tür. Noch bevor ich auf den Beinen war und mir für Mama etwas Überzeugendes ausdenken konnte, nicht aufzumachen, hörte ich schon ihre Schritte in der Diele. Das Schloß klickte, und ich hörte, mit beängstigender Deutlichkeit, John Pappanauer: »Mrs. Macmillan? Ich bin John Pappanauer. Ist vielleicht Ihre Tochter zu Hause?«

Ich begann meinen Papierkram zusammenzusammeln, als käme auch er die Treppe herauf und starrte sie an wie meine Mutter vorhin. Aber noch bevor ich sie in Ordnung gebracht hatte, rief sie meinen Namen die Treppe herauf, und ich ging ans Treppenpodest und sagte in dem verlegenen Piepsen, das – wie ich erkannte – dem Mädchen gehörte, von dem das Tagebuch stammte: »Mr. Pappanauer! Was führt Sie denn hierher?«

7

Es war fast genau eine Woche vergangen seit dem ersten Überfall auf mich und dem ersten verzweifelten Tagebucheintrag tags darauf. Und ich stieg die Treppe hinunter mit einer merkwürdigen Ruhe, die wahrscheinlich daher kam, daß ich keiner Menschenseele was von der ersten Vergewaltigung in meiner Wohnung gesagt hatte. Und was IHN anging – selbst wenn ER Pappanauer war, so spielte ich nach seinen Regeln. Sehen Sie, ich hatte gelernt, nichts zu verraten.

Wenn du's jemandem sagst, bring' ich dich um.

Schweigen ist eine Waffe. Ich wußte natürlich nicht, inwiefern Pappanauer darüber Bescheid wußte, was am Abend zuvor passiert war. Und ich war fest entschlossen, ihm nichts davon zu sagen, daß Peter Taylor am Abend zuvor überzeugt gewesen war, das Gesicht meines Angreifers auf der Straße gesehen zu haben. Es bestand durchaus die Möglichkeit, daß Peter ihm gesagt hatte, daß er mich zu meiner Mutter gebracht hatte. Aber aus irgendeinem Grund schien es mir nicht sehr wahrscheinlich, daß er ihm gesagt haben sollte, warum. Kein Lächeln, kein Zwinkern, kein anzügliches Grinsen – was für Pappanauer ganz und gar ungewöhnlich ist. Er trug jenen künstlichen Ernst zur Schau, den Kinder in der Gegenwart des Todes annehmen, und als ich die Treppe hinab auf ihn zuging, mußte ich mir den plötzlichen irrationalen Drang zu kichern verkneifen.

Das Mädchen, das ich noch letzte Woche gewesen war, hatte ihn nicht gemocht. Jetzt, wo er so in der Diele stand, in seiner Lederjacke, die Hände vor dem Nabel übereinandergelegt (was den Eindruck eines professionellen Trauergastes noch verstärkte), ertappte ich mich bei der Frage, ob ich eigentlich je wirklich über das pubertäre Machogehabe hinausgeguckt hatte, das er im Büro so gern zur Schau trägt. Wenn ich dahinterkommen wollte, wer von ihnen die Wahrheit sagte, dann würde ich lernen müssen, zu fragen, zuzuhören und mit meinem Urteil nicht vorschnell zu sein. Ich bin jetzt der Ansicht, das war der Augenblick, in dem ich erwachsen zu werden begann – als ich auf diesen Mann hinabblickte, den ich weder kannte noch mochte, und dabei einsah, wenn ich die Welt und was mir zugestoßen war verstehen wollte, dann müßte ich das auf eigene Faust angehen. Verantwortlich dafür war die schrecklich hilflose *Naivität* meines Tagebuchs. Scham ist der alleinige Lehrmeister.

»Ich wollte Sie nur sehen«, sagte Pappanauer, »um mich zu vergewissern, daß Ihnen nichts fehlt!« Ausgesprochen lieb lächelte ich ihn an.

»Das ist nett von Ihnen«, sagte ich.

Es war ganz offensichtlich nicht der Grund, aus dem er hier war. Meine Mama starrte ihn an. Bevor sie zu zwinkern oder den Kopf zurückzuwerfen begann oder was sie so machte, wenn irgendein Kerl unter sechzig in der Nähe ist, sagte ich: »Ich bin im Augenblick ziemlich beschäftigt …«

Mama nahm das als Stichwort zu gehen, und Pappanauer und ich standen schweigend in der Diele. Er sah jetzt mehr nach einem kleinen Jungen aus als je zuvor. Obwohl ich wußte, daß ich wieder zu meinen Seiten Papier oben zurückkehren mußte, wußte ich auch, wie wichtig es war, keinen Augenblick zu versäumen, während er da war.

»Sagen Sie mal, John«, sagte ich so beiläufig wie möglich, »Ihre Eltern …« Sein Mund klappte auf. Das war das letzte, was er erwartet hatte. Nachdem er die Überraschung erst mal verwunden hatte, nahm sein Gesicht einen Ausdruck tiefen Argwohns an.

»Was soll mit ihnen sein?« sagte er.

»Ich weiß nicht…« Ich ließ meine Stimme im Nichts verklingen. »Sie sprechen nie über sie«, sagte ich schließlich. Pappanauer zog das Kinn an. Er war eindeutig hier, um etwas loszuwerden. Das letzte, was er erwartet hatte, war eine persönliche Frage. Vielleicht war das der einzige Grund, aus dem er von einem Bein aufs andere zu treten begann und, ohne auch nur den Versuch zu machen, meine Frage zu beantworten, sagte: »Könnten wir uns im Wohnzimmer unterhalten?«

»Sicher!« sagte ich. »Aber Sie werden noch etwas warten müssen. Ich bin mitten in was ziemlich Wichtigem.«

»So lange Sie wollen«, sagte Pappanauer.

Ich führe ihn in das kleine Zimmer zur Straße hinaus. Dann ging ich wieder nach oben. Sehen Sie, ich hatte langsam, aber sicher das Gefühl, daß sich irgendwo in dem Paket, das Paul mir geschickt hatte, ein Hinweis fand, den nur ich verstehen konnte. Ich kam mir vor wie ein Anwalt, der vor einer Besprechung Informationen über den Sachverhalt haben wollte, und während er da saß und in den Regen hinausschaute, ging ich wieder in das kleine Zimmer nach oben und machte mich wieder gierig daran, meine eigene kaum zu entziffernde Klaue zu lesen. Ich war sofort wieder bei meinem alten Ich, das vor acht Tagen, am Morgen nach SEINEM Überfall auf mich, allein im Büro, zu kritzeln begonnen hatte. Ich vergaß meine Mutter, die in der Küche mit dem Geschirr klapperte, vergaß den Regen auf dem Dach und Pappanauers merkwürdig stille und ernste Gestalt, die verlegen im Halbdunkel hinter den Gardinen auf einem unserer tristen Sofas saß.

DIENSTAG, 6. April, 12 Uhr mittags (F)

Paul Jackson, Peter Taylor, John Pappanauer. Das sind im Augenblick die Männer in meinem Leben. Andere sehe ich nicht. Es hat Zeiten gegeben, seit Dave und ich Schluß gemacht haben, da fühlte ich mich so einsam, daß ich ernsthaft daran gedacht habe, wieder zu Mama zurückzuziehen. Ich warte auf jemanden, wissen Sie. Ich sehe mich mit ihm in einem Lokal irgendwo in der Stadt. Ich sehe ihm in die Augen, natürlich, und lache. Ich habe keine Ahnung, wie sein Gesicht aussieht. Alles, was ich weiß, ist, daß die Leute, die an unserem Tisch vorbeigehen, stehenbleiben, schauen und lächeln, bevor sie weitergehen. Alles, was ich sehe, sind seine Augen. Wenn ich ein Gesicht darum herum zu bauen versuche, dann landet darin immer ein Stückchen von Peters oder Pauls, ja selbst (Gott bewahre!) von Johns.

Seine Augen konnte ich nicht sehen. Ich glaube nicht, daß ich das ertragen hätte. Ich lag nachher noch fast eine Stunde auf dem Bett. Ich zog mich nicht an. Ich lag einfach da. Als ich aufstand – um ein Bad zu nehmen – bewegte ich mich ganz leise. Ich wollte nicht, verstehen Sie, daß mich jemand hört. Ich wollte niemanden sehen. Wovor ich am meisten Angst hatte, war, daß jemand – Mama oder Dave vielleicht oder jemand aus dem Büro – hereinkäme und erwartete, daß ich mich normal benahm. Als ich zu Bett ging, schlief ich fast auf der Stelle ein. Das Komische war, ich hatte nicht die geringste Angst. Ich wußte, er würde nicht zurückkommen. Ich wußte vom ersten Augenblick an, in dem er aus der Wohnung gelaufen war, daß ich nicht die Polizei rufen würde.

Und jetzt sitz' ich hier im Büro, dem denkbar sichersten Ort. Es ist so kühl, grau und neutral, wie ich es mir nur wünschen kann. Pappanauer ist unterwegs, um sich mit einem

Kunden zu treffen. Peter ist seit einiger Zeit oben bei Mr. Forrester. Und Paul sitzt an seinem… O nein. Er steht auf. *Wie peinlich.* Er kommt herüber. Nicht direkt zu mir. Er versucht so zu tun, als vertrete er sich nur die Beine, aber er will zweifellos mit mir reden. Vielleicht sollte ich zu schreiben aufhören. Ich will nicht, daß das hier jemand liest.

Er hat einen ziemlich feierlichen Ausdruck aufgesetzt. Habe ich was falsch gemacht? Damit er nicht näher kommt – aus irgendeinem unerklärlichen Grund möchte ich auf keinen Fall, daß er noch näher kommt –, schreibe ich immer schneller, aber noch nicht mal der Gedanke, ich könnte in meine Arbeit vertieft sein, hält ihn auf. Er ist an Pappanauers Schreibtisch stehengeblieben und tut so, als würde er sich irgendwelche Unterlagen ansehen. Er sieht sie nicht wirklich an. Er sieht mich an. Er hat sich von Pappanauers Schreibtisch abgewandt und überquert jetzt den blauen Teppich. Er kommt näher und näher und näher. Und jetzt spricht er mich gleich an, und obwohl ich es immer noch nicht erklären kann, habe ich Angst vor dem, was er wohl sagt. Ich will nicht, daß er etwas sagt, aber ich fürchte, er wird etwas sagen und daß ich, wenn er es tut, ihm eine Antwort geben muß.

15.30 Uhr

Halli-hallo! Überraschung!

Er hat mich zum Essen eingeladen! Es geht bergauf!

Das ist noch nie passiert, nicht in der ganzen geschriebenen Geschichte des Büros. Es *sollte* nicht passieren, wenn Sie wissen, was ich meine. Peter geht normalerweise in irgendein Nobelrestaurant. John verzieht sich in die Kantine, wobei er aber den Eindruck zu erwecken versucht, er sei in Wirklichkeit *auf dem Weg* in irgendeinen angesagten Freßtempel. Paul verschwindet durchs Haupttor – wahrscheinlich um in einem nahe gelegenen Park Yoga zu machen. Miss Macmillan geht an die Teebar und holt sich eine Tasse Tee und ein durchweichtes Sandwich, das sie an ihrem Arbeitsplatz ißt.

Heute jedoch, *heute* war ich in einer Pizzeria mit Paul essen.

Es ist ein großes luftiges Restaurant mit einem Blick über das Einkaufszentrum. Wir saßen an einem Tisch im oberen Stock. Als ich mich setzte, zog Paul mir den Stuhl zurecht – etwas, was ich zuvor nur von Männern aus Schwarzweißfilmen gekannt habe – und fragte mich dann, die Ellbogen auf den Tisch gestützt, ob ich ein Glas Wein möchte. Ich sagte, ja, ich möchte. Ich spürte, daß ich rot anlief, als ich das sagte. Ich hatte das Gefühl, als hätte ich etwas Unerhörtes getan. Dann nahm Paul die Speisekarte zur Hand und studierte sie sorgfältig – so wie er sonst im Büro Zahlenreihen studiert. Es war, als sei ihm, nachdem er mich hier hatte, plötzlich die Puste ausgegangen. Man hätte meinen können, er hatte nur sehen wollen, ob er sich zu fragen traute. Er sagte kein Wort. »Hübsch hier!« sagte ich. Ich hörte meine Stimme, die um zirka zwei Oktaven zu tief schien. Manchmal, wenn ich Mama so auf Papa einschimpfen hörte, wußte ich, woher ich sie hatte. Meist mache ich mir keine Gedanken darüber, aber als ich Paul so gegenübersaß, war ich mir meiner selbst in hohem Maße bewußt. Meine Hände schienen noch größer zu sein als sonst und immer am falschen Platz. Wenn ich sie in den Schoß legte, dann schauten sie jedesmal, wenn ich den Blick senkte, ausdruckslos zu mir herauf. Als wollten sie sagen: »Was hast du jetzt mit uns vor, Fiona?« Und wenn ich unter dem Kinn damit eine Kirchturmspitze zu bauen versuchte, dann kam ich mir vor wie eine Frau aus einer Agentur, bei der er wegen einer Stellung vorsprach. Mein Haar machte es mir auch nicht gerade leicht. Es hüpfte zottig herum – wie das eines Hundes. Es ist höchstens dann nützlich, wenn es so weit vorfällt, daß es vorübergehend meine Nase versteckt. Die Nase, Leute, die Nase ist *schlimm.* Ich erspähte sie im Spiegel hinter der Bar und dachte, nicht zum ersten Mal, wie erstaunlich ähnlich ich Richard III. sehe. Ich habe mir manchmal schon gedacht, ich sollte die Konsequenzen ziehen und schleunigst Rüstung und Pferd kaufen gehen.

Mir wollte nichts einfallen, wie ich das Schweigen brechen sollte. Es schien sich einfach ewig hinzuziehen. Also sah ich mir meine Speisekarte an, wählte das Billigste, was ich finden konnte, und wartete, daß er etwas sagte. Was er nicht tat. Ich begann leise zu zählen. Ich war fast bei dreihundert, als der Kellner kam.

Nachdem wir bestellt hatten, versuchte Paul den Mut aufzubringen, mich anzusehen. Zuerst ordnete er das Besteck vor ihm auf dem Tisch neu. Dann spielte er mit den Fingern. Dann sah er über die Schulter. Dann begann er mir über die Schulter zu sehen. Dann begann er sich, soweit ich das sehen konnte, meine Schulter anzusehen. Dann gestattete er seinem Blick, langsam auf meinen Hals zu wandern. Ich trug ein ziemlich tief ausgeschnittenes Kleid, und so war ich ziemlich neugierig, welche Richtung sein Blick als nächstes einschlagen würde. Er streifte meine Brustwarzen und stürzte sich dann, von Panik ergriffen, wieder auf meinen Hals. Er schien fürchterlich nah an der Quetschung unter meinem Halstuch haftenzubleiben. Danach eine Pause, und nach der Pause ein verwegener Spurt an meinem Kinn vorbei, eine unvermeidliche, aber barmherzig kurze Begegnung mit meiner Nase, dann sah er mir in die Augen. Ich hatte ihn die ganze Zeit über offen angesehen. Ich kann nicht anders, ich sehe die Leute immerzu an. Dave machte das schier verrückt.

»Ich möchte Ihnen etwas sagen.« So, wie er das sagte, hörte es sich nach was wirklich Wichtigem und Ernstem an. Als wollte er mir sagen, daß er mich liebt oder was. Ich wußte nicht so recht, wie ich reagieren sollte. Also lachte ich – wie ein dummes kleines Mädchen. Mir ist aufgefallen, daß ziemlich viele Mädchen ständig lachen. Nicht weil wir alles so lustig finden. Wir haben Angst.

»Ach«, sagte ich, als ich zu lachen aufgehört hatte, »was denn?« Er ließ mein Gesicht nicht aus den Augen.

»Es ist sehr, sehr wichtig«, sagte er.

In diesem Augenblick kam der Kellner mit einer jener riesigen Holzpfeffermühlen daher. Er schwang sie drohend in unsere Richtung. »Sie möchten schwarzen Pfeffär?« Wir erklärten ihm, daß wir noch nichts zu pfeffern bekommen hatten. Ein Ausdruck der Panik legte sich auf sein Gesicht, als er unseren leeren Tisch sah, und er sagte, es tue ihm sähr, sähr leid. Dann kam ein weiterer Mann in einem roten Hemd, der uns noch etwas Wein bot, und Paul und ich kamen auf ganz was anderes zu sprechen.

Ich versuchte herauszubekommen, wo er geboren war und was seine Eltern machten – das ist immer das erste, was ich jemanden frage. Aber über derlei schien er nicht sprechen zu wollen. Zuerst erzählte er mir was über Volkswirtschaft, wovon ich nie auch nur das geringste verstanden habe, und dann sprach er lange über Einnahmen, von denen ich was zu verstehen glaubte, bis er davon sprach. Ich stellte intelligente Fragen. Ich nickte und lächelte, und als man mir meinen Salat brachte, versuchte ich ihn mit der Gabel in den Mund zu schieben, ohne dabei zu sehr wie ein Hai auszusehen. Nachdem er mit den Einnahmen durch war, machte er sich an das Newsom-Projekt. Hier wurde ich wieder etwas munterer. Ich hatte schon immer eine Schwäche für das Verbrechen an sich. Er schien sich ziemlich sicher, daß da irgendein *ungeheurer* Schmu gelaufen war, schien aber auch zu meinen, daß es ausgesprochen unwahrscheinlich sei, dem Betreffenden je auf die Schliche zu kommen. Er sagte nur immer wieder: »Es hat sich verselbständigt. Mehr wissen wir nicht. Es hat sich ernsthaft verselbständigt.« Ich habe mich auch verselbständigt. Ich wartete, daß er endlich wieder auf die furchtbar ernste und wichtige Sache kam, von der er mir erzählen wollte. Aber er tat es nicht.

Obwohl er ein bißchen langweilig war, begann ich, ihn zu mögen. Es gefiel mir, daß seine Augen, nachdem sie sich erst mal entschlossen hatten, meinen Blick zu erwidern, nicht mehr loslassen wollten. Er hing an jedem meiner Blicke wie ein Hund, der was zu fressen will. Was mich für gewöhnlich irritiert. Nicht bei ihm. Er machte etwas, was die meisten Männer nicht besonders gut können: Er hörte zu. Und während ich so sprach, merkte ich, daß ich gar nicht die schüchterne, trotzige Fiona war. Ich erzählte ihm von der aufgeblasenen Frau im Personalbüro. Ein- oder zweimal gelang es mir sogar, ihn zum Lachen zu bringen. Wenn er seinen kleinen ebenmäßigen Mund aufmachte, sah ich alle seine *ausgesprochen tauglich* wirkenden Zähne.

Ist schon merkwürdig, wie manche Männer es verstehen, einem die Befangenheit zu nehmen. Und es hat nichts damit zu tun, ob sie nun gut oder schlecht sind. Und schon gar nicht damit, ob sie was von einem wollen. Es ist ein Vorgang, genauso mysteriös wie das Fernbleiben oder die Heimkehr meines Vaters. Es ist etwas, wonach ich mich mehr sehne als nach irgendwas sonst auf der Welt, aber ich kann es nicht bewußt herbeiführen. Ich sitze da und warte darauf wie ein religiöser Fanatiker auf die Ankunft des Messias.

Es lief *wirklich* gut. Noch bevor ich wußte, wie mir geschah, war es nach zwei, und ich trank schwarzen Kaffee und einen klebrigen Likör, auf den er bestand. Zu einem weiteren Schweigen kam es nicht – ich plapperte über Mama und Papa und daß ich nicht den Rest meines Lebens Sekretärin sein wollte. Und er ließ sich die Rechnung geben und trank *seinen* Kaffee und sagte das einzige, was er die ganze Mittagspause hindurch an Persönlichem von sich gab.

»Manchmal«, sagte er, »fühle ich mich total einsam. Und ich

möchte wirklich, wissen Sie …« Er ließ den Satz im Raum hängen. Plötzlich schaute er wieder wie vor dem Essen.

»Jemand anderes?« fragte ich. Er antwortete nicht. »Haben Sie … ich meine …«, fuhr ich fort. »Sind Sie so was wie …?« versuchte ich in Erfahrung zu bringen. Sein Mund klappte zu, und sein Gesicht bekam einen verschlossenen Ausdruck. Einen Augenblick lang hatte ich dasselbe Gefühl wie seinerzeit im Büro, als er auf mich zugekommen war. Sein Ausdruck hatte etwas, das mir irgendwie nicht gefiel.

»Man urteilt immer über andere«, sagte er, »ohne daß man sie versteht. Sie könnten Dinge über mich erfahren, die Sie total abstoßen würden. Aber das ist vielleicht gar nicht mein *wahres* Ich. Verstehen Sie?« Er sah mir direkt in die Augen, als er das sagte.

Mein Gott, wo sind bloß all die normalen Kerle hin? Was in aller Welt ist mit den anständigen Männern passiert – die glückselig in der Ecke sitzen, ein Pfeifchen paffen, sich um ihre Rosen kümmern? Bei diesem Gedanken kam mir ein Bild des Überfalls in meiner Wohnung am Abend zuvor, und einen Augenblick lang hatte ich das Gefühl, nicht mehr atmen zu können. Außerdem schämte ich mich – als hätte ich etwas Garstiges angestellt, etwas Falsches, und als sähe man mir das an. Ich biß mir kräftig auf die Unterlippe und starrte vor mich auf den Tisch. Erst als ich absolut sicher war, mich im Griff zu haben, hob ich den Blick auf Pauls Gesicht.

»Was wollten Sie mir denn vorhin so Ernstes sagen?« fragte ich.

Er begann zu blinzeln, ganz schnell. Dann wandte er sich ab. Was immer es war, er würde es mir nicht sagen. Jedenfalls nicht jetzt. Das Mittagessen, das sich so zäh angelassen hatte und dann ganz gut gelaufen war, wurde jetzt wieder peinlich und unangenehm. Es regnete noch. Die Wohnungen, die wie Gefängniswärter über den Geschäften aufragten, verschwanden in dem grauen Tag, der jetzt halb Dunst, halb Wasser war –

eine Stimmung, die dazu führte, daß ich mich nach dem verheißenen Frühling sehnte. Als wir ans Haupttor kamen und nach unseren Ausweisen fummelten, traf sich sein Blick noch mal mit dem meinen.

»Tut mir wirklich leid«, sagte er, »ich wollte das eben gar nicht sagen. Tut mir wirklich leid. Ich bin mit Leuten nicht sonderlich gut.« Er blickte an unserem Gebäude hinauf. Er strengte sich an, als könnte er sechs Stock höher unsere Schreibtische sehen, unsere Unterlagen. »Sehen Sie«, fuhr er fort, »sehen Sie…«

»Was wollten Sie mir sagen?« fragte ich.

»Ich bin in einem Waisenhaus aufgewachsen…«, begann Paul. Aber das war auch schon alles. Wir betraten das Gebäude und sagten danach nichts mehr.

Ich schreibe das hier allein im Büro. Alle drei haben irgendwo Termine. Ich glaube sogar ein und denselben. Womöglich sind es aber auch verschiedene. Aber ob sie nun zusammen sind oder meilenweit auseinander, Sie können sicher sein, sie sitzen alle im gleichen fensterlosen Raum, nicken auf dieselbe Art und Weise Männern zu, die alle dieselben Manschetten, Jacketts und Meinungen haben. Ich schreibe, weil es draußen dunkler wird, und ich kann nicht anders, ich muß daran denken, daß ich wieder in meine Wohnung muß. Ich will nicht wieder in meine Wohnung. Aber ich kann doch sonst nirgendwohin.

Als wir wieder an unsere Schreibtische zurückkamen, wurde Pappanauer ziemlich beleidigend. Seine Witze störten mich normalerweise nicht, aber diesmal ging er mir damit auf die Nerven. Als ich mich setzte, bemerkte ich, daß er mir doch tatsächlich *zuzwinkerte.* Also, ich frage Sie. Ich saß über meinem Computer und ignorierte ihn eine Weile, aber als ich wieder aufsah, zwinkerte er mir immer noch zu, wie ein Blinklicht.

»Ja?« sagte ich.

»Hat's geschmeckt?« fragte Pappanauer.

»Sehr gut«, sagte ich. Paul war in seine Zahlen versunken.

»Ich habe mal eine Missis in eine Pizzeria ausgeführt. Ich hab's ihr natürlich auch besorgt, und es war sogar recht nett...«

»Ich bin sicher«, sagte ich ätzend, »die anderen Gäste haben das genossen.«

»Aber wissen Sie was«, fuhr John völlig ungerührt fort, »als sie sich die Pizza ins Gesicht zu stopfen begann, empfand ich plötzlich Widerwillen. Einfach so. Und am nächsten Tag habe ich Schluß gemacht.«

Normalerweise stört mich seine Wichtigtuerei nicht sonderlich. Aber, obwohl es mir gelungen war, es fast die ganze Zeit über, die ich mit Paul zusammen war, zu verdrängen, irgend etwas an Pappanauers glattem Gesicht und dem nach hinten geklatschten Haar ließ mich *daran* denken. Und mit einemmal war mir unglaublich schlecht. Er war nicht nur der Witzbold vom Dienst. Er war jemand, der *das* sehr gut getan haben könnte. Ich hörte mich mit einer Stimme reden, die ich, so glaube ich, im Büro noch nie benutzt hatte. Meine eigene Stimme – schneidend und ohne Angst vor dem eigenen Scharfsinn.

»Was haben Sie denn, John?« sagte ich. »Hat Ihnen eine Ihrer Frauen gesagt, daß sie von Ihren fürchterlichen Manieren genug hat?«

Sein Gesicht wechselte die Farbe. Es lief dunkelrot an. Einen Augenblick lang hatte ich richtig Angst. Ich dachte, jetzt kommt er rüber und schlägt mir ins Gesicht. Aber dann änderte sich seine Miene. Er lachte. Aber nicht mit seinem üblichen Lachen. Es klang falsch.

»Ich habe mich nur gefragt«, fuhr John mit einschmeichelnder Stimme fort, »ob Sie und der Professor wohl ein Techtelmechtel haben!«

Das war auch einer seiner Ausdrücke – wie »nicht gut Kirschen essen«; ich würde am liebsten immer nach der Kotztüte greifen. Und außerdem nennt er Paul immer den Professor. Ich nehme an, weil Paul gescheiter ist als er, und das stinkt ihm.

Ich wartete darauf, daß Paul etwas sagte, aber er tat es nicht. Er lief ein bißchen rot an, sagte aber nichts. Zuerst ärgerte mich das. Aber als ich ihn dann ansah, wie ein Häufchen Elend über seinen Computer gebeugt, da tat er mir plötzlich leid. Leute wie Pappanauer haben ihn wahrscheinlich sein ganzes Leben getriezt. Ich versuchte mir vorzustellen, wie es wohl in einem Waisenhaus war. Ich mußte dabei an ein fensterloses Haus mit hohen Mauern denken. Ich sah eine lange Zufahrt, eine strenge Frau in einem schwarzen Kleid und einem schweren Schlüsselbund an der Taille.

»Na ja«, sagte ich, »ein Techtelmechtel mit Paul wäre jedenfalls zehnmal besser als ein Techtelmechtel mit Ihnen!«

Hier blickte Paul auf. Ein rascher Blick, den ich gar nicht sehen sollte. Die Art und Weise, wie er mich ansah, machte mir angst. Freilich nicht halb so wie das, was ich gerade neben der Tür erspäht habe. Etwas, was mir den Atem stocken und meine Hand über dem Füller erstarren ließ. Ich kann einfach nicht glauben, daß das, was ich da gesehen habe, das ist, wofür ich es halte...

Und jetzt sind sie alle reingekommen. Durch die Tür. Alle drei. Sie sind eben reingekommen, laut und lachend, und ich kann mein Gesicht nicht unter Kontrolle bringen wegen dem, was ich da neben der Tür gesehen habe, aber ich muß es unter Kontrolle bringen, denn wenn *es* nämlich das ist, was ich denke, dann muß ich lernen, keine Miene zu verziehen und niemanden wissen zu lassen, was ich denke oder daß mir das Herz gegen die Rippen pocht wie der Henker an eine Gefängnistür. Und ich muß zu schreiben aufhören. Keiner darf das hier sehen. Ich muß zu schreiben aufhören.

Ich habe so was von Angst.

Als ich diese Worte las, hörte ich ein Hüsteln hinter mir. Als ich aufstehe, steht John Pappanauer neben der Tür. Ich hatte, wie mir eben auffiel, gar nicht gemerkt, daß er im Haus war. Er sah anders aus.

»Hören Sie«, sagte er, »wenn Sie nicht mit mir ausgehen wollen, schön, aber lassen Sie mich hier nicht sterben, ich bitte Sie.«

Ich blickte zwischen ihm und den Seiten meines Tagebuchs hin und her. Ich war schlicht nicht in der Lage zu antworten. Mein Blick senkte sich wieder auf die Seite. Es gab eine Lücke nach jenem entsetzlichen Augenblick im Büro. Ich hatte um elf Uhr abends, am Tag nach dem ersten Überfall auf mich, wieder zu schreiben begonnen. Ich sah von meiner Handschrift auf in Pappanauers Gesicht. Er machte noch immer einen unangenehm ernsten Eindruck. Ich stellte fest, daß ich mich auf seinen Adamsapfel konzentrierte. Er hatte sich diesen Morgen rasiert – er gehört zu den Männern, die sich nicht nur das Gesicht, sondern auch den Hals rasieren müssen – und seine Haut schien nur zwei Farben zu haben: milchig weiß und blutrot.

»Ich wollte mit Ihnen reden«, sagte er, »über Paul.«

Ich blickte, fast verstohlen, wieder auf mein Tagebuch. »Tut mir leid, John«, sagte ich. »Ich komme runter. Ich komme gleich runter.«

Er machte keine Anstalten zu gehen. Schließlich nahm ich die Unterlagen auf – aus irgendeinem Grund wollte ich sie nicht einfach so liegenlassen, wo sie jemand sehen könnte – und folgte ihm die schmale Treppe hinab.

8

»Also«, sagte ich und suchte mir einen Platz auf der anderen Seite des Zimmers, »was wollten Sie mir über Paul sagen?«

Pappanauer begann die Finger zu verschränken. Er stieß ein merkwürdig förmliches Hüsteln aus. Dann sagte er: »Eigentlich mag ich Paul ja!«

»Aber …«, sagte ich.

»Nichts aber«, sagte Pappanauer, »mag der Beste gewinnen. Ich meine, Sie wissen doch, daß Sie mir schon immer gefallen haben!«

Männer haben eine so merkwürdige Art, einem zu zeigen, daß sie einen mögen. Sie grinsen einen anzüglich an, reißen Zoten, hören einem nicht zu, wenn man etwas sagt. Ich hätte nicht mal im Traum daran gedacht, ich könnte Pappanauers Ansprüchen genügen. Die Nachricht ängstigte mich noch mehr, anstatt mir die Angst zu nehmen. Ich stellte fest, daß ich kerzengerade dasaß und auf die Geräusche meiner Mutter aus der Küche lauschte. Aber Pappanauer, der auf den Teppich starrte, war sich meiner gar nicht bewußt. Er sah mit einemmal lustlos aus. »Aber«, fuhr er fort, »und es gibt ein Aber …, es gibt da einiges, was Sie über ihn wissen sollten.«

Ich wählte die Worte meines nächsten Satzes genau. »Peter Taylor«, sagte ich, »ist davon überzeugt, daß Paul der Mann ist, der mich überfallen hat.«

Pappanauer nickte. Ihm war das offensichtlich nicht neu. »Peter Taylor«, sagte er, »ist ein falscher Hund …«

»Ganz im Gegensatz zu Ihnen!« sagte ich geistreich.

Pappanauer verknotete wieder seine Finger. Als er wieder den Mund aufmachte, erinnerte mich das daran, wie schwer er doch einzuordnen war. Ständig schwankte er zwischen korrekter und äußerst unangenehmer Aussprache. Aber andererseits sind wir ja alle von Tag zu Tag schwieriger einzuordnen.

»Um ehrlich zu sein«, sagte er, »ich bin ein ziemlich einsamer Mensch.«

»Was mich nicht sonderlich überrascht!« sagte ich.

Pappanauer stand auf und ging ans Fenster. Er blickte auf die verregnete Straße hinaus, ziemlich lange, und sagte kein Wort. Ich ließ meinen Blick auf mein Tagebuch wandern und las schließlich eine Passage, die ich geschrieben hatte, als ich am Abend jenes ersten Tages nach SEINEM Überfall auf mich nach Hause in meine Wohnung gekommen war.

Dienstag, 6. April, 23.00 Uhr (F)

Ich weiß nicht, wie ich das hier niederschreiben soll. Ich sehe zu, wie sich meine Buchstaben bilden – wie ein Kind, das beobachtet, wie auf der Fensterscheibe Regentropfen ineinanderlaufen. Sie scheinen ganz und gar nicht zu mir zu gehören. Ich habe den Schlüssel zweimal umgedreht und habe ein Küchenmesser aus dem Schrank geholt. Wenn er noch mal kommt, bin ich auf ihn gefaßt. Ich würde ihm gern das Messer zwischen die Rippen stoßen und sein blödes Gesicht dabei sehen – wie ein abgestochenes Schwein. Sehen Sie, ich glaube nämlich, daß er vielleicht kommt. Ich glaube, er hat nach mir gesucht. Ich glaube nicht, daß das Zufall war.

Alle drei Männer in meinem Büro haben genau die gleichen Aktenkoffer. Früher habe ich immer Witze darüber gemacht. Aber jetzt ist es nicht mehr zum Lachen.

Ich konnte es nicht hinschreiben, als ich es sah. Ich wagte es nicht. Aber als sie diesen Nachmittag von ihrem Termin zurückkamen und als Peter schnurstracks zu sprechen begann, da warf ich einen Blick hinüber zur Doppeltür, wo sie immer ihre Aktenkoffer abstellen, wie Schuhe vor einem Hotelzimmer. Was ich, aus einer Ecke von einem von ihnen spitzen sah, war ein Stück gelber Gummi. Ich erkannte es auf der Stelle – die Fingerspitze eines Küchenhandschuhs. Ich nahm zuerst an, wer immer den Koffer zugemacht hatte, er hat es einfach nicht bemerkt, daß sie herausstand, obwohl er selbst von meinem Platz aus deutlich zu sehen war. Ich verstand nicht, wie er sie übersehen haben konnte. Ebensowenig wie ich verstand, daß sie sonst noch keinem im Büro aufgefallen war und keiner eine Bemerkung darüber gemacht hatte. Vielleicht lag es aber einfach daran, weil es sich um eine Fingerspitze handelte. Vielleicht schien sie mir nur deshalb für alle zu sehen zu sein.

Ich wußte mit derselben Sicherheit, was es war, wie ich gewußt hatte, daß mein Papa sterben würde, als er das letzte Mal in meiner Wohnung war – seine Haut war weiß wie Papier, und seine Stimme zitterte, als er mich zu überreden versuchte, doch mit Dave zusammenzubleiben.

»Man braucht was Beständiges, Kleines! Ich habe nie bei was bleiben können! Versuch durchzuhalten, Kleines!«

Ich sah mich im Büro um, vorsichtig. Peter war noch immer am Telefonieren. Pappanauer stand da und starrte hinaus in den Regen. Paul war mit seinem Computer beschäftigt. Es war absolut unmöglich aus der Art, wie die Aktenkoffer lagen, zu sagen, welcher von ihnen welchem Buchhalter gehörte. Und der Aktenkoffer mit den Handschuhen – ich hatte noch immer keinen Zweifel daran, daß es Handschuhe waren – lag genau in der Mitte. Ich konnte es einfach nicht mehr ertragen, hier zu sein. Im selben Raum mit meinem Überfall. Im selben Zimmer mit IHM.

◇

Ich nahm den Blick aus meinem Tagebuch. Pappanauer stand noch immer dort und starrte hinaus auf die Straße. Mir wurde klar, wenn ich nichts sagte, dann blieb er da einfach stumm stehen.

»Ich sitze hier und lese. Ist das nicht langweilig für Sie?«

Pappanauer schaute zurück zu mir.

»Ist mir recht«, sagte er. »Lassen Sie sich Zeit, soviel Sie brauchen.«

Ich stand auf. Ich ging auf die Doppeltür zu. Ich sah nicht einen von ihnen an. Die Aktenkoffer wagte ich mich nicht anzusehen. Ich wollte nicht, daß er wußte, daß ich das Stückchen Handschuh gesehen hatte. Ich wollte nicht, daß er auch nur einen Augenblick den Verdacht hatte, ich wüßte, daß er hier im Zimmer mit mir war. Vor allem aber wollte ich nicht, daß er meine Angst sah.

Ich hatte Angst. Ich hatte furchtbare, furchtbare Angst.

Ich nehme an, jetzt, wo ich so darüber nachdenke, besteht die Möglichkeit, daß er wollte, daß ich den Handschuh sah. Daß er mit mir spielte. Daß er mich die ganze Zeit über genau beobachtete. Dieser Gedanke macht mir selbst jetzt bei verschlossener Tür und dem garstigen Messer griffbereit neben mir wieder Angst. Ich sehe mich, wie ich an die Doppeltür gehe. Ich stoße sie wie beiläufig auf, als ginge ich aufs Klo oder sonstwohin. Ich spüre jetzt seine Augen auf mir; er beobachtet mich.

Durch die Maske hatte ich seine Augen nicht sehen können. Ich weiß nicht, welche Farbe sie hatten. Alles, was ich sehen konnte, war…

Ich werde *es* nicht – ich wiederhole – nicht beschreiben.

Kaum war ich auf dem Flur, lief ich los. Ich lief weg von den Aufzügen, bis ich an den Übergang gelangte, der von unserem Bau aus in den Vertragsblock hinüberführt. Es ist ein merkwürdiges Haus. Die Büros sind alle klein und altmodisch, oft mit nur einem Schreibtisch, und das Mobiliar aus hellem Holz hat sich, was ihre Modernität anbelangt, längst überlebt. Manchmal sitzt tatsächlich einer der verknöcherten alten Knaben aus der Vertragsabteilung an seinem Möbel. Es scheint hier nie jemand zu arbeiten. Ständig starren sie an die Wand, als versuchten sie sich zu erinnern, was sie an dem Abend gemacht hatten, als Präsident Kennedy starb. Einmal sah ich eine ganz, ganz alte Frau mit einem altmodischen Telefon, das sie mit der Art argwöhnischem Blick bedachte, mit der man normalerweise eine neue Erfindung beäugt.

Ich finde es hier manchmal unheimlich. Heute hatte ich das Gefühl, am einzigen sicheren Ort auf der Welt zu sein. Ich ging bis ans Ende des Korridors und warf einen Blick die Treppe hinunter, die auf das Nebenfoyer unseres Gebäudes führt. Tief, tief unter mir standen zwei Männer in Anzügen, die sich über einen gewissen Derek Slater unterhielten. Ihre Stimmen trieben, in der Flüstergalerie verstärkt, leise aber deutlich zu mir herauf. »Derek Slater«, sagte einer von ihnen mit Trompetenstimme, »Derek Slater meinte, ihm hätt's gefallen!«

Derek Slaters Meinung war offensichtlich wichtig. Aber der andere Typ im Anzug hatte selbst einen Experten. Er konterte mit »Julie *Waites* Ansicht nach...« – selbst sechs Etagen höher konnte ich sehen, daß dieser Anzugtpy eine Glatze hatte – »Julie *Waites* Ansicht nach gab es Probleme...«

Ich stand da, gegen das stahlblaue Geländer gelehnt, das sich die unzähligen Stufen entlang nach unten schlängelte, und fragte mich, wieso Leute einen immer mit den Namen anderer zu beeindrucken versuchen, warum sie nicht einfach sagen, was sie über dieses und jenes denken und was wir alle eigentlich von unserer Arbeit in diesen riesigen Büros hielten, wo wir Schriftwechsel führten und so taten, als wären wir erwachsen, wo wir doch innerlich fast alle genausoviel Angst hatten wie ich in jenem Augenblick. Ich dachte außerdem darüber nach, warum ich niemandem etwas *davon* gesagt hatte und ob ich es wohl jemals jemandem sagen würde. Dann gingen die beiden Männer.

Mit einemmal hatte ich keine Angst mehr. Womöglich war einer von ihnen ... ER. Aber das bedeutete nicht, daß die anderen beiden nicht bereit wären ... Ja, bereit zu was? Wie sollte ich es ihnen jetzt sagen? Ich versuchte mir vorzustellen, wie ich da wieder reinging, den mittleren Aktenkoffer hochnahm und ihn den dreien vorhielt. »Wem von Ihnen gehört der?« würde ich sagen. Einer von ihnen müßte antworten. Ich würde ihn dazu zwingen, die Handschuhe herauszunehmen und hochzuhalten, und dann würde ich sagen: »Was ist *das?«* Und dann würde ich ihnen erzählen, was mir passiert war, und ...

Würden sie mir glauben? Es war mir egal, ob sie mir glaubten. Ich wußte ganz einfach, daß ich da wieder rein und mich meiner Angst stellen mußte. Ich mußte herausfinden, wessen Aktenkoffer das war. Ich wandte mich wieder um und marschierte mit schwingenden Armen Richtung Bauabteilung. Ich hörte die Stimme meines Vaters, etwas vernuschelt nach einigen Schnäpsen; den Blick seiner blauen Augen in den meinen, hob er das Glas, als er nach irgendeiner langen geheimnisvollen Reise auf seine Heimkehr anstieß.

»Nimm dich vor Fiona Macmillan in acht! Sie ist eine *Mörderin!«*

Ich trug das Bild meines Vaters vor mir her. Ich versuchte in Gedanken so mutig und sorglos zu sein, wie er es immer gewesen war, während ich zum Büro zurückging, um ...

Ja wozu? Sie konnten es einfach nicht sein. Weder Peter, Paul noch John. Unmöglich. Ich bildete mir etwas ein. Das war alles. Ich hatte Schreckliches hinter mir. Ich hatte niemandem gesagt, daß ich unter Schock stand. Ich blickte hinauf zu einer Uhr an der Wand und sah, daß es Zeit war, nach Hause zu gehen. Du bist müde, Fiona, das ist alles. In diesem Augenblick wurde mir klar, wenn ich nicht ins Büro zurückkam, würde ich nie erfahren, ob ich den gelben Gummistreifen nun gesehen hatte oder nicht. Sie gingen um halb sechs zu irgendeiner Besprechung – ich hatte es im Lauf des Tages einen von ihnen erwähnen hören. Es war fast genau halb sechs. Ich begann zu laufen.

Ich weiß, ich sehe dußlig aus, wenn ich laufe. Deshalb laufe ich für gewöhnlich auch nicht. Ich halte die Ellbogen an der Seite und versuche ladylike auszusehen, wirke aber für gewöhnlich trotzdem wie eine Gans. Und auch mein Kopf wackelt irgendwie; ich habe ständig das Gefühl, daß er jeden Augenblick runterfällt. Trotzdem rannte ich, was das Zeug hielt. Als aus dem grauen Teppich unter mir (Verträge) nach einem Parkettboden (Niemandsland) blaue Linoleumfliesen (Buchhaltung, Revisionsabteilung, mit anderen Worten wir) wurden, hatte ich das Gefühl, durch einen Wald zu laufen und daß die Wände, die Decke, der Boden sich veränderten wie draußen die Vegetation. Als ich dem Büro immer näher kam, schien es mir, als würde ich aus dem Wald heraustreten und zu klettern anfangen, so daß ich bald stehenbleiben und auf mein Leben unter mir zurückschauen könnte. Ich war jetzt der festen Überzeugung, nichts gesehen zu haben – und daß sich in einer Minute alles, was gestern abend passiert war, aufklären würde.

Aber als ich um die Ecke kurz vor dem Büro bog, sah ich, daß die drei Apostel schon fast an den Aufzügen waren. Jeder hatte seinen Aktenkoffer dabei. Es war unmöglich, auf diese Entfernung zu sehen, ob einer von ihnen den hatte, bei dem eine gelbe Gummiecke unter dem Deckel hervorspitzte. Ich wollte schon etwas rufen, aber mir wollte nichts einfallen. Dann hatte sich auch schon das Maul des Lifts geöffnet, und sie waren fort. Ich hörte nicht zu laufen auf. Ich lief an den Lift und stocherte auf den Knopf ein, aber es war zu spät. Peter, Paul und John waren in den verregneten Aprilabend hinausgegangen, und ich war allein in dem riesigen Haus. Von weiter den Korridor hinauf kam das Echo der Unterhaltung Fremder. Ein anderer Aufzug hob sich auf die Höhe der Tür. Der ungelenkte Stahl öffnete sich in eine Leere. Ich drehte mich um und ging zurück zu Mantel und Tuch.

◇

Ich hob den Blick von der Seite, als mir klar wurde, daß Pappanauer mit mir sprach. Er konnte sehr gut schon eine ganze Weile geredet haben. Er stand noch immer mit dem Rücken zu mir. Es war mir schier unmöglich, mich darauf zu konzentrieren, was er sagte. Ich meine, ich hörte seine Worte. Ich sah Sätze, Absätze, Anführungszeichen – genauso, als hätte ich eine gedruckte Seite vor mir, aber es war mir unmöglich, ihnen irgendeine Bedeutung zu geben. »… er muß es schon seit Jahren gehabt haben, und als ich es sah, also, da waren schon einige merkwürdige, na ja, Sie wissen schon …«

Wer hatte was seit Jahren gehabt? Und was war merkwürdig?

»… und wenn Peter Taylor das sagt, also, ich weiß, daß der ein bißchen, na ja, Sie wissen schon, aber er ist ein nüchterner Mensch, und obwohl ich ein bißchen …, na ja. Sie wissen schon …«

Die Leute reden nicht wirklich miteinander. Sie überlegen sich nicht, was sie sagen wollen, wählen die Worte, es auszudrücken, und sprechen diese Worte dann sorgfältig aus. Sie benutzen die Sprache im selben Maße, die Bedeutung zu verschleiern, wie sie zu vermitteln. Aber andere Dinge sagen uns, was sie im Sinn haben – und manchmal haben wir keine Ahnung, was das für Dinge sind. Ich hörte mich sagen, obwohl ich nicht so recht hätte erklären können, wie ich zu dieser Information kam: »Sie wollen sagen, daß Paul ein… eine Art geheimes Versteck hat? Wollen Sie das damit sagen?«

In meiner Stimme mußte Zorn oder Unglauben zu hören gewesen sein, denn als er sich endlich vom Fenster abwandte, hatte Pappanauer wieder die ernste Bestattermiene von zuvor aufgesetzt.

»Ich sage, er hat da ein Zimmer, das er benutzt. Und ich sage, er könnte dort sein. Jetzt. Und daß, falls er nicht dort ist…«

»Was?«

»… wir dort etwas finden könnten, was… na ja, Sie wissen schon… was uns sagt, was… Sie wissen, daß er…«

Sie sagten mir alle, daß es Paul war. Der Gedanke, daß er ein geheimes kleines Zimmer hatte, ließ ihn auf schreckliche Weise wie den Autor von A:/LUFT aussehen. Es war möglich, daß Pappanauer mich belog. Daß er wollte, daß ich irgendwo mit ihm hinging, wo er sich in IHN verwandeln konnte, wo dieses frisch rasierte Chefgesicht plötzlich mit den Zähnen fletschen und ER sich wie ein hungriger Wolf gebärden und SEINE Hände nach mir greifen würden, weil aus irgendeinem Grund nur ER weiß, daß ich nicht länger nach SEINEN Regeln spiele, so daß es an der Zeit war, mich beim Hals zu packen und zu schütteln, bis ich wie eine leblose Puppe in seinen Armen hing. Ich sah wieder auf die Seiten meines Tagebuchs hinab und dachte wieder an das Mädchen, das ich letzte Woche gewesen war.

Ich bin jetzt allein in meiner Wohnung. Es ist dunkel. Von der Hauptstraße kommt Verkehrslärm herauf. Irgendwo, zwei, drei Türen weiter, hatte jemand Reggae zu spielen begonnen, und das sehr laut. Die Musik dröhnt gegen Holz und Wände der Wohnungen hier und dringt pulsierend in mich, die ich hier an meinem Tisch sitze, der zur Wohnung gehört, und in die Nacht hineinschreibe.

Sehen Sie, ich weiß ja nichts. Ich vermute nur, etwas zu wissen. Aber jetzt, mit der Dunkelheit und dem Regen draußen, ist mein Verdacht schlimmer geworden als irgendeine Sicherheit. Es ist ein Zweifel, der gleichzeitig Beweis ist. Es ist eine Angst, die gleichzeitig Hoffnung ist. Alles löst sich auf in einen einzigen kurzen Satz, wie man ihn womöglich auf dem Titel des Taschenbuchthrillers lesen könnte, der noch immer mit der aufgeschlagenen Seite nach unten auf meinem schäbigen Sofa liegt.

Ich habe drei Männer in meinem Büro, und einer von ihnen versucht mich umzubringen.

◇

Dann hob ich den Kopf und sah Pappanauer an. »Dann gehen wir besser mal hin!« sagte ich in einem Ton, dessen Festigkeit mich überraschte. »Ich muß mich nur noch schnell umziehen.« Ich nahm meine Unterlagen und ging zur Tür. Pappanauer redete wieder über Paul. Er schien mir sagen zu wollen, wie sehr er ihn mochte. Ich hörte ihm nicht zu. Als ich die Treppe wieder hinaufstieg, überflog ich schnell die Seiten, die Peter Taylor geschrieben hatte. Wenn ich davon ausging, daß Paul unschuldig war – und für den Augenblick mußte ich das –, dann war derjenige, der am meisten darauf bedacht war, ihn anzuschwärzen, wahrscheinlich auch der, der mit größter Wahrscheinlichkeit schuldig war. Ich breitete die Seiten auf dem Bett aus, während ich in Jeans und einen weißen Pulli mit Polokragen schlüpfte. Soweit ich das sehen konnte, hatte auch Peter ein Tagebuch geführt, und die Seiten, die man mir geschickt hatte, schienen einen Tag später zu beginnen als mein eigenes Tagebuch. Merkwürdig? Oder nicht?

Vertraulich

Notizen über die Ermittlungen in Sachen Newsom-Projekt

Mittwoch, 7. April, 21.00 Uhr (PT)

Ich denke, es ist an der Zeit, die Fortschritte aufzuzeichnen, die ich auf der Jagd nach dem verschwundenen Geld mache. Nicht nur, um mir selbst über einiges klar zu werden, sondern auch, um sicherzustellen, daß es, falls mir irgend etwas zustoßen sollte, Aufzeichnungen über meine bisherigen Ermittlungen gibt. Ich habe sie bisher noch niemandem mitgeteilt, und das mit dem guten Grund, daß es keinen gibt, dem ich diese Informationen wirklich anvertrauen könnte. Solange ich keine Beweise für meinen Verdacht habe, gehe ich mit der Enthüllung nicht nur ein Risiko ein, sondern veranlasse damit auch Jimmy, seine Spuren zu verwischen. Ich nenne ihn Jimmy. Nun, irgendwie muß ich ihn ja schließlich nennen. Ich könnte auch nur ER schreiben, aber das wäre denn doch etwas zu finster, nehme ich an. Und außerdem habe ich bereits ein dermaßen ungutes Gefühl, daß hinter Jimmy womöglich noch mehr steckt, als nur die Hand in der Kasse. Ich weiß nicht, warum ich dieses Gefühl habe – aber ich habe es.

Ein sonderbares Gefühl, mal Urlaub von der Familie zu machen, etwas zu tun, was ich seit dem Studium nicht mehr getan habe – mich vor eine leere Seite zu setzen.

Ich fühle mich seltsam befangen dabei. Ich verspüre den Drang, mich wie der Erzähler eines viktorianischen Romans zu gebärden und mit einer Charakterisierung meiner selbst zu beginnen. *Ich bin Peter Taylor, und ich bin Chef der Baurevisionsabteilung einer großen Firma mit Sitz in England. Ich habe zwei Kinder, und ich wohne in einer Londoner Vorstadt...*

Aber natürlich werde ich nichts dergleichen tun. Wie jeder höhere Angestellte mittleren Alters werde ich damit anfangen, über den Parkplatz herzuziehen. Warum hat die Firma drei Kategorien von Parkplätzen? Die der Chefetage sind rot. Die des mittleren Managements sind blau. Wenn Sie, wie ich, schon etwas zu lange bei einer Firma sind (in meinem Fall fast zwanzig Jahre), dann dürfen Sie auf den grünen Parkplatz – ein schlammiges Stück unbebauter Grund, zirka dreihundert Meter vom Hauptbau. Ich nahm neulich Epstein, einen der Projektleiter, mit zu meinem Wagen (ich glaube, sein Chauffeur war krank), und er wurde blaß, als er die Strecke sah, die ich zu Fuß gehen muß.

»Sie meinen«, sagte er leise, als wir uns über die löchrige Asphaltdecke quälten, »daß hier tatsächlich jemand *parkt?«*

»Es gibt auch welche«, sagte ich, »die nehmen den Bus.«

An denen komme ich Tag für Tag vorbei. Jung und alt, stehen sie da und recken den Hals auf die leere Straße vor ihnen, die Gesichter abgespannt oder voller Hoffnung, und wann immer ich vorbeifahre, denke ich mir: Die warten doch wohl auf mehr als nur auf den *Bus.* Sie warten darauf, daß das Leben beginnt, während unsereins in großen, teuren Autos vorbeifährt. Ich glaube, daß unser Land auf Habgier fußt. Habgier hat Städte, Kathedralen, Straßen gebaut. Habgier hat Museen gebaut und veranlaßt, daß Bilder gemalt und Schiffe in alle Winkel der Welt geschickt wurden, um Gold, Ernten und Sklaven an unsere Küste zu bringen. Und Habgier hat auch jene beiseite gedrängt, die in den Schlangen an den Bushaltestellen stehen.

Es war Habgier, die zu dem Geschäft führte, in dem ich ermittle. Das Geschäft mit dem Kongreßzentrum. Es war Habgier, die die Millionen aus der Firma abgezweigt hat – in die Taschen von Leuten, die mit dem Projekt beschäftigt sind. Es war Habgier, so glaube ich, die einige dieser Leute dazu geführt hat, ein ansehnliches Gehalt für Arbeiten einzustreichen, die noch nicht mal getan wurden. Ich weiß natürlich, daß die Firma mir nicht danken wird, daß ich den Verantwortlichen entlarve. Wenn ich herausgefunden habe, wer es ist, dann werde ich denen auch sagen müssen, wieviel Geld wirklich fehlt, und in unserer Firma herrscht der Usus, den Überbringer der Nachricht an die Wand zu stellen.

Vor etwa sechs Monaten begannen die Kosten für das Kongreßzentrum ins Uferlose zu gehen. Zuerst schien es eine ausgezeichnete Erklärung für die Ungenauigkeit der Schätzungen zu geben. Das Material, das man auf der gesamten Westseite des Gebäudes benutzte – ein besonders gehärtetes Glas –, erwies sich als ungeeignet. Eine Reihe tragender Wände mußte versetzt werden. Und dann stellte sich im letzten Augenblick heraus, daß die Kostenvoranschläge eines Lieferanten durch die Bank komplette Phantasie waren. Aber selbst so waren die Zahlen für mich kaum zu glauben. Da hat irgend jemand etwas vor. Ich brauche nur herauszufinden, was. Wie auch immer – ich habe nicht die Absicht, Schnee von gestern durchzugehen. Ich wollte damit beginnen, so klar und einfach wie möglich niederzuschreiben, was heute passiert ist. Ich will keine Schlüsse ziehen, bevor ich nichts beweisen kann.

In der Firmenzentrale nehme ich immer dieselbe Strecke durch den Park und über den Fluß. Ich versuche nie an meine Arbeit zu denken, bevor ich nicht tatsächlich damit anfange. Ich habe Anglistik studiert, nicht Mathematik oder Volkswirtschaft, und ich betrachte das Verfolgen von Zahlen wie das Aufspüren der Strukturen von Ausgaben als Geisteswissenschaft. Während ich den Geldern aus dem Newsom-Projekt nachspüre, habe ich zunehmend den Eindruck, es bildet sich aus vermeintlich willkürlichen Strukturen im Sand oder auf vom Wind geriffeltem Wasser eine Karte oder ein Bild. Sehen Sie, die Lieferanten …

Nicht so voreilig, Peter. Immer schön bei den Fakten bleiben, wie Vater gesagt hätte. Mein Vater war Rektor eines kleinen Internats auf dem Land. Er war ein streng religiöser Mensch. Eine meiner frühesten Erinnerungen ist, wie ich mit ihm in die Schulkapelle gehe und beklommen und mit knackenden Gelenken in die Knie gehe, während er sich in die erste Reihe des Gestühls wirft, sich bekreuzigt und dann merkwürdige Gebetsfetzen murmelt. Nach einigen Jahren zog ich aus diesem Ritual einen gewissen Trost. Geglaubt habe ich daran meines Erachtens nie. Selbst als ich ihm mit sechzehn sagte, ich hätte »meinen Glauben verloren«, glaubte ich damit nichts weiter auszudrücken, als die Betretenheit darüber, Woche für Woche neben ihm knien zu müssen. Aber was in dieser Kapelle passierte, hinterließ bei mir mehr als nur die Gewohnheit, mich zu verbeugen und gewisse lateinische Brocken zu murmeln. Ich hatte immer schon, bis auf den heutigen Tag, eine dunkle Ahnung, von etwas verfolgt, versucht zu werden, was ich nur mit dem Wort beschreiben kann, das mein Vater benutzt hätte – Gottlosigkeit.

Die Leute bei der Arbeit sehen diese Seite von mir nicht. Deshalb war ich auch, als ich heute morgen Fiona die Straße vom Bahnhof hinunter zur Firma watscheln sah, fast versucht, an ihr vorbeizufahren. Sie gehörte nicht zu den Gedanken, die mich im Moment beschäftigten. Aber ihr Anblick – das weiße Gesicht, ihr langer brauner Mantel wie eine Nonnenkluft, erinnerten mich an einen jener eigenartigen, vollmundigen Sätze, die mein Vater so gern gehabt hat. »Erbarme dich des einsamen Reisenden, Sohn! Denn der Weg sollte für alle von uns armen Sterblichen derselbe sein!«

Arme Sterbliche – das war eine seiner Lieblingswendungen. Ausdrücke, die sich anhörten, als stammten sie aus Erinnerungsfetzen an eine Predigt. Ich war immer der Meinung, es würde sich dabei um Redewendungen aus dem gewaltigen Roman handeln, den er angeblich schrieb. »Wir werden geboren wie Saat im Wind, Sohn! Und unsere Freuden sind so eitel wie der Tag kurz!« Das war ihm die liebste. Als ich noch ganz klein war, war ich überzeugt, es handelte sich samt und sonders um Zitate eines großen Dichters. Bis ich ihn eines Tages fragte, als er über den Schulhof fegte, sein Lehrertalar wie ein Segel im Wind, ob das, was er eben gesagt hatte, von Wordsworth sei. Er raunzte mich an: »Meine Weisheiten sind meine eigenen, mein lieber Sohn! Seit dem Tode deiner Mutter ist das Denken mein einziger Trost!« Er hatte jene Art von grandiosem Habitus, wie man ihn nur in jahrelangen Auftritten vor unkritischen Schulbuben entwickeln kann.

Ich dachte an meinen Vater, als ich das Tempo drosselte, das Fenster herunterkurbelte und sagte: »Sie sehen ja halbtot aus, Fiona!« Sie fuhr zusammen, als sie mich sah. Buchstäblich. In dem Augenblick glaubte ich, ich hätte sie bei einem Tagtraum überrascht. Wieso machte sie das?

»Mir geht's gut, Peter«, sagte sie. Ich grinste. Sie ähnelt so sehr meiner Frau, wenn sie so ist. Sie ist entschlossen, von niemandem einen Gefallen anzunehmen. Obwohl sie so zurückhaltend ist, daß es fast schon an Geheimniskrämerei grenzt, verfügt sie eindeutig über Intelligenz, auch wenn sie fest entschlossen ist, es keinen von uns merken zu lassen.

»Hören Sie«, sagte ich, »ich nehm' Sie nur bis zum Haupttor mit und quäl' mich dann raus zum grünen Parkplatz ...«

Dem Gedanken, daß ihr Chef litt, konnte sie nicht widerstehen. Es amüsierte sie. Aber obwohl sie lachte, sah ich wieder den Schatten auf ihrem Gesicht. Als hätte sie vor etwas Angst.

◇

Ich las Peter Taylors Tagebuch nicht mit derselben verzweifelten Gier, die A:/LUFT oder Pauls Brief in mir ausgelöst hatten. Ich las es abschnittweise, ohne wirklich auf seinen Stil zu achten. Obwohl ich in gewissem Sinne, wie ich annehme, genauso darauf reagierte wie auf seinen Autor – ich suchte ziemlich kühl und nüchtern nach Information.

Er sprach von Mittwoch, dem Tag nachdem Paul und ich zusammen zu Mittag gegessen hatten. Ich erinnerte mich nicht mehr daran, mich so gefühlt zu haben, wie er mich da beschrieb. Ich erinnere mich noch ganz lebhaft an das Geräusch, als sein Wagen hinter mir langsamer wurde, was mich aber aus irgendeinem Grund nicht störte. Sehen Sie, ich dachte nämlich an Paul.

Ich blätterte in den Seiten zurück, die Paul geschrieben hatte. Er hörte sich, wie mir schien, so verdammt vernünftig an. Fast so, als wäre dieses Dokument mit einer bestimmten Person im Auge verfaßt.

Während ich mit einem Ohr auf Pappanauer unten lauschte, blätterte ich mich durch die Seiten und fragte mich dabei, wieso ein Dokument, in dem es augenscheinlich um einen Finanzskandal ging, soviel Zeit auf meine Wenigkeit verwenden sollte.

Ich machte ihr auf. Sie stieg ein, zog ihre hübschen Beine auf die andere Seite und schien sich zu entspannen, als ich losfuhr. Wir waren kaum mehr als ein paar Meter gefahren, da sagte sie: »Peter, ich hoffe, das kommt jetzt nicht ungelegen, aber ich brauche ein paar Tage frei. Vielleicht ab heute nachmittag oder morgen, ich muß hier raus…«

Sie hat noch nie um dergleichen gebeten. Seit ich sie kenne. Irgend etwas im Büro stimmte nicht. Ich glaube, das war der Augenblick, in dem mir der Gedanke kam, daß Jimmy vielleicht gar noch mehr im Schilde führte, als ich vermutete. Und ich glaube, es war auch der Augenblick, in dem ich ernsthaft in Betracht zu ziehen begann, daß Jimmy womöglich John Pappanauer war.

»Tja«, sagte ich, »es ist im Augenblick ziemlich was los. Aber...«

»Bitte«, sagte sie, »bitte!« Sie sagte das so herzzerreißend, daß ich sie mit einemmal als Kind sah – als vaterloses Kind.

Mein erster Gedanke war, daß sie zu Hause irgendeine Krise durchmachte, über die sie nicht sprechen konnte. Ich glaube, ich habe schon gesagt, daß sie über ihr Privatleben kaum spricht, obwohl ich sie einmal mit einem schlaksigen Jungen im Empfangsbereich habe sitzen sehen, den sie mir ziemlich verlegen als Dave vorstellte. Ich bin nur nicht sehr geschickt, wenn es darum geht, einem Gespräch diese Richtung zu geben. Wir sprechen nicht so miteinander bei uns im Büro, und ich nehme an, daß das meine Schuld ist.

»Sind Sie sicher, daß mit Ihnen alles in Ordnung ist?« fragte ich, als ich sie am Haupttor absetzte. Ein indischer Portier in Livree stand davor und starrte vor sich in den Tag, der bereits finster zu werden begann. Er schien, dachte ich, fast ausschließlich zu Dekorationszwecken dazustehen.

»Mir geht's gut«, sagte sie mit ihrer komischen tiefen, brüchigen Stimme. Ich fuhr weiter zum grünen Parkplatz.

Ich war mir ziemlich sicher, falls ihr jemand im Büro Schwierigkeiten machen sollte, dann war das hauptsächlich John Pappanauer. Und als ich wieder am Haupttor ankam, war ich fast soweit, mir den Herrn zur Brust zu nehmen. Obwohl ich wußte, ich würde es nicht tun. Ich hätte ihn natürlich von Anfang an nicht einstellen sollen.

Überhaupt war Pappanauers Vorstellungsgespräch, wenn ich mir das jetzt so überlege, von vorn bis hinten ein meisterhaftes Täuschungsmanöver. Insbesondere der Anzug. Ich glaube nicht, daß ich ihn in diesem Anzug je wieder gesehen habe. Es war eine solide Geschichte aus Tweed. Dazu hatte er sich ein Paar eleganter brauner Schuhe gekauft. Und der Lebenslauf war, so vermute ich mal, eher so gewählt, daß er zu den Schuhen paßte und nicht etwa wegen irgendeines Bezugs zur Realität. Aber genauso wie sich heutzutage keiner mehr die Mühe macht, Schuld und Unschuld eines Menschen festzustellen, so herrscht auch anscheinend ein alarmierendes Desinteresse, was die Authentizität von Qualifikationen angeht. Vielleicht leben wir im Zeitalter der Leichtgläubigkeit. Ich nahm ihm das Diplom in Volkswirtschaft ab. Ich machte mir nicht die Mühe, es zu überprüfen. Ebensowenig wie ich mir die Mühe machte nachzuprüfen, ob er tatsächlich aus einer kleinen Stadt in Wales kam und bei seinem Onkel aufgewachsen war. Ich weiß noch, daß er gesagt hat, er sei ziemlich schüchtern, aber jetzt bin ich mir ziemlich sicher, daß er sich das Gestammel nur für das Vorstellungsgespräch zugelegt hatte.

Jedenfalls hatte die Person, der ich die Stellung gegeben habe, keinerlei Bezug zu dem Chaoten, zu dem er sich entpuppt hat. Er schien, soweit ich mich erinnere, eine Haartransplantation gehabt zu haben, und so wie es aussah, hatte man ihm die Nase verunstaltet. Und dann schien er vom ersten Tag an ein unerschöpflicher Quell von Zoten zu sein, von primitiven sexuellen Anspielungen und Flegeleien, die gerade mal um ein Haar vor der Strafbarkeit haltmachten. Sein Tonfall hatte sich ebensosehr geändert wie seine Erscheinung. »Morgen, alle mit'nander!« lautet sein üblicher Gruß. Ich glaube, er war gerade mal zwei Tage bei uns, als er sagte: »Nu schaun S' doch nicht gar so wie 'n armer Hund drein, Peter, ja?«

Er war außerdem – und das war das Unverzeihliche an ihm – sehr gut in seinem Beruf und ausgesprochen diensteifrig gegenüber den Leuten unmittelbar über mir. Mit der Zeit ist er etwas vorsichtiger geworden, wenn es darum geht, mich merken zu lassen, daß er nur durch Lügen in der Firma gelandet ist.

Als ich mit dem Lift in unseren Stock hochfuhr, kam ich zu dem Schluß, daß er nicht nur Fiona belästigt hatte, sondern, falls überhaupt jemand aus unserem Büro für die Rolle als Jimmy geeignet war, und es muß jemand aus unserem Büro sein – dann war es mit ziemlicher Sicherheit John Pappanauer.

◇

Draußen auf dem Treppenpodest hüstelte jemand. Als ich den Kopf aus Peter Taylors Tagebuch nahm, sah ich Pappanauer da stehen. Er versuchte zu lächeln. Mir fiel auf, und das nicht zum ersten Mal, wie eigenartig etepetete sein Mund wirkte. Außerdem kommt seine Stimme tief aus dem Hals. Wenn er seine Stimme zu verstellen versuchte, so überlegte ich, wie würde sie wohl klingen? Steckt hinter den unheimlichen Sprüngen in seinem Akzent mehr, als daß er seine Herkunft zu vertuschen versucht?

»Hören Sie, ich kann den ganzen Tag warten«, sagte er, »aber was lesen Sie da eigentlich?« Ich antwortete ihm nicht. Ich war viel zu sehr damit beschäftigt, Sinn in das zu bringen, was ich da gelesen hatte. Der Finanzskandal, von dem Paul gesprochen hatte, als wir am Tag nach dem ersten Überfall beim Essen gewesen waren, mußte, so wurde mir jetzt klar, ernster sein, als ich gedacht hatte. Es fehlte Geld. Ich hatte mich nie groß um das gekümmert, was Peter Taylor immer die »große Firmenpolitik« nennt. Daß ich gern einen eher subalternen Posten wie den meinen habe, liegt nicht zuletzt daran, daß man dabei unsichtbar sein kann. Keiner verlangt von einem eine Meinung über etwas zu haben. Aber die Sache mit dem Geld war beunruhigend. Wenn es stimmte, daß da jemand die Hand in der Kasse hatte, dann war es durchaus möglich, daß der Betreffende auch mein Angreifer war. Oder nicht? Damit wäre mein Angreifer eine ziemlich eigenartige Sorte von Psychopath. Leute, die Betrügereien begehen, werden von rationalen

Emotionen getrieben. Habsucht ist ja heutzutage von der Gesellschaft absolut akzeptiert. Und dennoch, der Gedanke, daß der Finanzbetrüger und der Mann, der mich überfallen hatte, ein und derselbe sein könnten, brachte auf merkwürdige Weise Sinn in einen gewissen Ton, den ich aus diesem schrecklichen Dokument herausgehört hatte.

»Augenblick noch«, sagte ich. »Warten Sie unten!«

Er nickte und trappelte gehorsam in die Diele hinab. Ich nahm die Diskette und den Rest der Unterlagen und steckte alles in den Plastikbeutel neben dem Bett. Dann packte ich, mit fast schuldbewußter Schnelligkeit, den Splitthammer mit dem schwarzen Griff dazu, der vor dem Fenster am Boden lag – ich glaube, meine Mutter hat ein paar Bilder aufgehängt –, und legte dann das Nachthemd darauf, das ich letzte Woche getragen hatte. Das, auf dem noch immer die Flecken von dem ersten Überfall waren – das, von dem ich noch niemandem erzählt hatte. Dann straffte ich die Schultern und ging mit locker schwingender Tasche, mir des schweren Hammers darin bewußt, hinaus aufs Podest.

Warum ging ich – allein – mit dem Mann aus dem Haus, der, falls ich richtig lag, sehr gut derjenige sein konnte, der nur auf den richtigen Augenblick wartete, mich umzubringen? Weil ich wollte, daß er es versuchte? Weil ich diesmal fest entschlossen war, mich ihm zu stellen? Würde das erklären, warum ich nicht mal meiner Mutter sagte, wohin ich ging? Nun, man könnte sagen, ich ging mit Pappanauer, weil er mich zu Pauls Versteck führen wollte. Man könnte auch sagen, ich ging mit Pappanauer, weil ich den Mann sehen und stellen wollte, von dem jeder zu denken schien, er sei derjenige, der mich vergewaltigt hatte. Man könnte sagen, ich ging mit Pappanauer, weil ich trotz allem immer noch hoffnungslos in Paul verliebt war, und selbst wenn es seine Augen gewesen waren, die mich aus der gräßlichen gelben Maske heraus beobachtet hatten, so mußte ich doch sein Gesicht dringender sehen als alles andere auf der Welt. Aber das sind alles rationale Gründe für einen irrationalen Akt.

Es war mir egal, wie gefährlich es werden könnte. Ich ging mit ihm, weil mich erst in diesem Augenblick – mitten am Tag, eines verregneten Tages, sieben Tage nach dem ersten Überfall auf mich – das Gefühl zu leiten begann, das mich durch den Rest jenes Nachmittags antrieb. Selbst jetzt, wo ich mir das Ganze mit Distanz ins Gedächtnis zurückrufe, läßt es mich innehalten und tief einatmen, weil ich sehe, wie sehr es die Landschaft meines Lebens verändert hat. Es ist immer noch bei mir, während ich diese Zeilen hier schreibe und ein anderes, älteres Ich Pappanauer auf die Straße hinaus folgen sehe.

Endlich regte sich in mir die Wut.

9

Meine Mama fragte nicht, warum ich mich so plötzlich zum Ausgehen entschlossen hatte. Sie sprach noch nicht mal an, daß ich doch angeblich krank war. Ich nehme an, sie kam zu dem Schluß, es hatte etwas mit meinem Gefühlsleben zu tun – wahrscheinlich hatte einer, vielleicht auch beide der Männer, die plötzlich bei ihr aufgetaucht waren, etwas mit mir. Das Leben meiner Mama wird fast ausschließlich von einem nicht zu unterdrückenden Drang, ihre Tochter unter die Haube zu bringen, beherrscht.

Pappanauer hatte seinen leuchtendroten Firmenwagen dabei. Er hatte zwar keinen Schirm, bugsierte mich aber durch den endlosen Regen in Richtung des Autos, als könnte mich die Hand, die er mir ins Kreuz legte (ich hasse es, wenn Männer das tun), vor dem Naßwerden bewahren. Ich fand Pappanauer den Kavalier fast noch beunruhigender als Pappanauer den Flegel. Wenn er so leicht in beide Rollen schlüpfen konnte, dann wies das doch auf seinen chamäleonhaften Charakter. Mußte der Autor von A:/LUFT nicht genau so sein? Jemand, der Freude daran hatte, in eine Rolle zu tauchen wie ein Schauspieler?

Als wir zum Wagen kamen, wollte er mich vorn einsteigen lassen. Ich sagte ihm, ich säße lieber hinten. Als er mir die Tür öffnete, schloß sich meine Hand noch fester um die Tasche, die ich bei mir hatte. Als ich einstieg, rutschte ich hinüber auf die Fahrerseite, so daß ich direkt hinter ihm saß. Falls Pappanauer mitbekam, was all diese Manöver implizierten, ließ er sich jedenfalls nichts anmerken. Er sagte eigentlich überhaupt nichts. Und darüber war ich froh.

»Wo ist das denn?« sagte ich, als wir losfuhren.

»In South London«, sagte Pappanauer. Mehr sagte er mir nicht. Ich stellte ihm keine weiteren Fragen. Als wir hinaus auf die Hauptstraße fuhren, wo Pkw und Laster sich in dem alles umschließenden Regen stauten, kramte ich Peter Taylors Tagebuch aus meiner Tüte heraus.

Niemand außer ihm und dem Autor von A:/LUFT hatte je klipp und klar gesagt, daß das verschwundene Geld aus dem Newsom-Projekt nicht nur auf Stümperei, sondern zum Teil auch auf Korruption zurückzuführen war. Ich nehme an, daß beides oft Hand in Hand geht. Ich war mir noch nicht sicher, was das alles in bezug auf mich zu bedeuten hatte. Mich interessierte mehr, *wie* er schrieb, als was er schrieb. Obwohl sich hin und wieder Scharfsinn erkennen ließ, den der Autor des Dokuments manchmal an den Tag legte, kamen Peters Charakterzüge darin deutlich zum Vorschein – ein ernsthafter Profi, dessen leidenschaftliches Interesse eher Systemen als Menschen gilt.

Mittwoch, 7. April, 21.50 Uhr (PT)

Wir sind ein altmodisch organisierter Betrieb. Jede Abteilung – wir sind in der Baufinanzierung – ist in Sektionen unterteilt. Der Chef jeder Sektion ist einem Abteilungsleiter unterstellt, der oder die wiederum einem Hauptabteilungsleiter. Kein Wunder, daß wir bei solch einem Verwaltungsaufwand drei Millionen Pfund verwirtschaften konnten. Es ist schon erstaunlich, daß wir es überhaupt noch zuwege bringen, einander in den Korridoren zu finden.

Meine Abteilungsleiterin heißt Rosy, eine kleine, übergewichtige Endfünfzigerin mit starkem West-Country-Akzent. Auf den ersten Blick mag es eher unwahrscheinlich aussehen, daß sie für ein in die Millionen gehendes Firmenbudget verantwortlich sein sollte. Aber genau betrachtet ist sie perfekt. Sie ist Kettenraucherin, lacht viel, und wenn es hart auf hart geht, sagt sie schon mal: »Na, Guter, um wieviel liegen wir denn zurück?«

Als ich über den Firmenvorplatz in Richtung der Aufzüge stapfte, überlegte ich – nicht zum ersten Mal –, ob ich die Rechnungen über das Newsom-Zentrum nicht vielleicht selbst unter die Lupe nehmen sollte. Die Anzahl von Firmen, mit der wir zu tun hatten, schien sich während der letzten paar Monate verzehnfacht zu haben. Und wenn wir nach jemandem suchten, der, sagen wir mal, eine Unterschrift auf einer Rechnung fälschte, dann wäre das genau die Sache, die ich John Pappanauer zutrauen würde. Ich versuchte, nicht in diese Richtung zu denken, als ich um die Ecke des Hauptgebäudes und auf einem überdachten Weg hinüber zum Bau- und Operationsgebäude ging. Wir arbeiteten natürlich in der heruntergekommensten, schäbigsten Ecke des »Baus«, wie die Spaßvögel der Firma es nennen. »Wenn ihr in dem Saustall hausen könnt«, schienen unsere Bosse zu sagen, »dann könnt ihr auch andere auf dieses Niveau ziehen!« Die blauen Teppiche hätten auch in einem Kino liegen können. Die Aussicht rundum hatte man ihrer Bedrohlichkeit wegen gewählt. Die Doppeltür, die auf unseren Korridor führt, knarrt wie die Kerkertür aus einem Märchen.

Und natürlich hat der Chef der Revisionsabteilung für Baufinanzierung (falls man mich diese Woche so nennt) kein eigenes Büro. Wir hausen wie eine neapolitanische Sippe, alle in einer Wohnung, und das seit fünf Jahren. Wir belauschen die Telefonate der anderen und lesen deren Post. Wenn ich mal am Telefon mit Jimmy und Jonny säusle oder mit meiner Frau verspielt zärtlich bin, dann sehe ich mich manchmal, wenn ich aufblicke, von Fiona beobachtet. Wenn Pappanauer eine seiner Frauen zu beeindrucken versucht (falls es Frauen sind –

manchmal glaube ich ja, der redet den Blech auf seinen eigenen Anrufbeantworter), dann sehe ich oft, wie Paul Jackson ihn ansieht, mit großen Augen, als bewundere er ihn.

»Die Liebe lebt«, sagte Pappanauer, als ich eintrat. »Miss Macmillan und Mr. Jackson kommen todsicher noch vor Mittag zu einem leidenschaftlichen Schäferstündchen auf ihren Schreibtischen zusammen. Passen Sie auf!«

Ich antwortete nicht. Ich blickte hinüber zu Fiona. Sie wurde noch nicht einmal rot. Sie saß an ihrem Tisch, die Ellbogen zu beiden Seiten des Telefons aufgestützt, und starrte hinüber zum Bahnhof. Sie sah schrecklich ratlos und schrecklich einsam aus. Über den Schienen hatten sich Wolken zusammengezogen, und von Westen her sah ich bereits finstere Regenwolken Schlange stehen, um ihren Platz über der Stadt einzunehmen. Fiona schien noch nicht mal gehört zu haben, was Pappanauer gesagt hatte. Dann, als ich sie beobachtete, bedachte sie ihn mit einem kurzen Blick. Es lag ein derartiger Haß in diesem Blick! Paul sagte nichts. Aber andererseits sagte er nie was. Fiona sah noch immer Pappanauer an. Wie schon zuvor im Auto fragte ich mich, was wohl mit ihr los war. Ich ging hinüber zu ihrem Schreibtisch. Ich sprach absichtlich leise. »Hören Sie. Sie müssen es mir nicht sagen«, sagte ich, »aber ich sehe doch, daß Sie was bedrückt. Hat es mit der Arbeit zu tun? Oder ist es was Persönliches?«

Sie blickte von mir zu Paul und sah dann, eine geraume Weile, Pappanauer an. »Nicht jetzt, Peter«, sagte sie, »bitte ...«

Ich warf einen Blick hinüber zu Pappanauer, der, wie für gewöhnlich nach einer seiner Ausfälligkeiten, besonders steif und förmlich dasaß.

»Ich verlange ja nicht, daß Sie's mir sagen«, sagte ich. »Ich besorge eine Aushilfe. Nehmen Sie sich morgen frei. Und übermorgen. Okay? Und tags darauf, wenn Sie wollen.«

Sie sah zu mir auf. Sie schien fast jämmerlich dankbar. »Danke«, sagte sie, »vielen Dank ...«

Ich wandte mich sowohl John als auch Paul zu und schlug den förmlichen Ton an, den ich bei solchen Gelegenheiten annehme.

»Fiona nimmt sich einige Tage frei. Sie braucht eine Pause.« Ich wandte mich wieder ihr zu. »Sie sollten ans Meer fahren oder was in der Art.«

Wieso sagte ich das? Ich glaube, ich wollte, daß Fiona sich Dartsea ansah. Für mich ist sie eher Familienmitglied als Arbeitskollegin. Und ich dachte, wenn ich sie dorthin schicke, dann erfährt sie vielleicht etwas von dem Glück, das mir mein Leben lang ganz natürlich schien. Aber mein Vorschlag schien sie weder zu erleichtern noch zu beruhigen. »Sie sollte sich das tolle Hotel ansehen, Chef!« Ich warf einen raschen Blick auf Paul. Noch bevor ich etwas sagen konnte, fuhr Pappanauer fort: »Das, wohin Sie uns mal mitgenommen haben. Wegen Führungsstreß?« Paul begann an seiner Unterlippe zu nagen. Pappanauer weidete sich an seinem Unbehagen. »Nach Dartsea«, sagte er, »das Cliff Hotel!«

Ich wußte, warum Paul an seiner Unterlippe nagte. Ich bedauerte das Wochenende nicht, daß wir zu dritt dort verbracht hatten. Und ich weigerte mich anzuerkennen, daß an diesem Wochenende etwas ungewöhnlich gewesen sein sollte. Mit das Wichtigste, woran man als Chef immer denken muß, ist, sich gefühlsmäßig seine Neutralität zu bewahren. Ich behielt ganz bewußt eine neutrale Miene bei, als ich sagte: »Das wäre vielleicht eine nette Idee.« Und dann hörte ich mich sagen: »Hören Sie – warum fahren Sie nicht einfach alle? Es war ja wirklich nicht leicht in letzter Zeit, und ich kann Sie entbehren. Warum fahren Sie nicht alle nach Dartsea?«

Fiona sah wieder bleich und verängstigt aus. Ich verstand nicht, warum sie der Gedanke, mit zwei Buchhaltern aufs Land zu fahren, so blaß machen sollte. Es war, als hätte ich ihr angeboten, in ein Kriegsgebiet oder in Draculas Schloß zu fahren.

Dartsea liegt an der Küste von North Devon. Es ist ein kleines Fischerdorf zwischen grünen Felswänden. Die Häuser drängen sich eine schmale Straße entlang, die sich vom Meer aus den Hügel hinaufschlängelt, und einige hundert Meter vom Dorf entfernt, direkt an der Kante der Steilküste, steht das Hotel. Es ist ein mächtiges, weitläufiges Gebäude, noch vor dem Ersten Weltkrieg erbaut, das an ein England gemahnt, das die Weltkarte rot eingefärbt und bei Sonnenuntergang die Flagge gehißt hat. Selbst als ich jung war, saßen dort noch rotgesichtige Oberste in Rollstühlen auf dem Rasen davor, die aussahen, als erinnerten sie sich noch an die Indische Rebellion, ja, als nannten sie sie gar noch so. Sie kamen natürlich wegen der Aussicht, und die hat sich Jahrhunderte über nicht verändert. Es war immer schon eine weite, ebene Fläche, mit grauen Steinen übersät, und dahinter die kabbelige Endlosigkeit der sich nie verändernden See.

Neben dem Hotel steht eine Zugabe zur Landschaft vergleichsweise jungen Datums: eine normannische Kirche, komplett mit überdachtem Friedhofstor, Kiesmauern und malerischen Grabsteinen. Sonntagmorgen ertönt die Glocke mit nickendem Schlag und ruft über das Grab von Anna James, Frau von Henry und Mutter von Sarah (1702–53) hinweg zu einem »Gott sei ihrer Seele gnädig« auf. Es ist ein England, das weiter weg scheint als nur ein paar hundert Jahre von der Obszönität, der Verderbtheit und dem Verfall, der diese Insel heute beherrscht.

Die nach vorn hinaus gelegenen Hotelzimmer mit ihrem Blick über die Bucht haben einen gemeinsamen Balkon. Von diesem führt zu beiden Seiten des Hauses eine breite Holztreppe auf einen riesigen Rasen, der im Frühjahr mit Büscheln von Osterglocken übersät ist. Manchmal, bei starkem Wind, hört man unten auf den Felsen das Meer, das sich in die Höhlen wirft, die unzählige Gezeiten und Stürme in den Fels gegraben haben, aber in meinen Gedanken ist es dort ruhig und still. Es scheint dort immer die Sonne – es ist ein Land voll weißem Linnen unter einem blauen Himmel mit goldenem Rand.

◇

Ich legte Peter Taylors Tagebuch beiseite und sah zum Fenster hinaus. Der Londoner Himmel war grau. Vor der Tür eines Geschäfts lag ein junger Mann um die Zwanzig in einem Schlafsack. Um den Hals hatte er ein Schild, auf dem OBDACHLOS stand. Er hielt keinem die Hand entgegen, und soweit ich sehen konnte, interessierte sich auch keiner für ihn. Eine ältere Frau, die in den Laden ging, stieg vorsichtig über ihn weg. Er sah sie nicht an.

Pappanauer spähte durch das Wasser auf der Windschutzscheibe in den Regen hinaus. Er schien irgendwie gereizt.

»Wie weit ist es denn?« sagte ich.

»Nicht weit«, sagte Pappanauer. »Ich stehe voll hinter Ihnen, Fi! Wissen Sie?« Ich antwortete nicht.

»Ich meine«, fuhr er fort, »Sie und ich, wir sind vom gleichen Schlag, meinen Sie nicht?«

Ich konnte mir nicht denken, was er damit meinen könnte. Ich sah mir Peter Taylors Tagebuch an. So ganz genau hatte Peter ihn nicht getroffen. Vielleicht war es, wie sooft in England, eine Frage der gesellschaftlichen Schicht. In dem Augenblick, wo er seine ewigen pubertären Flegeleien bleibenließ, zeigte sich einem ein ganz anderer Mensch. Ich hörte mich noch einmal sagen: »Erzählen Sie mir doch von Ihren Eltern, John.«

Er warf einen raschen Blick in den Rückspiegel. Einen Moment lang hatte er den eindringlichen, konzentrierten Blick, den er manchmal bekommt, wenn er über einem Haufen Zahlen gebeugt sitzt. Wie ein hungriges Tier. »Die sind tot«, sagte er, »schon seit langem.«

Der Verkehr begann sich wieder zu bewegen, und er verstummte. Ich hoffte, er würde noch mehr sagen, aber er sagte nichts. Und teils, weil ich plötzlich wieder Angst hatte, wollte ich ihm keine weiteren direkten Fragen stellen. Die letzte war ihm sichtlich unangenehm gewesen. Da meine Augen sonst nichts zu tun hatten, wandte ich mich wieder dem Tagebuch zu.

Mittwoch, 7. April, 22.30 Uhr (PT)

Anna ist eben hereingekommen. »Was schreibst du denn da?« fragt sie mich. Ich sage es ihr nicht. Ich werde niemandem was davon sagen, bevor ich mir nicht darüber im klaren bin, was ich denke, und meiner Erfahrung nach findet man das am besten heraus, indem man es aufzuschreiben versucht. Ich nehme an, mir macht die Wut angst, die dieser ganze Fall in mir weckt – die Wut und das Verlangen nach Rache, die das A und O jeder Gesetzgebung ist. Ich möchte keinen Fehler machen. Für mich ist Firmengeld immer wie mein eigenes. Ich weiß, das ist absurd. Aber diese Geschichte mit dem Kongreßzentrum geht mir an die Nieren. Ich stelle mir vor, den Scheißkerl zu fassen zu kriegen, der da dahintersteckt, ihn zu packen und ihm den Kopf gegen die Wand zu knallen, bis er gesteht.

Anna sagt, ich sei gewalttätig. Ein typischer verklemmter Engländer, zornig und in seiner Unzufriedenheit voller Wut. Ein Opfer des mittleren Managements. »Einen Roman!« sagte ich. Und sie lachte. Sie weiß, daß ich keine Phantasie habe. Sie ist ein bißchen wie Fiona. Manchmal verstehe ich buchstäblich nicht, welche Leidenschaft sie plötzlich zu packen scheint.

Was wohl Fiona zu schaffen machte? Gleich nachdem wir Dartsea angesprochen hatten, machte sie etwas, was ich schon den ganzen Morgen erwartet hatte. Sie brach in Tränen aus.

Ich ging hinüber und legte noch mal den Arm um ihre Schultern. Und diesmal schreckte sie nicht zurück, als hätte ich sie zu vergewaltigen versucht.

»Tut mit leid, Fi!« sagte ich, »Ich wollte nur helfen! Ich meine, wenn Sie wollen…«

Ich sah Paul an. Dann Pappanauer. »Wenn Sie mit Paul allein fahren wollen…«

Sie stand auf. »Was soll das heißen?« sagte sie. »Wovon reden Sie drei denn überhaupt? Ja, wie kommen Sie denn überhaupt darauf? Keiner von Ihnen hat auch nur den leisesten Schimmer, was ich denke oder fühle, oder? Wie sollte einer von Ihnen wissen, wie es mir geht? Ich bin doch bloß die Sekretärin, verdammt noch mal! Wer schert sich denn schon um mich?« Und dann lief sie, mit der Unbeholfenheit eines Vogels auf der Erde, hinaus und polterte den Korridor hinunter.

Ich weiß noch immer nicht, weshalb sie hinausgerannt ist. Ich sehe in ihrem Ausbruch jetzt aber etwas, was mir zu dem Zeitpunkt nicht aufgefallen ist. Ich hielt es für Hysterie. Was es nicht war. Es war sehr, sehr ernst. Sie war wütend. Es schien ein Augenblick zu sein, in dem sie den Mut gefunden hatte, irgendeinen schrecklichen Zwiespalt in ihr zu lösen. Was sie da sagte, hatte eine große Kraft. In diesem Augenblick freilich verwirrte sie mich genauso, wie mich meine Frau manchmal verwirrt, aber wenn mich jetzt jemand nach meinen Gefühlen zu Fiona fragen würde, ich denke, ich würde wahrscheinlich sagen, daß ich sie bewunderte.

Paul war als erster hinter ihr her. Er sagte nichts. Er funkelte Pappanauer nur an und rannte dann durch die Doppeltür. Pappanauer grinste mich boshaft an. »Die können wir Jackson doch wohl nicht allein überlassen, was?« sagte er. Ich sah ihn ausdruckslos an. Er ist wirklich der Meister der unangebrachten Bemerkung. Noch bevor ich eine Möglichkeit hatte, ihm zu sagen, daß er einer der widerwärtigsten Menschen sei, die sich je ihren Lebensunterhalt mit Zahlenaddieren verdient haben, folgte er Paul auch schon hinaus.

Ich stand da und sah zum Fenster hinaus auf die Skyline. Es regnete wieder. Die Wolken hingen wieder tief über der Eisenbahnbrücke, und unter mir, im Vorhof, kämpften schräg gestellte Schirme, wie angreifende Rhinozerosse, gegen den Nieselregen an. So. Dann interessierte sich Pappanauer also für sie. Und das ernsthaft. Nicht nur für Bürowitze. Ich weiß nicht, warum ich das nie gesehen hatte. Ich hatte andere Dinge im Kopf.

Sofort als sie weg waren, machte ich mich an das Material über das Kongreßzentrum in Newsom. Es gab mehrere triftige Gründe, sie nicht dabeihaben zu wollen, wenn ich mir meine Dateien ansah. Die Computer bei uns im Büro sind vernetzt, und auch wenn jeder von uns sein streng geheimes Paßwort hat, mit dem nur er Zugang zu seinen vertraulichen Dateien bekommt, so benutze ich das meine kaum. Meine persönliche Festplatte ist schlecht organisiert, so daß ich nicht selten zehn, zwanzig Dokumente durchstöbern muß, bevor ich auf das stoße, das ich bearbeiten will. Ich befürchte, daß sich eines Tages, wenn ich in meinen Bildschirm starre, Pappanauer oder Jackson hinter mich schleichen, mir über die Schulter spähen und Dinge herausfinden werden, die sie nicht wissen sollen.

Falls einige der Verluste beim Newsom-Projekt auf gefälschte Rechnungen zurückzuführen sind, dann hat derjenige, der da die Finger im Spiel hat, einen Helfer in diesem Büro. Denn alles, was über Howlett's rausgeht, wird entweder von Paul oder Pappanauer geprüft. Ich selbst beschäftige mich gern mit den »größeren Zusammenhängen«, wie ich es nenne – mit anderen Worten, ich gehe mit Leuten essen. Ich öffnete meine Datei über das Newsom-Projekt. Im großen und ganzen sind unsere Dateien Gemeinschaftsbesitz. Und ich glaube, es war Pappanauer, der die Gewohnheit einführte, sie nach Elementen zu benennen. Ich gebe den meinen für gewöhnlich herzlich willkürliche Namen wie MIST oder VERDAMMT oder VERSCHENKT. Ein besonders langer Kostenbericht hieß bei mir einmal EIER, weil er mir derart auf selbige ging. Es war jedoch Pappanauer, der eine Schätzung, mit der er beauftragt war, FEUER, nannte, und ein paar Tage darauf konterte Paul mit WASSER für den Kostenentwurf zum Bau einer Lagerhalle.

Vielleicht wählte ich deshalb ERDE als Titel eines Dokuments über etwas, was der größte Finanzskandal zu werden verspricht, den die Firma je gehabt hat. Einer der wichtigsten Firmen, um die es in diesem Dokument geht, ist die Ainscombe Ltd., die den größten Teil ihres Geldes mit Erdarbeiten gemacht hat. Erde ist mein Element. Ich bin solide, ein bißchen farblos, aber – wie mein Vater immer sagte – »zuverlässig wie die Erde, in die wir einst zurückgehen«. Wenn ich die Tausende von Rechnungen und Berichten durchgehe, die sich zu einem Bild darüber zusammenfügen, wie dieser vom Unglück verfolgte Bau zustande kam, dann sehe ich mich als einer, der Unmassen von Schlick und Schleim bewegt. »Die reinste Schlammschlacht!« sage ich mir.

Nun ist aber Ainscombe nicht nur ein Bauunternehmen, sondern auch noch eine Art Generalunternehmer, der Pakete spezialisierter Handwerksberufe von Firmen aus aller Herren Länder zusammenstellt; dieser Teil des Geschäfts firmiert unter einer hundertprozentigen Ainscombe-Tochter namens Howlett & Partners. Howlett vergibt seine Aufträge für gewöhnlich an eine ausgewählte Gruppe von Leuten, die Ainscombe – als der Mutterfirma – zumeist nahestehen. Meiner Erfahrung nach geht das überall so in der Branche, mit anderen Worten, Korruption ist normal; diese Berechenbarkeit hat etwas Beruhigendes. Was mir hinsichtlich des Newsom-Projekts Sorgen machte, war die ungeheure Zahl von Firmen, die Howlett hinzugezogen zu haben schien. Wann immer Namen verfügbar waren – und einige der Summen waren beträchtlich –, dann waren sie mir oft nicht vertraut.

Eine große Zahl dieser Rechnungen waren durch die Hände zweier Leute gegangen, die jedoch nicht bei Howlett saßen, sondern in der Zentrale bei Ainscombe. Es war gar nicht so einfach herauszuarbeiten, wer für die Aufträge an diesen Irrgarten kleiner Firmen verantwortlich war. Aber zwei Namen tauchten oft genug auf, um in mir den Verdacht zu wecken, sie steckten da bis zum Hals drin. Einer von ihnen – eine ziemlich untergeordnete Charge namens Al Hunter – war mir kein Begriff. Den anderen – eine rotgesichtige Type namens Harold Porter – kannte ich (wie auch John und Paul) nur zu gut. Ich kannte Harolds rote Pausbacken, seine Stimme, der man die vielen Steaks und den Rotwein anhörte, und seinen fast durch die Bank erfundenen noblen Akzent. Außerdem weiß ich, daß er korrupt ist, daß es nur so kracht.

Ich ging die Zahlen durch. Ihr Netz von Zulieferern schien durch Zellteilung gewachsen zu sein. Firmen zu erfinden ist ein recht simpler Betrug und so leicht zu entdecken, daß ich nicht glauben konnte, daß jemand in meinem Büro überhaupt nur daran denken könnte. Aber ich faßte den festen Entschluß, mehr über Pratt & Lewis herauszufinden, die Wright Company oder eine Firma namens Schoenbaum International, die Rechnungen über geleistete Arbeiten in der Höhe von vierhunderttausend Pfund gestellt zu haben schien. Ich wußte, die Erklärung würde mir nicht in den Schoß fallen. Aber ich entschloß mich, jemanden anzurufen. Ich ging eine Weile auf und ab, warf einen letzten Blick in meine Datei und rief bei Ainscombe an.

In diesem Augenblick kam Fiona zurück ins Büro. Sie sah aus, als wäre sie gelaufen. Sie sah mich nicht an. Statt dessen ging sie schnurstracks zu ihrem Schreibtisch und begann die Ergebnisse einer Besprechung abzutippen, die mit ziemlicher Sicherheit bereits eine Woche her und ohnehin nicht mehr wichtig war. Wenigstens nahm ich an, daß es das war, was sie tippte. Ihr folgte ein, zwei Minuten später Paul. Einen Augenblick lang dachte ich, er würde etwas zu ihr sagen, aber als er sah, daß ich telefonierte, entschied er sich anders. Schließlich schob sich Pappanauer durch die Flügel der Tür.

Die beiden Männer bedachten sich mit einem ausgesprochen feindseligen Blick und ließen sich dann an ihrem Schreibtisch nieder. Ich drehte meinen Stuhl so, daß ich dem Büro den Rücken kehrte. Ich ertappte mich wieder dabei, aus dem Fenster zu sehen. Es war Wind aufgekommen, der den Regen gegen die riesige Glasscheibe am anderen Ende des Raumes trieb. Ich versuchte so leise wie nur möglich zu sprechen, als ich sagte: »Könnte ich bitte Al Hunter sprechen?« Harold Porter wollte ich erst zur Rede stellen, wenn ich mehr Informationen hatte. Ich bin mir nicht sicher, was Harold Porter angeht – noch nicht einmal, ob er überhaupt wirklich so heißt.

Al Hunter war nur ein Name für mich. Nur eine Person, die womöglich, in einer untergeordneten Rolle, an einer ziemlich üblen Geschichte beteiligt war. Ich denke, ich war in hohem Maße darauf bedacht, meine erste Unterredung mit ihm schlicht und oberflächlich zu halten. Eine Routinefrage über einen Subunternehmer, mit dem er zu tun gehabt hatte. Außerdem war ich bemüht, weder Paul noch Pappanauer ahnen zu lassen, wen ich da anrief und warum.

Draußen ließ der Regen etwas nach. Ein fahles Licht sickerte von irgendwo durch die aufgetürmten Wolkenbänke. Die Stille im Raum war bedrückend geworden. Ich glaube, wir alle waren uns der anderen mit einemmal auf unangenehme Weise bewußt. Ich jedenfalls hatte das Gefühl, daß das Büro, das früher ein neutraler Ort gewesen war, an dem man sich tagein, tagaus traf, um unter gemeinsamen Regeln zu arbeiten, sich auf subtile Weise zu verändern begann. Ich weiß nicht, in was sich der Raum verändert hatte, aber die Lichtquadrate, die an der Wand neben mir wuchsen, hatten etwas Unheimliches.

Und dann war da noch ein Geräusch, das mir nicht gefiel. Wie ein Fäulnisgeruch, der nicht so recht zu orten ist, bis man in der Küche eine Tür öffnet und auf etwas Verrottendes stößt, hatten wir einen Hauch von Muffigkeit im Büro. Es war wie ein Geräusch, das auch vage zu hören war – wie fernes Donnergrollen oder das tiefe Knurren eines zornigen Hundes. Während ich mich zu Mr. Hunter durchfragte, wurde es schärfer und stärker, bis ich nicht länger hätte sagen können, ob nicht der finstere Apriltag, die gespannten Gesichter um mich oder die Stille am anderen Ende der Leitung, ob sie nicht alle flüsterten – *etwas Gottloses, Peter, etwas gar nicht Schönes.*

»Ich fürchte«, sagte eine kleine Stimme am anderen Ende der Leitung, »Mr. Hunter ist nicht zu sprechen.«

»Ist er bei einer Besprechung?«

Ein nervöses Lachen am anderen Ende. »Nein, er ist nicht bei einer Besprechung.« Das Lachen verklang. Ja, es war kaum zu glauben, daß es überhaupt jemals dagewesen war.

»Wo ist er denn?« sagte ich.

»Na ja«, sagte die Stimme, »er ist tot.«

Ich machte mich daran zu sagen, wie leid mir das tat. Es fiel mir bemerkenswert leicht, echtes Bedauern darüber zu empfinden, daß jemand, den ich nie wirklich gekannt hatte, nicht mehr da war. Es war in vieler Hinsicht einfacher, als Gefühle für Freunde oder Bekannte aufzubringen, da meine konventionelle Beileidsbezeugung nichts weiter war als die Anerkenntnis meiner eigenen Sterblichkeit. Sie machte die Person am anderen Ende der Leitung um einiges gesprächiger.

»Genauer gesagt«, sagte die Stimme, die ich zunächst für die einer jungen Frau gehalten hatte, aber einem jungen Mann gehörte, wie ich jetzt merkte, »Al Hunter wurde ermordet. Und das übrigens ausgesprochen brutal.«

Er begann ins einzelne zu gehen. Hätte ich schon mal einen Erschlagenen gesehen? Ich sagte nein. Hätte ich schon mal jemanden gesehen, der mit einer *Bratpfanne* erschlagen worden war? Ich sagte, ich fürchte, auch das sei mir noch nicht untergekommen. Ich hätte mal Bilder von einem Erdbeben gesehen und fragte ihn, ob ihm das reichte. Aber der junge Mann war nicht aufzuhalten. Er habe die Berichte im Lokalblatt gelesen, sagte er. Alles sei voll Blut gewesen, sagte er. Knochensplitter hätten sich tief in den Teppich gegraben, sagte er. Irgend jemand hätte irgendwo schreckliche Schreie gehört und angenommen, es sei eine Party. Ich nahm den Hörer vom Ohr. Er hörte trotzdem nicht auf. Wäre das Leben heutzutage nicht zum Fürchten? sagte er. Würde ich denn keine Todesängste ausstehen? Wäre England nicht am Ende, begrenzt, hoffnungslos und beängstigend, so ohne Moral? Ich sagte nichts. Ich legte den Hörer nur wieder auf, ganz vorsichtig und leise, während er immer noch sprach, und blickte dann hinüber zu John und Paul. Sie hatten die Köpfe über ihren Schreibtisch gebeugt. Sie sahen mich nicht. Aber ich flüsterte, so laut, daß ich fast sicher war, sie konnten es hören, falls sie wollten: »Es ist einer von euch Scheißkerlen. Nicht wahr?«

Ich denke, ich weiß jetzt, warum ich das hier schreibe, allein in meinem Arbeitszimmer, am späten Abend, während sich der Regen über die Felder hinter meinem stillen Haus heranschleicht. Ich denke, ich hätte ihnen nicht vorschlagen sollen zu gehen. Ich denke, daß in Dartsea womöglich etwas Schreckliches passiert. Und wenn, so denke ich, bin ich daran schuld.

◇

Wie recht du doch hattest, Peter, dachte ich, als Pappanauer langsamer wurde und vor einem modernen Apartmentblock zum Stehen kam. Ich hatte keine Ahnung, wo wir waren. Ich hatte im Regen Flecken von London vorbeiziehen sehen – Brixton, Streatham, Croydon … aber jetzt, obwohl ich einige Details der Umgebung zu erkennen meinte – hier ein Haus, dort ein Tabakgeschäft –, merkte ich, daß ich in Wirklichkeit nur Erinnungsfetzen anderer Stadtteile erkannte. Es war, als wären wir in einem großen Kreis gefahren und an irgendeine Ecke eines Ortes gelangt, den ich seit meiner Kindheit kannte.

»Hier drin hat er seine Wohnung!« sagte Pappanauer. Ich antwortete nicht. Durch die Haustür sah ich einen livrierten Portier in der exklusiven Lobby auf und ab gehen. Pappanauer drehte sich im Fahrersitz um. Er kniff die Augen zusammen und sah mir ins Gesicht.

»Ich habe einen Schlüssel für die Wohnung«, sagte er, »wollen Sie reingehen?«

Ich ließ eine Hand in die Tasche sinken und schloß sie um die beruhigenden Konturen des Splitthammers mit dem schwarzen Griff. Wieso sollte Pappanauer einen Schlüssel zu Pauls Zweitwohnung haben? Waren die Beziehungen zwischen den beiden Männer etwa herzlicher, als ich gedacht hatte? Hatten die beiden womöglich gar, so fragte ich mich, etwas Korruptes und Finsteres gemein? Benutzten sie sie beide für Orgien? Hatten die beiden irgendein krummes Geschäft vor?

»Dann zeigen Sie sie mir doch, Mr. Pappanauer!« schrie ich. »Zeigen Sie sie mir.«

TEIL 2

10

Mein erster Gedanke, als Pappanauer und ich zusammen die Treppe hochstiegen, war: »Wie kann Paul sich so etwas leisten?« Ich hätte durchaus bequem in der Lobby oder im Treppenhaus seines Apartmentblocks hausen können. Als Pappanauer die Tür zu Pauls Wohnung öffnete, sprach ich die Frage laut aus.

»Er hat irgendwelche Einkünfte«, sagte Pappanauer, »aber Gott allein weiß, woher. Ich hatte ja immer die Hoffnung, daß er mal mit was davon rüberkommt.«

Als beantworte er meine unausgesproche Frage, fuhr er fort: »Er läßt es mich manchmal benutzen. Wenn ich… na ja, Sie wissen schon… Jedenfalls wohnt er nicht hier.« Seine Stimme verlor sich. Wenn du was, Pappanauer? In der Nase bohrst? Oder mal länger als üblich an dir rumspielen willst? Ein übers Wochenende ausgedehntes autoerotisches Schäferstündchen?

Aber Pappanauer schien den Nerv für Zweideutigkeiten verloren zu haben. Er schaute, wie ich dachte, ziemlich trostlos und traurig drein, als stünde er im Begriff, sich jeden Augenblick dafür zu entschuldigen, wie er war. Ich hielt mich hinter ihm. Ich packte den Griff der Plastiktasche fester, als wir hineingingen.

Falls Paul einen geheimen Geldschatz hatte, in die Einrichtung hatte er ihn jedenfalls nicht investiert. Soweit ich das sagen konnte, war die grüne Tapete die gleiche wie rund um den Lift. Die Drucke an den Wänden schienen im Paket mit dem Rest des Gebäudes gekommen zu sein. Aus irgendeinem Grund hing hinter der Küchentür ein großes Schwarzweißfoto einer Orange.

Ich sah mich nach Kleidung und Büchern um oder nach irgendwas, das mir gesagt hätte, die Wohnung gehörte Paul. Es gab nichts. Im Wohnzimmer, das einen Blick auf die verregnete Hauptstraße bot, standen ein kleiner Eßtisch und ein Computer. Pappanauer und ich setzten uns in anonyme Sessel unter einem Panoramafenster, das nicht zu öffnen war, wie es schien.

»Sein Zeug«, sagte Pappanauer, »hat er im Gästezimmer.« Ich bekam blitzartig den alten Pappanauer zu sehen, in einer Art anzüglichem Grinsen und einer Drehung des Kopfes. Dann fiel ihm plötzlich wieder ein, daß man sich Vergewaltigungsopfern gegenüber so nicht verhielt.

»Was für Zeug?« sagte ich.

»Paul«, sagte Pappanauer, »ist ein ziemlicher Draufgänger.« Was für mich eine geradezu sensationell falsche Charakterisierung Pauls war. Ich wußte nicht mehr so recht, warum wir eigentlich hier waren. Aber obwohl man zu Hause angeblich sicher ist, war ich heilfroh, nicht bei meiner Mutter zu sein. Pappanauer streckte die Beine, verschränkte die Arme und seufzte schwer.

»Sie glauben, daß er … einfach hier aufkreuzt, oder?« sagte ich. Pappanauer schürzte die Lippen. Er ging mir langsam, aber sicher auf die Nerven. Ich griff in den Einkaufsbeutel neben mir und zog einen Stapel Papiere heraus.

»Was lesen Sie denn da die ganze Zeit?« sagte Pappanauer.

»Unterlagen«, sagte ich.

»Was denn für Unterlagen?« fragte Pappanauer.

Ich ließ meine Hand wieder in den Beutel gleiten. »Bleiben Sie, wo Sie sind, John!« sagte ich. Dann lächelte ich und zeigte ihm alle Zähne dabei. »Oder ich bring' Sie um!«

Donnerstag, 8. April, 11.45 Uhr (F)

Ich schreibe das hier in meiner Klosterschülerinnen-Handschrift, während der Zug aus dem Bahnhof schwankt. Und ich nehme an, er ist irgendwo in diesem Zug, und es dauert nicht lange und er kommt daher, lächelt und setzt sich neben mich. Ich vertraue ihm. Ehrlich. Ich vertraue ihm. Obwohl mir auffällt, daß ich mich nicht in ein geschlossenes Abteil gesetzt habe und rund um mich Leute sind. Häuser, Straßen und Fabriken rollen am Fenster vorbei. Der Regen scheint endlich aufgegeben zu haben, und nicht mehr lange, und wir befinden uns *auf dem Land*, wie wir es nennen, jenem vertrauten Stück England, ausgewogen, grün und wieder vorbei, bevor man es merkt. Wir sehen uns vor Kühen, Flüssen und, hin und wieder, einem einsamen weißen Haus, Dinge, die darauf warten, daß sie jemand (ich wahrscheinlich) für niedlich hält, bevor sich von rechts die nächste häßliche Arbeiterstadt ins Rechteck der Scheibe neben mir schiebt. Vielleicht liegt es nur daran, daß der Regen weg ist. Vielleicht auch am Licht, das von Westen herüberkommt. Aber zum ersten Mal seit Beginn dieser Geschichte stellt sich bei mir ein Glücksgefühl ein. Natürlich ist es dumm, glücklich zu ein, aber ich bin geradezu blöde vor Glück.

Ich gestattete mir dieses Glück deshalb, weil mir, als die beiden mir nach Peter Taylors Angebot, diese Reise zu machen, aus dem Büro gefolgt waren, an Pappanauer etwas auffiel, als er hinter mir und Paul auf den Korridor kam. Als ich am Aufzug ankam und sah, daß die beiden mir gefolgt waren, verschwanden meine Tränen. Ich verspürte das Bedürfnis, sie beide zu studieren, kalt, objektiv, als wäre ich ein Detektiv oder ein Anwalt. Und da fiel mir an Pappanauer, dem halbherzigen Bürowüstling, etwas auf. Nicht sein Gesicht. Nein, seine Hände. Er blickte auf sie hinab. Er drehte die linke nach oben und wieder zurück und strich sich dabei über die Finger, als gehörten sie ihm gar nicht. Ich sah mir die Fingerspitzen an. Sie sind eckig und die Handrücken haarig wie Spinnenbeine. Was irgendwie nicht zu der Gepflegtheit seiner übrigen Erscheinung paßt. Besonders merkwürdig ist jedoch, daß sie so kräftig aussehen. Er sah meinen Blick. Seine Miene verfinsterte sich mit einemmal. *Deshalb hattest du Handschuhe an*, dachte ich mir. Nachdem ich erst mal zu dem Schluß gekommen war, daß er derjenige war – und natürlich hatte ich dafür keinen Beweis –, war ich seltsam erleichtert. Nicht deshalb, weil ich so sicher war, daß er es war. Nein, weil ich beschlossen hatte, mich so zu verhalten, als wäre ich es. Was mir letztendlich einen Hinweis darauf gab, wie ich mich zu verhalten hatte. Erst mal war es sehr wichtig, mir meinen Verdacht nicht anmerken zu lassen. Weil ich den einen Satz, den er zu mir in jener unheimlichen, nicht zu erkennenden Stimme gesagt hatte, noch immer für bare Münze hielt. Zweitens wußte ich, ich mußte endlich anfangen, auf Hinweise zu achten, weil man vor Gericht Intuition und Gefühl nicht gerade gern sieht.

Ich ging den Korridor zurück auf die beiden zu. Pappanauer ließ den Unterkiefer hängen wie ein Fisch. So wie er es immer macht, wenn er sich für sexy hält. Er wandte den Blick von mir auf Paul. »Wieso fahren wir nicht alle?« sagte er. Ich hätte am liebsten laut losgelacht. Er spielte mir in die Hände. Ohne Pappanauers Gesicht aus den Augen zu lassen, nahm ich Pauls Arms. Und dann, als ich sicher war, daß Paul mich auch hielt, griff ich langsam nach Pappanauers rechter Hand. Was wirklich nicht einfach war. Ich packte sie, aber nicht als schüttelte ich sie ihm, sondern über den Knöcheln, als wollte ich ihm ohne großes Brimborium zu verstehen geben, daß es mir nicht gleichgültig war. Als sich meine Finger um seine Faust schlossen, überkam mich ein weiteres Mal diese absolute Gewißheit, daß er es war. Ohne daß mir dabei meine Hochstimmung abhanden kam. Obwohl sich jeden Augenblick wieder Angst, Unsicherheit und Einsamkeit einstellen würden, wußte ich, ich hatte jetzt die *Gewißheit, mit der sich arbeiten ließ.* Ich glaube, der Satz stammt von meinem Vater. Manchmal war es ein Pferd, manchmal eine Frau, die er kennengelernt hatte, meistens ein Geschäft, immer hatte er »die Gewißheit, mit der sich arbeiten läßt, Kleines ...«

Ich rutschte mit der Hand Pappanauers Arm hinauf und packte ihn am Ellbogen. Ich ging jetzt zwischen den beiden, Arm in Arm in Arm. Ich bemerkte, daß Mr. Pappanauer ziemlich ins Schnaufen gekommen war. Asthma oder was in der Art, nahm ich an.

Ich glaube, das war der Augenblick, in dem mir einfiel, daß *er* doch ein Geräusch gemacht hatte. Oder wenigstens war ich mir da fast sicher. Ich hätte nicht sagen können – so wirr waren meine Eindrücke –, welche Art von Geräusch das gewesen war. Aber irgend etwas war da gewesen. Pappanauer blieb stehen und begann zu husten. *Du bist derjenige, welcher,* sagte ich mir noch einmal. *Du bist es...*

◇

Als ich wieder aufblickte, sah ich, daß Pappanauer mich beobachtete.

»Ich lese mein Tagebuch. Vom letzten Donnerstag an. Als Paul und ich nach Dartsea gefahren sind, im Zug«, sagte ich. Pappanauer hustete.

»Ich weiß«, sagte er.

Ich fragte ihn nicht, woher er das wußte. Ich schielte auf meine Einkaufstasche hinunter und sah den Stiel des Hammers, der zu mir heraufwies. Der silberne Kopf mit der Klaue steckte mit dem Gesicht in meinem Nachthemd.

»Ich habe eine Menge festgehalten«, fuhr ich fort, »von dem, was so passierte. Vor allem unten in Dartsea.«

»Ich dachte«, sagte Pappanauer, »Sie haben uns nicht wirklich alles erzählt, was passiert ist. Ich meine – wer Sie wirklich überfallen hat.«

Ich ließ den Satz eine Weile hängen. Dann sagte ich: »Nein.« Pappanauer rührte sich nicht. »Nein«, fuhr ich fort, »das habe ich nicht.« Dann wandte ich mich wieder meinem Tagebuch zu.

Freitag, 9. April. Dartsea. 1 Uhr morgens (F)

Ich kann nicht schlafen; ich schreibe wieder.

Mein Papa liebte das Meer. Ich war das erste Mal an der Küste, da war ich fünf oder sechs. Ich weiß noch, wie Papa sagte, als wir den Hügel über der Stadt hinauffuhren, in der wir was gemietet hatten: »Einen Augenblick noch, mein Mädchen, und du siehst es!« Ehrlich, mir schlug das Herz bis zum Hals. Ich weiß noch genau, das erste, was ich sah, war eine silberne Fläche jenseits der Hausdächer und das atemlose Staunen darüber, daß das Land jemals enden könnte. Irgendwie schien mir alles viel logischer dadurch. Es war nicht die Kakophonie der Möwen oder die ungewöhnliche Brise – ich hatte vielmehr einen Ort gefunden, wo ich das Gefühl hatte, mich hinstellen und auf mich zurücksehen zu können. Ein Gefühl, das ich zum ersten Mal in meinem Leben wirklich auf Reisen war... und wirklich wieder nach Hause kam.

Es war komisch. Als der Zug der Nebenlinie in Dartsea einfuhr – in einen winzigen Bahnhof mit einem Bahnsteig und nur einem weißen Holzzaun, der markierte, wo die Bahn zu Ende war und die Felsküste begann, hatte ich genau dasselbe Gefühl wie damals mit meinem Papa. Die Wolken und der Regen hatten sich verzogen. An dem gigantischen Himmel draußen über dem Meer türmten sich die Haufenwolken. Es war die Art von blaßblauem Himmel, der aussah, als hätte ihn sich ein cleverer Innenarchitekt ausgedacht. Ein leichter Wind zupfte an den Blumen vor dem Bahnhofsbüro, und daneben stand ein kleiner rotbackiger Mann in weiten schwarzen Hosen, Schirmmütze und weißem Hemd.

»Ist der echt?« fragte ich beim Aussteigen Paul. Paul grinste. Wir gingen beide die schmale Straße hinauf, die vom Bahnhof zum Hotel führt. Ich roch die Luft, ganz würzig vom Salz, und schüttelte mein Haar in dem leichten Wind. Die Straße führte an einem breiten Streifen von leuchtendem Gras entlag; die grauen Felsen, die überall hervorlugten, gaben dem Ganzen ein kosmetisches Aussehen. Als wir dem Meer den Rücken zukehrten und an die Treppe kamen, die zur Veranda des Cliff View führte, sah ich John Pappanauer durch die offene Tür. Er stand in der Nähe der Rezeption herum. Er trug eine Sonnenbrille, was den Empfangschef zu beeindrucken schien. Als er uns sah, nahm er sie ab und winkte uns damit zu. »Na, Kinder, was gibt's?« rief er.

Paul wandte den Blick ab, hinaus auf den Horizont der silbernen Bucht. Er hatte auf der Herfahrt nicht viel gesagt, und es sah nicht so aus, als hätte er jetzt die Absicht, damit zu beginnen. Er hatte die meiste Zeit über die linke Schulter gesehen, als erwarte er, daß sich jemand von den hinteren Sitzen auf ihn stürzen würde. Jetzt schien es noch schlimmer zu sein. Hatte er, so fragte ich mich, Angst vor Pappanauer? Ich hatte das ungute Gefühl, daß dem so war, obwohl ich mir nicht denken konnte, warum.

»Nichts gibt's, Mr. Pappanauer«, sagte ich, als wir zur Tür hineingingen, »abgesehen davon, daß Sie wie ein Rockstar auszusehen versuchen.«

Worauf Pappanauer sich die Brille wieder auf die Falkennase schob. Paul ging hinüber zum Schreibtisch und begann, unsere Anmeldungen auszufüllen. »Da wären wir!« sagte Pappanauer. »Zurück in unseren alten Jagdgründen, Paul! Dem Ort so mancher Vertraulichkeit!«

Paul sagt nichts, sah ihn aber wieder an. Es wäre mir gar nicht recht gewesen, der Empfänger dieses Blickes zu sein. Aber Pappanauer achtete nicht darauf. »Jetzt sind wir hier«, fuhr er fort, »und ihr zwei beiden habt euch nicht irgendwohin verdrückt, wo wir uns alle Eimer und Schaufel kaufen müssen. Und dann im Sand sitzen und ein Loch für unsere hübsche Fiona graben müssen!«

Er nennt mich immer die hübsche Fiona. Ich kann das nicht leiden. Es ist, als wolle er mich von der häßlichen Fiona unterscheiden, die er zu Hause an die Wand gekettet hat. Ich warf nur den Kopf zurück und schüttelte das Haar, was ich immer mache, wenn ich jemandem klarmachen will, daß ich so leicht nicht zu haben bin. Mein Papa nannte es »Pferdeschauspielerei«. Ich sagte: »Wir graben eine Riesengrube und stecken Mr. Pappanauer kopfüber rein, was meinen Sie, Paul?«

Die beiden bedachten sich mit einem Blick voll Abneigung pur. Aber, so sagte ich mir, *du bist nicht zum Vergnügen hier*, Fiona. Du mußt ihn im Auge behalten, ihn provozieren und sehen, ob er nicht eine Dummheit macht. Und du mußt in Pauls Nähe bleiben.

Dann trugen wir unsere Koffer hinauf und gingen dann alle drei an die Bar, die auf ein Puttinggreen hinausgeht, hinter dem sich das Meer ausbreitet. Draußen in der Bucht waren Jachten zu sehen – wie rotweiße Schmetterlinge auf dem strahlenden Blau. Es war jetzt blau, das Wasser, wie aus einem Kindermalkasten. Als wir dasaßen, auf unsere Getränke warteten und Pappanauer so sprach, hörte ich mir seine Stimme an. Er streckte die Vokale auf dieselbe Art, wie er sich selbst manchmal bei der Arbeit am Schreibtisch streckt. Als zielte er es darauf ab, bewundert zu werden. Ich versuchte dem zuzuhören, was hinter der Stimme lag. Hätte sie *das* sagen können?

Ich versuchte mich daran zu erinnern, was genau ER gesagt

und wie ER jedes Wort ausgesprochen hatte. Ich dachte bewußt nicht an den kompletten Satz. Das hätte ich nicht ertragen. Ich begann mich auf das erste Wort zu konzentrieren. »Wenn« – ich wartete darauf, daß Pappanauer es benutzte. Das Wort ist schließlich gewöhnlich genug. Aber aus irgendeinem Grund schien ihn das Konditional nervös zu machen. Ich ging sogar so weit, mir Fragen auszudenken, die es ihm schwer machten, es zu umgehen. Mit »du« war es leichter. »Ich« ist das Wort, das Pappanauer am meisten benutzt, aber gelegentlich läßt er sich herab, was »du« seiner Ansicht nach tun oder denken sollst. Ich konnte es aber nicht mit der gräßlichen Stimme aus meiner Wohnung in Einklang bringen. Überhaupt war es schwer, das beängstigende Spiel, das ich da spielte, mit irgend etwas in Einklang zu bringen, was sich um mich herum tat. Die Sonne zwinkerte mir von den Gläsern auf dem schweren Holztisch aus zu. Draußen auf dem Puttinggreen breitete sich eine Familie auf seine Golfpartie vor. Papa machte den Clown und tat, als treffe er den Ball nicht. Ich hörte seine Stimme, die das Lüftchen herübertrug: »O nei-nein, Jackie! O nei-nein!« Oben an der Bar polierte ein Mann im weißen Jackett, der sich so gar nicht darüber zu freuen schien, hier in Dartsea zu sein, ein Glas, als wäre es das letzte im Cliff View Hotel, und dem sollte ein besonderer Glanz verliehen werden.

Pappanauer ging hinauf zur Bar und bestellte uns eine weitere Runde. »Wenn du's jemandem sagst …« Hatte er »jemandem« gesagt? Ich erinnerte mich nicht. »Wenn du's jemandem sagst …« Er drückte mir ein Glas Wodka Tonic in die Hand. Seine Hände auf den meinen. In der Art, wie er mir das Gesicht ins Kissen gezwungen hatte. Sein erster Anblick, ein Monster aus dem All oder eine scheußliche lebende Vogelscheuche, die man an Halloween losgeschickt hat, um Kinder zu erschrecken, schwamm mir vor die Augen, ungebeten wie ein Brechreiz, und dann hörte ich den ganzen Satz.

Wenn du's jemandem sagst, bring' ich dich um.

Das war's. Und das war das erste Mal, daß ich mir gestattete, zu hören, zu sehen und mich zu erinnern, was mir passiert war. Aber obwohl die Stimme klar war wie der Tag draußen, konnte ich ihr immer noch nicht entnehmen, ob irgendeines der Worte von Pappanauer gewesen war. Ich dachte auch nicht mehr wirklich daran. Ich versuchte gegen SEIN Bild anzukämpfen, wie er aus meinem Bad geschossen kommt in dieser gräßlichen Maske und den schauerlichen Handschuhen. »Wenn du's jemandem sagst, bring' ich dich um.«

»Ich habe neulich einen Thriller gelesen!« hörte ich mich mit blechener Stimme sagen. Sie sahen mich beide an. Ich wußte nicht, was ich als nächstes sagen sollte. Ich glaube, ich war irgendwie auf den verrückten Gedanken gekommen, den Satz einfach auszusprechen, als hätte ich ihn in einem Buch gelesen, als Provokation für Pappanauer, damit er sich zu erkennen gab. Es gibt Zeiten, wissen Sie, da denke ich nämlich, wer immer mir das angetan hat, der hatte die Idee dazu aus einem Buch. Wer sagt, daß einen Bücher nicht verderben oder einen auf schreckliche Ideen bringen können? »Wenn du's jemandem sagst ...«

»Wenn du's jemandem sagst, bring' ich dich um!« sagte eine Stimme.

Ich dachte zuerst, es müßte meine Stimme sein. Oder daß ich sie in meinem Kopf gehört hätte. Aber fast augenblicklich wurde mir klar, es war die von Paul. Ich erstarrte. Pauls Stimme hatte etwas Zögerndes, als probiere er die Wörter zum ersten Mal aus. Als, so dachte ich völlig verstört, als spreche er vor. Pappanauer hatte sich über den Tisch gebeugt, und in dem höhnischen Ton, den er selbst den harmlosesten Wörtern gibt, sagte auch er: »Wenn – du's jemandem sagst – bring' ich dich um!«

Ich senkte den Blick. Ich hatte mit einem Stift auf den weißen Flächen eines Bierdeckels herumgekritzelt. Ich hatte es noch nicht mal gemerkt. Aber ich hatte, in Blockbuchstaben, tief in den feuchten Bierfilz den Satz graviert: WENN DU'S JEMANDEM SAGST, BRING' ICH DICH UM! Ich getraute mich nicht, die beiden anzusehen. Völlig unmöglich zu sagen, ob der Ton, in dem die beiden gesprochen hatten, einen Hinweis darauf enthielt, ob eine der Stimmen dieselbe war wie die des Mannes, der mir *das* angetan hat. Mir wurde klar, daß ich diese Gedanken keinem anvertrauen konnte.

Ich dachte an Paps in jener Abstellkammer im Krankenhaus – sein Mund schrecklich offen, seine Zähne gelbe Stümpfe im ewigen Gähnen des Todes. Ich dachte daran, wie ich diese Augen hatte schließen wollen, mich aber nicht getraut hatte. Ich dachte daran, wie ich mir gewünscht hatte, das Blut käme wieder zurück in sein Gesicht und daß seine Stimme mir sagt, ich sei ein kleines Mädchen und niemand sonst würde je sein kleines Mädchen sein. Dumme, tröstliche Dinge, deren einziger Trost im Grund darin bestand, daß ich mal dumm genug gewesen war, sie zu glauben. Und dann begriff ich langsam, daß es für mich längst zu spät war. Ich würde nie jemanden finden, dem ich vertrauen, den ich lieben könnte. Aber da war ich schon aus der Bar gelaufen, die breite Treppe hinauf und weinte, allein in meinem Zimmer, als hörten die Tränen nie, nie wieder auf.

◇

Ich blickte von den Seiten meines Tagebuchs auf. Ein Geräusch. Eine Türglocke. Warum hatte ich sie nicht gehört? Als ich lauschte – kam es noch mal. Dreimal kurz, mit einer deutlichen Pause dazwischen. Dann lange nichts. Wie ein vereinbartes Klingelzeichen. Pappanauer spähte aus dem Fenster die Fassade des Hauses hinab. Er wandte sich wieder zu mir. »Es ist Paul!« sagte er.

Ich mußte etwas tun, um mich zu beruhigen. Ich stand auf, Unterlagen und Einkaufstasche in der Hand, und ging hinüber ans Fenster. Ich wollte schon so tun, als würde ich hinausschauen, als es mir einfiel, daß ich keinem von beiden den Rücken zukehren sollte. Ich lehnte mich an die Scheibe, blickte zurück in den Raum und lauschte auf meinen Herzschlag.

11

Wie gewöhnlich kam er herein, ohne daß ich bemerkte, daß er gekommen war. Es gab einen großen Wirbel um sein Kommen. Es war einfach so, daß Paul nichts damit zu tun haben wollte. Pappanauer ließ ihn ein, und ich hörte ihn in der Diele. Ich hörte sogar ein-, zweimal meinen Namen. Aber ich hätte nicht sagen können, wann genau die Tür zum Wohnzimmer aufging und Paul an der Wand stand, schüchtern, die Hände am Revers seines feschen schwarzen Sakkos, wie ein kleines Kind auf einem Schulausflug, das darauf wartete, daß man ihm sagte, wie es weiterging. Und dann lächelte er natürlich. In Bruchteilen von Sekunden wurde aus dem Schuljungen ein blendend aussehender Herr. Ich bemerkte zum ersten Mal, daß er das schicke rote Tüchlein in seiner Brusttasche trug. Bei manchen Leuten hätte das affig gewirkt. Paul schien es schlagartig eine schlichte Eleganz zu verleihen. »Hallöchen, Fiona!« sagte er.

Ich merkte, daß ich lächelte. Lächelte er, weil ich lächelte? Oder war es andersherum? Ich hatte jedes Bewußtsein dafür verloren, was sein Lächeln eigentlich bedeuten könnte. Es war ganz einfach ein hypnotisches Arrangement aus Zähnen, Augen und Glanz, das – soweit ich das beurteilen konnte – genausogut von Wind und Regen in die Diele geweht und es ihm, als eine Art Verkleidung, ins Gesicht geklatscht haben konnten. »Schön, dich zu sehen!«

Nein. Er lächelte, weil ich ihn glücklich machte. So war das. Und das war wiederum der Grund, warum ich lächelte. Wir standen da, ließen unser albernes Lächeln ineinanderfließen, ohne auf Pappanauer zu achten, der von einem Bein aufs andere trat und dabei hüstelte wie ein nervöser Anstandswauwau.

»Hast du meinen Brief gekriegt?« fragte Paul.

»Ja«, sagte ich und hörte mich dann sagen, daß ich ihn noch gar nicht richtig gelesen hätte. Woraufhin er aus irgendeinem Grund lachen mußte. Er sagte, er sei kein guter Briefeschreiber. Dann sagte ich: »Die Polizei ist hinter dir her!« Woraufhin alle lachen mußten. Pappanauer hielt sich sozusagen den Bauch. Danach sagte ich nichts mehr. Und obwohl ich wußte, daß es einiges gab, was ich ihn unbedingt fragen mußte, so schien es doch, nach dem, was Pappanauer so von sich gab, als wäre dazu nicht die richtige Zeit. Sie mußten etwas Dringendes besprechen. Ob ich etwas dagegen hätte, daß sie mal eben nach nebenan gingen. Sie versprachen, es würde nicht lange dauern. »Ich komm' schon klar«, sagte ich ihnen. Wie zwei Schuljungen gingen sie zur Tür. Ich ließ sie fast aus dem Zimmer, bevor ich hinzufügte: »Ich muß euch beiden was sagen. Aber das kann warten, bis ihr fertig seid.«

Pappanauer nickte ernst. Dann sagte ich zu Paul: »Peter Taylor ist sicher, daß du es bist, der mich überfallen hat. Ich weiß nicht, wer mich überfallen hat.« Paul nickte knapp. »Aber«, fuhr ich fort, »ich bin fest entschlossen, es herauszufinden. Und das werde ich auch.«

»Ja!« sagte Paul.

Ich warf einen Blick durch das Wohnzimmer. »Woher hast du das Geld für die Wohnung hier?« sagte ich, »wozu brauchst du sie?«

Paul nagte an seiner Unterlippe und blickte zu Pappanauer auf. Ich hatte den Eindruck, er versuchte dahinterzukommen, was, wenn überhaupt, Pappanauer mir zu dem Thema gesagt haben könnte. »Wenn ich da rauskomme«, sagte Paul, »dann brauche ich sie nie wieder. Für nichts.«

Sie gingen nach nebenan. Kaum waren sie draußen, setzte ich mich wieder mit dem Stapel Unterlagen und dem Beutel und begann einmal mehr zu lesen, was ich in dem Hotelzimmer in Dartsea in mein Tagebuch gekritzelt hatte.

Dartsea. Freitag, 9. April, 4 Uhr morgens (F)

Es ist vier Uhr morgens. Ich habe nur drei Stunden geschlafen. Ich schreibe das hier im Bett. Derselbe Füller, dieselbe kindliche Schrift. Ich habe zu schreiben angefangen, kaum daß ich vor einigen Stunden aufgewacht war. Ich schreibe so wie vom ersten Augenblick an, seit diese Geschichte begann. Der Füller bewegt sich übers Papier, als würde ich ein Diktat aufnehmen. Ich weiß nicht, warum es mir so leichtfällt. In gewisser Hinsicht ist das, was ich zu beschreiben versuche, nicht weniger schwer zu erklären als *jenes*. In gewisser Hinsicht sogar schwerer.

Ich schreibe auf dem Briefpapier des Hotels. Auch das möchte ich festhalten. Ich möchte alles erzählen, so wie es war, bis zu dem Augenblick, in dem ich ihm die Tür aufmachte. Wenn ich nichts auslasse – wie etwa das Briefpapier des Hotels oder wie das Meer oder die Sonne oder der Mond aussahen –, dann versteht vielleicht derjenige, der das hier liest, was wir gemacht haben. Ich möchte, daß *Sie*, wer immer Sie sind, es verstehen, weil ich die Erinnerung an *jenes* auslöschen will.

Am frühen Abend gingen wir alle drei an den Strand. Es gab einen Weg, der vom Hotel an den Rand der Steilküste führte, und als wir die Hotelhalle verließen, hielt John darauf zu, als wüßte er, wo es langging. Zunächst überraschte mich das, bis mir einfiel, daß die beiden ja schon mit Peter hier gewesen waren. Über dem Meer ging die Sonne unter, senkte sich über den Rand des Himmels, langsam und anmutig. Ein geziemender englischer Sonnenuntergang. Als das Licht sich aus dem Himmel zurückzog, um sich wie ein Freudenfeuer im Westen zu entzünden, schwärzten Schatten die grüne Felsküste, und der Wind, der sich bis dahin eher wie ein Versprechen angefühlt hatte, kratzte mit Klauen – fast warnend – an meinem Gesicht.

Wir gingen ein Stückchen hinter John. Ich wandte mich Paul zu.

»Sollen wir einfach drinbleiben und uns vollaufen lassen?«

Aber John drehte sich nach uns um. »Kommt! Ist ein toller Ausblick!«

Paul ging voran. »Ich erinnere mich gar nicht dran, den Weg zum Strand hier mit Peter gegangen zu sein...«

Pappanauer grinste. »Hast wohl die Erinnerung an unseren kleinen Aufenthalt hier aus dem Gedächtnis gelöscht?«

Die Art, wie er das sagte, hatte etwas richtig Fieses. Paul blickte zu Boden. Er begann an seiner Lippe zu nagen. Ich stellte fest, daß ich mir seine Hände ansah. Er hat dünne, drahtige Finger. Die verschlang er ineinander und bog sie mal in die eine, mal in die andere Richtung. Ich dachte, er würde was sagen, aber er schwieg. Er ging weiter den Weg zur Steilküste entlang. Der Wind hatte ihm ein dunkles Rot auf die Wangen gezaubert. Er bedachte Pappanauer mit einem Blick, aus dem der pure Haß sprach.

Also, wenn ich jetzt sage, das Gefühl, das er in mir auslöste, hatte mit seinen Schultern, seinen Augen oder seiner Stimme zu tun, dann denken Sie, das liegt daran, daß ich eben die Sorte Frau bin, die sich von Schultern, Augen oder Stimmen beeindrucken läßt. »Ach!« höre ich Sie sagen. »Wenn wir gewußt hätten, daß das eine *Liebesgeschichte* ist!« Das war es nicht. Alles, woran ich denken konnte, als ich Paul und Pappanauer den Weg zur Steilküste hinunter folgte, war, mich in Pauls Nähe zu halten. »Lohnt es sich denn, das zu sehen?« sprach ich ihn an. Aber Pappanauer fing meine Bemerkung auf wie jemand, der einen Ball auf dem Kricketplatz fängt. Er grinste blöd. »Es ist der Wahnsinn!« sagte er. Als er das sagte, kam ich zum dem Schluß, daß ich das mit den Handschuhfingern, die aus einem der Aktenkoffer spitzten, bloß geträumt hätte. Ich weiß nicht, wieso mir das gerade da in den Sinn kam, außer daß es hier, über dem finster werdenden Meer mit dem edwardianischen Hotel hinter uns, schwierig war, an etwas Schreckliches oder Beängstigendes zu glauben. Alles an der Gegend hier war so vertraut. Alles schien so sicher zu sein.

Paul war vor mich getreten. »Es geht jetzt ziemlich steil runter«, sagte er. »Ich gehe besser voran!« Dann grinste er. »Dann können Sie zusehen, wie ich in den Tod rutsche. Verdient hätte ich es.«

»Ich glaube nicht, daß sie das verdient haben, Paul«, sagte ich. »Ihnen fehlt nichts, was ein bißchen *strenge Disziplin* nicht heilen könnte!«

Plötzlich grinsten wir uns beide an wie Idioten. Wir konnten gar nicht mehr aufhören. Aus dem Grinsen wurde ein Kichern. Aus dem Kichern wurde hilflose Hysterie. Wir standen jetzt am Rand der Steilküste, und ein Stückchen weiter unten sah Pappanauer zu uns herauf. »Wenn ihr beide fertig seid!« sagte er.

Nicht daß er sich ärgerlich angehört hätte. Um ehrlich zu sein, hier draußen, kurz vor Sonnenuntergang, auf einer Klippe über dem Meer, schien er ein ganz anderer zu sein als der anzügliche Hanswurst aus der Firmenzentrale daheim. Vielleicht hatte Peter recht. Vielleicht machten die paar Tage hier andere Menschen aus uns.

Wir nahmen jetzt unsere Route nach unten und wählten vorsichtig unsere Schritte auf der roten Erde des Pfads, der tief in das federnde Gras getreten war. Über uns bahnten sich die Möwen ihren Weg hinauf in den stärker werdenden Wind, kreisten, schossen herab und ließen sich dann über die nun bleifarbenen Wellen hinaustragen auf die Meilen und Abermeilen von Wolkengebirgen zu, die glühend in Richtung Westen trieben, wo die Sonne wie bei einer Wikingerbestattung unterging.

»Passen Sie auf, wo Sie hintreten!« rief Paul.

»Wann waren Sie denn hier?« rief ich zurück. Ich sah, wie sich sein Rücken straffte. Was war hier unten zwischen ihm, Pappanauer und Peter Taylor passiert? Er blieb stehen und blickte über die Schulter zu mir herauf. Er schaute mich wehmütig an, wie ein kleiner Junge. »Vor langer Zeit«, sagte er, »als ich noch ein anderer Mensch war.«

Es passierte, als wir unten am Strand angelangt waren. John war in eine Höhle am anderen Ende des Ufers gegangen, wo einige steile Felsen unsere Bucht von der nächsten trennten. Paul und ich warfen Kieselsteine ins Meer. Nicht daß wir sie hüpfen ließen. Wir warfen sie einfach über die weißen Fransen der Flut und sahen den Wellen zu, die sich – mal grau, mal schieferfarben, mal schwarz – über sie schlossen, und das mit einer schrecklichen Endgültigkeit. »Was wollten Sie mir neulich beim Essen sagen?« sagte ich zu ihm.

Paul legte mir einen Arm um die Schultern.

Es war eine so unerwartete Geste, daß der Schreck in mir mehr Stimmungen auslöste, als ein Augenblick sie für gewöhnlich enthält. Ich fühlte mich, kurz gesagt, so wie damals, wenn mein Papa im Begriff war, mir etwas wirklich Wichtiges zu sagen – wie etwa: Was Jungs mit einem auf dem Rücksitz eines Autos anzustellen versuchen. Und dann fühlte ich mich wie damals im Kino an dem Abend, als Victor Parsons mir den Arm um die Schultern legte und es ihm nach der langen Reise seiner Lippen zu den meinen, nachdem das Hindernis mit unseren Nasen überwunden war, doch noch gelang, sein Ziel zu erreichen, und das so präzise und süß, daß ich mich noch heute an die trockene, aber weiche Berührung seines Mundes erinnere und daran, wie im Dunkeln mein Arm nach ihm griff. Und dann hatte ich das Gefühl, als ströme etwas aus mir heraus, aus meiner Mitte durch die Fingerspitzen, die Lippen, das Haar, meine Schultern, meine Brüste, das auf der Suche nach einem Weg nach draußen schließlich meine Augen fand, in denen etwas aufleuchtete, was mir wie meine plötzlich sichtbare Seele vorkam. Und sichtbar wurde das alles in seinen Augen. Ich schien in sie hineinzusehen, ohne zu wissen, warum ich es tat.

»Spielt keine Rolle«, sagte er, »es hat im Grunde nichts mit mir zu tun. Es ist, als wäre es einem anderen passiert. Sehen Sie…«

Er hatte die Möglichkeit, den Satz zu beenden. Irgendwie schienen meine Arme um seinen Körper gekommen zu sein, ohne daß meine Ellbogen eine weithin sichtbare Show darum gemacht hätten, und ich drückte meine Lippen auf die seinen. Andere Teile von mir kollidierten mit anderen Teilen von ihm. Mein Knie schien ziemlich nah an seinem Schritt und meine rechte Hand aus irgendeinem peinlichen Grund in die Gegend seines Hinterns gelandet zu sein. Aber ich hatte das Gefühl, wirklich vereint waren wir nur mit dem Mund, denn was immer von ihm auf mich überging, es war dasselbe, was mir nur einen Augenblick zuvor in die Augen getreten war. Es drang in meine Mitte und von dort in jedes Nervenende, bis alles an mir Funken sprühte und glühte und zum ersten Mal zum Leben erwachte. Ich weiß nicht, wie lange wir uns küßten oder wo unsere Hände gelandet waren, als unsere Lippen sich trennten und er mich freigab. Ich hatte das Gefühl, den Halt zu verlieren, aber seine Arme fanden mich wieder, und irgendwie hielten wir einander einmal mehr fest, als riskierten wir, allein abzuheben, zu versinken oder wild auseinanderzufliegen wie von gegensätzlichen Magnetfeldern angezogene Eisenspäne.

Ich fühlte mich, als wäre ich eben eine riesige Strecke gelaufen oder gerade nach einem Transatlantikflug gelandet.

Pappanauer kam den Strand entlang auf uns zu. »Getrennte Schlafzimmer!« sagte er. »Wir haben's dem Chef versprochen!« Er bedachte Paul mit einem zornigen Blick. Dann sah er mich geradeheraus an. »Ich hoffe, er hat Ihnen gesagt, was für ein Mensch er ist!« sagte er. Ich dachte schon, Paul würde gleich ausholen. Aber er tat es nicht. Pappanauer wandte sich ab und ging das Kliff hinauf zurück.

Peter Taylor, dachte ich, als Paul und ich ihm in sicherem Abstand folgten, ist ein bißchen wie ein Vater, und wir sind die ungezogenen Kinder, die sich – buchstäblich – auf seine Kosten amüsieren. Unser Verhalten hatte etwas von der Hysterie, wie sie für Menschen typisch ist, die jahrelang ein langweiliges Leben führen und dann plötzlich hören, sie könnten tun und lassen, was ihnen gefällt.

◇

Irgend etwas nebenan hatte mich aufgescheucht. Mit Entsetzen wurde mir klar, daß Paul und Pappanauer sich anschrien. Ich legte die Seiten meines Tagebuches nieder. (Ich glaube mich daran zu erinnern, wie beeindruckt ich war, wie sehr sie mir ähnelte und nicht dem dußligen kleinen Ding, das dieses Tagebuch am Morgen nach ihrer Vergewaltigung begonnen hatte.) Obwohl beide Stimmen laut waren, tat ich mir schwer, einzelne Wörter auszumachen. Ich trat an die Wand und legte mein Ohr dagegen. Gab es da nicht einen Trick mit einem Glas, mit dem man Geräusche aus dem Nachbarzimmer verstärkte?

Jetzt, wo ich näher dran war, konnte ich ein oder zwei Wörter verstehen. Sie kamen bei dem Streit am häufigsten vor. Zuerst tauchten sie in Pauls Rede auf (er hörte sich ganz anders an – wütend, schroff), und dann schrie Pappanauer sie praktisch hinaus. »Prostituierte« – das war eines der Wörter. Meist hatte es ein »verdammt« davor. »Verdammte Prostituierte.« Das andere Wort war, wie sollte es anders sein, mein Name. Sie zogen über mich her. »Fiona« war etwas oder war es nicht. Manchmal war auch sie die »verdammte Fiona«, und dann begegnete man ihr noch ein-, zweimal mit Respekt. Beide.

»Fiona ist jemand, der ...« Das hörte ich, glaube ich, von Paul. Und von Pappanauer: »Fiona ist eine gute ...« eine gute was? Sekretärin? Tochter? Matratze? Ich wandte mich wieder meinem Tagebuch zu.

Als wir das Kliff wieder hinaufstiegen, begannen Paul und ich uns zu unterhalten. Es war, als hätten wir uns all das schon seit Jahren sagen wollen, aber gerade erst die richtigen Worte dafür gefunden. Es überraschte mich nicht nur, was er sagte. Ich überraschte mich selbst. Ich hörte mich Dinge sagen, die sonst nur wirklich clevere Leute von sich geben.

Auch er redete. Nicht wie sonst mit langen Pausen nach jedem Satz, sondern schnell, als hätte er eine Heidenangst, er hätte keine Zeit, mir alles zu sagen, was er mir sagen mußte. Sein blasses ebenmäßiges Gesicht war ganz rot, als er sprach, er nahm zur Betonung die Hände zu Hilfe oder griff manchmal, wenn er das richtige Wort nicht fand, in die Luft, als könnte die es ihm liefern.

»Wissen Sie«, sagte er, »das Komische an dem Waisenhaus –« ich hatte das noch nicht mal *erwähnt* – »war, daß der Name praktisch das Schlimmste daran war. Ich war *gern* Waise!«

Ich weiß nicht warum, aber das hielt ich für das Komischste, was ich in meinem ganzen Leben gehört hatte. Ich konnte kaum noch stehen. Ich stand da, direkt unter dem Klippenrand, und bebte vor Lachen, und Paul, der mir etwas Ernstes über einen sonderbaren Reverend zu erzählen versuchte, der ihnen ständig Vorträge hielt, begann ebenfalls hysterisch loszulachen.

Es war mir auf einmal alles egal. Es war mir egal, was passierte. Mich interessierte nur noch, daß ich da war, einen gewaltigen Sonnenaufgang hinter mir, über einer Bucht in einem ruhigen Winkel Englands, mit einem Mann, den ich, wie mir plötzlich klar wurde, unbedingt wollte.

Wir gingen über den Rand des Kliffs und sahen Pappanauer. Der Wind hatte ihm das Haar aus dem Gesicht geweht. Er war so blaß wie eh und je, aber jetzt ließ die untergehende Sonne seine Züge aufleuchten wie die glühende Kohle ausgehenden Lagerfeuers. Er schien mir einmal mehr der Mann, den ich aus der Stadt kannte – höhnisch, nichts im Kopf, bemüht, irgendeine Schwäche zu verbergen, die noch keiner entdeckt hatte. »Dann laß ich euch Turteltäubchen mal allein!« sagte er.

Das war der Augenblick, in dem ich wußte, ich wollte, daß Paul auf mein Zimmer kam. Ich wußte nur nicht, ob er es wollte. Aber ich hielt an dem Gedanken fest. Und als wir beide, Arm in Arm, die Treppe des Hotels hinauf in Richtung der Bar gingen, kam ich zu dem Schluß, daß es mehr als eine Gewißheit war, mit der sich arbeiten ließ.

Ich weiß nicht, was an dem Abend aus John geworden ist. Oder aus meinem Plan, Paul dazu zu bekommen, ein wachsames Auge auf ihn zu haben. Falls ich je einen Plan gehabt hatte, im Augenblick hatte ich mit Sicherheit keinen. Wir konnten nicht mehr aufhören zu reden. Wir waren darüber hinausgegangen, uns dies und jenes aus unserem Leben zu erzählen. Wir diskutierten jetzt, debattierten. Aber wie die Geschichten, die wir ausgetauscht hatten, waren auch unsere Diskussionen mehr eine staunende Erkenntnis unserer Unterschiede als irgendwas sonst. »Wie kann dir *so was* nur gefallen, wo ich dich so gern mag?« So in der Art. Nach den Diskussionen kamen wieder Geschichten. Schläft womöglich unser ganzes Leben in unserem Kopf und wartet darauf, von irgendeinem Fremden aufgeweckt zu werden?

Paul schien mir die Erinnerung an das Glück zurückzugeben. Wir hatten eine riesige Portion Schaumgebäck mit Schokoladensoße gegessen und zwei Gläser süßen Wein getrunken, der die Farbe von Butterblumen hatte, und die Erinnerung, an die ich mich nicht mehr erinnern wollte, stand nicht mehr die ganze Zeit neben mir wie Hamlet, ganz in Schwarz bei der Hochzeit seines meuchelnden Onkels.

Auf dem Tisch brannte eine Kerze. Sie flackerte in seinen Augen, als ich sein Weinglas zur Hand nahm. Ich wollte von einem anderen Leben nichts hören, nur von dem, das da vor uns lag. Ich wollte nicht daran denken, daß er etwas anderes machte, als seine Arme um mich zu legen. Wie unten am Strand. Mich in die Arme zu schließen, bis wir beide geerdet waren, wie Strom, durch seine Arme. Seine Brust, seine Lippen, seine Hände, seine Beine, mit einem festen Stand gegen das unsichere Geröll am Strand. »Gehen wir nach oben!« sagte ich.

Ich mag Sex gern lustig. Manchmal ist er lustig. Und sollte es auch sein. Ich kann es gar nicht haben, wenn Leute Sex angehen wie eine Mischung aus Liegestütze und Morgengebet. Außerdem bin ich eigen, was die Wörter angeht, mit denen man darüber spricht, und noch eigener bei den Wörtern, die man – falls man schon welche braucht – benutzt, wenn man mittendrin ist.

Dave war als Liebhaber ganz der heilige Turner. Und obwohl es schön sein konnte mit ihm, konnte ich nie so recht glauben, daß ich die Person im Bett mit ihm war. Ich bin nicht ordinär, *gebe* mich aber ab und an mal ganz gern ordinär. Ich glaube, man hält das Ordinäre zuweilen fälschlich für durchsichtig.

Als wir auf mein Zimmer kamen, fuhr ich ihm mit der Hand ins Hemd, und als wir uns küßten, zog ich die feste Linie seiner Brust nach. Er hielt mich richtig fest. Aber das war kein Griff mehr, mit dem er das Gleichgwicht zu halten versuchte. Er hielt mich, weil er wollte, daß ich dablieb und tat, was er wollte. Ich erinnerte mich noch an seinen Geruch. Er roch nach Strand – nach Salz und Meer – und Wein und Fleisch und Gewürzen und der Möbelpolitur des Speisesaals, aber auch nach Seife und sauberer Kleidung, durchsetzt mit einem Duft, den ich mir nur mit Hilfe des Namens heraufbeschwören könnte. Nicht daß ich gewußt hätte, daß es Moschus, Amber oder Grünspan war, aber diese Namen drängten sich auf.

Die technische Seite am Sex ist schrecklich. Wie man zum Bett kommt. Wo man *unterwegs* seine Klamotten ablegt. Wie man sich hinlegt, ist man erst mal auf dem Bett. Will er einen flach auf dem Rücken oder mit dem Arsch in die Höh? Oder will er, daß man ihm sagt, wie er einen haben will? Und weil wir gerade beim Thema sind, was will man eigentlich selbst? Weiß man denn überhaupt noch, was man will? Die technische Seite am Sex... Aber das hier hatte nichts Technisches.

Ich dachte einen Augenblick, er würde an mir zu fummeln anfangen wie ein Amateur, wie Dave das manchmal machte, aber als wir uns wie zwei ungeschickte Tänzer oder Tiefseetaucher auf das große, saubere Hotelbett zubewegten, verlangsamte sich der Rhythmus seiner Hände, und wir begannen uns auszuziehen. Trotzdem schien nicht eine Sekunde vergangen zu sein zwischen den wilden Griffen, mit denen er mir die Bluse aus dem Rock riß, oder dem Herausschälen meiner Brüste ins nach wie vor helle Zimmer und den schwärmenden Küssen, mit denen wir einander fütterten. Und, falls Sie entschuldigen wollen, daß Fiona für einen Augenblick vulgär wird, ich war naß wie ein irisches Wochenende oder wie ein Schwamm in der Wanne wie der von Papa, wenn er mich badete. Oh, natürlich begann er klein und trocken wie eine Ration Pemmikan auf Panzerbrot, aber als er sich voll Wasser sog, schwoll er an, und er beugte sich über den Rand der Wanne und wusch mich überall, Fiona am *Hals*, Fiona Fiona am *Rücken*, Fiona Fiona an den *Beinen* Fiona Fiona und dann weiter in deine kleine *Spalte*, Fiona Fiona nichts weiter als ein flinker Schlenker, aber daß Sie sich da mal nicht täuschen, ich wußte und er wußte und ich war gleich doppelt naß, weil ich weder im Bett war noch in der Wanne oder in der Stadt oder draußen über dem Meer oder hoch in der Luft. Ich brannte nicht schwelte nicht taute nicht fror nicht ich war nicht so groß wie ein großes Mädchen sein sollte oder richtig klein wie die Person, für die ich mich manchmal halte, ein kleines Püppchen, das kleinste in einer Steckpuppe. Mir passierte das nun alles auf einmal – als massiere jemand das kleine Püppchen, als wachse es unter seinen Fingern und bahnte sich seinen Weg durch die anderen acht oder neun Schultern, Schenkel, Brüste, Lippen und verwandelte sich in diese große russische Fiona. Die nahm ihn in die Hand, legte ihm die andere ins Kreuz und führte seinen *Auswuchs* (ehrlich, das war das Wort, das mir in dem Augenblick, in dem wir es machten, in den Sinn kam, und ich hätte beinahe laut losgelacht) in mich ein, ohne auch nur nach Schutz zu fragen, weil es mir egal war, verstehen Sie, es war mir schlicht und ergreifend egal. Ich wollte es oder ihn, und es und er waren ein und dasselbe, und *dieses* Ding, (das so anders war als *jenes*, wie es nur ging) rührte und schüttelte mich wie einen Cocktail, bis ich über seiner Schulter dahinschmolz in einem horizontalen Tanz, der mich über das Bett hinaushob zum Fenster hinaus, über den großen grünen Rasen und über den Rand des Kliffs, bis ich höher und höher und höher stieg wie ein Drachenflieger oder nächtlich eine Möwe durchs Mondlicht über dem gekräuselten Meer.

Sie wissen, was ich meine, ja? Sie wissen, wenn es richtig ist? Nicht wahr? Oder nicht? *Was ist?*

Erst hinterher, wissen Sie, bekam ich es mit der Angst. Vor allem und jedem. Vor einer Krankheit. Vor ihm. Vor mir selbst. Angst vor dem, was aus mir geworden war. Vor allem aber Angst vor dem, was *wir* getan hatten. Weil ich mir nicht sicher war, daß es das bedeutete, wofür ich es gehalten hatte.

Alles, was er machte, alles, was mir eine halbe Stunde zuvor so natürlich und sicher erschienen war, hatte sich jetzt verändert. So daß ich, noch als er neben mir lag, den Arm über meinen nackten Körper gelegt, darauf wartete, daß er ging. Und doch, als er nach einer Weile aufstand, mich küßte und sagte, er würde auf sein Zimmer gehen, wollte ich, daß er blieb, wagte mich aber nicht zu fragen, weil sich, falls ich ihn fragte, womöglich seine Stimmung änderte. Ich hatte Angst, seine Stirn könnte sich bewölken, seine Augen finster werden, die Lippen schmal. Ich habe eine Heidenangst vor den Stimmungen, wie man sie in Männergesichtern so sieht. Ich habe Angst vor der Art und Weise, wie ihr Verlangen, ihre Gefühle sie *nicht* öffnen. Ich habe Angst vor der Art und Weise, wie sie sich hinterher verschließen und das Licht in ihren Augen ausgeht – als schaue man in die Fenster eines verlassenen Hauses, so leer, so bedrohlich, so mysteriös.

»Kannst du nicht bleiben?« sagte ich.

»Wenn du willst…«, sagte er. Aber er zog sich bereits an, als er es sagte. Er sah nicht aus, als wollte *er* es. In diesem Augenblick hatte ich Angst. Aber es war zu spät, mit ihm über das alles zu reden. »Natürlich will ich nicht, daß du bleibst!« sagte ich. »Wie kommst du denn darauf?!«

Er war jetzt angezogen. Er sah, wie ich fand, lächerlich aus. Ein bißchen wie ein Kellner, der plötzlich aufgetaucht war, um mir Champagner und Räucherlachssandwiches heraufzubringen. »Und«, sagte ich, »wenn du gehst, kannst du nicht wiederkommen. Weil ich nämlich absperre.«

Ich hätte ihm *das* doch sagen sollen. Ich begann nervös zur Tür hinüberzusehen. Sie ließ sich von innen absperren, mit dem Zimmerschlüssel, aber sie hatte keinen Riegel. Er beugte sich über mich. »Ich hole mir den Schlüssel an der Rezeption«, sagte er scherzhaft. Ich erwiderte nur seinen Blick. Mir wollte nicht einfallen, wo ich anfangen sollte, ihm all das zu sagen, was ich ihm sagen mußte. Er grinste wieder. »Und dann wirst du geschändet!« sagte er.

Mein Gesicht verschloß sich. Meine Augen wurden schmal wie Mamas. »Geh einfach, okay!« sagte ich. »Geh!«

Er ging, wie ein getretener Hund. Ich war ziemlich betrunken. Ich stand auf, sperrte hinter ihm ab, wankte zurück zum Bett und schlief fast auf der Stelle ein. So vor einer Stunde jedoch, kurz vor der Dämmerung, setzte ich mich im Bett auf und begann diese Seiten hier zu kritzeln. Was hatte mich aufgeweckt? Wieso war ich aufgewacht?

Während ich schrieb, formte sich in mir ein schrecklicher, beängstigender Gedanke. Ich bin nicht zufällig aufgewacht. Ich habe den Gedanken zu verdrängen versucht, aber er will nicht mehr gehen. Ich schreibe es nieder, und anstatt mir die Angst zu nehmen, macht der Akt des Schreibens es noch beängstigender. Sehen Sie, ich denke, daß ER womöglich im Zimmer ist. Ich kann mir nicht denken, wie ER hereingekommen ist, aber ich werde den Gedanken nicht los, daß ER hier ist. Daß ER die ganze Zeit über hier gewesen ist, während ich schreibe. ER ist in diesem Schrank. ER ist unter dem Bett. ER wartet auf mich, wie ER an dem Abend auf mich gewartet hat, an dem ER in dieser schrecklichen Maske auf mich losging, mit dieser gräßlichen, verzerrten Stimme, die ich, wie ich jetzt immer wieder denke, von irgendwoher kenne.

Ich werde aufstehen und zur Tür gehen. Ich werde den Hörer abnehmen. Ich werde mich entfernen. Ich werde fliehen. Ich werde nicht zulassen, daß das noch mal passiert.

Diesmal wird er mich umbringen.

12

Nebenan streiten die beiden immer noch. Wieder hörte ich meinen Namen, ein-, zweimal. Manchmal dachte ich, sie erwähnten Peter Taylor. Jetzt jedoch dachte ich nur noch an eines. Seit mir der Computer auf dem Eßtisch in der Ecke ins Auge fiel, war ich fest entschlossen, mir noch mal die Diskette anzusehen. Ich war mir nicht hundertprozentig sicher, ob noch was drauf war. Aber ich wußte, ich mußte es überprüfen.

Ich nehme nicht an, daß ich tatsächlich erwartete, der Computer liefe mit demselben Format wie die Diskette. Und ich war auch nicht sonderlich erfreut, als dem so war. All das machte es nur um so wahrscheinlicher, daß Paul die Person war, die sie geschrieben hatte. Worauf ich jedoch nicht gefaßt war, das war, daß der nächste Abschnitt – zirka zwanzig oder dreißig Leerseiten nach dem Anfangsabschnitt – genau dort anschließen sollte, und das mit erschreckender Nahtlosigkeit, wo mein Tagebucheintrag aufhörte, den ich eben gelesen hatte.

Es war ganz so, als hätte ER die Macht, sich neben meinen Ellbogen zu zaubern, wann immer er wollte, als wüßte ER, jetzt war der Augenblick, in dem ich mich wieder in jenem Hotelzimmer befand, starr vor Entsetzen über ein kleines, kaum hörbares Geräusch unter meinem Bett. Als wollte ER, daß ich mich noch mal mit dem befaßte, was passiert war, immer und immer wieder.

>A:/LUFT

Ich hatte mich drangemacht, im Bad zu warten, genau wie zuvor. Ich hatte, als ich ins Zimmer kam, sogar ein Weilchen nur dagestanden und sie beobachtet, wie sie

dalag, über die Decke gestreckt, die Beine gespreizt, sie roch nach Sex. Sie war besoffen, vermute ich mal.

Es heißt immer, Frauen sind das zarte Geschlecht. Ich glaube nicht, daß das stimmt. Sie sind genauso ordinär und grausam wie wir. Sie mißbrauchen Kinder, sie morden, sie foltern, sie trachten nach Macht, sie planen Feldzüge und führen Krieg… und manchmal, wenn sie sich ein paar Gläser Wein hinter die Binde gegossen haben, dann wollen sie ficken, genau wie wir. Der einzige Unterschied zwischen ihnen und uns ist, daß sie heutzutage die einzigen sind, die auf ihren Ruf achten. Mein Ruf ist sowieso beim Teufel, stimmt's? Ich meine – wie sollte jemand einem Typ trauen, der sich eine gelbe Maske überzieht und ein Paar gelber Küchenhandschuhe (wie herrlich war es doch, die über die Finger zu ziehen!) und im Bad einer Frau herumhängt?

Ich war wirklich wütend, glaube ich, daß ich sie das letzte Mal nicht gefickt hatte, und mittlerweile war es doch auch ziemlich offensichtlich, daß sie danach schmachtete. All das überkam mich in dem Augenblick; hinter der gezierten Sittsamkeit, der Art, wie sie den Kopf zurückwarf, dem spröden Senken des Blicks in Unschuld (mit Sicherheit das schönste Wort in der englischen Sprache) verbarg sich eine Schlampe, deren Fotze so heiß ist, daß man staunen muß, daß sie sich überhaupt draufsetzen kann. Ganz offensichtlich rutscht sie auf dem blöden Stuhl herum, um sich einen abzurubbeln. Wir sollten ihr eine Rechnung dafür stellen, daß sie den Bezug vollschmiert. Ich hasse sie jetzt wirklich. Ich hasse sie echt.

Ich kam zu dem Schluß, daß es schwer wäre, sie ordentlich durchzuficken, wenn sie laut war. Ein bißchen joie de vivre ist, wenn Sie mir den Ausdruck verzeihen, beim Verkehr heutzutage de rigeur, und bei den Frauen, zu denen ich in London gehe, fühle ich mich des öfteren inspiriert, Dinge zu schreien wie »Ja, fick mich fester, Herrin der Sklaven!« – Irgendwie plätschert meiner Ansicht nach dann alles netter dahin. Ganz im Vertrauen, mit einem 20-Zentimeter-Dildo an der Hüfte einer Frau in den Arsch gestoßen zu werden, die nichts weiter trägt als ein Paar Schaftstiefel und die Schirmmütze eines Nazioffiziers kann genauso langweilig sein wie eine Runde im Supermarkt. Es gibt Tage, da würde ich ihnen am liebsten sagen: »Hör zu! Lassen wir das doch! Trinken wir lieber ein Täßchen Tee!«

Fiona hatte zu schnarchen angefangen. Ich schlich auf Zehenspitzen hinüber ins Bad, ging hinein und schloß vorsichtig die Tür hinter mir. Was sollte ich ihr antun? Sie hatte die Hälfte ihrer Unterwäsche auf dem Boden liegenlassen, auf dem Weg zum Brautbett, aber ich fand die Dinge im Bad viel erotischer. Ich fand eine halbleere Dose Gesichtscreme. Ich machte sie auf, tauchte einen Finger hinein und schmierte mir etwas davon auf den Hals. Dann zog ich mir, während ich mir dabei im Spiegel zusah, die Hose herunter und schmierte noch etwas auf meinen Schwanz. Er begann hart zu werden. »Ich bin gern ein Mädchen… da di da. Ich bin gern ein Mädchen…«

Das Sicherste wäre, sie umzubringen und dann zu ficken. Dann würde sie nicht solchen Lärm machen. Aber für so was bin ich ein bißchen zu sehr Gentleman. Soweit ich das sagen kann, hat sie es noch keinem erzählt, und bevor sie das nicht tut, werde ich mich an meinen Teil des Abkommens halten. Es gibt Grenzen. Ich könnte zum Beispiel niemals auch nur davon träumen, es mit einem Tier zu machen. Es wäre einfach nicht recht. Trotzdem, ich mag Tiere.

Als ich mich – in der Maske, natürlich – im Spiegel

sah, kam ich zu dem Schluß, daß ich wie ein radikaler Tierschützer aussah. Diese wunderbaren Männer und Frauen, die Leute in die Luft jagen, die grausam zu kleinen Kaninchen sind. Ein toller Haufen. Der Gedanke, einen Mitmenschen hinzuschlachten für Verbrechen gegen, sagen wir mal, die Schermaus, fand ich so lustig, daß ich mir die Faust ins Gesicht stecken mußte, um nicht loszulachen.

Es mußte doch möglich sein, dafür zu sorgen, daß sie den Mund hielt. Ich könnte ihr ein Handtuch ums Gesicht wickeln. Oder eine Rolle Klopapier in ihr gerissenes Maul stecken. Quak quak quak. Sie hielt sich für clever. Lassen Sie sich von der alltäglichen Stimme und der alltäglichen Ausdrucksweise nicht täuschen. Miss Fiona ist ein cleveres Mädchen. Ist schon komisch, um wieviel weniger ich von ihr halte, seit ich es ihr besorgt habe. Als wir am Morgen danach im Büro waren, als sie hereinkam, eiskalt, da wäre ich beinahe an ihren Schreibtisch gegangen und hätte ihr eine ins Gesicht geknallt. Frauen sind heutzutage einfach nicht mehr bettlägerig, noch nicht mal, wenn man sie vergewaltigt hat. Sie kommen einfach immer wieder hoch, wie Enten in einer Schießbude, verflucht noch mal!

Nur so zum Spaß – ich hatte mich noch immer nicht entschlossen, was ich mit ihr machen sollte – zog ich mir die Maske vom Kopf und sah mich im Spiegel an. Eine Frau zu vergewaltigen – nein, nicht vergewaltigen, vergewaltigt habe ich sie ja gar nicht, ich habe sie überfallen – eine Frau zu überfallen hat Wunder gewirkt, was mein Selbstwertgefühl angeht. Ich weiß jetzt, wer ich bin. Es erklärt so vieles über mich. Ich konnte zuvor nie verstehen, warum mein Spiegelbild derart erpicht darauf war, meinem Blick auszuweichen. Tja, offensichtlich schämte es sich seines Herrn. Selbst jetzt hatte ich das Gefühl, mein Spiegel-Ich hatte es noch nicht ganz geschafft. Ich hatte mich über ihr Laken verspritzt. Nicht in sie, wo es zählt. Ich sah mich an. »So behandelt man doch keine Dame!« sagte ich. Einmal mehr zog ich die Maske über.

Hören Sie. Sie brauchen das nicht zu lesen. Sie können es überspringen, wenn Sie nicht genug Schneid dazu haben. Weil ich nämlich länger so weitermachen kann, als Sie sich das vorstellen können. Aber ich denke, Sie sollten es lesen. So Sachen passieren. Sie können sie nicht ignorieren. Nihil humanum alienum a me puto, altes Haus! Jegliche Art von kriminellem Verhalten ist menschlich, oder was? Das menschliche Tier ist, wie Goethe erklärt hat, ein Tier, das alles tut, was es sich nur vorstellen kann.

Es besteht die Gefahr, daß es jemand gelesen hat. Ich mag diese Gefahr. Weil nämlich nichts drinsteht, was sich in der Tat zu mir zurückverfolgen läßt. Es ist nur eine Stimme aus der Luft – derselben LUFT, in die ein Dokument verschwindet, wenn man die Löschtaste drückt. Nachdem ich die ersten Seiten fertig hatte, habe ich sie auf eine Diskette kopiert, und am Tag nach meinem angenehmen Abend mit Fiona habe ich die Diskette mit zur Arbeit genommen. Es war eine nicht zu unterschätzende Befriedigung, zu wissen, daß ich, während sie nur ein paar Meter von mir weg saß, den endgültigen Bericht ihrer Erlebnisse in der Brusttasche hatte. Es war die gleiche Art perversen Vergnügens, das ich daraus ziehe, dem Mann am Haupttor »Guten Morgen!« zu sagen oder unserem Abteilungsleiter ein lächelndes »Na, wie geht's?«, wenn ich erst ein paar Stunden zuvor eine Frau dafür bezahlt habe, auf den Boden zu urinieren, während ich sie mit einem Ledergürtel schlug.

Das Vergnügen, mit dem Gedanken zu flirten, entdeckt

zu werden, ist das einzige, was mir das, was ich mache, wirklich erscheinen läßt. Ich habe die Diskette nicht nur zur Arbeit mitgenommen. Ich habe A:/LUFT sogar auf den Teppich gelegt, gleich neben dem Aktenschrank, nachdem alle nach Hause gegangen waren. Nur um zu sehen, ob sie jemand fand. Keiner hat sie gesehen. Oder wenn doch, dann hat man sie wieder genau dort hingelegt, wo man sie gefunden hatte. Ach, wonach mir wirklich ist, das ist eine schwere Hand auf meiner Schulter und eine noch schwerere Stimme, die sagt: »Sie haben die Firma bestohlen! Sie haben eine Angestellte vergewaltigt! Genau die Sorte Mensch, die wir hier brauchen!«›

Nebenan war es still geworden. Ja, die Firma stellt Männer ein, die aggressiv sind, man erwartet von ihnen, unangenehm zu sein. Von Zeit zu Zeit hörte ich diesen herausfordernden Männerton in allen ihren Stimmen. Ich las ihn selbst in Pauls und Pappanauers Schweigen im Raum nebenan.

Als ich so lauschte, hörte ich die Tür aufgehen. Zuerst kam (waren es Pauls Schritte?) einer von ihnen in die Diele. Dann fingen sie wieder zu reden an. Diesmal sprach sie leise, als hätten sie Angst, es könnte sie jemand hören. Aber wieder war es ein Wort, auf das sie erneut zu sprechen kamen. Das Problem war nur, daß ich es einfach nicht verstand. »Genug«? »Der Stoff«? Nach einer Weile gab ich es auf. Ich erwartete fast, sie wieder in den Raum nebenan zurückgehen zu hören oder, zumindest, daß sie bei mir anklopften. Aber das taten sie nicht. Sie blieben murmelnd draußen stehen. Was sagten sie da nur? »Lug und Betrug«? »Unfug«? Ich wandte mich wieder dem Bildschirm zu, mir ihren Stimmen noch schwach bewußt. Nur allmählich verebbten sie, bis ich nur noch IHN hörte, höhnisch, eingebildet und schrecklich eigen.

>A:/LUFT

Ich glaube, ich habe schon gesagt, ich war todsicher, daß ich sie ficken würde, aber dazu mußte ich warten, bis das ganze Hotel schlief. Übrigens, wie ich da hineingekommen bin, ist jetzt nicht wichtig. Sagen wir einfach, daß ich durch Wände gehen kann. Ich wollte kein Türknallen in einiger Entfernung, keine knarrenden Schritte auf dem Flur vor der Tür. Ich wollte die Zeit – fahl und still –, kurz vor der Dämmerung, wenn alles schläft außer gottlosen Buben wie mir.

Als Bill den kleinen Carter umbrachte, da hat er das in den Toiletten getan, während ich und drei andere Jungs zusahen. Er zerrte ihn in die Zelle, stieß ihm das Gesicht in die Schüssel, und obwohl der kleine Carter jedesmal würgte, wenn er hochkam, stieß Bill ihn einfach wieder hinein. Der kleine Carter schnappte nach Luft. Die Laute, die er von sich gab, wenn er an die Oberfläche kam, hörten sich an, als würde jemand die Atmosphäre in Fetzen reißen. Das letzte Mal, als er auftauchte, war er ganz blau, und den Laut, den er von sich gab, werde ich nie vergessen. Er war nicht menschlich – er bestand aus Luft und Gewebe.

Ich zog die Maske wieder über. Ich trug den Pulli, die Jeans und die Turnschuhe, die ich letzten Montag abend getragen hatte. Ich wollte, daß sie mich so sah, wie ich war. Als wäre keine Zeit vergangen zwischen dem ersten Mal und dem Vollzug unserer Liebe. Als streckte ich die Hand über all die Meilen stählerner Schienen, aus dem Herzen der Stadt ins Herz des Landes – um ihr Herz mit Schrecken zu füllen.

Ob ich sie umdrehen und von hinten ficken sollte? Oder sollte ich sie einfach nehmen, wie sie voll des süßen Weins eingeschlafen war? Sie würde schlafen, und wenn sie aufwachte, wäre ich schon in ihr. Nur der Gedanke, ihr zu nahe zu kommen, schmeckte mir nicht. Irgend etwas an mir – mein Geruch oder eine verräterische Geste könnte mich preisgeben. Seit ich die Handschuhe in meinem Aktenkoffer gelassen habe, sehe ich ihren Blick von Zeit zu Zeit nervös zwischen uns dreien hin und her wandern. Ich würde sie unbedingt umbringen müssen.

Hinten in der Ecke des Bads stand eine Klobürste aus Plastik. Sie sah nicht schwer genug aus, um damit jemandem wirklich etwas zu tun. Ansonsten – ich hatte die Wahl, sie mit Seife zu Tode zu steinigen oder sie mit einer ganzen Palette von Shampoos und Lotions zu ersticken, die dem Gast zur Verfügung standen. Oder vielleicht ließ sie sich mit der Duschkappe erwürgen. Auch das fand ich lustig.

Ich ging zur Tür und machte sie einen Spaltbreit auf. Während ich im Bad gewesen war, hatte sie sich irgendwie unter die Decke gerollt, obwohl ich nicht sagen konnte, ob sie während dieses Manövers aufgewacht war. Der Gedanke, daß sie aufgewacht und vielleicht sogar im Zimmer herumgelaufen war, splitternackt, während ich hier im Bad war, wirkte ausgesprochen erotisch auf mich.

Ihre Arme waren noch zu sehen. Auf Zehenspitzen schlich ich über den Teppich und blickte auf sie hinab. Sie rasiert sich nicht unter den Achseln. Sie hatte dort braune Haarbüschel, ranzig und grob wie die Erde an dem Kanal hinter dem Waisenhaus – aber ich fand sie aufregend. Sie waren praktisch der physische Ausdruck ihres Geruchs – scharf und verschwitzt. Wenn man sie sich näher ansah – die spitze Nase, das dicke offene braune Haar –, so war sie weit weniger hübsch, als wenn sie ihr Gesicht für ein diverses Männerpublikum zurechtzumachen versucht. Aber diesmal mochte ich ihre Derbheit. Auch auf der Oberlippe zeigte sich ein Hauch von Haarwuchs – ein leichter Flaum, der mir noch nie aufgefallen war. Als ich sie so beobachtete, bewegte sie sich im Schlaf, und eine ihrer Brüste kippte unter der Decke hervor. Ich streckte einen der gelben Gummihandschuhe – näher, näher, noch näher. Noch einen Zentimeter, und sie würde aufwachen und schreien.

Ich berührte sie jedoch nicht. All das war viel zu interessant. Ich wollte, daß es lange dauerte. Ich würde nicht im Bad warten. Es war zu offensichtlich. Badezimmer hatte ich hinter mir. Vermutlich können Vergewaltigungen oder Überfälle, oder wie immer Sie es nennen wollen, nach einiger Zeit genauso langweilig werden wie Sex. Während ich mich fragte, wo ich mich verstecken sollte, dachte ich an all die faden, diese unglaublich faden Serienkiller und Vergewaltiger, die immer wieder dieselbe Routine durchexerzieren müssen. Immer Pärchen in den Kopf zu schießen oder der langweilige Zwang, Schwule zu erwürgen, während sie jemandem den Schwanz lutschen, oder Frauen über Sechzig foltern zu müssen. Ich dachte mir – mein Freund, du bist ein derartiger Perfektionist, daß du mir die hier noch unverrichteter Dinge liegenläßt, wenn die Bedingungen nicht absolut stimmen!

Ich dachte mir, das wäre doch womöglich recht nett. Hierzubleiben, in ihrem Zimmer, herumzulaufen, es in Besitz zu nehmen, sie zu beobachten – und sich dann, wenn es zu dämmern begann, rasch auf demselben Weg davonzustehlen, auf dem ich gekommen war, den Zimmerschlüssel wieder hinter die Rezeption zu hängen und dann hinaus aufs Kliff, vielleicht um mir die Maske herunterzureißen und auf die graue See hinauszuschleudern.

Er beobachtet nur gern Frauen mit einer Wolldecke überm Kopf. Gibt es daran etwas auszusetzen, Officer?

Dann bewegte sie sich wieder. Es war die Art, wie ihr Arm über die Bettkante fiel, der mich zu meinem Entschluß brachte. Ihre gespreizten Finger eine Ellenlänge über dem Teppich. Ich konnte nur noch daran denken, wie es wohl aussehen würde, läge ich unter dem Bett, könnte sehen, wie ihr Körper die Matratze verformt. Der Gedanke gefiel mir: auf alle viere zu gehen und ganz, ganz vorsichtig unter ihren Fingern hindurchzukriechen, als wären sie ein Alarm, der womöglich bei der geringsten Berührung zum Leben erwacht. Ich würde auf den Bauch gehen, wie eine Schlange, und mich dann über den Teppich schlängeln bis in den Freiraum zwischen Matratze und Boden. Dann wäre ich unter Fiona.›

»Dann wäre ich unter Fiona!« sagte eine Stimme über meine Schulter hinweg. Ich stutzte. Es dauerte etwas, bis ich merkte, daß das tatsächlich jemand gesagt hatte, und zwar jemand anders als ich. Und zunächst hätte ich noch nicht mal sagen könne, ob es die Stimme eines Mannes war oder die einer Frau. Sie hatte etwas Obszönes. Als ich noch gelesen hatte, was er zu sagen hatte, da hatte ich ihm, wenigstens teilweise, meinen eigenen Ton, meine eigene Aussprache gegeben.

Jetzt, wo diese fünf Wörter laut hingesagt waren, müßte ich mich an die komplizierte Aufgabe machen, ihnen einen Namen und ein Gesicht zu geben. Einen Augenblick lang dachte ich, es könnte Peter Taylors Stimme gewesen sein. Dann war ich mir – weil ich es so wollte – fast sicher, daß es John Pappanauer war, der sie laut über meine Schulter gelesen hatte. Erst als diese beiden Möglichkeiten erschöpft waren, wurde mir klar, daß Paul mit mir im Zimmer war. Und ich hatte wieder Angst – wie in dem Hotelzimmer, als ich das leise Geräusch unter meinem Bett gehört hatte.

»Du liest es also«, sagte Paul.

»Ja«, sagte ich.

Auch Pappanauer war hereingekommen. »Was liest sie?« sagte er.

»Eine Geschichte!« sagte Paul.

Pappanauer kam herüber an den Computer und beugte sich über den Bildschirm. Laut begann er zu lesen. »Zentimeter für Zentimeter robbte ich mich in Position. Und ich hatte es gerade geschafft, als es über mir hustete und ich spürte, wie sich ihr Körper mit einer abrupten, bewußten Dringlichkeit bewegte. Sie beugte sich hinüber zum Nachttischchen rechts von ihr, und ich hörte, wie sie dort etwas wegnahm.«

Er hielt inne und sah zwischen Paul und mir hin und her. »Was ist das?« sagte er.

»Das wissen Sie nicht?« fragte ich Pappanauer.

»Nein!«

Paul hustete und ließ den Blick wieder auf den Bildschirm wandern. Niemand sagte etwas. Dann sagte ich: »Es ist von dem Mann, der mich überfallen hat.«

»Was?«

»Lesen Sie!«

Wir drängten uns alle drei um den Bildschirm. Ich begann nach unten zu scrollen. Ein-, zweimal, als ich zu schnell wurde, beugte Pappanauer sich vor und legte mir eine Hand auf den Arm, um mir anzudeuten, ich sollte langsamer vorgehen. Erst in diesem Augenblick merkte ich, daß ich ihm zum ersten Mal, seit er diesen Morgen zu mir gekommen war, den Rücken zukehrte. Außerdem war ich fünf Meter von der Plastiktüte und dem Splitthammer mit dem schwarzen Stil entfernt. Was mir natürlich keine Sorgen machte. Schließlich war Paul bei mir. Das war das einzige, was zählte. Es war der einzige Grund, aus dem ich so etwas zugelassen hatte. Paul war bei mir. Da passierte mir nichts.

>A:/LUFT

Dann folgte ein großes Gebumse und eine lächerliche,

arschförmige Ausbauchung, als sie sich im Bett aufsetzte und mit irgendwas zu hantieren begann. Zuerst dachte ich, sie macht sich die Nägel. Aber es war so still im Zimmer, daß sich nach ein, zwei Minuten ganz deutlich das Kritzekratze einer Feder ausmachen ließ – wie ein geschäftiges Insekt, das pausenlos hin und her ging. Ach, Fiona! Sie schreibt an dem Dreckstagebuch! »Liebes Tagebuch, heute wurde ich von einem Gorilla gebumst!« Ach, Fiona!

Ich glaube, was ich an ihr so hasse, ist ihre Haltung. Die mißmutige Art, wie sie den Kopf zurückwirft, hat etwas Arrogantes. Sie ist nur eine verdammte Sekretärin. Herrgott noch mal! Und wenn sie zehnmal einen dazu kriegt, der ihr im Cliff View Hotel von Dartsea das Loch stopft. Ob sie wohl darüber schrieb?

Liebes Tagebuch,

ich sitze hier im Bett, denke an die Macht SEINER Liebe und mache mir die Möse für die nächste Runde VÖGELN mit ihm scharf! Ich träume davon, eines Tages eine berühmte Schauspielerin zu werden. Aber nicht gleich. Erst muß ich den neuen Mann in meinem Leben dazu ermutigen, mich immer wieder zu vögeln, um Butzi-Wutzis zu kriegen wie normale Leute!

Ach, die Butzi-Wutzis! Ach, der Ausdruck auf dem Gesicht des kleinen Carter, als er zum letzten Mal unterging, und dann, während Bill ihn festhielt, der Körper plötzlich schlaff wurde. Ja, ja, die süßen Kleinen! Sie sterben wie jeder andere auch.

Ich habe irgendwo gelesen, daß die Nazis, wenn sie in ihren Todeslagern ein Kind aufhängten, ihm einen Stein an die Beine banden, um den Fall zu beschleunigen. Daran denke ich, wenn ich an meine Kindheit – oder deren Nichtvorhandensein – denke, und danke Gott dafür. Weil meine Kindheit – oder deren Nichtvorhandensein – mich von der Tyrannei des Gewissens befreit hat. Und was ist überhaupt Gewissen? Nichts weiter als eine Erfindung des Menschen – etwas, worauf sich die Betreiber von Auschwitz und dem Hundertjährigen Krieg was einbilden können.

Miss Fiona, Autorin, schrieb wie der Teufel. Die Feder flog nur so übers Papier. Klischee auf Klischee, nehme ich an. Schulmädchenkrampf. Aber wie schlimm es auch immer sein mochte, es gab ihr jedenfalls die Illusion der Nützlichkeit. Ich habe noch nie jemanden so lange so schnell schreiben hören. Man müßte sie körperlich schon arg schlimm zurichten, damit sie das Tempo drosselte oder gar aufhörte. Ich lag da, ziemlich reglos, auf dem weichen Teppich und lauschte auf das Kratzen ihres Füllers, so wie ich meine eigenen Finger über die Tastatur meines Computers trappeln höre, wie Mäuse in Stepschuhen.

Es gefällt mir manchmal, mir vorzustellen, das hier für jemanden zu schreiben. Ich stelle mir diesen Jemand sehr genau vor. Es ist eine Frau, glaube ich, und sie liest es allein, im Licht einer Nachttischlampe. Es gefällt ihr nicht. Sie will es weglegen, aber es nagt an ihr wie all die Gedanken, die auszudrücken sie niemals gewagt hat. Suchen Sie in meiner Art zu schreiben nach Hinweisen darauf, wer ich bin? Im Schema meiner Sätze? Sie werden nichts finden. Die Schemata, die wir in Wörtern sehen, sind willkürlich. Und überhaupt, womöglich führe ich sie an der Nase herum. Wer hat Ihnen überhaupt gesagt, Sie könnten mir über die Schulter sehen?

Sie mußte fast eine Stunde geschrieben haben. Vielleicht länger. Es kam zu einigen geringfügigen Pausen, in denen sie vermutlich zu denken vorgab, aber die meiste Zeit über kritzelte sie gnadenlos vor sich hin – in einem Tempo, als versuche sie die Sprüche eines Viehauktionators mit zu stenographieren. Und dann bewegte ich mich mit einemmal. Ich hob nur ein wenig das rechte Bein, aber es fiel gerade in eine ihrer Pausen, und die Pause dehnte sich zu einer gefährlichen Stille. Sie hatte zu schreiben aufgehört. Sie weiß Bescheid, dachte ich, sie weiß, ich bin da. Wenn sie gescheit ist, schreit sie jetzt los.

Aber andererseits ist es vier Uhr morgens. Die Wände sind dick. Keiner reagiert heute noch darauf, wenn jemand schreit. Die Leute haben allerlei Interpretationen für einen Hilfeschrei, Hauptsache, er hat nichts mit ihnen zu tun.

Sie schrie nicht. Eine Ewigkeit, wie es schien, bewegte sie sich nicht einmal. Und dann rollte sie sich, unendlich vorsichtig, um so leise wie nur möglich zu sein, auf die rechte Seite des Bettes. Die Fensterseite. Vielleicht, so dachte ich mir, macht sie das, weil da das Licht ist und sie sich im Licht sicherer fühlt. Ich verfolgte ihre Bewegungen über das Bett. Ich war mir ziemlich sicher, sie hatte keine Ahnung, wo genau im Zimmer ich war. Sie wußte nur, es war jemand hier.

Ich paßte ihre Bewegungen den meinen an, so daß die Geräusche zusammenfielen. Während sie sich nach rechte bewegte, bewegte ich mich nach links, so daß ich, als ein nacktes Bein (sie war immer noch nackt!) auf dem Boden aufkam, ich direkt am Rand des Bettes lag, und zwar auf der Seite zwischen ihr und der Tür. Ich sah zu, wie der zweite nackte Fuß herabkam und mit der Behutsamkeit einer Ballerina auf dem hellgrünen Teppich auftrat. Dann ging sie, immer nah am Rand des Brautbettes – vermutlich weil es ihr das Gefühl von Sicherheit gab – ins Bad. Sie will zur Tür, dachte ich, aber ich fange sie ab.

Ich blieb unter dem Bett, bis sie an meiner Seite vorbei war und, immer noch nackt, in Richtung der Zimmertür ging. Selbst dann sprang ich noch nicht auf die Beine wie der Bösewicht einer Pantomime. Ich blieb lieben, reglos, wie ein Kind, das Ochs vorm Berg spielt, als Fiona, viel zu verängstigt, um nach hinten zu sehen, wie erstarrt stehenblieb, sich eines leisen Schabens auf dem Teppich bewußt. Aber als sie loslief – und das tat sie, kaum daß ich wie ein Rieseninsekt auf ihren Boden gekrabbelt war –, schoß ich heraus, hoch und hinter ihr her und hatte sie, noch bevor sie Zeit hatte, sich zu einem Schrei zu sammeln. Das macht das Kostüm.

Sehen Sie, sie hatte den Fehler gemacht, sich umzudrehen, und sah dieses Ding auf dem Teppich auf sie zukommen, mit den gelben Händen voran. Und bis sie all das gedacht hatte, was anständige Bürger in solchen Situationen so denken, hatte ich sie schon gepackt. Meine gelben Handschuhe hielten ihr den Mund zu, dann hatte ich sie auch schon auf dem Boden. Ich war fest entschlossen, sie auf dem Boden zu nehmen.>

Ich blickte über meine Schulter.

Beide, Paul wie Pappanauer, starrten auf den Bildschirm. Beide erweckten den Eindruck, entsetzt zu sein. Obwohl Paul das alles angeblich schon gesehen hatte, war sein Gesichtsausdruck der eines Mannes, der bereit war, sich davon noch mal schocken zu lassen. Und Pappanauers Feierlichkeit grenzte fast an Idiotie.

»Das ist er«, sagte er, »das ist der Kerl, der …«

»Ja«, sagte ich, »das ist seine Stimme. Unverfälscht. Es ist sein Bericht darüber, was mir passiert ist.«

Keiner von ihnen sagte etwas. Ich sagte, beinahe strahlend: »Ich glaube, er hatte seinen Spaß daran, das zu schreiben. Soll ich den Herren die nächste Seite aufschlagen?«

Paul sagte: »Fiona…«

Und ich antwortete schroffer, als ich beabsichtigt hatte: »Das bin ich!«

Dann machten wir uns wieder an die Lektüre, wie brave Schüler in einem Klassenzimmer.

>A:/LUFT

Sie wehrte sich nicht schlecht. Sie war eine Zierde der Frauenbewegung. Aber ich fürchte – Schwester –, wir sind größer und stärker als ihr – Schwester. Und mittlerweile war ich ja kein Anfänger mehr; ich wußte, wo meine Hände hinmußten und wie ich meine Knie einzusetzen hatte, um ihr die Schenkel auseinanderzuzwängen. Ach ja, und wie ich ihr meinen Ellbogen in den Hals zu rammen hatte, bis sie einen Laut ausstieß, als ziehe man einen Schiefergriffel über eine Tafel – gegen den Strich. Sie hatte nur eines im Kopf, dachte ich, und das war, etwas LUFT in ihre ERDE zu kriegen.

Es war ziemlich clever von mir, dachte ich, schon den Pimmel aus der Hose zu haben, als ich auf sie losging. Ich fand, daß das Ganze so besser aussah. Es signalisierte meine Absichten auf eine direkte und männliche Art. Und, mal angenommen, ich ließ sie hinterher leben, sonderlich belastend war das gewiß nicht. Ein Pimmel sieht wie der andere aus. Ein zorniger Stummel voll Venen mit einem Pilzkopf obenauf. Wie auch immer, bei unseren früheren Stelldicheins hatte ich eine entschiedene Abneigung bemerkt, ihre Glubscher auf meinen Spieß zu richten. Ich meine, immerhin ist er ein todbringendes Instrument. Als ich mich ihr denn aufzwang – und ich sorgte schon dafür, daß ich diesmal nicht zu schnell kam –, ging es merkwürdig leicht. Der Druck auf ihren Hals machte ihr die Gegenwehr zunehmend schwer. Sie konzentrierte sich darauf, am Leben zu bleiben. Ja mir kam,

als ich ihn ihr hineinrammte, sogar der schreckliche Gedanke, sie hätte womöglich gar ihren Spaß daran. Was schließlich nicht der Sinn der Übung war. Es ist eine Frage des Stolzes für mich, daß mich keine Frau ohne einen gewissen Widerwillen ansehen kann, und wenn ich vergewaltige, dann vergewaltige ich. Ich weiß, was ich mache. Ich glaube, sie sagte »bitte« oder was. Bitte, bitte. Es war längst zu spät für bitte, bitte und danke schön.

Als es mir gekommen war, lag sie ganz, ganz still da. Sie war ganz blau im Gesicht. Ich bin kein Experte, was Tote angeht. Ich habe außer dem kleinen Carter nicht so viele gesehen. Der Junge in Ainscombe war kein schöner Anblick, nachdem ich ihn umgebracht hatte. Al Hunter schlug ich mit der Kante einer Bratpfanne gegen den Schädel. Ich muß ihn wohl vier-, fünfmal erwischt haben. Vielleicht öfter – nachdem ich erst mal angefangen hatte, konnte ich nicht mehr aufhören. Er stieß so Laute aus, die mir total auf den Geist gingen. Er fiel nach dem ersten Schlag, und er lag kauernd auf dem Boden, aber ich erinnere mich, daß ich seine Hände nicht aus dem Weg bekam. Er hielt sie sich über seine Kopfhaut, als könnten sie ihn retten. Ich mußte erst eine loseisen, weil es mir – und wieder habe ich keine Ahnung, warum – wirklich wichtig schien, einen sauberen, ungehinderten Schlag auf seinen gespaltenen Schädel zu landen, auf dem Blut und Haare schon einen Filz bildeten.

Um ehrlich zu sein, ich habe sie nicht wirklich angesehen. Das einzige, was ich wollte, war da rauszukommen. Zu meiner Überraschung verspürte ich nicht das Verlangen, die Maske abzunehmen. Ich fühlte mich gut unter ihr. Ich wollte auf das Kliff hinaus, so wie ich war. Ich ging ans Fenster, stemmte es hoch und trat hinaus auf den Balkon, der die ganze Fassade des Hotels entlangführt. Ich kam mir vor wie einer, der seine schlafende Geliebte verläßt, kurz vor Sonnenaufgang, als ich auf die Holztreppe hinausschlich und von dort auf den Rasen, wo das Meer still unter dem Frühlingsmond lag.

Ich schaute noch einmal zurück, als ich aus dem Zimmer schlich. Sie bewegte sich. Was mich, wie ich zugeben muß, aufatmen ließ. Hat schließlich keinen Sinn, sie umzubringen, wenn sie tun, was man ihnen sagt, und soweit ich das beurteilen konnte, hatte sie genau das getan. Ich hatte sie gewarnt, daß ich sie umbringen würde, wenn sie jemandem sagte, was das erste Mal passiert war. Aber das hatte sie nicht. Sie mochte ins Büro gekommen sein, zitternd wie Espenlaub, blaß wie mit Backpulver vermischtes Mehl, aber sie hatte es keinem gesagt. Oder? Ich hätte sie, so nehme ich an, noch mal warnen können – was uns womöglich allen eine Menge Ärger erspart hätte –, aber ich tat es nicht. Sie weiß, daß es unser Geheimnis ist, und solange sie dieses Geheimnis nicht preisgibt, kann sie in Frieden leben. Ich will nicht, daß sie unglücklich ist. Sie braucht nur ein braves Mädchen zu sein. Und das nächste Mal werde ich ihr klipp und klar sagen, was sie zu tun hat, um genau das zu sein. Für mich. Was, Fiona?>

Die nächsten paar Seiten schienen leer zu sein. Ich nahm die Hände von der Tastatur und sah zu den beiden auf. Eine ganze Weile herrschte Stille im Raum.

»Er will mich umbringen«, sagte ich, »aber ihm fehlt der Mut.« Paul hustete. »Das hier stammt von jemandem aus dem Büro«, fuhr ich fort. »Von einem von euch dreien. Wer auch immer es ist.«

Ich schaltete den Rechner aus, nahm die Diskette heraus und schob sie in meine Hosentasche. Dann ging ich zurück zu meinem Platz neben der Einkaufstüte. Noch immer hatte keiner von ihnen etwas gesagt. Ich saß einen Augenblick da, dann sagte ich: »Aber seht ihr, ich glaube, ich fange an ihn zu verstehen.« Ich merkte, daß ich Paul ansah, als ich das sagte. »Ich meine, ich glaube, ich kenne die Regeln, nach denen er spielt. Ich dachte erst, ich könnte ihm auf die Schliche kommen über die Art, wie er schreibt. Auf so eine verrückte Idee kommt auch nur jemand, der zu lange Literaturwissenschaft studiert hat.«

Keiner von ihnen sagte etwas. Ich glaube nicht, daß mich einer von ihnen je so reden gehört hat. »Auf diese Art schaffe ich das nicht«, fuhr ich fort, »aber ich werde es schaffen. Seht ihr, er hat nämlich eines vergessen. Oder besser, es gibt da etwas, von dem er meint, ich würde es mich nicht zu sagen trauen. Aber ich werde es sagen. Und wenn ich es tue, dann kann er gar nicht mehr anders.«

Paul sah aus, als wollte er etwas sagen, aber ich hob die Hand. So etwas wie Charakter gibt es natürlich nicht. Darüber nachzudenken, wie es wohl sein mochte, seine Briefe zu lesen oder den Bericht in meinem Tagebuch über ihn – nichts davon hatte mir ein deutlicheres Bild von ihm gebracht. Ich kam zu dem Schluß, daß alles auf sein Lächeln hinauslief. Wie sollte ein Mann, der wie ein eifriger Bürohamster wirkte, im nächsten Augenblick ein Lächeln aufsetzen können, das mich kichern und kringeln ließ vor Lachen? Und wie sollte derselbe Mann mich mit einem Augenaufschlag davon überzeugen können, er würde die Art schrecklicher Geheimexistenz führen, wie sie der Autor von A:/LUFT pflegt? Ich war mir nämlich – ich weiß nicht, lag es an der anonymen Wohnung, am Regen oder daran, daß ich ihn jetzt mit allem gewappnet sah, was ich seit Dartsea gelesen und gesehen hatte –, jedenfalls war ich mir nicht mehr sicher, daß es nicht Paul war.

»Pappanauer«, sagte ich, »Sie rufen jetzt Peter Taylor an! Ich möchte Sie alle drei beisammen haben. Ihn, Paul und Sie. Okay? Wo, ist mir egal. Aber ich bestehe darauf.«

»Hören Sie«, sagte Pappanauer, »ich habe keine Ahnung, worum es hier geht. Kein Mensch hat mir irgend etwas gesagt. Vielleicht bin ich ja nicht wichtig genug, daß man mir etwas sagt, aber…«

Paul machte eine kaum merkliche Geste. Pappanauers Stimme verklang. Ich hob noch mal die Hand.

»Und keine Polizei«, fuhr ich fort. »Sagen Sie ihm, ich will keine Polizei. Hinterher kann er so viel Polizei haben, wie er will. Aber nicht jetzt.«

Paul machte wieder den Versuch, etwas zu sagen. »Und Paul«, sagte ich, »ich will wissen, was es mit der Wohnung hier auf sich hat. Was du hier treibst. Wieso du sie hast.«

Paul machte keinerlei Anstalten, darauf zu antworten. Dafür nahm Pappanauer einen Schlüssel aus der Tasche und warf ihn mir zu. »Es ist alles im Gästezimmer. Die verschlossene Tür in der Diele. Schauen Sie rein.«

»Hör zu…«, begann Paul. Aber ich war bereits auf den Beinen. Ich hatte den Beutel in der rechten und schwang ihn hin und her, so daß ich einmal mehr das beruhigende Gewicht des Hammers darin spürte. Ich ging in den Flur und ließ die beiden allein. Als ich aus dem Zimmer war, blieb ich stehen und lauschte. Aber keiner von ihnen sagte etwas. Ich steckte den Schlüssel ins Schloß der Tür zum Gästezimmer und stieß sie auf.

13

Ich hatte mehr oder weniger erwartet, was ich im Gästezimmer fand. Nur nicht derart viel. Mir scheint ja im Lauf der Jahre eine ganze Menge Pornographie untergekommen zu sein, fand sie jedoch nie auch nur annähernd so stimulierend wie, sagen wir mal, meinen jeweiligen Liebhaber, wenn er den obersten Knopf seines Hemds aufmacht. Ich glaube, es sind die Mienen der Teilnehmer; ich finde sie schrecklich ermüdend. Wenn sie fröhlich auszusehen versuchen, sehen sie so offensichtlich albern aus. Wenn sie den Eindruck von Ekstase zu erwecken versuchen, wird es noch schlimmer. Wenn sie, wie das oft der Fall ist, engagiert und/oder attraktiv zu wirken versuchen, dann wirken sie letztlich nur wie Leute am Rand eines Nervenzusammenbruchs. Es gibt Augenblicke, in denen habe ich große Sympathien für Barbara Cartland. Und zwar immer dann, wenn ich farbige Reproduktionen von Leuten beim Geschlechtsverkehr sehe. Die Masse an derlei Bildern, wie Paul sie zu haben schien, hätte einer ganzen Kleinstadt für die letzten zehn Jahre Vollbeschäftigung garantiert.

Eine erhebliche Zahl der Fotos zeigte Leute in Ketten oder Handschellen. Diese Leute – größtenteils waren es Männer – sahen, wie ich fand, gar noch alberner aus als die Leute, die tatsächlich bumsten. Einer der Kerle schien an einen Hackblock gekettet, und nur um auch wirklich klarzustellen, daß er ein Gefangener war, hatte man, wie es aussah, eine große schwarze Plastiktüte dazugegeben. Eine Frau in schwarzem BH und Strapsen war dabei, ihm das Ding über den Kopf zu ziehen. Der Typ war nackt außer, wie es aussah, einem Paar Starthilfekabel, das an seinen Brustwarzen befestigt war.

Außerdem gab es im Zimmer diverse Gegenstände, die aussahen, als dienten sie dazu, etwas Leben in das langweilige Geschäft des Ausziehens und des Geschlechtsverkehrs zu bringen. Es gab da zum Beispiel an der hinteren Wand etwas, das – obwohl ich nicht allzu genau hinschaute – sehr gut eine Peitsche hätte gewesen sein können. Nachdem ich ein paar Bücher aufgeschlagen hatte, setzte ich mich in einen Sessel neben der Tür und holte, ohne mich näher damit zu beschäftigen, wieder meinen Stapel Unterlagen heraus. Ich merkte, daß meine Hände zitterten.

Ich hatte da draußen nicht geblufft. Langsam, dachte ich, war ich dahintergekommen, wie ER funktionierte. Der Gedanke war mir gekommen, als mir ein Zeitungsartikel über den Typen einfiel, der die Frauen unten am Fluß überfallen hatte. Man hatte sich bedeckt gehalten, wie in solchen Berichten üblich, aber es hatte alles darauf hingedeutet, daß der Mann in der Mehrzahl dieser Überfälle kurz vor der endgültigen physischen Gewalt Schluß gemacht hatte. Und man hatte eine Frau zitiert, die behauptet hatte, er hätte etwas »zu ihr gesagt«. Sie sagte nicht was, aber es hieß in dem Artikel, daß die Frau sich deshalb seither versteckt hielt.

Wenn du's jemandem sagst, bring' ich dich um.

Mal angenommen, das war es, was er zu ihr gesagt hatte. Mal angenommen, ich hätte meine Zeit verschwendet mit dem Versuch, aus dem, was er geschrieben hatte, etwas zu verstehen. Tat und Charakter sind eins. Angenommen, der erste Überfall war, wie diese Randbemerkung besagt, eine Art schrecklicher Annäherungsversuch, ein Augenblick, in dem ER dachte, was er da tue, sei absolut legitim. Die Barriere war überschritten, wenn das Opfer sich wehrte.

Mir ist schon oft aufgefallen, daß Leute wie Präsident Hastings Banda oder Klaus Barbie besonders scharf auf gute Anwälte sind. Außerdem ist es doch so, daß sadistisch veranlagte Perverse einen hochentwickelten Sinn für ihre eigenen Rechte und Privilegien haben. Ich hatte es schon richtig gemacht – auch wenn ich das damals nicht gewußt haben konnte –, indem ich zur Arbeit ging und so gut wie nur möglich so tat, als wäre nicht das geringste passiert.

Wenn du's jemandem sagst, bring' ich dich um.

Ich hatte es noch keinem gesagt. Noch nicht.

Außerdem war mir der Gedanke gekommen, daß es hier womöglich zwei völlig voneinander unabhängige Serien von Verbrechen gab. Jemand stahl der Firma Geld und war bereit, um der Verschleierung willen zu töten. Und jemand anderes – der vielleicht sogar wußte, was der andere tat – war hinter mir her, spielte ein kompliziertes Spiel mit Gehorsam und Dominanz und benutzte womöglich diese zweite Person als Schild.

Ich sah mir den nächsten Abschnitt von Peter Taylors Tagebuch an. Es schien sich, im nachhinein, auf die Ermittlungen zu beziehen, an die er sich gemacht hatte, während wir unten in Dartsea waren.

Samstag, 10. April, 15.00 Uhr (PT)

Während ich Teile dieses Dokuments bearbeite – *das* werde ich es nennen, weil ich der obszönen Leere, die es enthüllt, ebensowenig einen Namen geben möchte wie Fiona, dem armen Schatz –, ist mir manchmal, als würde ich es redigieren. Ich habe sogar einige Passagen ausgelassen. Ich bin nun wirklich keiner der Leute, die der Ansicht sind, daß Texte einen nicht korrumpieren können. Sehen Sie sich doch die Bibel an, Herrgott noch mal.

Aber Beweise sind Beweise. Und es stehen Dinge in diesem Dokument, die auf eine ganz bestimmte Person deuten. Im Augenblick kann ich nicht glauben, daß diese Person auch nur zur Hälfte der Dinge fähig ist, die in A:/LUFT stehen. Aber das tut nichts zur Sache. Was ich brauche, sind Beweise.

Obwohl die in dem Dokument enthaltenen Beweise mit fast beunruhigender Ungeschminktheit darauf hindeuten, daß sein Autor dieselbe Person ist, die bei der Geschichte um das Newsom-Projekt die Finger im Spiel hat, bestehe ich auf der Ansicht, daß die Dinge ganz so einfach nicht sind. Drücken wir es mal schlicht aus: Falls es Pappanauer *ist* – wie ich glaube –, und falls er Paul zu belasten versucht, dann kann er sich doch sehr gut entschlossen haben, dem Opfer seiner Wahl alles anzuhängen, was ihm nur einfallen will. Al Hunter konnte leicht einen seiner Partner beseitigt haben. Harold Porter ist, meiner Ansicht nach, sehr wohl fähig zu einem Mord. Es ist im Augenblick unmöglich für mich, Abstand zu nehmen und zu durchschauen, ob die verschiedenen Unannehmlichkeiten, von denen ich umgeben zu sein scheine, nun miteinander zu tun haben oder nicht.

An dem Nachmittag, an dem sie den Zug nahmen, ließ ich mir Al Hunters Privatanschrift geben und ging in meiner Eigenschaft als besorgter Kollege seine Witwe besuchen. Sie hörte sich am Telefon an, als tue sie es mit bewußter Munterkeit ab, daß da ein unbekannter Täter in ihr bescheidenes Heim in der Vorstadt eingebrochen war und den armen Mann erschlagen hatte, während sie selbst im Kino war. »Ich denke mir immer wieder«, sagte sie, »daß das auch ich hätte sein können!« Was mir, als ich sie dann kennenlernte, das ganze Ausmaß ihres Mitgefühls für den verstorbenen Al Hunter zu sein schien.

Ich erinnerte mich erst wieder an ihn, als ich das Haus erreichte. Er hatte in Porters Vorzimmer gearbeitet, und ich nehme an, ich mußte ihm wohl mehrere Male begegnet sein.

Aber bevor sie mir nicht aufgemacht hatte, das kann ich ganz ehrlich sagen, erinnerte ich mich schlicht nicht an ihn. Mrs. Hunter jedoch sah ihrem verstorbenen Mann geradezu unheimlich ähnlich. Sie hatte das gleiche fliehende Kinn, die gleichen Pausbacken, und wie er sah auch sie ganz so aus, als würde sie langsam kahl. Sie hatte etwas Feudales. »Mr. Taylor«, sagte sie, während sie sich die Hände an der Schürze abwischte, »kommen Sie herein. Sie waren ja immer so gut zu Alan!«

Ich erinnerte mich nicht daran, Alan je etwas getan zu haben, außer daß ich auf dem Weg zu Harold Porter an ihm vorbeigekommen war. Aber ich nahm an, sie meinte, ich hätte keine offensichtliche Feindseligkeit ihm gegenüber gezeigt, ganz im Gegensatz zu einigen seiner Kollegen, wie ich mich erinnerte. Sie führte mich in ein armseliges kleines Zimmer nach hinten hinaus, von dem ein sonnenloser Garten zu sehen war. Von Kindern gab es keine Spur. Ich sah einen schäbigen Eßtisch mit sechs Stühlen, die ziemlich neu aussahen. Ich konnte mir nicht vorstellen, daß Mr. und Mrs. Hunter *tatsächlich* vier Leute kannten, geschweige denn, daß sie sie alle zur selben Zeit im Haus haben sollten. Vielleicht, so dachte ich, als ich mich ehrerbietig auf einem davon niederließ, war es ein Schnäppchen gewesen.

Mein Leben war so einfach bisher. Ich habe eine Frau wiedergetroffen, die ich vor zehn Jahren geliebt hatte, und ich habe nicht aufgehört, sie zu lieben, seit wir verheiratet sind. Ich liebe meine Kinder und habe Freude an meiner Arbeit. Ich bin, so fürchte ich, und das ist es wohl, was Fiona gemerkt hat, ein glücklicher Mann. Einer der Gründe, warum ich die Finger von der Philosophie lasse, ist, daß man durch zu viel denken meiner Ansicht nach dauerhaften Schaden nehmen kann. All das ging mir durch den Kopf, während Mrs. Hunter mir was zu trinken brachte und sich die Reste ihres ergrauenden Haars aus der Stirn schob. Sie war jünger, als sie aussah. Ist das nicht das Traurigste, was man von einer Frau sagen kann?

»Sie sind durch die Hintertür eingebrochen. Sie haben sie einfach eingetreten. Es war...«

»Nur zu...«

»Als hätten sie es darauf abgesehen. Als wollten sie jemanden umbringen, und er war eben im Weg.«

Englische Städte, hätte ich ihr gern gesagt, sind heutzutage zum Brechen voll mit Leuten, die jemanden umbringen wollen. Und die meisten sind dabei nicht sehr wählerisch. Aber deswegen war ich nicht hergekommen. Ich suchte nach etwas Besonderem.

»Sie haben was mitgenommen. Geld...«

Sie nickte. »Sie haben Alans Schreibtisch aufgebrochen. Und haben Unterlagen mitgenommen. Aber nichts Wichtiges.«

Ich hustete. »Wie meinen Sie das, nichts Wichtiges?«

Sie neigte den Kopf. »Ich meine, nur Sachen, die mit der Firma zu tun hatten. Und die können wohl nicht wichtig gewesen sein, oder? Ansonsten hätte man sie doch nie mit nach Hause nehmen lassen, oder?«

Sie sah mit einemmal besorgt aus, als argwöhnte sie, ihr Gatte könnte etwas angestellt haben. Ich sagte ihr, ich sei sicher, sie seien nicht wichtig gewesen, und daß Alan ein gewissenhafter und hochgeschätzter Angestellter gewesen war, den man sehr vermissen würde. Das schien sie aufzumuntern.

Ich nahm mir ziemlich viel Zeit, sie zu überreden, mich in »sein Büro« zu lassen, wie Hunter es genannt hatte, obwohl es eigentlich nichts weiter war als eine Besenkammer zwischen dem Wohnzimmer vorn und dem Eßzimmer. Der Schreibtisch war ein billiges Ding aus Holz. Es sah ganz so aus, als hätte die Polizei ihn so hinterlassen, wie man ihn vorgefunden hatte. Er hatte in einem verschließbaren Fach Rechnungen aufbewahrt, und wer immer den Schreibtisch aufgebrochen hatte, er hatte einfach das Türchen des Fachs aufgerissen. Es hing noch immer wie betrunken an einem Scharnier.

»Hier drin hatte er die Sachen von der Firma...«, sagte Mrs. Hunter. Sie sah mich nervös an. Ich versuchte, so ausdruckslos wie möglich dreinzuschauen. Sehen Sie, ich hatte keine Ahnung, wieviel sie wußte oder wieviel von der besorgten kleinen Frau nur aufgesetzt war. »Er hat doch nichts angestellt, oder?« fragte sie.

Ich antwortete nicht. Was mir Sorgen machte, war, daß wer immer hier eingebrochen war, den Rest der Sachen im Schreibtisch noch nicht mal angerührt hatte. Die wußten genau, was sie wollten. Das war es denn auch, was mich wieder ins Büro zurückgehen ließ, wo ich die Computerdiskette fand. Ich fuhr schnurstracks zurück, lief ins Haus und begann, ihre Schreibtische durchzugehen. Ich habe immer dafür gesorgt zu wissen, wo ihre Schlüssel sind, obwohl sie es nicht wissen, daß ich es weiß. Ich habe es mir immer angelegen sein lassen, über meine Angestellten genau Bescheid zu wissen.

In Pappanauers Schubfach befanden sich einige Automagazine und ein Taschenbuchkrimi über einen Serienmörder. Ich las ein paar Seiten oder wenigstens genug, um zu sehen, daß fast alles in diesem Buch Pappanauer zu etwas noch weit Widerlicherem hätte inspirieren können. Außerdem fand sich – und das schien mir ziemlich merkwürdig – ein zerknittertes Frackhemd. Beim Rest der Sachen handelte es sich hauptsächlich um Briefe. Einer war von einer Frau namens Julia, die ziemlich bestürzt zu sein schien, was letzten Samstag passiert war. Ich glaubte zu wissen, wie sie sich fühlte.

Merkwürdigerweise fand sich in Pauls Schreibtisch absolut nichts Persönliches. Ich fand Lineale, Post-its und Taschenrechner. Ganz hinten im oberen Schubfach lagen zirka zwanzig Büroklammern. Aber zwischen all dem Zeug gab es Dinge, die nur auf den ersten Blick wie Bürobedarf aussahen, ohne es wirklich zu sein. Neben den Rechnern lag ein Bündel Sachen, das zuerst nach ausgefallenen Radiergummis aussah. Sie entpuppten sich als Spielzeugsoldaten. Es gab zwei oder drei

Stadtpläne von London, sauber zusammengebunden, und dazwischen einen Band mit mittelalterlichen Liebesgedichten. Sonst nichts. Es wurde langsam spät. Draußen begann es, dunkel zu werden. In den anderen Gebäuden auf dieser Seite des Komplexes brannte nirgendwo Licht. Draußen auf dem Korridor kam unter Gepolter eine Putzfrau in meine Richtung. Ich verspürte einen Anfall der gleichen Wut, die mich überkommen war, als ich von Hunters Tod gehört hatte. Ein Gefühl, daß etwas Schreckliches passieren würde und ich oder jemand wie ich der einzige war, der es verhindern könnte.

Ich fand die Computerdiskette auf dem Boden drüben am Schrank für das Schreibpapier. Ich hatte sie nicht gesucht. Für gewöhnlich haben wir die Disketten ganz hinten im Schrank. Die hier war blau – nicht die Marke, die wir für gewöhnlich in der Firma verwenden – und sah aus, als wäre sie jemandem heruntergefallen. Ich hob sie auf, ging an meinen Computer zurück und schob sie ein. Der Rechner zeigte nur eine Datei. Noch nicht mal eine besonders lange. Ihr Name fiel mir auf. Sie hieß LUFT. Und da sie im Laufwerk A: steckte A:/LUFT. Sie war mit Word Perfect 5.1 geschrieben – der Textverarbeitung, die wir auch im Büro verwenden. Ich öffnete die Datei. Es war der erste Abschnitt des Berichts, den ich im Augenblick zusammenstelle – die Schilderung der Vergewaltigung in der Wohnung.

Ich ging beide Schreibtische noch ein zweites Mal durch, fand aber nichts. Ich warf sogar ein Paar von Pappanauers Zeitschriften durch das Büro. Als ich mich wieder erholt hatte, legte ich alles wieder genau so zurück, wie ich es gefunden hatte, und selbst die Diskette legte ich wieder auf dieselbe Stelle auf dem Teppich zurück. Während ich arbeitete, ging ich das Dokument in Gedanken durch. Etwas an der Art, wie es geschrieben war …

Als das Büro wieder so aussah, wie es gewesen war, rief ich Anna an und sagte ihr, man hätte mich zu einer geschäftlichen

Besprechung außerhalb der Stadt gerufen. Ich sagte ihr, ich würde sie am nächsten Tag sehen. Wie üblich stellte sie keine Fragen über das Wo und Warum. Sie sagte nur – was sie bei solcher Gelegenheit immer sagt: »Fahr vorsichtig.« Dann rief ich Michael an. Michael ist der Sohn des Mannes, der schon damals das Cliff View Hotel leitete, als ich dort vor vielen Jahren mit meinem Vater hinfuhr. Ja, er hätte drei Gäste. Ja, es gehe ihnen, soweit er wisse, allen dreien gut. Ich suchte nach einem Grund, ihm von meinem Verdacht zu erzählen, und konnte zum ersten Mal in etwa auch nachvollziehen, was Fiona durchgemacht hat. Es gab einfach keine Worte dafür, es auszudrücken. Ich hatte, abgesehen von der schrecklichen Authentizität dieses Dokuments, keinerlei Beweise dafür, daß man Fiona je überfallen hatte. Michael sagte, er würde mir ein Zimmer zurechtmachen und warten, bis ich kam. Er sagte, er denke noch immer oft an meinen Vater. Ich sagte, ich auch. Dann ging ich nach unten zum Wagen und fuhr hinaus auf die Schnellstraße.

Während der Fahrt dachte ich ständig an meinen Vater. Das Dartsea, in dem er aufgewachsen war – deshalb fuhren wir in den Ferien immer dorthin –, war Teil eines Landes, das noch immer vage nach Größe roch. Die gesetzten Familien, die sich Sommer für Sommer am Strand aufreihten und sich in der Gewißheit, etwas Besseres zu sein, als alles auf der anderen Seite, dem wogenden Meer zuwandten, sind jetzt längst nicht mehr da. »Es ist alles dahin«, höre ich ihn frei nach den Worten seines Lieblingsdichters sagen, »es gibt nichts weiter mehr als den Slum Europa mit all seinen Gaunern und Schlampen!«

Aus der Finsternis der Schnellstraße heraus kamen Lichter auf mich zu und fraßen sich einen Weg durch die frostige Aprilnacht. Es war fast ein Uhr morgens. Im Radio spielten sie einen alten Countrysong: »Your cheating heart, will make you blue... You'll cry and cry the whole night through«, und als die Lücken zwischen den Städten größer wurden, trommelte ich auf dem Steuer zum Rhythmus der Musik. *Es ist alles dahin*, wiederholte ich, *es ist längst alles dahin.*

Ich muß gegen drei im Hotel angekommen sein. Wie versprochen, erwartete mich Michael. Er war allein in der Bar, und als ich ihn sah, war ich zutiefst bestürzt. Er hatte die gleichen Hängeschultern, das gleiche abgehärmte Gesicht wie sein Vater. Als ich ihn so sah, fiel mir plötzlich ein, wir hatten uns kennengelernt, da waren wir beide in etwa acht. Mir war kurz, als sehe ich mich selbst zum ersten Mal ganz genau. Es war, als hätte ich mich nie zuvor der Realität dessen gestellt, was ich war: ein Mann mittleren Alters. Ich ging auf ihn zu, auf der Suche nach einer Geste, nach einem Gruß, aber alles, was ich fand, war ein kraftloses Winken mit der Hand und einige Floskeln, die zu einem Schauspieler zu gehören schienen, der die Rolle einer sogenannten ernsten Person spielt. Als wir die Art Eröffnungsfloskeln austauschten, die Leute mittleren Alters bei solchen Gelegenheiten so austauschen – vorsichtig, betont neutral –, war mir einen Augenblick lang danach, die Art wieder zu entdecken, in der wir uns wohl vor nun so vielen Jahren begrüßt hätten. Aber wie jeder andere auch, der nach seiner Kindheit sucht, verlief ich mich mit einemmal in den albernen Feierlichkeiten des fortschreitenden Alters.

Er fragte mich nicht, wieso ich dort war und warum ich mich so plötzlich entschlossen hatte, bei ihm einzufallen. Er brauchte mir nicht zu erklären, daß die Zimmerschlüssel, wie gewöhnlich, an Haken hinter der Rezeption in der Halle hingen, daß das Barometer nicht funktionierte, daß beim Spiegel in der Halle Stöcke, Hüte und Landkarten zur Verfügung standen und daß hier alles, Gott sei's gedankt, immer noch wie in den fünfziger Jahren war. »Ich habe dich in einem der Zimmer zum Meer hinaus untergebracht. Am anderen Ende«, sagte er und ließ mich mit einem Glas Whiskey in der Hand stehen.

Ich war noch nicht willens, mich schlafen zu legen. Die

Fahrt und die Angst, die mich dazu veranlaßt hatte, hatten mich derart aufgekratzt, daß ich mich dabei ertappte, in der Stille nach einem Schrei, nach einem Kampf irgendwo in den Zimmern über mir zu lauschen. Ich hatte keinerlei Hinweise darauf, daß ER, wer immer ER war, etwas versuchen würde. Aber ich konnte auch nicht auf mein Zimmer und mich für ein paar Stunden schlafen legen, ohne mir Gedanken darüber zu machen, ob es Paul oder Pappanauer war, der Fiona zusetzte.

Ich ging hinaus und die Treppe hinab auf den Rasen. Ich blickte zurück auf die Hotelanlage. Ich öffnete eben die Tür zur Halle und schickte mich an, auf mein Zimmer zu gehen, als ich das Geräusch hörte. Zuerst dachte ich, es käme vom Treppenabsatz über mir. Ich trat an den Fuß der Treppe in der Halle und lauschte. Erst dann wurde mir klar, daß es gar nicht von innen gekommen war. Es war jemand draußen auf der Treppe, die vom Balkon auf den Rasen führte. Ich ging, leise wie zuvor, zum Vordereingang des Hotels, wo ich ihn schließlich sah.

Er trug die gelbe Maske, die er in dem Dokument beschrieb, das ich gelesen hatte. Und an den Händen hatte er die gelben Küchenhandschuhe, die er im selben Bericht so liebevoll beschrieb. Seine Erscheinung war mir merkwürdig vertraut. Und doch war es mir völlig unmöglich, nur aufgrund dieses Anblicks zu sagen, ob es nun Paul oder Pappanauer oder keiner von beiden war. Er kam langsam die Treppe herunter, und noch während ich ihn beobachtete, blieb er plötzlich stehen und begann die Luft zu schnuppern wie ein Hund.

Ich hätte schreien sollen. Ich hätte das ganze Hotel aufwecken sollen. Ich hätte hineinstürzen und Fiona in ihrem Zimmer aufsuchen sollen. Ich hätte alles mögliche machen sollen. Aber ich tat nichts. Ich stand einfach da, wie versteinert von dieser Erscheinung, und fragte mich, ob *es* wohl über den glatten Rasen hinüber ans wartende Meer ging und ob ich ihm, falls es das tat, wohl folgte.

Als das Leben wieder zurückkehrte – langsam, wie das nach einem solchen Augenblick so ist –, erschien es mir laut und primitiv. Ich rannte zur Tür hinaus und rief etwas. ER hatte sich umgedreht und mich gesehen. Auch er begann zu laufen. Weg von mir und auf den Weg zu, der im Zickzack das Steilufer in die kleine Bucht hinabführt. Selbst als er auf dem Pfad war, drosselte er das Tempo nicht. Ich war dreißig oder vierzig Meter hinter ihm, als er am Strand ankam. Ich dachte, da wäre ich sicher. Ich dachte, ich hätte ihn. Ich weiß, und das seit meinem neunten Lebensjahr, daß es keinen erkennbaren Weg aus der Dartsea Cove gibt. Und mit Sicherheit konnte ich mich nicht daran erinnern, Paul oder Pappanauer davon etwas erzählt zu haben, als wir hier unten waren. Sehen Sie, ich versuchte nämlich noch immer dahinterzukommen, was die Ereignisse während dieser wenigen Tage hier zu *bedeuten* hatten.

Es gibt einen Weg hinaus, der führt durch die Höhlen am westlichen Ende des Strands, aber niemand, der die Gegend nicht wirklich kennt, wüßte darüber Bescheid. Um ehrlich zu sein, ich hatte mehr als nur ein wenig Angst, unser Freund in der gelben Maske würde sich auf mich stürzen, kämen wir erst ans Ende des Strands, wo die Granitfelsen steil aus dem Kies ragen. Er hatte in etwa meine Größe, mein Gewicht – wie alle bei uns im Büro, was ja auch der Grund war, daß ich immer noch absolut keinen Hinweis darauf hatte, wer es sein könnte –, und ich konnte seine Bewegungen noch immer mit niemandem in Verbindung bringen, den ich kannte. Einen Augenblick lang überlegte ich, ob ich wohl falsch lag. Ob die Diskette Teil eines Plans war, mich falsch zu unterrichten, mich hier herunterzulocken, während zu Hause in der Zentrale etwas passierte. Alles, was ich beweisen konnte, war, daß jemand beim Newson-Projekt eine Menge Geld abgestaubt hatte und daß eine oder mehrere unbekannte Personen Al Hunter ermordet hatten, und das brutal. Ich hatte nicht den geringsten Beweis, daß diese Dinge mit der Vergewaltigung einer jungen Frau aus meinem Büro zu tun hatten.

◇

Ich senkte Peter Taylors Tagebuch und lauschte angestrengt. Von nebenan war nichts zu hören. Eben hatte ich noch geglaubt, ich hätte John Pappanauer am Telefon gehört. Jetzt war ich mir nicht mehr so sicher. Dann hörte ich Schritte in der Diele. Ich stand auf und öffnete die Tür. Dort stand, ein paar Schritte vor mir, das Gesicht totenbleich in dem düsteren, vom Regen getränkten Licht, Paul. Ich sah mich, ohne darauf gefaßt zu sein, den Tränen nah.

»Was soll das alles?« sagte ich.

Paul biß sich auf die Lippe. »Hast du den Brief nicht gelesen?«

»Teilweise!« sagte ich.

Mir wurde klar, warum ich ihn nicht zu Ende gelesen hatte. Ich wollte nichts entdecken, was es möglich machte, daß Paul tatsächlich der Mann war, der mich überfallen hatte. Und obwohl ich Peter Taylor in jedem der selbstsicheren Sätze sah, die er geschrieben hatte, Paul war in dem Stil seines Briefs schlicht nicht zu sehen. Mir der Tatsache bewußt, daß ich sehr vorsichtig in der Wahl meiner Worte sein mußte, hörte ich mich sagen: »Glaubst du, daß man je jemanden wirklich kennt?«

»Nicht wirklich…«, sagte Paul. »Ich meine, man glaubt, man kennt jemanden, aber das stimmt nicht.«

Ich wollte nicht länger in diesem Zimmer bleiben. Noch wollte ich seinen Inhalt mit Paul diskutieren. »Woher weiß Peter Taylor Bescheid?« sagte ich. »Oder sagen wir mal, wieso meint er, daß er Bescheid weiß?«

Paul zuckte die Achseln. »Ich glaube, jemand hat ihm was gesagt«, sagte er, »und er hat's geglaubt!« Dann fuhr er fort: »Soll ich dir denn von mir erzählen?«

Ich schloß die Tür des Zimmers hinter mir. »Ich weiß eigentlich«, sagte ich vorsichtig, »gar nichts von dir.«

»Lies zuerst den Rest des Briefs«, sagte Paul. »Du könntest auch daraus alles erfahren.«

Ich wollte nicht zurück in das andere Zimmer. Pappanauer war drin. Ich rutschte an der Wand in die Hocke, unter Pauls Augen, mir der Einkaufstasche neben mir bewußt, ohne sie zu berühren, und las weiter, was Peter Taylor zu sagen hatte.

14

Samstag, 10. April, 4.30 Uhr (PT)

Als ich dort am Strand stand und die Gestalt vor mir beobachtete, begann ich plötzlich die Realität dessen in Frage zu stellen, was ich da sah. Die merkwürdig kontrastierenden Farben, die er trug, hatten etwas derart Schreckliches – das Blaugrau von Pulli und Anorak, die Knalligkeit der unheimlichen Kopfbedeckung und das Narzissengelb seiner behandschuhten Finger – eine Farbe, die Optimismus und Reinlichkeit suggerieren sollte und alles mögliche, was er so ganz offensichtlich nicht war. Mußte es, so überlegte ich, eigentlich unbedingt ein »Er« sein? Die unförmige Gestalt, seine Bewegungen, die Art, wie er sich hielt, hätten auch auf eine Frau schließen lassen. Aber da ich nun mal ein Mann bin, konnte ich dem männlichen Fürwort nicht widerstehen. Ich konnte dem verhalten gemurmelten »Na schön, du Scheißkerl« nicht widerstehen, als ich den gezeitengetränkten Strand entlang auf *ihn* zulief.

Als er, nach wie vor in einem flotten Tempo, das Ende der Bucht erreichte, war ich zu meiner Überraschung derart ins Keuchen geraten, daß ich am Wasser stehenblieb und mich, die Hände auf den Knien, über die nassen Kiesel beugen mußte, um wieder zu Atem zu kommen. Er wandte sich fix nach links auf die Höhle zu, als wüßte er ganz genau, wohin er ging. »Halt!« Das Lächerlichste, was ich rufen konnte. Hier unten am verlassenen Strand klang es merkwürdig intim; auf drei Seiten türmten sich die Klippen wie eine Mauer über uns auf, das Meer erstreckte sich bis zum Horizont, still und erwartungsvoll wie ein leerer Hörsaal. »He, Sie! Halt!« Er drehte sich um, direkt in der Öffnung der Höhle. Er neigte den Kopf. Dann, in einer Geste, die ich merkwürdig beunruhigend fand – stemmte er beide Hände in die Hüften. Der Mond schien auf ihn, und ich erinnere mich noch, daß ich dachte – »Auf diese Entfernung würde ich doch sicher erkennen, wer von den beiden es war. *Es ist keiner von beiden!*« Und dann war ich mir einen Moment lang absolut sicher, daß es Pappanauer war.

Aber im nächsten Augenblick war ich mir auch dessen nicht mehr sicher. Und er – sie – es schien mich mit diesem Gedanken zu triezen, mich bewußt herauszufordern mit einer primitiven, hausgemachten Verkleidung. Eine geschlagene Minute lang mußten wir uns wohl so gegenübergestanden haben, vielleicht zwanzig Meter knisternder Kiesel zwischen uns, um uns das Rauschen des ewigen Meeres. Dann drehte er sich um und marschierte in die Höhle. Ich hinter ihm her.

Kaum war ich drinnen, wurde mir klar, er wußte, wohin er ging. Zunächst mal war es zu dunkel, um richtig zu sehen, aber er suchte sich einen Weg über die mächtigen Felsen in der Nähe des Eingangs mit absolutem Selbstvertrauen und Sicherheit. Wie das? Als wir zusammen hier unten waren – wer hatte mehr Zeit am Strand verbracht? Pappanauer oder Jackson?

Ich glaube nicht, daß ich in diesem Augenblick Zeit hatte zu verstehen, wie der Fremde gewußt haben mußte, wohin er ging, oder wie es kam, als es tiefer in die Höhle ging und er linker Hand nach oben kletterte, wo das Gestein in dieselbe dunkelrote Erde übergeht, wie sie am Kliff zu finden ist, daß er sich da des Terrains immer noch so sicher schien. Ich war es mir jedenfalls nicht. Er schien mir den Weg zu zeigen. Hätte der Mond nicht gar so hell geleuchtet, wir hätten den Ausgang zum Pfad über dem Kliff noch nicht mal gesehen. So jedoch kam mit dem Strahl ein geisterhaft silbriges Licht in den unterirdischen Raum, wie die indirekte Beleuchtung einer großartigen Kathedrale, und wies uns den Weg nach oben. Der letzte Abschnitt des Weges hinaus auf die Klippe ist ziemlich steil. Es ist nur eine Furche in den losen Schiefer hinaus, und man kommt nur hinauf, indem man die Hände zu Hilfe nimmt und sich an den grauen Felsen hochzieht, die hier aus der Erde ragen.

In diesem Abschnitt tat er sich schwer. Ein- oder zweimal blieb er stehen und reckte den Hals, um nach oben zu sehen, wie es wohl weiterging. So kam es, daß ich, als er sich zum Eingang der Höhle hinaufgezogen hatte, nur noch einige Meter unter ihm war. Ich sah, wie er sich herabbeugte. Als er aufstand, hatte er eine Handvoll loser Steine in der Rechten. Die schleuderte er in Richtung meines Kopfes. Die Geste hatte fast etwas Verdrießliches. Die Steine hielten mich nicht auf. Sie regneten an meinen Ohren vorbei und kullerten den Abhang hinunter. Ich hatte einige Schritte aufgeholt. Ich hatte ihn fast. Ich hatte erwartet, er würde sich umdrehen und loslaufen, aber statt dessen bückte er sich einmal mehr. Als er wieder aufstand, hatte er einen gewaltigen Felsbrocken von fast einem Meter Länge. Er hob das Ding über den Kopf wie ein Neandertaler, der einem Rivalen den Schädel einzuschlagen versucht. Ich sah, wie sich sein Pullover verschob, und erhaschte einen sichelförmigen Ausschnitt weißer Haut. Paul oder John? Stellt man einen neben den anderen, wie unterscheiden sie sich? In diesem Augenblick warf er den Brocken herab.

Ich warf mich nach links, als er neben mir vom Fels prallte. Er machte ein Geräusch wie ein kastrierter Gong – tief, hallend, bleiern, und die Erde bebte rund um mich. Aber noch bevor ich irgendeinen Trost daraus ziehen konnte, daß ich ihn unter mir in Richtung Strand purzeln hörte, hatte ich auch schon auf den losen Steinen den Halt verloren und rutschte den Weg zurück, den ich gekommen war. Erde und Geröll stürzten auf mich zu und schlugen nach meinem Gesicht. Einen Augenblick lang dachte ich, ich würde den ganzen Hang hinabrutschen, aber dann spürte ich einen rasenden Schmerz im rechten Bein, ich hing an einem schartigen Fels, nur Meter von einem jähen Abfall in den Einlaß zwischen der Wand des Kliffs und der Westseite der Höhle. Bis ich mich wieder gefangen und zum Eingang hinaufgearbeitet hatte, war von dem Mann in der Maske nichts mehr zu sehen.

Erst dann dachte ich an Fiona. Die Erscheinung hatte mich ganz vergessen lassen, daß ich eigentlich ihretwegen gekommen war. Und während ich hier zugange war, eine kindische Phantasie von Räuber und Gendarm auszuleben, lag sie wahrscheinlich auf dem Boden ihres Zimmers, übel zugerichtet, mißbraucht, womöglich sogar…

Ich lief zurück zum Hotel. Meine Lunge schmerzte mit jedem Atemzug. Meine Hände und mein Gesicht waren blutverschmiert. Das Hotel, das wie ein Spielzeughaus inmitten des glatten Rasens am Rande der Steilküste stand, weigerte sich hartnäckig, meinem schmerzhaften Schritt entgegenzukommen. Sie darf nicht – dachte ich bei mir – *sag, daß sie nicht…*

◇

Ich blickte auf. Paul beobachtete mich.

»Du willst meinen Brief noch immer nicht lesen«, sagte er.

»Nur weil man etwas aufschreibt, ist es noch lange nicht wahr!« sagte ich.

Paul nickte bedächtig. Ich ging den Stapel Papier durch, bis ich auf seine Handschrift stieß. Ihr Anblick wirkte merkwürdig beruhigend.

»Ist schon komisch«, sagte Paul, »ich kann gar nicht glauben, daß ich ihn erst heute morgen geschrieben habe. Es kommt mir wie eine Ewigkeit vor. Als wäre ich ein anderer Mensch gewesen, als ich ihn schrieb…«

Ich sah zu ihm hoch und dann auf den Brief. Draußen regnete es noch immer. Ich wußte nicht, wie spät es war. Wir trieben irgendwo in dem grauen Nachmittag. Ich wußte nur, es würde bald dunkel.

»War ein langer Tag«, sagte ich mit ruhiger, kalter Stimme und sah ihn geradewegs an, »und er ist noch nicht vorbei.« Und mit diesen Worten senkte ich den Blick auf den Rest seines Briefs.

8.45 Uhr. Dienstag, 13. April

Hast Du Dir die Zeit genommen, das ganze Zeug zu lesen, das ich Dir geschickt habe? Verstehst Du's jetzt? Kannst Du Dir vorstellen, wie ich mich gefühlt habe, als ich es las? Ich kann mit der Tatsache leben, daß Du mich für einen Mörder hältst. Auf eine gewisse komische Art und Weise ist das deshalb nicht halb so schlimm wie der Gedanke, daß Du ihm in Dartsea all das Zeug über uns gezeigt hast. Vielleicht hast Du das nur getan, *weil* Du mich für denjenigen hältst, der Dich überfallen hat. Du wolltest mich treffen, und damit ist Dir das ja auch ganz gut gelungen. Ich meine, die Liebe zu jemandem schafft eine besonders kostbare Art von Intimität; ich hatte das Gefühl, Dir so gut wie alles sagen zu können. Aber schließlich habe ich ja nicht damit gerechnet, daß es niedergeschrieben und bei der Polizei ausposaunt wird.

Es gibt da eine Möglichkeit. Daß Du Dir sicher bist, daß ich es *nicht* gewesen bin, aber siehst, wie schlecht die Beweise gegen mich sind, und Dir gedacht hast, indem Du ihm zeigst, was zwischen uns war, genauso wie es war, so schön, so direkt und *notwendig*, wie es schien, könntest Du ihn überzeugen, daß er es unmöglich mit jemandem zu tun haben konnte, der der Vergewaltigung, des Diebstahls und eines Doppelmordes schuldig ist. So hast Du es geschrieben. Das war ich auf diesen Seiten.

Du hast irgendeine Art Spiel mit mir vor. Was für eins? Das werde ich wohl nie erfahren. Nichts von dem, was zwischen uns war, so scheint es, ist ein Geheimnis geblieben. Ich nehme also an, ich schulde Dir eine ordentliche Schilderung aus meiner Sicht, und Du bist es mir schuldig, sie sorgfältig zu lesen. Ich habe Dir nicht alles gesagt, weil ich Dich so sehr wollte, daß ich nicht wollte, daß Du mich so siehst, wie ich mich selbst sehe – als eine Art hoffnungslosen Fall. Schlimmer noch.

Gebe ich verräterische Laute von mir? Habe ich einen Geruch, der mich verrät, so daß Du plötzlich – und das erst *gestern abend* – denkst, ich sei ein Teufel in Menschengestalt? Ich habe Dir das doch nie gesagt. Wieso behauptest Du es dann? Wenn ich zu jemandem »Kein Friede für die Gottlosen« gesagt habe, beweist das denn, daß ich der kranke Scheißkerl bin, der A:/LUFT geschrieben hat? Natürlich nicht. Jeder könnte das geschrieben haben. Es ist nichts weiter als eine kranke Phantasterei aus dem Äther – wie so viel von dem, was heutzutage als Kultur durchgeht. Irgend jemand, Fiona, versucht mir was anzuhängen. Ich schwöre es.

Ich war gestern abend noch nicht mal *in der Nähe* Deiner Wohnung. Falls Peter Taylor jemanden gesehen hat, ich war es nicht. Ich weiß, er hätte es womöglich gern, daß ich es war. Wenn Pappanauer diese Dinge tut, dann hätte auch er es gewesen sein können. Wenn es Peter Taylor ist, der mir das antut, vielleicht behauptet er dann ganz bewußt, er hätte mein Gesicht draußen im Dunkeln gesehen. Na schön, das bin jetzt ich. Du hast ein Recht darauf, alles zu wissen.

Meine Eltern sind gestorben, als ich noch klein war – vier oder fünf Jahre alt –, und bis zu meinem zwölften Lebensjahr wuchs ich bei meinem Onkel auf. David Jackson ist der Bruder meines Vaters. Er ist Buchhändler, aber er ist, wie alle seine Freunde und Nachbarn mir immer wieder gesagt haben, während ich bei ihm aufwuchs, »weit mehr als nur Buchhändler«. Keine Ahnung, ob das ein Beruf ist, der für gewöhnlich für Unzulänglichkeiten steht. Er ist ein großer, gut aussehender Mann mit einem ungestümen roten Schopf – ein bißchen wie Peter Taylors –, und er sieht eher wie ein Rugbyspieler als ein Buchhändler aus. Er ist ausgesprochen freundlich. Seine Frau hat ihn schon lange vor meiner Geburt verlassen. Ich kann mir nicht denken, warum. Er hat noch immer ein Bild von ihr in der Diele, aber ich glaube nicht, daß ich ihn je was über sie sagen gehört hätte. Er war sehr freundlich zu mir. Ich glaube, meine erste deutliche Erinnerung an ihn ist, daß er mich aufnimmt und ans Fenster seines Hauses auf dem Land trägt. Wenn er mich hielt, dann war das, als würde ich fliegen. Seine Hände hielten mich wie der Gott, der in den Kirchenliedern vorkam, die wir jeden Sonntag sangen (David war extrem religiös). Natürlich waren es nicht wirklich seine Hände, die mir dieses Gefühl von Sicherheit gaben. Es war seine Anständigkeit. Wenn ich jetzt an ihn denke, dann in den Worten eines seiner religiösen Lieblingsmelodien, die ich ihn heute noch in seinem gebrochenen Baß in die blumengeschmückte Kirche schmettern sehe.

> Selig sind, die reinen Herzens sind
> denn sie werden Gott schauen
> Ihrer sind die Geheimnisse des Herrn
> Ihre Seele ist Christus' Haus

Ich erinnere mich noch an meinen ersten Schultag, als wir in den Wagen stiegen. Ich sagte: »Meinst du, es gefällt mir, Pappi?« Er beugte sich über mich. Er roch wie immer nach Seife, Tabak und Aftershave. »Du darfst mich nicht Pappi nennen, okay?«

Er sagte das ganz, ganz sanft. Aber ich erinnere mich an seine Bemerkung als einen Affront. Selbst heute noch, gut zwanzig Jahre danach, schockiert sie mich wie ein Eimer Eiswasser ins Gesicht. *Wieso konnte ich ihn nicht Pappi nennen?* Ich fragte ihn natürlich nicht, weil ich sah, daß er nicht darüber sprechen wollte. Aber wenn ich ihn Bücherkisten durchs Haus schleppen oder am Schreibtisch sitzen sah, unter dem gelben Licht der Gelenkleuchte neben ihm, erinnere ich mich, da dachte ich, es muß ein Geheimnis geben, irgendeinen besonderen Grund, aus dem er das gesagt hatte. Das letzte, worauf ich gekommen wäre, war, daß er nicht mein richtiger Vater war.

Als er es mir sagte – ich glaube, ich war acht oder neun –, schien mir das, was er da zu sagen hatte, eine merkwürdige Mischung aus Banalem und Unglaublichem zu sein. Sie waren bei einem Bergunfall ums Leben gekommen. Ich erinnere mich noch, überlegt zu haben, während er mir davon erzählte, wieso sie auf den dummen Gedanken gekommen sein sollten, eine Steilwand hinaufzuklettern. Jahrelang waren meine Eltern für mich zwei winzige Gestalten in Shorts und gelben Helmen, die von einem mächtigen Brocken grauen Gesteins in die Tiefe stürzten. Nicht daß der Unfall tatsächlich so passiert war. Es hatte etwas mit den Alpen zu tun und der falschen Schneesorte, aber ich sah es nun einmal so. Ich glaube, ich verwechselte es mit einem Film, den ich im Fernsehen gesehen hatte.

◇

Ich senkte den Brief und sah hinüber zu Paul. »Im ersten Teil«, sagte ich, »benutzt du ständig Anführungszeichen. Hier nicht.«

»Tatsächlich?« sagte Paul.

Aber ich verstand langsam, warum er mir das nicht ins Gesicht sagen konnte. Als ich so zu ihm hinübersah, im trüben Licht der Diele, versuchte ich, nicht daß es mir gelungen wäre, mir vorzustellen, wie wohl seine Kindheit gewesen war.

»Als du und Pappanauer das erste Mal unten in Dartsea wart«, begann ich, aber noch bevor ich den Satz beenden konnte, unterbrach mich Pappanauer, der aus der Diele rief.

»Peter trifft sich mit uns im Büro«, sagte er, »wir sollen sofort hinkommen!«

Ich wartete nicht darauf, daß einer der beiden noch etwas sagte. Ich stand auf, stopfte den Stapel Papier zurück in die Einkaufstasche und ging zur Tür. Als ich merkte, daß mir keiner folgte, blieb ich stehen und drehte mich um.

»Na, dann kommt!« sagte ich. »Wovor habt ihr Angst?« Ich sah Paul geradeheraus an. »Ich bin doch diejenige, die Angst haben soll. Oder etwa nicht?«

Dann trat ich zurück an die Wand, um sie vorbeizulassen. Ich wollte nichts auf der Welt sosehr, wie da raus. Aber ich wollte auch sichergehen, daß ich hinter den beiden war, als wir die schmale Treppe hinuntergingen und hinaus in den verregneten Nachmittag.

Teil 3

15

Einmal mehr saß ich hinten im Wagen. Eigentlich wollte ich Paul wegen seines Briefs fragen – merkwürdigerweise genügten mir jetzt, wo ich zu lesen angefangen hatte, die Wörter auf dem Papier nicht mehr –, aber mit Pappanauer im Wagen war das unmöglich. Die beiden sprachen nicht miteinander. Ein- oder zweimal sagte Paul etwas über den Weg, den wir nahmen, ansonsten ignorierten sie einander völlig.

Den Blick auf Pauls Hinterkopf gerichtet, versuchte ich diesen mit dem in Verbindung zu bringen, was in dem Brief stand, den er mir geschrieben hatte. Die Verbindung war zunächst nicht sichtbar, aber als ich weiterlas, glaubte ich langsam zu verstehen. Komischerweise half mir das auch zu erklären, warum ich ihn so anziehend fand.

Es gibt eine Theorie der menschlichen Anziehungskraft, laut der wir alle auf der Suche nach einem verlorengegangenen Teil unserer Kindheit sind – einem verlorenen Bruder, einer Schwester, einem verlorenen oder nur unzureichend präsenten Elternteil. In Pauls Fall, so erkannte ich plötzlich, sah ich einen jüngeren Bruder vor mir. Der Winkel seines Halses, die nervöse, etwas gelehrtenhafte Art, die Schultern zu bewegen, und die schmerzliche Zaghaftigkeit, mit der er zu mir nach hinten zu blicken versuchte, ohne daß ich es merken sollte, führten mir das Elend seiner Kindheit so deutlich vor Augen, daß sie mir nicht wie seine, sondern wie die meine vorkam. War es das, was er mir an dem Tag beim Essen zu sagen versuchte? Und hätte ich zu Ende gelesen, würde ich dann endlich verstehen, was mit ihm war, und nicht mehr jeden Ton, jede Geste mit den SEINEN abgleichen?

8.45 Uhr, Dienstag, 13. April

Ich war zwölf, als er merkwürdig zu werden begann. Ich kam eines Tages von der Schule nach Hause und fand ihn im Vorgarten über seine Pflanzen gebeugt. Die Gartenarbeit war Davids einzige Leidenschaft. Da war er nicht zu halten. Manchmal mußte ich im Dunkeln hinaus und fand ihn irgendwo am hinteren Ende des langen Rasens zwischen Sträuchern und Blumen und mußte ihn ins Haus zerren, damit er mir Tee machte. Dann blickte er auf und sagte: »Wem gehört denn der Bub?« Was man einem kleinen Jungen eben so sagt – freundlich, scherzend, eine liebevolle Verunsicherung –, David sagte ständig derlei zu mir. Aber ich sah an dem bangen Ausdruck auf seinem Gesicht, daß die Frage weit ernster war. Er fragte sich das selbst.

»Ich bin dein kleiner Bub!« sagte ich. »Ich bin Paul!«

»Oh!« sagte er.

Und er sah mich weiter an. In der rechten Hand hatte er ein entwurzeltes Unkraut, an dem noch schwarzer Torf hing. Ich weiß nicht mehr, was er dann sagte oder was ich antwortete, aber ich weiß noch, daß er danach immer mehr vergaß. Ob er draußen war oder im Haus, ob wir gerade gegessen hatten oder aufs Essen warteten, ob ich ein Freund war oder ein Fremder, und schließlich sogar, wer er war und was er in dem großen weitläufigen Haus am Waldrand, weit draußen auf dem Land, eigentlich trieb.

Das einzige, was ihn aufrecht hielt, waren seine Blumen und Sträucher. Bis zu dem Augenblick, in dem sie ihn holen kamen, hielt er sie sich vors Gesicht und murmelte die Namen, die man, so möchte man meinen, doch so leicht vergaß: Luburnum, Cyanothus, großblättrige Gunnera, die sich über die bläuliche Hosta sieboldaria auftürmt, und die zwischen schattigem Grün aus dem Wald winkende Candelabra primulas, rosa und mauve, die Blüten wie frisch gefallene Samen.

Sie holten ihn am selben Tag ab wie mich. Siehst Du, ich hatte nämlich niemandem was gesagt. Ich glaube, ich kümmerte mich monatelang, im geheimen, um ihn. Manchmal erinnerte er sich, und das war noch schlimmer, weil er mich dann heulend umarmte und mir seine Angst gestand, daß man ihn abholen kam. Ich mußte einkaufen gehen und ans Telefon und sagen, daß es ihm nicht gut ging, ich log für ihn, aber letztendlich nicht gut genug.

Danach kamen eine Menge neugieriger Leute, die sich mit mir unterhielten und sich dabei Notizen machten. Da gab es (obwohl ich davon nichts wußte) Beurteilungszentren, Konsultationsberichte und Beratungstermine, an deren Ende schließlich das Waisenhaus stand. Wenn wir Waisenhaus sagten, dann war das ein Scherz. Eigentlich war es ein Kinderheim, das von einer Frau geleitet wurde, die eine außerordentliche Begabung zur Mutter hatte. Du hättest die Albert Hall mit Waisen vollstecken können, für Mutter Mamie hätten es nicht genug sein können. Ich glaube, sie hieß in Wirklichkeit Mary, aber aus irgendeinem Grund sagten wir alle Mamie zu ihr. Sie war schon fast abartig in ihrer Begeisterung für Menschen, die ihre Eltern verloren hatten. Sie ließ uns in Reihe antreten – wir waren nur um die fünfzehn – und gluckte dann los: »Ihr armen Kleinen! Ihr armen, armen Kleinen!«

Sie räumte für ihr Leben gern hinter anderen her, kochte für sie, hörte zu, bewunderte sie. Sie war ein Genie, wenn es darum ging, einen Streit zu schlichten oder unsere Sorgen in die richtige Perspektive zu rücken. Sie behandelte Mädchen wie Jungs gleich – wir hatten fünf Mädchen im Heim –, und ihre Toleranz grenzte fast schon an eklatante moralische Schluderei. Mutter Mamies Energien flossen allesamt in die Liebe. Sogar der aufgeblasene Vikar, der Reverend, der an den meisten Sonntagen vorbeischaute, oder die gar noch ekelhaftere Frau von der Fürsorge mit ihrem Rattengesicht wichen vor Mutter Mamies Liebe zurück wie ein Feuerwehrmann, dem eine Feuersbrunst entgegenschlägt, wenn er die Tür eines lodernden Hauses aufreißt.

Ist das nicht seltsam, welche Schnippchen einem die Phantasie schlagen kann? Wenn ich so zurücklese, was ich geschrieben habe, dann sehe ich, wie leicht es wäre, sich Mutter Mamie als große, vollbusige Dame vorzustellen, aber in Wirklichkeit war sie winzig klein. Sie war so mager, daß es einem schier weh tat, hatte leuchtendes, wasserstoffblondes Haar, trug dickes Make-up, einschließlich des knallroten Lippenstifts, und eine gewaltige Hornbrille. Außerdem hatte sie neben ihren Waisen drei Jagdhunde, einen Papagei, vier Katzen und fünf eigene Kinder – in der Hauptsache Männer um die Vierzig, die sie behandelte, als hätten sie gerade die Grundschule absolviert. Es war komisch. Ich liebte sie. Wir alle liebten sie. Aber vom ersten Tag an konnte ich es nicht haben, daß sie mich berührte.

Vielleicht lag es daran, daß ich nie wirklich mit Frauen zu tun gehabt hatte. Davids Putzfrau machte gelegentlich halbherzige Versuche, mich zu bemuttern, die ich jedoch nie sonderlich ernst nehmen konnte. Für mich waren Sorge, Liebe und physische Zuneigung hoffnungslos mit einem großen freundlichen Mann in Tweedhosen verbunden, der nicht mehr da war. Und obwohl ich so tat, als hätte ich Mutter Mamies Umarmungen, Streicheleien und Küsse gern, sie gingen mir vom ersten Tag an auf den Geist. »Gute Nacht, Schatz!« sagte sie immer. »Gute Nacht!« Und dann der Kuß. So gut gemeint. Aber für mich war es wie die trockene Berührung toten Laubs.

◇

Ich hob den Kopf. Paul hatte sich im Sitz umgedreht und sah zu, wie ich las. Wir befanden uns auf irgendeiner Durchgangsstraße, und ein riesiger Laster vor uns warf mächtige

Fontänen aus den Pfützen am Straßenrand. Das Fenster zu meiner Rechten begann zu beschlagen. Ich wischte mit der Hand darüber und starrte die Autos auf der Gegenspur an. Pauls Art zu schreiben wies eine verblüffende Sicherheit auf. Bedeutete das, daß er die Wahrheit sagte? Oder war die plötzliche Eleganz – wie das rote Stecktuch, das er in der Brusttasche trug –, das Merkmal des gefährlichen Lügners, der sich darin besonders leichttat? Fast vermißte ich die Anführungszeichen, oder beschlich mich etwa der Gedanke, sie und nicht diese zwanglosen Sätze könnten nicht geheuchelt, keine bewußt aufgesetzte Maske sein?
Paul sagte nichts, aber ich sah seinen Blick auf die Unterlagen wandern, die ich vor mich hinhielt. Ich hielt seinem Blick einen Moment stand, dann wandte ich mich wieder meiner Lektüre zu, während wir uns durch den Regen mühten.

8.45 Uhr. Dienstag, 13. April

Es war Bill, der mir diese ersten Jahre im Waisenhaus zu überstehen half.

Bill war ein hagerer, drahtiger Kerl, der vielleicht vier Jahre älter war als ich. Seine Eltern waren für ihn immer »die Schweine«. Ich glaube nicht, daß sie besonders arm oder notleidend waren. Soweit ich das beurteilen konnte, war Bill ihnen einfach egal. Ich glaube, sein Vater war Architekt, obwohl sich Bills Beschreibung von Woche zu Woche änderte. Manchmal war er Anwalt, manchmal Mediziner und einmal, wie ich mich zu erinnern meine, gar Schauspieler. Aber der *Kern* von Bills Geschichte war wahr. Woher ich das wußte? Woher willst Du wissen, daß ich die Wahrheit sage? Es ist der Ton und der Sprung, den Du im Vertrauen darauf tust – die Alchimie jeder Erzählung.

»Die Schweine haben mich mal in 'nem Supermarkt stehenlassen«, sagte Bill, »und festgestellt, daß es ihnen gefällt. Da fingen sie an, mich überall stehenzulassen. Sie ließen mich im Park stehen – nur daß sie einer gesehen und mich zurückgebracht hat. Mal ließen sie mich in 'ner Kirche, mal auf 'nem Dampfer, einmal sogar oben in einem Bus stehen, aber *immer* hat sie einer gesehen und ist ihnen nach, und schwang mich durch die Luft zu ihnen zurück.«

Irgend jemand anders hat mir erzählt, daß Bill in Wirklichkeit mißhandelt worden war. Die Leute – wer immer sie waren, sie waren ziemlich wohlhabend – hätten ihn an sein Bett gebunden und brutal auf Arme und Beine eingeschlagen und ihn tagelang ohne Essen gelassen. Wäre da nicht ein Nachbar gewesen, er glaube nicht, daß er viel älter geworden wäre als zehn.

Es hat Bill keineswegs gebrochen. »So wie ich das sehe«, sagte er immer, »muß man sich im Leben an drei Dinge gewöhnen. Erstens: Kein Aas scheißt sich um den anderen. Zweitens: Kein Aas scheißt sich um den anderen. Und drittens – also, wenn ich's mir so überleg', wieso sollt' ich dir drittens sagen, du Arschloch...«

Irgendwo hatte Bill den Londoner Dialekt aufgeschnappt – ich glaube nämlich nicht, daß er damit geboren wurde, Aber seine Einstellung – die Härte, das Mißtrauen, der Trotz –, die gehörte ihm, und es war etwas, was ich maßlos bewunderte. Ich sah darin eine bestimmte Art, mit der Welt fertig zu werden – etwas, was weder Religion noch Moral je geschafft hatten.

Bill traute keinem Erwachsenen, aber vor allem den Frauen nicht. Ich weiß nicht, was ihm seine Mutter getan hatte – noch hatte ich Lust, ihn danach zu fragen. Obwohl er Mutter Mamie von ganzem Herzen liebte (einmal verpaßte er einem Burschen aus dem Dorf eine Kopfnuß, nur weil der sich abfällig über sie geäußert hatte), im großen und ganzen war er der Ansicht, man könnte Frauen nicht trauen. »Knallen und rausschmeißen!« lautete sein diesbezüglicher Rat. Obwohl es mir heute noch ein Rätsel ist, wie er zu dem erstaunlichen Schluß gekommen war, so und nicht anders gehe man mit dem anderen Geschlecht um. Schließlich war er erst vierzehn. »Also, den Mädels«, sagte er immer, »denen mußt du es so richtig besorgen. Dann mögen sie's auch!« Seinen Angaben nach – ich habe ihn nicht ein einziges Mal mit einer Frau gesehen – hatte er es an fast so vielen Orten getrieben, wie es Kästchen im Gitternetz einer Landkarte gibt.

»Gut ist's im Schnee«, war ein weiterer seiner Sprüche, »weil dann ihr Hintern so scharf wird. Und gut ist's auch im Regen. Auf einem Berg. Auch Höhlen sind gut.«

Ich nehme an, ich wuchs deshalb nicht direkt mit einer Angst vor Frauen auf, aber völlig ahnungslos, was Frauen angeht. Weil Bill zwischen zehn und achtzehn meine Familie war, und jede Erfahrung, die ich mit dem weiblichen Geschlecht hatte, ging über ihn. Ich ging auf die örtliche Gesamtschule, aber aus irgendeinem Grund, den ich nie verstanden habe, sprach an der Schule nie einer mit »Mamies Jungs«, wie man uns nannte. Bill war mehr als meine Familie. Er war meine Welt. Und ich glaubte ihm jedes Wort. »Wenn die ihre Tage haben«, hat er mal, wie ich mich erinnere, gesagt, »dann mußt du es von der Seite machen. Die können dann nämlich ganz schön gemein werden ...«

Bill war nicht so gescheit wie ich. Er war noch nicht mal sonderlich geschickt mit den Händen. Es sei denn beim Raufen. Eines Abends legten sich ein paar von den Kindern aus dem Ort in der Kiesgrube mit uns an. Bill ging auf sie los wie ein Kung-Fu-Kämpfer. Er trat und schrie, und nach ein paar Minuten hatte er vier der Burschen flachgelegt, von denen zwei doppelt so groß waren wie er. Bill kümmerte sich um mich, wie mein Onkel sich um mich gekümmert hatte.

Bis auf den heutigen Tag trage ich seine Einstellung, oder

besser mein Verständnis seiner Einstellung, mit mir herum. Als ich zur Universität ging, um Mathematik zu studieren, ein Fach, das für mich seit dem Tag, an dem ich mir Euklids Elemente angesehen habe, das Schönste und Ehrlichste ist, was ich mir vorstellen kann, habe ich Frauen in Bars angesehen wie eine exotische Spezies wilder Tiere. Ich konnte mir nicht denken, wie ich eine ansprechen, geschweige denn, den Arm um sie legen sollte. Seit frühester Kindheit, soweit ich zurückdenken kann, habe ich es nicht ertragen, berührt zu werden. Das heißt, bis Du kamst.

Zu Prostituierten begann ich in meinem zweiten Jahr an der Universität zu gehen. Zuerst ging ich zu Männern. Nun, Du mußt wissen, ich hielt mich für schwul. Aber die Erfahrung ließ mich auf viel zu unheimliche Weise kalt, als daß man daraus hätte schließen können, ich könnte etwas anderes als ein jämmerlicher Heterosexueller sein. Ich erinnerte mich noch an einen Typ, der meinen Schwanz zwischen den Händen rollte wie ein Pfadfinder, der einen Holzstiel zum Brennen zu bringen versucht, bis er aufhörte und völlig verwirrt fragte: »Wieso bist du hier?«

Die Frauen waren, wie ich leider sagen muß, nicht viel besser. Und im großen und ganzen erheblich teurer. Aber im Lauf der Jahre war ich bei Hunderten. Ich habe Abend für Abend in Telefonzellen gestanden und die Nummern von Mädchen angerufen, die nur dem Namen und der sexuellen Dienstleistung nach genannt wurden. Ich schämte mich jedesmal und kam mir häßlich und armselig vor. Was mich aber nicht davon abhielt. Es war so etwas, so dachte ich, was mich von allen anderen auf der Welt abhob. Die anderen, die so tief gesunken waren, daß sie dafür bezahlen mußten – und ich bin ihnen auf den Treppen und Korridoren zahlloser Wohnungen dieser riesigen unpersönlichen Stadt begegnet –, bestätigten nur meine Angst, mich einem Heer von Perversen angeschlossen zu haben. Einmal, ich erinnere mich noch, da sagte man mir, ich sollte zusammen mit einem feisten Kerl in einem Schrank warten, der mir erzählte, daß er Kalkulator sei. Ich kam mir fast vor wie in der Schlange auf der Unfallstation in einem Londoner Lehrkrankenhaus.

Ich dachte, keine normale, anständige Frau – wie etwa Mutter Mamie – würde mich jemals ansehen. Ich hebe im Augenblick den Kopf von dem überfüllten Schreibtisch in Peter Taylors Arbeitszimmer, und ich sehe mein Spiegelbild auf der verregneten Fensterscheibe. Wer wollte so einen schon, sagte ich mir. Siehst Du, Fiona, jeder, den ich je geliebt habe, ist mir gestorben. Sie sterben wie die Fliegen, wenn ich sie erst mal mag. Bill ist gestorben. Und der kleine Carter ist gestorben – obwohl ich das Gefühl habe, daß mir diese Geschichte, seit ich dieses obszöne Dokument gesehen habe, nicht mehr gehört. Was ich dir nicht sagen konnte seit dem ersten Tag, an dem wir zusammen essen waren (und ja, ich hatte das seit Monaten geplant), ist, daß ich absolut ganz und gar allein auf der Welt bin.

◇

Ich legte Pauls Brief beiseite. Vor uns erkannte ich die Hauptstraße, die an den Büros unserer Firma vorbeiführt. Pappanauer wurde langsamer, um auf den Parkplatz abzubiegen. Als Paul sich zu mir umdrehte, sah ich, wie sich sein Blick senkte, um zu sehen, bis wohin ich in dem Brief gekommen war. Ich wandte mich ab.

Ich ertrug es einfach nicht mehr, noch weiter zu lesen. Das Problem war – ich war mir noch nicht mal sicher, ob ich ihm glaubte. Er hatte sich derart mit dem Text des Dokuments vermischt – und im Grunde mit all den anderen Stimmen in meinem Kopf –, daß ich ihm einfach nicht mehr trauen konnte. All diese Stimmen – die ich zu kennen und unterscheiden zu können glaubte – gingen jetzt ineinander über.

8.45 Uhr. Dienstag, 13. April

Auf eine merkwürdige Art und Weise hat mich die Lektüre von A:/LUFT in die Lage versetzt, Dir Dinge zu sagen, die auszusprechen ich vor einer Woche noch nicht mal geträumt hätte. Was dieser Mann in diesem Dokument geschrieben hat, ist, was ich seit nunmehr fast zehn Jahren praktiziere. Aber dieser Mann war nicht ich. Er schien es ja fast zu genießen, oder vielleicht nicht? Ich genieße es nicht. Habe es auch nie genossen. Ich schäme mich für all das. Der einzige Geschlechtsakt, der mir je etwas bedeutet hat, war der, der zwischen uns beiden in dem Hotel in Dartsea passiert ist. Und nun schau, wo er gelandet ist. Auf den Seiten des Falles gegen mich.

Vor einem Jahr begann ich, über Dich nachzudenken. Es begann alles mit Deinem Namen. Ist dir schon einmal aufgefallen, daß Leute mit denselben Namen ziemlich oft auch noch andere Gemeinsamkeiten haben? Georges sind immer ein bißchen stur. Alisons oft ein bißchen prätentiös. Alans sind häufig tolerant, was die Eigenheiten anderer angeht. Susans sind, so fürchte ich, ein bißchen ehrenwert und manchmal, ehrlich gesagt, langweilig, wogegen eine Suzanne immer aufregend ist.

Ich befand mich in einer Telefonzelle in der Nähe des Büros. Dort gab es eine Strichzeichnung einer Frau – nacktarschig, mit einem Ledertop und hochhackigen Schuhen. Sie zeigte einem den Hintern und erwiderte frech die Blicke der Freier. Aus ihrem Mund kam eine Sprechblase mit den Worten: ICH BIN FIONA. ICH BEUGE MICH.

Ich weiß nicht, was es war ... Zuerst hielt ich es für komisch. Prostitution ist ein Geschäft mit ziemlich hartem Wettbewerb, und die Mädchen brauchen einen Slogan oder Aufhänger nicht weniger dringend als eine neue Biersorte. Aber als ich es mir so ansah, als es aufhörte, komisch zu sein, als es aufhörte, erotisch zu sein oder albern oder irgend etwas außer schrecklich, schrecklich traurig, war der Name das einzige, was mir davon blieb. Ich dachte an all die Dinge, die mit dem Namen Fiona einhergehen – schottischer Stolz, nehme ich an, eine besondere Art Anständigkeit, eine bestimmte Sorte den Kopf zurückwerfender Unabhängigkeit – und ich hatte mit einemmal den ganz klaren Eindruck, wer immer diese Karte da reingepinnt hatte, der hieß *wirklich* Fiona. Es war nicht nur eine Marketingstrategie. Papa und Mama hatten sich über ihr Bettchen gebeugt und beschlossen, sie so zu nennen. Sie hatten ihr den Namen geben wollen wegen all der Dinge, die ein Name bedeutet, und jetzt war er nicht mehr ein Etikett auf einem Stück Fleisch.

Dann dachte ich an Dich, ich konnte nicht aufhören, an Dich zu denken. Aber meine Gedanken über Dich waren unentwirrbar mit jenem Mädchen auf dem Bild verschlungen. Und natürlich schämte ich mich meiner selbst und wie ich mein Leben gelebt habe. Weshalb ich Dir das alles ja auch nicht einfach sagen konnte. Je mehr ich Dir nicht sagen konnte, desto mehr liebte ich Dich. Mir wollte einfach nicht einfallen, wie ich Dich ansprechen könnte. Das liegt daran, daß wir unsere Vorstellung von den Menschen lieben und nicht, wie sie wirklich sind – so fängt der Verdruß ja an. Wir handeln ja nie aufgrund dessen, was wir empfinden, sondern wie wir glauben, empfinden zu müssen. Wir schlagen uns nach der Wahrheit und trampeln sie dabei mit Füßen. Unsere Phantasie hebt die Welt aus den Angeln, und genau das ist hier passiert.

Ich habe all das Peter Taylor in Dartsea erzählt. John Pappanauer war mit uns an der Bar. Ich wollte nicht, daß er es mit anhört, aber er hat. Einer der beiden – Pappanauer oder Peter – hat das, was ich gesagt habe, aufgegriffen und daraus etwas Schreckliches und Fremdartiges gemacht. Einer der beiden haßt mich so sehr, daß er mir nicht nur die Verbrechen anhängen will, die ich nicht begangen habe, er will mir auch noch mein Leben vor Augen führen, um mich damit zu verhöhnen. Verstehst Du? Dieses Dokument ist nicht nur ein primitiver Versuch, mich mit hineinzuziehen. Die Details meines Lebens sind nicht einfach nur für die Polizei gedacht – obwohl ich sicher bin, daß sie *verwendet werden* – *er*, wer immer *er* ist, verwendet sie, um mich zu verletzen. Sie haben alle Grausamkeit der Fiktion. Kein Wunder, daß Plato die Dichter aus seiner Republik verbannt sehen wollte. Dieser Typ ist einer von denen, die sich Horrorgeschichten aus den Fingern saugen, wie Erzähler – und sie dann in die Tat umsetzen. Als Pappanauer mich mit Peter reden hörte, bedachte er mich mit dem nichtssagenden Lächeln, daß er so an sich hat. Er sah sehr wohl, daß ich nicht wollte, daß er es mitbekam, aber jetzt, wo er es nun mal gehört hatte, war es zu spät. Sein Haß auf mich ist groß genug, um so etwas zu tun. Er ist es. Wie ein katholischer oder kommunistischer Inquisitor ist er entschlossen, mich nicht nur für Verbrechen leiden zu lassen, die ich nicht begangen habe, sondern auch mein Leben, meine Meinungen widerrufen zu lassen, um dafür zu sorgen, daß die Welt sie auf *seine* Art sieht.

Der kleine Carter war ein sechsjähriger Junge. Jeder mochte ihn. Er hatte schwarze Locken und Augen so groß wie ein Bettlerjunge auf einem spanischen Bild. Er war ein lieber Kerl. Ich habe nie verstanden, wie es dazu kam, aber man schickte ihn zu seinen Eltern zurück. Der Vater prügelte ihn tot. Das habe ich den beiden unter anderem, an jenem Abend erzählt, als ich den Fehler beging, ihnen meine Lebensgeschichte zu erzählen. Und wie alles andere auch, taucht es, völlig verdreht, in der Erzählung eines Mörders, eines Diebes und Vergewaltigers auf.

Ich habe niemanden umgebracht. Ich habe nichts gestohlen. Ich habe Dinge getan, derer ich mich schäme – aus Feigheit, aus Not oder Faulheit –, aber ich bin nicht gottlos wie der

Autor dieses Dokuments. Es ist ein Wort, das nicht mehr in Mode ist, ich weiß – aber es gibt Menschen, die, wie Iago, etwas aus Böswilligkeit und Bosheit tun, und ich bin ziemlich sicher, daß Mr. Pappanauer zu dieser Sorte gehört.

Du mußt mir glauben. Ich kann gar nicht glauben, was Du gestern abend geschrieben hast. Ich liebe Dich und glaube, Du liebst mich auch. Wie kannst Du Dir nur vorstellen, ich könnte der Mann sein, der Dir diese schrecklichen Dinge angetan hat? Empfindest Du denn nicht, wenn Du mit jemandem schläfst, was sie sind oder wie sie fühlen? Wenn man das nicht kann, bedeutet die Liebe dann überhaupt irgendwas? Ist sie dann nicht eine Farce genauso obszön wie A:/LUFT?

Geh noch mal durch, was Du geschrieben hast! Und auch die ganzen Unterlagen. Wem glaubst Du? Wem traust Du? Sag, daß ich es bin. Sag, daß ich es bin.

Paul

◇

Wir parkten bereits. Wir mußten schon eine Weile gestanden haben. Ich merkte, daß ich noch immer seinen Brief las. Paul und Pappanauer hatten sich beide umgedreht und warteten, daß ich fertig wurde. Als ich den Kopf hob, blickte ich zwischen den beiden durch. Paul sah mich an.

»Sag mir«, sagte er, »dieses Dokument…«

»Was ist damit?«

»Ich habe zuerst gedacht, es wäre reine Phantasie…«

»Hast du?«

Er warf einen Seitenblick auf Pappanauer. »Ich meine…, versteh doch…, ich hab's gelesen, bevor ich dein Tagebuch las…«

Ich versuchte mit fester Stimme zu sprechen. Mir kam der Gedanke, das hier war womöglich eine Art Test. »Hast du?«

Paul sah wieder Pappanauer an. Der hatte die Hände am Steuer. Er starrte konzentriert auf das Armaturenbrett, als versuche er damit zu verschmelzen wie ein Chamäleon, das in einen unnachgiebigen Hintergrund unterzutauchen versucht. »Ich meine…«, sagte Paul, »man würde es doch jemandem sagen, wenn einem so was passiert. Oder?«

Ich wandte den Blick ab, hinaus auf den Parkplatz. Etwa hundert Meter weiter kam ein riesiger Laster im Rückwärtsgang über den holprigen Platz. In einer trostlosen kleinen Hütte saß, von Pfützen umgeben, der Parkplatzwächter der Firma und wartete darauf, daß es halb sechs wurde. Mir fiel ein, daß Peter Taylor mich früher am Tag fast genau dasselbe gefragt hatte. »Würdest du?« sagte ich.

»Ich verstehe nicht, warum du niemandem was von dem Überfall sagen wolltest.« Worauf ich seinem Blick begegnete. Sein Gesicht schien die Haltung seiner Prosa angenommen zu haben. Sie verriet absolut nichts.

»Ich nehme an«, sagte ich vorsichtig, »ich hatte womöglich… Angst.«

Ich stieg aus. Ich überlegte, ob er mich jetzt auch noch fragte, ob das Tagebuch eine Fälschung sei. Und ob ich ihm, falls er es tatsächlich tat, recht geben würde. Die Seiten dieses gräßlichen Dokuments – auf der einen Seite so detailliert und präzise, auf der anderen von reiner Phantasie besudelt – hatten mein Vertrauen an das zerstört, was sich meinen Sinnen als Fakt präsentierte. Es war, als wäre es dem Autor von A:/LUFT gelungen, alles um mich herum zu korrumpieren. Und daß meine Unsicherheit, was nun zutraf und was nicht, ein wesentlicher Teil seines Spiels mit mir war.

Ich blickte nach unten in meine Einkaufstasche. Ich sah mein Nachthemd. Er wußte über mein Nachthemd Bescheid, das war es, was zählte. Was er darüber im ersten Kapitel des Dokuments gesagt hatte, traf zu. Er wollte wirklich, daß jemand das Dokument auf dem Büroboden fand. Er wollte, daß ich es fand. Er will, daß ich es lese. So wie Paul will, daß ich seinen Brief lese.

Im Roman des 19. Jahrhunderts geben die Leute anderen natürlich ständig Aufzeichnungen, Tagebücher, Dokumente. Dann lehnen sie sich für gewöhnlich zurück, stecken sich die Pfeife an und warten darauf, daß der Empfänger sie liest, und das in der beruhigenden Gewißheit, davon ausgehen zu können, daß das Ding, da es sich um etwas Schriftliches handelt, auch stimmt. Heutzutage ist das Gegenteil der Fall. Heutzutage gehen wir ein Schriftstück an wie ein nicht ganz einwandfreies Stück Fleisch. Wo kommt es her? Ist es wirklich das, was es zu sein behauptet? Und das trifft auf mein Tagebuch genauso zu wie auf alles andere, was sich Ihnen hier präsentiert. Nur weil jemand vergewaltigt wurde, heißt das nicht automatisch, daß sie die Wahrheit sagen. Würde Pappanauer seine Version von alledem hier schreiben, wie sähe sie aus?

»Wir haben da ein tolles Mädchen bei uns im Büro, nur daß sie nicht auf mich steht. Da habe ich sie vergewaltigt.«

Natürlich hat er mich das zweite Mal nicht wirklich vergewaltigt. Er hat mich noch nicht mal penetriert. Er hat es noch nicht mal versucht. Und obwohl er in dem Dokument nichts davon erwähnte, hat er etwas zu mir gesagt, kurz bevor er auf den Balkon hinausstieg. Ich habe ihn nicht ganz verstanden. Ja, um genau zu sein, ich war mir zu dem Zeitpunkt noch nicht einmal sicher, ob ich tatsächlich gehört hatte, was ich gehört zu haben meinte. Jetzt war ich mir natürlich sicher, daß ich recht gehabt hatte. »Sag denen nicht, was das erste Mal war ...« Das hatte er gesagt. Er hatte sich, so dachte ich, fast so angehört, als hätte ihm seine Tat Angst eingejagt. Und obwohl er in dem Dokument davon spricht, er hätte mir den Hals zugedrückt, bis er fast sicher war, ich sei tot, war es ganz und gar nicht so gewesen. Warum hätte er das zweite Mal nicht versuchen sollen, mich zu vergewaltigen? Und warum sollte er mit solchem Stolz behaupten, er hätte es getan?

Sag denen nicht, was das erste Mal war.

Wenn du's jemandem sagst, bring' ich dich um.

Wenn sich die Mädchen am Fluß wehren, bringt er sie um.

Ich stand im Regen und sah hinüber zum Firmengebäude. Paul sagte, wer immer das geschrieben hatte, hätte einfach aufgegriffen, was er ihnen erzählt hatte, und die Tatsachen verdreht, als wolle er sich über seine Vertraulichkeiten lustig machen. Ich wußte, daß ER einiges von dem, was er getan zu haben behauptete, nicht getan hatte. Er erzählt Lügen über die Dinge, über die er keine Kontrolle zu haben meint. So wie Paul mit seinen Anführungszeichen. Will man ihm ein Bein stellen, will man ihn wütend und unvorsichtig machen, dann muß man mich glauben machen, er hätte die Kontrolle verloren. Es gab nur eine Art, das anzugehen, und die bestand darin, die Initiative zu ergreifen.

»Sie zuerst, meine Herren!« sagte ich. Mit einem dummen Blick füreinander machten sie sich auf den Weg zum Haupttor. Es begann dunkel zu werden. Bald würden sich die Leute auf den Nachhauseweg machen, und es würden nur noch einige Wachschutzleute im Gebäude sein. Aber ich wußte, solange ich alle drei bei mir hatte, war ich sicher. Ich würde warten, bis sie alle da waren. Dann würde ich es sagen. Ich würde ihnen dabei ins Gesicht sehen. Allen. Und dann wüßte ich Bescheid.

Paul ging im Gleichschritt neben mir. Pappanauer ging auf einer Höhe mit uns, aber einige Meter entfernt. Paul blickte geradeaus vor sich hin, als er flüsterte: »Hast du ihn gelesen?«

»Ich habe ihn gelesen.« Ich warf einen verstohlenen Blick in seine Richtung. »Gibt es sonst noch was, was du mir nicht sagst?«

»Nein!«

Wir kamen an die Hauptpforte des Gebäudes. Erst jetzt brachte er sich dazu, mich anzusehen. Sein plötzliches Vertrauen irritierte mich. Ich jedenfalls hatte ihn nicht um Einzelheiten gebeten. Ich blieb stehen, als wir uns in die Schlange vor dem Wachmann einreihten. Pappanauer hielt seinen Ausweis hoch wie ein Schuljunge, der stolz auf seine Hausaufgabe ist.

»Ich kenne dich nicht, nicht wahr?« sagte ich. »Ich kenne dich im Grunde noch immer nicht.« Ich wartete, als er durchs Tor ging, und als wir uns auf den Weg zu den Büros der Baufinanzierung machten, hielt ich mich hinter ihm auf dem regennassen Weg. Ich hielt die Einkaufstasche fest in der Hand, und nicht zum ersten Mal begann ich zu üben, was ich sagen würde, wenn ich mich endlich allein mit den dreien sah.

16

Kaum waren wir im Büro, ging ich an meinen Schreibtisch. Pappanauer machte sich an einige Anrufe. Soweit ich das beurteilen konnte, waren sie nichts anderes als Show. Paul ging an seinen Schreibtisch und saß dann, wie so oft, über einen Computerausdruck gebeugt. Wenn jemand hereingekommen wäre, hätte er angenommen, wir kämen eben ans Ende eines ganz normalen Tages. Ich saß da und starrte meinen Computer an.

»Wann kommt er?« sagte ich zu Pappanauer, der von seinem Anruf aufsah.

»Jeden Augenblick!« sagte er.

Ich nahm die Diskette aus der Einkaufstasche und schob sie in den Computer. Als das Dokument geöffnet war, scrollte ich zu den Seiten, die ich mir zuletzt angesehen hatte. Hinter den Leerseiten, die folgten, kam eine Seite, auf der jemand gedankenlos herumgekritzelt hatte. Dann kam, wieder einige Seiten weiter, eine einzelne Nachricht auf einer ansonsten leeren Seite.

KAPIERST DU DAS AUCH, FIONA?

Und dann, einige Zeilen weiter.

BENIMMST DU DICH AUCH RICHTIG, FIONA?
KANNST DU MIR SAGEN, VON WEM DIESER SATZ STAMMT?

Auf der folgenden Seite stand nichts, aber kurz bevor seine Erzählung wieder begann, hatte er geschrieben:

STIL MACHT DEN MANN!

Das sah ich mir eine ganze Weile an. Und dann folgte – ohne besondere Ankündigung – wieder SEINE Stimme.

ICH BIN AUF DEINER FESTPLATTE, FIONA
ICH BEKOMME EINEN STEIFEN AUF DEINER FESTPLATTE, FIONA! FIONA! SCHAU AUF DEINER FESTPLATTE NACH!

Ich hörte auf zu scrollen. Dann nahm ich die Diskette heraus und ließ mir die Verzeichnisse auf meiner Festplatte anzeigen. Dort fand ich, gleich oben in der Liste meiner Verzeichnisse, ein neues. Jedenfalls hatte ich es vorige Woche noch nicht draufgehabt. C:/WP51/AIR.

Ich hob den Kopf. Pappanauer stand am Fenster und blickte hinab auf den Vorhof. Paul saß über seinen Computer gebeugt. Ich begann zu zittern. ER war in mein Büro gekommen, hatte sich an meinen Schreibtisch gesetzt und auf meinem Rechner an diesem schrecklich obszönen und verkorksten Dokument weitergeschrieben. Seine Hände hatten diese Nachricht auf derselben abgegriffenen grauen Tastatur getippt, die noch immer vor dem Monitor lag. Wann war das gewesen? Ich öffnete die Datei. Sie sprang heraus wie ein Pantomime, der den Bösewicht spielt, klar und deutlich vor dem blauschwarzen Hintergrund.

>C:/WP51/AIR

»HALLO FIONA!«

Ich schreibe das hier im Büro. Auf Deinem Computer. Auf Deiner ach so festen, festen Festplatte. Das Risiko schlechthin. Der Nervenkitzel schlechthin.

Die Diskette langweilt mich. Wie soll er einem mit einer Floppydisk stehen? Eine Festplatte ist doch wohl das bessere Medium, einen hochzukriegen, Fiona, nicht wahr? Wieso sollte sich einer wie ich mit so einem verschrumpelten kleinen Floppyding abgeben.

Es war von vornherein ziemlich blöd von mir, die Diskette ins Spiel zu bringen. Und verdammtes Glück, daß sie während unseres kleinen Ausflugs ans Meer so demütig auf dem Boden lag, an haargenau derselben Stelle, um auf meine Rückkehr zu warten. Ich konnte bei unserer Rückkehr gar nicht verstehen, daß Adlerauge Peter Taylor, der Familienvater, sie nicht gesehen haben und sich ihren Inhalt einverleibt haben sollte. Ich halte ihn übrigens gar nicht für einen Familienvater. Meiner Ansicht nach hat er die Bilder von seiner Frau und den lieben Kleinen gekauft. Meiner Ansicht nach wohnt er möbliert und masturbiert wie wir anderen auch. Meiner Erfahrung nach planen Leute, die ständig von ihren Familien reden, wahrscheinlich ihren Tod. Oder, allermindestens, sie zu betrügen.›

Ich legte eine Pause ein. Ich mußte versuchen herauszufinden, wann das geschrieben wurde. Vielleicht hatte jemand den Mann, der es geschrieben hatte, gesehen. Er konnte es ja nicht während der Bürozeit geschrieben haben. Ganz sicher nicht. Wir waren alle zusammen aus Dartsea zurückgekommen, nachdem die Polizei mit mir fertig war. Hatte er es danach geschrieben? Allein im Büro, Dunkelheit vor den Fenstern, wie jetzt?

>C:/WP51/AIR

ICH BIN IMMER NOCH DA, FIONA! ICH BIN GANZ ALLEIN IN DEM GROSSEN BÜRO, IN DEM WIR SO HERRLICHE TAGE GEHABT HABEN! ICH HABE DICH MIT GROSSEM VERGNÜGEN ANGESEHEN, FIONA! MIT VERGNÜGEN HABE ICH DIR UNTER DEN ROCK GESCHAUT, UM ZU SEHEN, OB ICH NICHT DEINE BÜRSTE SEHEN KANN! UND JETZT SCHAUE ICH DIR DIREKT IN DEIN SCHRECKLICHES KLEINES DRECKSHIRN, NICHT WAHR?›

Ich machte den Bildschirm aus. Ich machte ihn erst wieder an, als ich absolut sicher war, daß er in einem von Paul und Pappanauer abgewandten Winkel stand.

Es war jetzt Dienstag. Dienstag, der 13. Ein Glückstag für einige. Ich war – trotz heftigen Protests der drei – tags zuvor zur Arbeit gekommen. Er mußte es also Montag abend geschrieben haben. Hatte ich nicht über meine Festplatte eine Datei geöffnet? Welche? Da wäre mir doch wohl eine neue Datei aufgefallen, vor allem, wenn sie – wo doch alle Dateien in alphabetischer Reihenfolge stehen – ganz oben in der Verzeichnisreihe gestanden hätte.

ER wollte, daß ich sie sah, natürlich. Aber andererseits wußte ER auch, daß wir das Offensichtliche gar nicht sehen. Er hatte seinen Edgar Allan Poe gelesen. Wann immer man den Bildschirm anmacht, sucht man nach etwas ganz Bestimmten. Auf das stille Eintreten eines Fremden ist man gar nicht gefaßt. Ich kam zu dem Schluß, daß ich langsam, aber sicher das Vertrauen in meine eigene Urteilskraft verlor. Es mußte am Sonntag passiert sein. Da hätte ihn keiner gesehen. Ich machte den Monitor wieder an.

>C:/WP51/AIR

Hat unser Chef, auf den Du so stehst, das hier gesehen, Fiona, Du kleine Matratze? Hat Peter Taylor es gesehen, und denkt er jetzt, daß er mich hochgehen läßt?

Ich glaube, er muß sie gesehen haben. Ich glaube, er hat nachgeschaut, was drauf ist, und sich – wie das heute im Informationszeitalter so gang und gebe ist – gedacht, er würde mir einen Schritt voraus sein. Und so hat er sie einfach wieder hingelegt in der Hoffnung, ich würde nicht merken, daß er mir draufgekommen ist. Genauso wie wir das Zimmer von dem kleinen Carter wieder aufgeräumt haben, nachdem wir die Sache erledigt hatten. Jedenfalls würde das erklären, warum er in Dartsea aufgetaucht ist mit dieser Geschichte, »was für Sorgen er sich über uns macht«. Einen Augenblick dachte ich schon, er wäre mir draufgekommen.

Aber das Dokument, meine strammarschige kleine Fiona mit den weißen Höschen, beweist nichts. Mit Phantastereien als Beweismittel können die einen nicht verurteilen, es sei denn, es sind die eines hochkarätigen Staatsanwalts. Die Polizei von Dartsea jedenfalls könnte, so wie ich aus meiner kurzen Bekanntschaft mit ihr schließen möchte, noch nicht mal jemanden mit Beweisen als Beweismittel verurteilen, geschweige denn mit Annahmen und Phantasien.

Ich habe mir erst gestern ausgemalt, wie sich Dein Körper wohl in der Leichenhalle gemacht hätte. Man hätte jedenfalls ziemlich deutlich Deine großen linkischen Füße gesehen. Der breite Mund, so starr im Tod, wäre nicht mehr Deinem Verlangen, einen zu erfreuen oder einen in die eine oder andere Richtung zu beleidigen, gefolgt. Und mit dem pausenlosen Tanz Deiner vielbeschäftigten Ellbogen zwischen Hüfte und Titten wäre ein für allemal Schluß. Ob sie Dir wohl die Augen geschlossen hätten? Ich stelle es mir jedenfalls gern so vor. Es wäre mir gar nicht recht, das Beste (einige würden womöglich sagen das einzige) an Dir für alle Polizisten, Gerichtsmediziner und trauernde Verwandte ständig zur Schau gestellt zu wissen. Vermutlich hast Du Verwandte, die um Dich trauern würden, oder? Wir wissen so wenig voneinander, meine Liebe? Diese »Mutter«, mit der Du telefonierst, ist wahrscheinlich eine Ausgeburt Deiner Phantasie, nicht? Macht Dich das scharf? Wirst du naß?

Ich mache mir in der letzten Zeit ziemlich viel Gedanken über Deinen Tod. Manchmal stelle ich mir eine komplizierte Autopsie vor, bei der Dir Männer in grünen Kitteln mit Instrumenten, die wie Grillbesteck aussehen, die Gedärme herausziehen wie Spaghetti. Manchmal sieht man die Pasta nicht. Es passiert alles hinter einem vorgehaltenen Tuch. Obwohl das, glaube ich, aus einer Polizeiserie stammt, die ich im Fernsehen gesehen habe. Manchmal sehe ich Dich im Bestattungsinstitut, aufgebahrt inmitten von Blumen. Der Reihe nach kommen die Trauernden herein und bestehen darauf zu flüstern, als hätten sie die klägliche Hoffnung, eine, die von einem Psychopathen erwürgt wurde, stört sich leicht an zuviel Lärm.

Manchmal sehe ich Dich in den Sarg gesteckt, der eben dem Einäscherungsofen entgegenrutscht. Da der Sarg geschlossen ist und keine Menschenseele Dich je wieder zu sehen bekommen wird, hat man Dir einen gräßlichen Bestatterstreich gespielt und Dir – statt Dein Gesicht in Blumen zu betten – Eierschalen hineingekippt und Pappschachteln, in denen man sich beim Chinesen das Essen geholt hat, dekoriert mit Zigarettenkippen vom letzten Abend und den mit rotem Lippenstift verschmierten Papierservietten, das Ganze dann gespickt mit Asche der gestrig verbrannten Leichen.

Manchmal, und das habe ich besonders gern, sehe ich deinen Grabstein. Eine einfache Geschichte in einem Friedhof in der Vorstadt. Es ist eine schlichte, in den Rasen eingelassene Platte, und jahraus, jahrein ist sie fast jeden Tag mit frischen Blumen geschmückt – um den zufälligen Passanten wissen zu lassen, daß das hier nicht irgendeine alte Rentnerin war, sondern eine Frau unter Dreißig, die beliebt war, Herrgott noch mal! In diesen Bildern stehe ich oft dort, etwas abseits vom Stein, nickte ernst und sage zum Beispiel: »Wie kann es nur solche Menschen auf der Welt geben? Die so was Schreckliches tun?« Und dann gehst Du her, wie heute, und verdirbst mir alles, indem Du ins Büro spaziert kommst.›

Er *hatte* es also tatsächlich am Montag abend geschrieben. Der Gedanke, daß es nicht wie ein Spion die ganze Wüstenei des gestrigen Tags über auf der Platte gelegen hatte, war irgendwie tröstlich. Diesmal schaltete ich ihn nicht ab. Ich sah einfach weg. Ich verspürte ein merkwürdiges Hochgefühl darüber, dem Scheißkerl klargemacht zu haben, daß es mich noch gab. Ich hatte so das Gefühl – es war den ganzen Tag über in mir gewachsen –, er fürchtete sich sogar auf einer gewissen Ebene vor mir. Ich stellte mich dem Bildschirm, wie ich mich in der Wohnung Pauls Blick gestellt hatte, und scrollte weiter. Er hatte es also gestern abend geschrieben. Montag abend.

>C:/WP51/AIR

Wie es scheint, hat die Vergewaltigung Deinem schrecklichen weiblichen Gleichmut noch nicht mal eine Schramme verpaßt. Du hast nicht den Kopf hängen gelassen, stimmt's? Du kamst rein und hattest ein vergnügtes Lächeln für jeden von uns. Nichts schien Dich mit dem sabbernden Nervenbündel zu verbinden, das am Freitag morgen durchs Cliff View Hotel torkelte, und einen oder mehrere Unbekannte beschuldigte, Dich überfallen zu haben. Nicht vergewaltigt, wohlgemerkt. Da warst Du ganz deutlich, nicht wahr? Dachtest Du, Du müßtest Dich deswegen schämen? Die Polizei schien davon überzeugt, ich hätte Dir meinen Schwanz in die Möse gerammt, nicht wahr? Und als derjenige, der Dich vergewaltigt hat, war ich ziemlich empört. Und da es mein Zebedäus war, der es Dir besorgt hat und in Dir gekommen ist, fand ich, Du läßt die anderen ganz schön hängen. Es gab Augenblicke, da wäre ich am liebsten dazwischengegangen und hätte alles richtiggestellt.

Du warst sogar erschreckend zurückhaltend, was die ganze Geschichte angeht. Fast so, als wolltest Du sie herunterspielen. Du hast Dir auch mehrmals widersprochen, und das auf eine Weise, die sogar Leute beunruhigt hätte, die eine weniger intime Kenntnis dessen haben, was sich in Deinem Zimmer abgespielt hat, als ich. Deine Beschreibung des Angreifers hat sich mehrmals verändert. Manchmal trug er eine Maske. Manchmal, so schien es, hast Du ihn noch nicht mal richtig zu sehen bekommen. Daß er einfach aus dem Nichts heraus auf Dich losgegangen sei. Du hast auch nichts davon gesagt, daß man Dich schon mal überfallen hat. Ja, Du hast Deine erste Erklärung sogar mehrmals zurückgenommen. Nicht wahr, kleine Fiona? Hattest Du Angst? Hattest Du Angst, ich könnte meine Seite unserer Abmachung einhalten? Man hätte meinen können, wie mir ein Angestellter des Hotels gesagt hat, Du hättest Angst, die bloße Erwähnung Deines Angreifers könnte ihn erneut auf die Idee bringen.

Du kennst die Regeln. Nicht wahr, Fiona?

Entweder das, oder Du hattest Angst, es könnte jemand sein, den Du kennst. Jemand vielleicht, den Du zu lieben glaubtest. Jemand, der Dir auf die Liebestour gekommen ist, Küßchen, Küßchen, miteinander schlafen, sich alles erzählen, dann eine dicke Mahlzeit und einen satten Fick. Intimität ist was Ekelhaftes, nicht wahr, Fiona? War es das? Hast Du gewußt, wer Dir das angetan hat, wolltest es aber nicht… verderben?

So was kommt vor. Eine Frau geht zu weit. Sie beschließt, der Mann hat sie vergewaltigt – vielleicht hat er sie sogar vergewaltigt. Sie sagt es Gott und der Welt. Sie nimmt es zurück. Sie will, daß er zur Hölle fährt. Sie will ihn retten. Genau die Frage habe ich einen der Jungs in Blau in der Hotelbar erörtern hören, als Miss Macmillan noch immer auswich, aber man hat es nicht weiter verfolgt. Ich denke gern von Dir als Miss Macmillan. Auf die Tour kommst Du uns doch hier im Büro, oder? Alles nur eine rein berufliche Beziehung. Es gefällt Dir nicht wirklich, Dich nach einem – sagen wir mal – Aktenordner zu strecken und uns zu zeigen, wie sich Deine Hose über die aufreizende Falte zwischen Deinen Arschbacken spannt.

Du willst den Test nicht machen lassen. Es heißt, der Test bei Vergewaltigungen ist schlimmer als die Vergewaltigung selbst, nicht wahr? Tja, Du wolltest keinen machen lassen. Was die Jungs in Blau noch argwöhnischer gemacht hat. Wer kann schon sagen, was im Kopf einer Frau so vorgeht? Vielleicht trieb sie es ja mit einem ihrer Begleiter – einige Leute hatten sie beim Essen turteln sehen –, und vielleicht ging es ihr dann einfach ein bißchen zu weit und vielleicht… Wir sehen alle ganz nett aus, nicht? Wir sind jetzt alle neue Männer, nicht wahr? Aber wenn man an uns kratzt, kommt dann nicht immer noch der alte Primitivling durch?

Schließlich, nach großem Theater, hast Du Dich denn doch untersuchen lassen. Schließlich hattest Du Quetschflecken am Hals, die darauf schließen ließen, daß etwas passiert war, auch wenn es nur, wie einer der scharfsinnigen Jungs in Blau seinem Freund in der Bar gegenüber bemerkte, »ein bißchen Würgesex« war. Und die Tests haben, wen sollte es überraschen, bewiesen, daß Du in jener Nacht mit jemandem Verkehr gehabt hast. Sie haben die Spermatozoen rausgenommen, in ein großes Glas gesteckt und dann darauf gewartet, daß sich der Kerl, auf den Deine Beschreibung paßt, stellt. Die übliche Polizeiroutine.

Meine bot ich ihnen nicht an. Meine behalte ich für mich.

Die Jungs in Blau nahmen eine Menge Aussagen von einer Menge Leute auf, sahen sich Fenster, Balkon, den Rasen und Dein Bad an. Sie haben den Teppich ausgekämmt, das Federbett umgedreht, Deine Begleiter befragt und das Zimmermädchen; sie haben an ihren Bleistiften gekaut, und bis zum Wochenende wußten sie gar nichts mehr. Ich habe das alles von außen verfolgt. Keiner hat gesehen, was ich fühlte, während ich zusah. Aber ich sah, was Du durchgemacht hast. Ich durchschaute Deine Anstrengung,

tapfer zu sein. Du bist noch immer nicht darüber weg, stimmt's? Siehst Du, ich glaube nicht, daß Du darüber hättest wegkommen können, ohne ein paar von den weiblichen Schwergewichten, die sie in den Vergewaltigungsberatungen haben. Es genügt nicht zu wissen, daß man vergewaltigt wurde. Man muß jemanden haben, der es einem glaubt. Sonst ist es nicht wahr.

Ich frage mich, ob Du wohl weißt, daß ich es bin. Jedenfalls hast Du es Dich ja nun wirklich keinem zu sagen getraut. Und ganz gewiß nicht mir. Dein Problem ist – im Gegensatz zu dem Rätsel, bei dem ein Reisender vor einer Tür und zwei Wachposten landet, von denen einer lügt und der andere die Wahrheit sagt –, Du hast, falls Du mich fragen solltest, keine Möglichkeit, eine Frage zu formulieren, die Dich nicht verrät. Du verstehst, was ich meine, ja?›

Draußen war es dunkel. Aber der Regen hatte sich nicht gelegt. Von den Lichtern im Büro hervorgehoben, stob er gegen die breiten Fenster. Ein Netz von Flüssen und Nebenarmen zog sich über das Glas, und die verrückten Tropfen, die die gelben Lampen unten am Bahnhof hervorhoben, nahmen sich in der Dunkelheit wie huschende Glühwürmchen aus. Mir gegenüber hatte Paul von seiner Tastatur aufgeblickt. Dave hatte mich manchmal so angesehen. Als warte er darauf, daß ich ihm sagte, was er tun soll. Ich mochte das nicht. Mag es immer noch nicht.

Als ich gestern zur Arbeit gekommen war, hatte er mich beobachtet und genau gewußt, daß er mir das hier unterjubeln würde. Es könnte einer der Männer sein, die mich jetzt dabei beobachteten, wie ich es las. Während ich das dachte, kamen Paul und Pappanauer, wie auf ein verabredetes Zeichen hin, auf meinen Schreibtisch zu. Es war ein Kampf, den Bildschirm nicht abzuschalten. Aber es gelang mir, es nicht zu tun.

>C:/WP51/AIR

Immer wieder gehe ich durch, was zu Hause bei Hunter passiert ist. Immer wieder gehe ich jede Einzelheit durch und frage mich, ob ich einen Fehler gemacht habe. Ich habe eine Menge Fehler gemacht. Ich habe überall etwas liegenlassen. Das meine ich hier aber nicht. Es kommt nur darauf an, was die Polizei sucht. Verfolgst Du keine Strafprozesse, Fiona?

Tja, Mr. Hunter, was in aller Welt wird er jetzt tun? Nach einem Schlag auf den Kopf mit einer Bratpfanne ist er etwas lädiert… Es gibt nichts, was mich mit Mr. Hunters Tod in Verbindung bringt. Während ich das hier in die Tastatur hämmere, im verlassenen Büro, und der Regen ans Fenster klatscht (es regnet wieder, seit wir zurückgekehrt sind), weiß ich, wir befinden uns in der letzten Phase. Es fällt wieder mal der gemeine schräge englische Regen, von der linken oberen Ecke des Himmels auf die rechte untere Ecke der Erde.

Einige Leute denken vielleicht, ein Mensch, der vergewaltigt, ist wohl kaum ein Mörder. Einige Leute denken vielleicht, daß jemand, der Geld unterschlägt, wohl kaum ein Vergewaltiger ist. Einige Leute sind blöd. Schlechtigkeit ist eine Neigung. Ich begann mit Stehlen, und dann kam ich langsam auch auf andere Sachen… Aber siehst Du, man hat mir nie eine Neigung zum Guten beigebracht. Als ich aus dem Waisenhaus kam, wußte ich nichts von diesen Dingern, die man »Familien« nennt – in denen man einem derlei beibringt. Ich erinnere mich noch, die Vordertreppe hinuntergegangen zu sein, um mir jede Gruppe anzusehen, die vorbeikam, als könnten sie mir einen Hinweis geben. Taten sie nicht. Familien schienen nicht miteinander durch die Gegend zu laufen. Der Mann im Anzug, der da so zielstrebig daherkommt, mitten auf dem Gehweg. Ob er wohl aus einer Familie stammte? Auf dem Weg zu einer war? Wenn Leute von ihren Familien weggingen – so wie ich aus dem Waisenhaus wegging –, nahmen sie dann ein Geheimnis mit?

Hin und wieder mochte ich eine dicke, ungepflegte Frau mit einem Kinderwagen sehen. Womöglich saß ein kreischendes Baby drin, und hinter ihr wackelten zwei, drei Krümel drein. Ihre Gesichter mochten zucker- oder dreckverschmiert sein, und ständig stritten sie sich in aller Öffentlichkeit. Papa schien nie dabeizusein. Oder er sah – wenn er dabei war – genau so verhunzt aus wie die anderen.

Ich vermute mal, ich wollte eine Familie, aber nicht eine von denen, die ich zusammen sah. Ich wollte eine von denen, die diese Typen in Anzügen hervorgebracht hatten, die mitten auf dem Gehweg gingen. Ich bekam solche Familien gelegentlich in Hochglanzmagazinen zu sehen. Es waren natürlich keine Familien, sondern Fotomodelle, die nur der Werbung wegen zusammengekommen waren – aber diese Leute, die man da zusammen am Fluß picknicken sah, um Reklame für Klopapier zu machen, oder, um einen Kamin geschart, für irgendeine Art Heizung, waren für mich genauso wirklich wie die – auch die brachten sie manchmal –, die für nichts weiter Reklame machten als für sich selbst.

Diese wirklichen Familien – oft die Anhängsel berühmter Schriftsteller oder vielversprechender Dirigenten – waren ein echtes Rätsel. Ich konnte mir nicht vorstellen, wie sie sich verhielten, wenn sie unter sich waren. Vielleicht waren sie auch nie unter sich. Vielleicht trafen sie sich nur auf den Seiten von Hochglanzmagazinen. Es gab da eine Familie, die mich ganz

besonders faszinierte. Ich erinnere mich nicht mehr an den Namen des Ehemannes – ich glaube, er war Filmregisseur –, aber ich weiß noch, daß seine Frau Candida hieß und die beiden Mädchen Lucy und Fiona. Fiona – ein kleines dickes Ding mit roten Haaren – schnitt ich mir aus und pinnte sie an die Wand meines Zimmers im Waisenhaus. Und dann eines Tages, ich weiß eigentlich gar nicht warum, faßte ich plötzlich eine Abneigung gegen sie. Ich kritzelte ihr einen Schnurrbart ins Gesicht und ein Paar ungehobelter Titten aufs Kleid. Dann stach ich mit einem Bleistift auf ihr Gesicht ein, immer und immer wieder. Wieso, meinst Du, habe ich das wohl getan, Fiona?>

Ich hob den Kopf. Beide standen, die Arme verschränkt, ein Stückchen vom Bildschirm entfernt. Einen Moment lang überkam mich schieres Entsetzen. Der einzige Grund, aus dem ich mich vergleichsweise sicher gefühlt hatte, war der – obwohl ich mir nicht länger sicher war, wer von den dreien es war –, daß er nicht zwei Leute gleichzeitig sein konnte. Aber irgend etwas an dem starren Blick, mit dem die beiden den Text verfolgten, ihrem völlig leeren Ausdruck, brachte mich auf den verrückten Gedanken, daß hier womöglich eine gräßliche Verschwörung im Gange war. Wieso hatte Paul Pappanauer den Schlüssel zu seiner Wohnung gegeben? Ich sah Pappanauer unverhohlen an. Er wandte sich hüstelnd ab. »Ist das… er…«, hörte ich ihn sagen. Ich antwortete nicht. Beide rückten etwas näher. Ich machte eine abrupte Bewegung, und sie blieben stehen. Ich las weiter und spürte dabei ihre Augen auf mir und dem Monitor.

>C:/WP51/AIR

Der kleine Carter kam aus einer Familie. Er hatte beide Eltern und seine Schwester bei einem Segelunfall verloren – dessen Umstände Bill jedesmal in hysterisches Gelächter ausbrechen ließen. Als er zu uns kam, wußten wir also, daß er etwas wußte, war wir nicht wußten. Er wollte einer von uns sein, und so tat er, wie solche Leute das so an sich haben, als kenne er sein eigenes Geheimnis nicht. Unser Geheimnis jedoch war, daß wir jeden erkannten, der wußte, was wir nicht wußten. Wir hatten es nicht leicht gehabt. Und wir prügelten das Geheimnis schließlich aus ihm heraus.

»Ich gehe heute früher!« sagte sie heute nachmittag. Als sie es sagte, kam ich zu dem Schluß, sie sei von der selbstsicheren Sorte, die wußte, was der kleine Carter wußte. Das, was er niemals vergaß, noch nicht einmal, als sein Gesicht blau und voller Scheiße das letzte Mal aus der Kloschüssel kam. Was den Mord an ihm irgendwie… tja, unbefriedigend macht.>

Ich fuhr auf dem Sessel herum. Pappanauer war an seinen Schreibtisch zurückgekehrt und telefonierte. Paul sah mich noch immer an. Ich erwiderte seinen Blick. »Wolltest du eine Familie?« sagte ich. Es war klar, daß er darauf nicht antworten wollte. Also fragte ich ihn noch mal. Als Antwort nickte er, ziemlich lahm. Ich wandte mich wieder dem Bildschirm vor mir zu. Das Problem war, daß der Eindruck von dem Waisenhaus, den ER heraufbeschworen hatte, weit lebendiger und glaubwürdiger war als Pauls. Ich brauche das Wort »Waisenhaus« nur zu sagen, schon sehe ich finstere Zimmer und Grausamkeit. Aber vielleicht liegt das nur daran, dachte ich mir, daß ich zu denen gehöre, die in den Familien aufgewachsen sind, die dem armen Paul ein solches Rätsel waren.

Nein. Nein. Nein. ER war es, der so tat, als seien ihm Familien ein Geheimnis. Und ER war es, der mir das alles erzählte – das Geld, die Mädchen am Fluß, was mir widerfahren war, es gehörte alles zusammen. Pappanauer blickte von seinem Gespräch auf – mit jemandem (einer Frau? einem Mann?) namens Marky – und sagte: »Er wird jeden Augenblick hier sein. Soll ich uns was zu trinken holen?«

»Nein!« sagte ich schärfer, als ich beabsichtigt hatte.

Paul sah hinüber zu ihm. »Sie will nicht mit mir allein bleiben«, sagte er mit seiner Armensündermiene. Ich sagte, sie könnten beide gehen. Ich hatte noch nicht zu Ende gesprochen, als mir der Gedanke kam, daß es Peter Taylor einfallen könnte, ausgerechnet dann aufzutauchen, während sie weg waren. Der Gedanke, daß er unvermutet durch die Doppeltür kommen könnte, machte mir angst. Ich sagte, sie könnten beide bleiben, wo sie waren. Dann wandten sich meine Augen wieder dem Bildschirm zu.

>C:/WP51/AIR

Ich bin ein Mörder, Fiona. Ich habe schrecklich viele Menschen umgebracht. Und irgend etwas Merkwürdiges in mir hat tatsächlich Gefallen daran gefunden. Ich kann Gleichgültigkeit nicht haben. Zum Beispiel kann ich Deine völlige Gleichgültigkeit gegenüber unserer Arbeit hier nicht ausstehen.

»Ich habe hier ein paar Memos zu dieser Newsom-Geschichte...«, habe ich Dich diesen verregneten Montag vormittag sagen hören. Dabei hast Du die Augen verdreht, und das Zucken Deiner rastlosen Ellbogen wies auf eine

derartige Langeweile, also ich glaube, hätte ich in diesem Augenblick die gelbe Maske herausgeholt und Dich auf der Stelle zu bumsen versucht, Du hättest nicht die Bohne Interesse gezeigt. Siehst Du, das ist es, was mich beeindruckt. Auf einer gewissen Ebene bist Du absolut furchtlos. Oder jedenfalls tust Du so. Und ich kann mir nicht erklären, warum.

Es sind fünfzig Schritte vom Fluß herauf zur Brücke, unter der ich dem Mädchen den Backstein auf den Kopf schlug. Und ich brauchte zweiundsiebzig Schritte, um vom Schutz der Bäume aus dorthin zu gelangen. Es waren jedoch nur zweiunddreißig Schritte über die Fußgängerbrücke, die mich über die Schienen nach Fiona-Town führten, jenes herrliche erste Mal, das immer noch unser Geheimnis ist (nicht wahr, Fiona?). Es ist drei Minuten auf neun. Ich habe zehn Sekunden gebraucht, um diese letzten beiden Sätze zu tippen. Ich schreibe so schnell, wie ich spreche. Wenn ich also noch sechsunddreißig Sätze schreibe, dann ist es Punkt neun. Nur daß ich nicht viel mehr zu sagen habe. Es gibt einfach nicht viel mehr zu sagen, wenn man alles gesagt und getan hat, was man sagen wollte. Außer natürlich, man sagt es noch mal. Oder allem ein Ende machen, nehme ich an. Das heißt letzten Endes, Deinen Worten ein Ende zu machen. Deinen… Bewegungen ein Ende zu machen. Du bewegst Dich derart! Ich werde warten. Ich schreibe nicht. Ich warte und sehe dabei auf die Uhr…

Siehst Du, manchmal bekomme ich es mit der Angst zu tun. Ich bekomme Angst, daß das Untier mich von innen her auffrißt. Ich habe Angst, daß er mir in einem spontanen Kaiserschnitt aus dem Bauch springt und schreit: »Ich bin es! Ich bin es!« Ach, ich will doch, verflucht noch mal, daß mich endlich jemand entlarvt. Natürlich. Wieso gehe ich sonst all diese dummen Risiken ein? Ich will, daß mir einer die Hand auf die Schulter legt und sagt: »Es ist vorbei. Es ist alles vorbei. Kommen Sie ohne Aufsehen mit.« Wieso hat Jack the Ripper diese Briefe geschrieben? Er flehte die Leute an, nicht so blöde zu sein. Er bettelte darum, daß man genug Grips aufbrachte, ihn zu entlarven.

Wie alle guten Serienmörder dieser Tage – man kann kein anständiger Serienkiller sein, wenn man nicht Wittgenstein zitieren kann –, bin ich ganz versessen darauf, Dich wissen zu lassen, daß ich nicht einfach herumlaufe und zum Spaß Leute abschlachte. Ich denke darüber nach. Ich diskutiere es. Ich bin mir der psychologischen Implikationen bewußt. Mord ist meiner Ansicht nach eines der wenigen Dinge, die der Philosophie Würze verleiht – auch wenn er sich nicht unbedingt zu überragendem Denken eignet. Ich bin ein Mörder, Fiona. Ich habe sowohl Harold Porter als auch Al Hunter umgebracht. Ich weiß, daß ich ihn umgebracht habe – so wie Samuel Johnson wußte, daß er nach einem Stein getreten hatte, weil er das entsprechende Gefühl im Fuß hatte. Es kommt. Die Zeit, das Datum, der Luftdruck.

Bei Harold Porter wird jeden Sonntagabend gegrillt. Ich weiß das, weil ich wie jeder andere aus meinem Büro schon dabei gewesen bin. Harold Porter hat es nötig, sich mit der Inner- und außerbetrieblichen Revisionsabteilung (Bauabteilung) gut zu stellen. Schon seiner krummen Touren wegen. Diesen Sonntag war keiner von uns eingeladen. So ging ich denn nach unserer Heimkehr von der schönen Stadt am Meer von selber hin. Aus Repräsentationsgründen.

Der Regen, der im Augenblick gegen das Bürofenster trommelt, scheint ganz allein in London zu Hause. Am Sonntag abend, bei Harold Porter draußen im Westen, an der Themse, war es nicht weniger heiß, ruhig und klar

wie unten in Dartsea. Harold Porters großes Haus steht am Fuß eines grünen Hügels, an einer Flußbiegung in der Nähe von Marlow.>

Hinter mir sagte eine heitere, ruhige Stimme: »Es gibt dort einen riesigen Rasen, eine Zeder und, hinter dem Rasen, einen englischen Blumengarten mit Edellupinen, Rittersporn und Fingerhut. Hinter dem Garten kommt eine Reihe Bäume und Sträucher und dahinter ein Anlegesteg, an dem Harold sein Boot liegen hat…« Es war Pauls Stimme. Ich wandte mich wieder dem Bildschirm zu, um zu sehen, ob er das abgelesen hatte, weil es sich anhörte, als rezitierte er. Die fast hypnotische Stille ließ Pappanauer von seinem Schreibtisch aufsehen. Die Worte erschienen nicht auf dem Bildschirm. Es war Paul, der da sprach. Es war Pauls Stimme.

»Du warst dort«, hörte ich mich sagen. Paul schabte mit seinen auf Hochglanz polierten Schuhen über den Teppich.

»Wir waren alle da, außer dir!« sagte er.

Mir fiel ein, was Peter Taylor früher am Tag gesagt hatte, am vormittag, als er bei meiner Mutter vorbeigeschaut hatte. »Und er ist tot…«, sagte ich.

Paul trat auf mich zu. Ich sah Pappanauer drüben an seinem Tisch etwas in den Hörer murmeln, dann legte er auf. »Lies das nicht…«, sagte Paul.

»Warum nicht?«

Pappanauer kam zu uns herüber. Ich warf einen Blick auf den Einkaufsbeutel unter mir. Er war außerhalb meiner Reichweite.

»Weil es schrecklich wird«, sagte Paul. »Er will dir nur Angst einjagen, Fiona. Das ist alles.«

Warum sagte er das? Aus echter Sorge um mich? Oder aus dem Wunsch heraus, anders zu erscheinen als der Mann auf dem Monitor? Ich scrollte weiter und hörte Pappanauer vorlesen.

»Wozu er ein derart großes Haus braucht, ist mir schleierhaft. Harold ist, im Gegensatz zu mir, nicht bloß ein Gelegenheitsschwuler. Er ist ein vollwertiges Mitglied der anderen Fraktion. Laß dich von dem großen männlichen Kinn, der knorrigen Nase und den wilden blauen Matrosenaugen nicht täuschen, und auch nicht davon, daß er einen Händedruck wie ein Schraubstock hat. Harold Porter ist ein Hinterlader reinsten Wassers, und nach allem, was ich so höre, steht er mehr auf Demut denn auf Zucht, und ist, wann immer sich ihm die Gelegenheit bietet, gern das Fleisch im Sandwich.«>

Es entstand eine gespenstische Stille. Dann stieß er ein höchst sonderbares Lachen aus. »Was du nicht sagst!« sagte er.

Ich wandte meinen Blick wieder zurück auf den Text. Er hatte jetzt den Beigeschmack und die Struktur von Pappanauers primitiven Versuchen, witzig zu sein.

>C:/WP51/AIR

Als ich das Dinghi am Steg festmachte, löste sich die Party gerade auf. Ich saß da, ließ mich vom Wasser wiegen und sah mir die dunklen Felder auf der anderen Seite des Flusses an. Einmal pflügte eine beleuchtete Barkasse voll edel gekleideter Leute stromaufwärts um die sachte Biegung des Flusses unter den Weiden, bis der Lärm der Musik verklang wie ein unausgesprochener Gedanke. Drüben am anderen Ufer sprang etwas aus dem Wasser und platschte wieder hinein.

Überspring die Schilderung, wenn Du willst, Fiona, aber ich will, daß Du die »guten Stellen«, wie ich sie gern nenne, liest. Ich möchte, daß Du liest, wie ich

Harold umgebracht habe. In einer idealen Welt würde ich sie Dich gern vorlesen lassen, in meiner Gegenwart. Das würde mir vielleicht einen Steifen machen, Fi Fi! Beinhart stünde er mir! Du könntest ein bißchen lesen, und dann könnte ich ein bißchen lesen! Wir würden darauf warten, bis es mir kommt, und dann würden wir zusammen weiterlesen, wie ein altes Ehepaar! Und ich bekäme einen schönen großen Ständer für Dich!>

Von der Tür her kam ein Geräusch. Peter Taylor stand da. Er wirkte lächerlich jung. Soweit ich sehen konnte, hatte er keine Polizisten dabei. Er sah Paul an, dann mich. Ich sagte: »Ich lese gerade das Zeug da!« Peter nickte langsam. Ich beugte mich vor, nahe an den Bildschirm heran, und las dann laut ins stille Büro: »Oben an Porters Haus gingen die Leute. Die Musik hörte auf. Ich stieg aus dem Boot, ging im langen Gras in die Hocke und lauschte den Geräuschen des allgemeinen Aufbruchs. ›Tschüs, Harold!‹ ›Ciao!‹ Autotüren knallten zu. Ich hörte, wie ein Wagen ansprang. Dann ein zweiter.«

Peter machte ein gequältes Gesicht. Er fragte mich nicht, wie ich an das Dokument gekommen war. Vielleicht hatte Pappanauer es ihm gesagt. »Nicht, Fiona«, sagte er, »bitte!«

»Es ist gut!« sagte ich. »Es ist eine gute Stelle! Haben sie das nicht immer in der Schule gesagt? Es sind lauter gute Stellen.«

Keiner von ihnen sagte etwas. Ich war plötzlich ausgesprochen wütend. Ich stand auf und begann, sie anzuschreien. Ich erinnere mich nicht mehr so ganz, was ich geschrien habe. Irgendwas darüber, daß sie mir was zu trinken holen sollten. Alle sollten sie mir was zu trinken holen. Und zusammenbleiben. Und auch noch fix sein. Ich wollte was zu trinken. Und zwar einen ordentlichen Schluck. Ich wollte einen ordentlichen Drink in einem hohen Glas. Ich war sehr genau, was das Glas anging. »Macht schon!« hörte ich mich rufen. »Geht und macht! Geht, geht!«

Paul stand als erster auf. Dann schoben die drei, einer nach dem anderen, wortlos durch die Doppeltür ab. Ich ertappte mich bei dem Gedanken, daß sogar ihr Gang gleich war. Derselbe Gang, dieselben Aktenkoffer, dieselbe Statur, derselbe Plauderton. Erst als sie weg waren, wandte ich mich wieder dem Dokument zu und versuchte einmal mehr zwischen den Zeilen nach dem Geheimnis zu suchen, das einem Stil Leben gab.

17

Ich kam zu dem Schluß, das Problem war, daß wir alle etwas gemein hatten – was aus dem Dokument ganz deutlich herauszuhören war. Es hatte, so überlegte ich, mit Pappanauer begonnen. Aber obwohl es das Licht der Welt als billiger Londoner Dialekt erblickt hatte, mit einer Art natürlicher Geringschätzigkeit, hatte es sich mit Pauls leicht beamtenhafter Förmlichkeit und Peters nüchterner Direktheit vermischt. Als ich so in den Monitor vor mir starrte, kam ich zu dem Schluß, SEINE Stimme war den dreien nicht mehr und nicht weniger gemein als ihre Anzüge, ihre Aktenkoffer oder ihre geliebten Autos.

>C:/WP51/AIR

Harolds Grillpartys sind nicht weniger programmatisches Statement als sein Blazer, sein Kinn oder die Imitationen alter Meister an der protzigen Treppe in seinem schrecklichen Haus. Sie gehören genauso zu ihm wie die gravierten Weingläser, der unmäßige Einsatz von Kissen, das Klavier, auf dem keiner spielt, oder die Einbauküche, die derart perfekt ist, daß ich mich des Gedankens nicht erwehren kann, die Bratenstücke, die Aufläufe und die gigantischen Puddings, die Harold (er ist ein exzellenter Koch) seinen Gästen vorsetzt, seien aus gebranntem Gips.

Harolds Grillpartys erwecken den Eindruck, er mache

etwas weit Ernsteres, als ein paar Stückchen Fleisch auf den Grill zu werfen. Ich denke bei diesen Gelegenheiten immer an Johanna von Orleans oder Erzbischof Cranmer – weil er einen Herd hat, in dem mit Leichtigkeit ein Kleriker mittlerer Größe oder eine durchschnittliche französische Provinzheilige Platz hat.>

Ich scrollte noch mal durch die letzten beiden Abschnitte: »... programmatisches Statement«. Das mit leicht satirischem Unterton zu benutzen – das war Pappanauer in Reinkultur. Die Anspielung an Johanna von Orleans oder Cranmer war Paul in Reinkultur. Und die Konstruktion des ersten Satzes des zweiten Abschnittes, das war Peter Taylor in Reinkultur. Vielleicht hatten sich die drei zusammengesetzt und sich das zu dritt ausgedacht.

Ich war bis hierhin gekommen, als ich merkte, daß Peter Taylor wieder ins Büro gekommen war und mich von der Tür aus beobachtete. *Ich will, daß du weißt, ich habe Harold Porter umgebracht, Fiona. Ich will, daß wir das hier miteinander lesen.* Hatte er nicht etwas in der Richtung gesagt? Ich sah Peter an – seine roten Locken und sein pausbäckiges Gesicht. Ich hörte ihn sagen: »Sie haben nicht gesagt, was Sie zu trinken wollen!« Dann kamen hinter ihm, wie zwei schüchterne Schuljungs, die beiden anderen herein. Ich fuhr sie an.

»Sollen wir?« sagte ich. »Sollen wir es zusammen lesen? Kleine Jungs mögen doch blutrünstige Geschichten, nicht wahr? Mit denen sie sich angst zu machen versuchen?«

»Fiona –«, setzte Pappanauer an, und ich hörte mich die drei anschreien, als sie verlegen an der Doppeltür zögerten. »Soll ich vorlesen, ja? Würde euch das gefallen?«

Ich scrollte das Dokument nach unten, und fand zwei, drei Seiten weiter, wonach ich gesucht hatte. Ich hörte meine eigene dunkle Reibeisenstimme:

»Ich packte den Krocketschläger, fest, mit beiden Händen, und schlich auf ihn zu. Ich hatte meine liebe Mühe, mit dem Lachen aufzuhören. Ich schlug ihm inmitten der kahlen Stelle auf den Kopf.«

Keiner von ihnen rührte sich vom Fleck. Ich stand von meinem Schreibtisch auf. »Lesen Sie, Pappanauer. Los! Lesen Sie vor. Das wollen Sie doch, oder?«

Pappanauer schlurfte kleinlaut auf meinen Schreibtisch zu. Ich scrollte nach unten, bis ich einen Abschnitt fand, den er mit vorlesen sollte. Ich zeigte darauf. Er schien zuerst nicht zu verstehen, was er tun sollte, aber schließlich machte er, stockend, fast schon verängstigt, den Mund auf.

»Ich schlug ein zweites Mal auf genau dieselbe Stelle. Oder besser, ich beabsichtigte ihn auf dieselbe Stelle zu schlagen. Ich plante meinen Schlag mit weit größerer Sorgfalt und Aufmerksamkeit, als ich sie je auf Harolds Krocketbälle verschwendet hatte. Im letzten Augenblick jedoch bewegte er den Kopf, langsam und schwach, wie eine Schildkröte, die aus ihrem Panzer späht, so daß ich nur seinen Hals traf, irgendwo unter dem linken Ohr.«

Seine Stimme stockte und versagte dann. Ich sagte: »Was ist los? Mögen Sie so was nicht?« Keiner von ihnen sagte etwas. Aber Paul kam auf mich zu. Kaum hatte er sich bewegt, trat Peter Taylor rasch hinter ihn. Ich erinnere mich noch, daß ich dachte: Ich bin sicher, es sind zwei gegen einen. Es ist keine Verschwörung. Es ist nur einer von ihnen. Ich muß nur herauskriegen, wer.

Jetzt las ich. Meine Stimme klang anders. In all meinen Jahren im Büro, so wurde mir klar, hatte ich nicht einmal so gesprochen, wie ich mich fühlte. Und jetzt, obwohl es die Worte eines Perversen waren, der mich umzubringen versuchte, las ich sie mit außerordentlichem Selbstvertrauen. Wie ich feststellte, mit einem leichten amerikanischen Akzent.

»Er explodierte wie eine Ölquelle. Domaine de Harold Porter, Grand Cru Classe, in den Adern gereift, spritzte aus ihm heraus wie Wasser aus einem Feuerwehrschlauch.«

Peter Taylor sprach jetzt: »Fiona, bitte nicht –«

»Wollen Sie vorlesen?«

Peter Taylor trat näher an meinen Terminal. Diesmal war es Paul, der ihm folgte. Paul bewegte sich flink und mit überraschender Anmut. Wie ich merkte, hatte er beide Hände zu Fäusen geballt.

»Fiona, dieser Mann hat etwas wirklich –«

»Lesen Sie!«

Es war jedoch Pauls Stimme, die durch das leere Büro zu hallen begann.

»Er tastete sich ans Balkongeländer und purzelte dann, mit Hilfe eines weiteren gewaltigen Schlags von mir, auf seinen eigenen Grill.«

Er hörte auf zu lesen. Ich sagte nichts. Alle drei standen sie einfach da und starrten mir wie gebannt ins Gesicht. Ich senkte den Blick auf den Monitor. Peter Taylor las jetzt. Sein Ton war ganz anders als Pauls. Er schien nachzudenken über das, was er da las, als enthielten die Worte einen Hinweis darauf, den keiner von uns anderen verstehen könnte.

»Sein weißes Hemd«, las er in einem zweifelnden Beamtenton, **»brauchte ausgesprochen lang, um Feuer zu fangen... Fiona, es geht hier um den Laut, den Du von dir gibst, wenn ich Dich töte...«**

Seine Stimme verklang, und es wurde still. Seine Hände zitterten. »Tut mir leid, Fiona«, sagte er. »Tut mir so leid…«

»Braucht es nicht!« sagte ich mit merkwürdiger Munterkeit. Aber er hatte noch immer den überlegenden Ausdruck im Gesicht, als enthalte dieser Abschnitt des Textes ein (vielleicht lösbares) Rätsel.

»Die Sache ist die«, sagte Peter, »er ist nicht verbrannt. Er wurde ganz anders umgebracht. Die Polizei hat mir alles erzählt. Ich habe das hier gestern abend gelesen. Was er Porter angetan hat – so hat mir die Polizei heute morgen gesagt –, war…«

»War was!« sagte ich.

»Schlimmer…«, sagte Peter, seine Stimme mit einemmal klein.

Dann war das also alles erfunden. Es handelte sich um einen Mann, der den Schrecken inszenieren mußte, um ihn danach erfinden zu können. Er zog sich an einer komplizierten Folge von Tat und Phantasie hoch, wie ein geistesgestörter Onanist, bis er den Augenblick erreichte, in dem er mir antun konnte, was immer ihm nötig schien. Schweigend scrollte ich mich den letzten Abschnitt des gräßlichen Dokumentes entlang, das jetzt untrennbar mit der Maschine verbunden war, an der ich die letzten fünf Jahre gearbeitet hatte. Ich las es nicht zu meinem Vergnügen. Ich versuchte etwas zu verstehen. Über die Reihenfolge der Ereignisse, die Peter Taylor am Abend zuvor in meine Wohnung geführt hatten.

>C:/WP51/AIR

Hast Du schon mal eine Entenkeule vom Rest des Kadavers abzutrennen versucht, Fiona? Ganz schön fest dran, was? Hast Du schon mal einen Karton auf zwei Dimensionen zu

reduzieren versucht? Zum Schwarzärgern, nicht? Harold Porter war einfach zu groß, um ihn in handliche Portionen zu hauen,und was immer ich traf und wie oft, er wollte einfach nicht verschwinden.

Aber Dich, Fiona, Dich radiere ich aus. Ich strecke Dich aufs Bett und reisse Dir Deinen weißen Bauch auf, hacke Dir den schlanken Hals durch, tauche meine Hände in Dein Blut und schmiere es mir über Gesicht und Brust, und es passiert heute abend. Ich habe gerade bei Dir angerufen. Du bist nicht zu Hause. Aber Du kommst schon wieder. Später.

Diesmal nehme ich den Wagen. Ich parke irgendwo ein Stückchen weiter. Ich beobachte Deine Wohnng. Ich sehe Dich nach Hause kommen. Wenn Du kommst, folge ich Dir. Die Treppe hinauf, den Laufsteg entlang. Vielleicht warte ich, bis Du direkt vor der Tür bist und den Schlüssel ins Schloß steckst, bevor ich auf Dich zulaufe. Selbst wenn Du reinkommst und hinter Dir absperrst, werde ich geduldig sein. Ich werde Dich anrufen. Über ein Handy, am finsteren Fuß der Eisentreppe. Ich rufe Dich an. Ich sehe zu, wie das Licht im Wohnzimmer angeht. Vielleicht sehe ich Dich, wenn Du ans Telefon gehst und merkst, daß keiner dran ist. Vielleicht später, wenn Du schläfst, steige ich die Treppe ganz, ganz leise hinauf. Und ich habe dann etwas bei mir, um die Tür aufzubrechen. Die Leute glauben, sie sind sicher, haben sie erst mal die Wohnungstür vor der Welt verschlossen. Tja, sind sie nicht. Selbst hinter Eisengittern, Alarmanlagen und Stahlstäben sind sie nicht sicher. Weil ich da draußen bin. Und ich werde heute abend da draußen sein, Fiona. Und warten. Und es wird definitiv unsere letzte gemeinsame Nacht. Vielleicht rufe ich noch ein zweites Mal an. Diesmal denkst Du daran, nicht ranzugehen. Aber keiner kann dem Telefon widerstehen. Noch nicht einmal ein verängstigtes kleines Mädchen allein in einer Wohnung spät nachts. Du wirst wieder aufstehen, durchs Zimmer gehen und fragen, wer dran ist, aber ich werde nicht antworten. Aber wenn Du auflegst, dann bin ich da. So daß Du kurz darauf (Du kannst nicht schlafen), wenn Du das scharfe Knacken an der Tür hörst und zu schreien versuchst, nicht schreien kannst. Du wirst nichts weiter sehen als mich, weil ich schon über Dir bin, und diesmal trage ich keine Maske. Du siehst mich in all meiner Pracht, wenn ich mich Dir zeige. Und dann lege ich dir die Finger um den Hals und drücke und drücke und drücke, bis du tot bist.>

Noch immer machte keiner von den dreien auch nur einen Mucks. Die Seite nach der letzten, die ich hier wiedergegeben habe, war leer. Ich dachte zuerst, es käme noch mehr. Es kam nichts mehr. Aber, so dachte ich, das war fast genauso, wie es geschehen war. Er stand zu seinem Wort. Ich behielt den Zeigefinger auf dem Abwärts-Pfeil. Ich ließ die Seiten jetzt vorbeirutschen, um zum Ende des Dokuments zu kommen, ohne wirklich hinzusehen, ob was da war. Seine letzte Mitteilung sah ich nur aus dem Augenwinkel.

DU WEISST, WER ICH BIN, STIMMT'S?

Ich wandte mich an Peter Taylor. »Sie haben mir gestern abend nicht erzählt«, sagte ich, »wieso sie glauben, daß mich jemand überfallen wird.«

»Ich wollte Ihnen nicht alles erzählen …«, sagte Peter. Seine Stimme klang noch immer merkwürdig klein und weit weg.

Ich ging um ihn herum und hörte meine Antwort – eine Art triumphierendes Knurren. »Wenn Sie das auf diese Weise erfahren haben, Peter, wieso warten Sie denn im Büro? Und wichtiger noch – was hatten Sie auf meiner Festplatte verloren?«

»Ich habe es nicht auf Ihrer gefunden, sondern auf meiner!«

Peter ging hinüber zu seinem eigenen Schreibtisch und machte den Monitor an. Mit einem raschen Blick auf die beiden anderen ging ich hinüber. Dort, ganz oben in der Verzeichnisliste, stand es: C:/WP51/AIR. Ich rannte fast hinüber zu Pauls Rechner, aber ich wußte, noch bevor ich ihn erreicht hatte, was ich dort finden würde. Es war auch auf seinem Rechner und auf Pappanauers.

Pappanauer saß auf seinem Drehstuhl und sagte: »Er hat es uns allen untergejubelt, um seine Spur zu verwischen. Eine Dreisatzrechnung.«

Ich sah die drei an. Dann sagte ich: »Ich möchte einen Gin Tonic. Einen großen Gin Tonic.«

Paul sah Peter an; sie beide sahen Pappanauer an. Dann sagte Pappanauer leise und servil: »Ich denke, wir machen mal besser, was die Dame sagt!«

Als sie draußen waren, ging ich zurück zu meiner Einkaufstasche und holte Peter Taylors Tagebuch heraus. Bevor ich zu lesen begann, blätterte ich die Seiten durch. Jemand (Peter? Paul?) hatte ein paar Seiten herausgerissen. Vielleicht um es so aussehen zu lassen, als gehe Peters Erzählung an genau der Stelle weiter, an der ER aufgehört hatte. Jetzt, wo ich darüber nachdachte: natürlich – das traf auf alle Unterlagen zu, die man mir zugesandt hatte. Jemand war ganz erpicht darauf, sie, so gut es eben ging, als fortlaufende Geschichte zu präsentieren. Hatte man sich auch an A:/LUFT zu schaffen gemacht? Und erklärte das womöglich die leeren Seiten zwischen den einzelnen Abschnitten des Dokuments?

Dienstag, 13. April, 6.45 Uhr (PT)

Ich weiß jetzt, daß ich Montag abend, etwa eine Stunde nachdem er gegangen war, ins Büro kam, aber als ich gestern abend hineinspazierte, wußte ich nicht, was ich finden würde, und hatte keine Ahnung, daß vor mir jemand dagewesen war. Ich dachte an den Mord an Harold Porter, der mich von zu Hause weg und ins Büro kommen ließ. Ich konnte einfach nicht zu Hause herumsitzen mit Anna und den Kindern und so tun, als hätte das alles mit mir nichts zu tun. Der gewaltsame Tod eines Menschen, gegen den man eine ausgesprochene Abneigung hat, löst sehr widersprüchliche Gefühle in einem aus. Man beginnt, indem man in ihnen eine Eigenschaft zu finden versucht, die das unerklärliche Gefühl des Verlusts erklärt und das aufrichtige Mitgefühl, das sie schließlich doch noch in einem zu erwecken vermochten. »Natürlich«, erinnere ich mich, gedacht zu haben, »das einzige, was mit Harold Porter wirklich nicht stimmte, war, daß er unglaublich blöde gewesen war!« Aber tief in mir wußte ich, das einzig ehrliche Gefühl, das sein Tod in mir auslöste, war das ganz und gar eigensüchtige Bewußtsein unser aller Sterblichkeit.

Der andere Grund, weshalb ich ins Büro kam, war, daß der Anruf, den ich am Montag nachmittag von der Polizei erhalten hatte – das erste Mal, daß ich von seinem Tod gehört hatte –, mich davon überzeugt hatte, daß der Mann, auf dessen Konto das alles ging, auf absehbare Zukunft auf freiem Fuß bleiben würde, wenn ich nichts gegen ihn unternahm. Ich glaubte in Dartsea einige der dümmsten Polizisten der Welt kennengelernt zu haben. Aber sie hatten sogar noch weit dußligere aufgetrieben, um das groteske Verbrechen in The Paddocks aufzuklären, wie Harold sein Zuhause am Fluß genannte hatte.

Ich machte den Bildschirm aus. War es verdächtig, daß Peter am Montag abend im Büro gewesen sein sollte, oder machte die Tatsache, daß er es zugab, seine Unschuld wahrscheinlicher?

Irgend etwas an Pappanauers Verhalten beunruhigte mich. Von den dreien schien er der einzige, der erpicht darauf war, mich zu beschwichtigen. Und das paßte so gar nicht zu ihm. Ich wandte den Blick wieder in Peters Tagebuch.

Der Idiot, der den Fall unter sich hatte, sagte einmal im Laufe der Ermittlungen: »Mr. Porter gehörte natürlich zur Schwulengemeinde.« Wo er das wohl gelesen hatte? In einem Polizeihandbuch für politisch korrektes Verhalten? Warum sagte er nicht einfach. »Er war 'ne Schwuchtel. Und unserer Ansicht nach hat das 'ne andere Schwuchtel getan!« Ich glaube, ich gab ihm zur Antwort: »Ach, du lieber Gott. Ich fürchte, das habe ich gar nicht gewußt.« Ich wollte die Einzelheiten des Falls nicht hören, aber der Mann bestand darauf, mich damit zu versehen. »Mr. Porters Kopf«, sagte er an einer Stelle, »ist kein schöner Anblick. Er ist völlig zerschlagen!« Worauf ich ein absurdes Verlangen zu lachen verspürte. Ich glaube, wir lachen aus denselben Gründen, aus denen wir weinen – weil wir Angst vor der Welt haben oder weil sie uns anwidert.

Mit Anna spreche ich nicht über derlei Dinge. Wenn ich durch die Tür meines komfortablen Hauses in der Vorstadt gehe und Jonny und Jimmy auf mich zugelaufen kommen und »Pappi« schreien, dann bannt dieses eine Wort die Gottlosigkeit dieser Welt. Aber wenn ich allein bin, kann ich nicht aufhören, darüber nachzudenken. Und schlimmer noch, seit ich dieses erste schrecklich anonyme Dokument gefunden habe, bin ich besessen von dem Gedanken, es mir genau anzusehen, es könnte mir einen Hinweis darauf geben, von welchem meiner Angestellten es stammt.

Jeder Text verrät etwas über seinen Autor. Die meisten Leute sind nur zu dumm, es zu sehen. Aber wie ich schon gesagt zu haben glaube, war es für mich vom ersten Augenblick an ziemlich offensichtlich, daß der Autor von A:/LUFT sich ziemliche Mühe gab, seine oder ihre (doch, auch Frauen haben Vergewaltigungsphantasien) Identität zu verheimlichen. Und meine »Gewißheit, mit der sich arbeiten läßt«, um die Wendung der armen Fiona zu benutzen, war im Augenblick, daß Mr. Pappanauer seinen Kollegen hineinzureiten versuchte. Deshalb, wie ich schon gesagt zu haben glaube, der ungewöhnlich bequeme Ort, an dem die Diskette liegengelassen wurde.

Als ich diese Annahme jedoch schärfer unter die Lupe nahm, fiel sie schnell auseinander, wie das Gros der Annahmen das so an sich hat. Die Methode war zu raffiniert. Wieso ein Waisenhaus schildern, das, soweit ich das beurteilen konnte, nichts mit dem zu tun hatte, das Paul mir beschrieben hat? Und wozu die schwerfällige, fast geschraubte Schilderung der Besuche bei Prostituierten? Sie sagen mir etwas, mir, Pappanauer und Paul, im Lichte dessen, was bei unserem Aufenthalt in Dartsea passiert ist, aber sie sind kein Beweismittel, sie beweisen noch nicht mal, daß da jemand versucht hat, Beweismittel zu fälschen, um einen anderen zu belasten. Nein, ich mußte davon ausgehen, daß der Autor von A:/LUFT, während er bereit ist, außergewöhnliche Risiken einzugehen, nicht wirklich wollte, daß man ihn oder sonst jemanden entlarvt. Es handelte sich dabei um ein äußerst merkwürdiges, vom Solipsismus geprägtes, masturbatorisches Dokument, das der unbekannte Verfasser einfach schreiben *mußte.* Die einzig gangbare Methode bestand darin, den Inhalt sehr sorgfältig zu analysieren, den Versuch zu machen (hier kam mir die Literaturtheorie zupaß), *durch Ausscheiden aller örtlichen, persönlichen und biographisch gefärbten Vorurteile zur Bedeutung zu gelangen.* Die einzige Möglichkeit, eine Vorstellung vom

Verfasser zu bekommen, war das Studium unter Laborbedingungen.

Als ich gestern abend ins Büro kam, war sie immer noch da – genau an der Stelle, an der ich sie vorige Woche nach meiner ersten Lektüre zurückgelegt hatte. Ich hob sie auf, steckte sie in meinen Rechner und begann, wie Lewis, mein alter Lehrer, mir immer geraten hatte, mit einem ausgiebigen Blick auf den ersten Satz. »Würde ich ein Buch über all das schreiben (und womöglich mache ich das sogar), ich glaube, ich würde es wahrscheinlich *JAGD AUF FIONA* nennen.« Dieser Satz ist nicht gerade eine Aufforderung, ihn zu glauben. Die bewußte, fast gesuchte Beiläufigkeit, wie sie das Konditional und die Kombination von pedantischer Präzision und durchdachte Unbestimmtheit in diesem »und womöglich mache ich das sogar«, fordern uns auf zu glauben, wer immer dies sagt, sei nicht der Typ Mann (falls es ein Mann ist), der derart niederträchtige Dinge tut, wie er sie im Folgenden beschreibt. Ich war zu dem Schluß gekommen, daß diese sorgfältig komponierte Unzuverlässigkeit kaum gewollt sein konnte. Ich war nach wie vor nicht bereit zu glauben, daß mein unbekannter Feind willens war, sich einem Verfahren zu unterziehen, das – selbst an der durchschnittlichen Tragödie Shakespeares gemessen – viel zu komplex war, nur um jemanden reinzureiten. Die Welt ist um vieles skeptischer geworden seit jener Geschichte mit dem Taschentuch in *Othello*. Aber irgend etwas daran... Der Satz am Ende des ersten Paragraphen zum Beispiel: »Man lernt eine Frau schließlich nicht kennen, indem man sich aus den Bäumen am Treidelpfad heraus auf sie stürzt, ihr einen heftigen Schlag auf den Kopf versetzt, sie ins lange Gras zerrt und ihr die Beine auseinanderzuzwängen versucht, ohne sich auch nur vorgestellt zu haben.«

Da wäre zunächst der Ton. Er setzt den Eindruck fort, wir hätten es hier mit einem Individuum zu tun, das Distanz zwischen sich und seiner Handlungsweise zu bekommen versucht. Die einräumende Natur des »schließlich« dient demselben Zweck wie das »auf sie stürzt« oder das »ohne sich auch nur vorgestellt zu haben«. Es steht um der komischen Wirkung willen. Es soll ihn (ja, natürlich ist es ein »er«) von seiner Handlungsweise distanzieren. Und dann ist das natürlich die Frage, ob der Mann, der das geschrieben hat, wirklich identisch ist mit der Person, die diese Frauen überfallen hat. Oder ob er nur einfach davon gelesen hat.

◇

Ich schob die Papiere beiseite. Was Peter da sagte, stimmte natürlich. Der Mann, der mich in der Wohnung vergewaltigt und mich in Dartsea zu vergewaltigen versucht hatte, verspürte das Bedürfnis zu lügen, was gewisse Dinge anging. Hatten diese Lügen Methode? Wäre ich in dem Augenblick, in dem ich ein Schema in seinem Verhalten sah, nicht womöglich näher dran zu erkennen, wer von den dreien es sein könnte?

In dem Dokument wollte er mich das zweite Mal vergewaltigt haben. In Wirklichkeit wollte er nicht, daß jemand von dem Augenblick erfuhr, in dem er das tatsächlich getan hatte, nämlich beim ersten Mal. Hatte das etwas zu bedeuten? Ich mußte zugeben, ich wußte es nicht.

18

Es war merkwürdig muffig im Büro. Ich war drauf und dran, auf den Schreibtisch zu steigen, um das Fenster zu öffnen, als ich sechs Etagen unter mir Paul, Peter und John im Regen neben der Tür stehen sah, die ins Kasino der Firma führt. Jeder hatte ein Plastikglas in der Hand. Pappanauer und Peter Taylor schienen ein Bier zu halten. Paul hatte zwei Gläser, von denen eines, so vermutete ich, wahrscheinlich das meine war. Ich konnte einen Schluck vertragen, verdammt noch mal.

Sie schienen nirgendwohin zu wollen. Paul und Peter stritten sich. Gelegentlich trat Peter ein paar Schritte auf Paul zu. Paul wich dann zurück, um nur einen Augenblick später Peters Manöver umzudrehen. Von oben, vom Büro aus, sah das Ganze wie eine Art merkwürdiger Tanz aus. Dann warf Paul mit einemmal beide Gläser zu Boden und ging auf Peter Taylor los. Ich hatte ihn noch nie sich derart schnell bewegen sehen. Seine Hände fuhren Taylor schnurstracks an den Hals, und dann wankten die beiden im Regen vor und zurück. Pappanauer packte Paul von hinten und versuchte, dessen Arme auseinanderzustemmen. Peter Taylor trat wild nach ihm. Aber es dauerte mindestens eine halbe Minute, um den Griff zu lösen. Ein Weilchen stand Paul einfach schwer atmend da, und dann, genau in dem Augenblick, in dem ich sicher war, er würde die beiden stehenlassen, ging er noch mal auf Taylor los. Es hatte fast etwas Komisches an sich. Diesmal kam es zu einem Schlagabtausch zwischen den beiden – freilich einem ausgesprochen amateurhaften. Zuerst hob Peter Taylor die Rechte hoch in die Luft, als würde er etwas umrühren. Dann warf er, für den Fall, daß immer noch Zweifel bestanden, daß er einen Schlag zu landen beabsichtigte, erst einmal eine skizzenhafte Geste in Richtung des wahrscheinlichen Aufschlagorts. Schließlich, als alle bereit waren, warf er sich mitsamt seiner Faust auf das Ziel.

Paul packte seinen Arm und versuchte ihn aus dem Gleichgewicht zu bringen, während er mit dem freien Arm auf ihn eindrosch. Pappanauer sprang unterdessen zwischen den beiden herum. Peter bekam Paul an den Haaren zu fassen und begann ruckweise seinen Kopf nach unten zu ziehen, und schließlich schlugen beide aufeinander ein, wobei sie gleichzeitig nacheinander traten. Sie sahen jetzt aus wie zwei Kinder auf dem Spielplatz. Nach einigen Minuten ging ihnen die Luft aus, und sie standen einander gegenüber und schnauften sich drohend an.

Pappanauer sagte etwas. Er schien auf die Gläser zu deuten, die jetzt über den regennassen Betonboden des Hofes verstreut waren. Peter und Paul sahen sich die Gläser an und dann wieder Pappanauer. Schließlich ging Paul, wie unter Hypnose, wieder auf die Tür des Kasino-Baus zu. Kurz darauf folgten ihm die beiden anderen. Peter schien ziemlich eindringlich auf Pappanauer einzureden. Ich wandte mich wieder Peters Tagebuch zu, und obwohl ich von Zeit zu Zeit einen Blick in den Vorhof hinunterwarf, war keiner von ihnen zu sehen. Im Licht meiner Schreibtischlampe las ich weiter, immer ein Auge auf der Tür und eine Hand auf der Einkaufstasche, die direkt zu meinen Füßen lag.

Dienstag, 13. April, 6.45 Uhr (PT)

Das Dokument dort zu plazieren, wo man es wahrscheinlich auch fand, diente ebenso dem Zweck wie sein Stil. Unser Mörder und Vergewaltiger ist nicht geistesgestört. Er ist zur Reue fähig. Er hat seine Handlungsweise völlig im Griff. Er mißbilligt sein Tun so sehr, daß er noch nicht einmal seine Phantasien zu Papier bringen kann und sich entsprechend mit diesen unausgegorenen Versuchen zu Humor und Selbstenthüllung zufriedengeben muß. Sein Einsatz rhetorischer Kunstgriffe bestätigt das alles nur. Sie dienen nicht dazu, die Authentizität der Aussage zu erhöhen, sondern dazu, den Sprecher von der Scheußlichkeit der von ihm gelebten Erfahrung zu distanzieren. Das hier hat nichts zu tun mit den Schriften zum Beispiel eines nationalsozialistischen Kriegsverbrechers beim Geschäft der »Beichte«. Die farblose bürokratische Natur jener Prosa, die womöglich Hannah Arendt dazu veranlaßte, von der »Banalität des Bösen« zu sprechen, dient letztlich nur der Konstruktion einer Welt, in der das, was sie taten, möglich oder erklärbar ist. Unser Mann unternimmt den Versuch, sich – ganz nach Art der Shakespearschen Schurken – seiner Tat zu rühmen, und zwar deshalb, weil er weiß, war er tut, ist falsch.

Er will entlarvt werden. Er will, daß man erfährt, wer er ist.

Manchmal ist das, was er da schreibt, reine Phantasie. Und der Ton ist konsequent. Die Frau, die er mit einem Backstein überfallen haben will, muß, so denke ich, sein erstes Opfer gewesen sein. Aber sie wurde mit keiner Waffe erschlagen. Tatsächlich starb die Frau sogar erst nach beträchtlicher Gegenwehr, und man hatte sie, wie auch die beiden nach ihr, erwürgt. Er will nichts weiter als die Leute loswerden. Aber genau das kann er nicht. Er tötet aus Angst. Aus Angst, entdeckt zu werden. Aus Angst, sich dem zu stellen, was er ist. Ich habe es mit einem Typ zu tun, der am besten mit dem heute so unmodernen Wort »böse« beschrieben ist. Er war nicht eigentlich wahnsinnig. Er war der Reue fähig und bereute. Es war in gewissem Sinne die Schuld, die ihn so gespalten, so unbeständig und sich selbst so unähnlich machte, daß eine Entlarvung für ihn nur eine Erleichterung sein könnte.

Wenn das alles zutraf, dann war es durchaus wahrscheinlich, daß unser Freund noch *weitere* Hinweise hinterlassen hatte, damit ich sie fand. Er konnte meiner Ansicht gar nicht anders, als seine makabre Erzählung unter den Augen eben derer fortzusetzen, die er damit täuschen und schädigen wollte. Er mochte es, sich selbst zu betrachten. Ihm gefiel, ja, er war besessen von dem Gedanken, zu beobachten und von anderen beobachtet zu werden.

Das war der Augenblick, in dem mir klar wurde, daß er einen der Computer hier im Büro benutzen mußte. Womöglich sogar meinen. Keiner von uns geht allzu sorgfältig mit seinen Dokumenten um, und es ist schon des öfteren vorgekommen, daß mir irgendein Witzbold ein zehnseitiges Memo mit dem Titel EIER oder QUATSCH auf die Festplatte geschrieben hat, ohne daß ich es gemerkt hätte. Zu Hause habe ich schon einige Male Briefe gefunden, die Anna mit einem 268er Olivetti Freunden geschrieben hatte, die ich noch nicht einmal kannte.

Ich sah mir das Verzeichnis auf C/: an. Ich merkte sofort, daß irgend etwas nicht stimmte. Die Dateien sind alphabetisch geordnet. Und fast ganz oben stand jetzt: C:/WP51/AIR. Ich markierte die Datei und öffnete das Dokument. Er hatte sein Dokument gleich ganz auf meinen Rechner kopiert. Ich begann mich durchzuscrollen. Fast vom ersten Abschnitt an glaubte ich sagen zu können, daß ich mit meiner früheren Analyse nicht ganz ins Schwarze getroffen hatte. Seine Erzählung enthüllte, zu diesem Schluß kam ich, eine Entwicklung seiner Krankheit. Er mochte in derselben, etwas distanzierten Art beginnen, wie ich sie oben beschrieben habe, aber als ich weiterlas, hatte ich das Gefühl, ein Bild eines Geistes zu bekommen, der sich auf den Zusammenbruch zubewegt.

Ich bin kein Psychiater. Ich bin ein Rechnungsprüfer, der

Anglistik studiert hat. Aber nach dem bißchen, was ich über die Kriterien des Wahnsinns weiß, würde ich sagen, auf den Autor von C:/WP51/AIR trafen sie doppelt und dreifach zu. Und als ich so zurückblickte auf den Rest dessen, was er geschrieben hatte, sah ich ihre Wurzeln auch schon in früheren Abschnitten und Sätzen. Soviel zur Literaturkritik. Ich las dieses Dokument gierig, mir der Tatsache bewußt, das, was es enthielt, war eine Frage von Leben und Tod.

Je mehr Stärke sie zeigt, desto dringender muß sie sterben. Je mehr er sie als Menschen betrachten kann, desto mehr will er sie töten. Je mehr Angst sie vor ihm hat, desto mehr muß er denken, daß sie ihm trotzt. Er befindet sich genau an dem Punkt, an dem man den Kontakt zur Realität zu den Dingen dieser Welt zu verlieren beginnt, genau am Rande des Wahnsinns. Der letzte Abschnitt war ein gräßlicher, an Fiona gerichteter Schrei, und man hatte ihn mir auf den Rechner geschrieben, nur Minuten bevor ich ins Büro gekommen war. Wer immer dieses Zeug schreibt, seine Besessenheit gilt nicht nur Fiona, sondern auch mir.

Ich konnte nur noch an eines denken, die Tatsache nämlich, daß er wahrscheinlich in diesem Augenblick auf dem Weg zu Fionas Wohnung war. Ich rief bei ihr an. Sie war nicht da. Ich ging im Büro auf und ab. Die Polizei anrufen? Das Problem war nur, daß die Sicherheit, mit der ich zu wissen glaubte, wer er war, von Minute zu Minute wuchs. Und auf eine merkwürdige Weise stand diese Frage zwischen ihm und mir. Seine Nachricht auf meiner Festplatte zu finden war das letzte Glied in der Kette. Der Mann war eifersüchtig auf mich. Und er hatte allen Grund dazu. Ich sehe, ich habe mich, obwohl ich mich an niemanden wende als das weiße Blatt, auf diesen Seiten eher als der präsentiert, der ich gern wäre, als der, der ich wirklich bin. Ich wollte immer schon der Chef als ruhige Vaterfigur sein – der gute alte Peter Taylor mit seinem roten Haar und der Brille und seiner ach so wunderbaren Familie, mit der er sich so großtut. Aber es ist wohl etwas komplizierter, nehme ich an. Ich glaube, ich merkte das zum ersten Mal unten in Dartsea. Als ich jener Nacht ins Hotel gekommen war, nachdem ich hinter Fionas Angreifer her das Kliff hinaufgeklettert war, ging ich schnurstracks zur Tür und wollte eben klingeln und den ganzen Laden aufwecken, als mich etwas aufhielt. Es war weder die unheimliche Stille noch die Tatsache, daß ich mir sicher war, der Mann mit der Maske hatte genügend Zeit gehabt, wider auf sein Zimmer zu kommen. Ich hatte keine Angst, das ganze Haus zusammenzuschreien und mit einigen örtlichen Polizisten Pauls und Pappanauers Zimmer zu stürmen. Es war Fionas Stimme oben an der Treppe.

Sie zu hören ließ mich innehalten und überlegen, was ich tat, wenn ich das ganze Hotel aufweckte. Ich hatte absolut keine Beweise, daß das, was in der Firma vorging, irgend etwas mit dem Überfall auf Fiona zu tun hatte – abgesehen von dem Dokument, das wie sein Name aus der Luft gegriffen sein konnte. Bevor ich etwas unternahm, mußte ich mit Fiona sprechen. Und was rief sie da eigentlich, so leise, in der Dunkelheit da oben? Ich ging zwei, drei Stufen hinauf, aber ihre Stimme war nicht mehr zu hören. Ich weiß nicht, warum, aber ich wollte nach ihr rufen. Ganz, ganz leise auftretend, ging ich die Treppe hinauf.

Der vordere Korridor im ersten Stock des Hotels, von dem aus es in die Zimmer mit Meerblick ging, ist mit einem Teppich ausgelegt – tief, grau, beruhigend –, ich machte also kein Geräusch, als ich darauf ans andere Ende ging, wo er sich in seiner sachten Kurve dem Meer zuwendet. Ich sah Fiona erst, als ich schon die Hälfte der Strecke hinter mir hatte. Sie stand direkt neben der letzten Tür rechts, in einem weißen Nachthemd, mit dem Rücken zu mir. Sie klopfte ganz, ganz sachte gegen die Tür. Erst jetzt hörte ich, was sie sagte: »Paul …« Sie sprach so leise, daß er sie unmöglich gehört haben konnte. *Sie will nicht, daß er sie hört,* war mein erster Gedanke, *und trotz-*

dem hat sie Angst, sich seine Schuld einzugestehen, wenn sie ihn nicht ruft. Sie strich mit ihren langen knochigen Fingern über das Holz und rief ganz, ganz leise noch mal. Fast als spreche sie mit sich selbst. »Paul, warum bist du gegangen?« Und natürlich antwortete er nicht. Dann wandte sie sich ab und sah mich.

Mondlicht kam durch das Fenster hinter ihrem Kopf in den Flur. Ihr braunes Haar fiel ihr auf den Rücken. Ihr Nachthemd – quadratisch, weiß, prüde, sittsam wie ein Kommunionskleid – betonte die sinnliche Linie ihres Halses und das unberührte Weiß ihrer Oberarme. Ich ging auf sie zu, und sie zog sich kaum merklich zurück. Ich wußte nicht, was ich sagen sollte. Ich wußte, daß ich sie wollte, und sie sah das an meinem Gesicht. »Fiona…«

Sie blickte zu Boden. Als sie den Blick wieder hob, war sie völlig verändert. Sie sah aus, als wäre sie in der Kälte gewesen. Als hätte sie urplötzlich etwas betäubt, so daß, was immer ich sagen oder tun würde, bei ihr nicht ankäme. Ein ängstliches Flackern durchzuckte sie, als hätte sie Angst, ich könnte über sie herfallen, dann eine schreckliche Gleichgültigkeit.

Sie glaubt, es ist Paul, dachte ich, *und sie hat eben mit ihm geschlafen. Er hat sie vergewaltigt, und sie weiß es, aber sie wird es nicht zugeben. Weil sie ihn liebt.* Das war der Augenblick, in dem ich ihn zu verdächtigen begann. Aber mir fehlte nach wie vor der Beweis.

»Sind Sie in Ordnung?« sagte ich. Sie behielt den stumpfen toten Blick bei.

»Mir geht's gut«, sagte sie. »Mir geht's gut.«

Dann ging sie wie eine Schlafwandlerin an mir vorbei. Als sie vor ihrer Tür ankam, blieb sie stehen und legte die Hand gegen das Holz. Sie betastete es, als könnte es ihr Wärme geben, Trost. Als sie sich wieder mir zuwandte, hatte sie einen geistesabwesenden vewirrten Blick in den Augen. »Was machen Sie denn hier?« sagte sie. »Sie sollten doch ganz woanders sein.«

Es war noch etwas anderes in dem Blick, mit dem sie mich ansah. Erst als ich wieder unten in der Bar war und mir den Kopf darüber zerbrach, was ich tun sollte, ohne irgend etwas zu tun, wurde mir klar, was es war. Es war die pure Abneigung.

Ich glaubte, einen unparteiischen Zorn zu verspüren über das, was man ihr angetan hatte, aber jetzt weiß ich, daß es ein Produkt der Eifersucht war. Ich weiß jetzt, mein stärkstes Gefühl am nächsten Morgen, als sie es den Leuten zu sagen begann – und vor dem nächsten Morgen sagte sie keinem, was ihr in der Nacht passiert war –, mein stärkstes Gefühl war: *Wie konnte er ihr ein solches Vertrauen einflößen? Wo er doch nur ein verschlagener kleiner Waschlappen ist, der den Mund nicht aufbringt?*

Und er hat das gleiche Gefühl, was mich anbelangt. Und wenn er noch so sehr auf Gentleman der alten Schule macht – die schicken Schuhe, der forsche Akzent und das rote Stecktuch, das ihm ein Flair vom 19. Jahrhundert geben soll –, ist er darunter genauso ungehobelt und leidenschaftlich wie wir anderen auch. Deshalb hat er das Dokument auf meiner Festplatte hinterlassen. Deshalb hatte ich nicht nur Angst vor meinem Schluß – und Zweifel, was die Prämissen anging, durch den er zustande gekommen war –, sondern ich war auch entschlossen, allein herauszufinden, ob dem so war. Ich war mir ziemlich sicher, Fionas Zögern, jemandem zu sagen, was ihr passiert war, und vor allem ihr Bestehen darauf, technisch nicht vergewaltigt worden zu sein, waren wahrscheinlich darauf zurückzuführen, daß sie Paul nicht belasten wollte. Aber ich war mir auch sicher, daß meine wachsende Überzeugung, daß er es gewesen war – und ich habe ziemlich gewissenhaft versucht, diesen Schluß der Art aufzuzwingen, wie ich diese Geschichte erzähle –, ebensosehr Produkt meiner Eifersucht und meines Grolls auf seinen Erfolg bei ihr als sonst etwas war.

Natürlich liebe ich sie. Das werden Sie ja wohl gemerkt haben, da bin ich sicher. Ich mag, wie sie den Kopf zurückwirft, wie sie mich von der Seite her ansieht, wie sie mich um Rat fragt. Ich mag ihre großen braunen Augen und den breiten, schattigen Mund, die Art, wie sie über meine Witze lacht. Und ich mag die Tatsache, daß sie erst dreiundzwanzig ist und die Welt sie noch nicht so gezeichnet hat wie mich – mit Mißerfolg, Zynismus und einem zu frühen Einsetzen des mittleren Lebensabschnitts.

Aber ich fragte mich, und jetzt frage ich Sie: Wenn es Pappanauer war, oder falls auch nur der Hauch einer Möglichkeit bestand, daß sie ihn verdächtigte, hätte sie es dann nicht jemandem gesagt? Und wenn es nicht Pappanauer war, muß es doch Jackson sein, oder? War das nicht das einzige, was ihr unheimliches Schweigen erklären konnte? Kann man wirklich zweimal von ein und demselben Mann vergewaltigt werden, von einem Arbeitskollegen, Herrgott noch mal, ohne den kleinsten Hinweis zu bekommen, einen Laut, einen Geruch, eine Geste, die einem sagt, wer es sein könnte? Doch wohl nicht. Und Pauls Charakter paßte in mein Bild von dem Mörder. Pappanauer hat nicht genug Grips, wirklich böse zu sein. Er wäre zu Banalem fähig, wie etwa Betrug, aber ihm fehlt die Leidenschaft, die man meiner Ansicht nach wohl braucht, um einen anderen Menschen überlegt umzubringen.

Das war das zweite Problem. Ich brachte das Bild, das ich mir von dem Mann gemacht hatte, auf dessen Konto Betrug und Doppelmord gingen, nicht mit dem Bild von Fionas Angreifer unter einen Hut – wenigstens nicht mit dem, wie es sich in C:/WP51/AIR präsentierte. Der Mörder und der Betrüger gingen in etwa von den gleichen Prinzipien aus wie die Leute, die diese Firma leiten: viel Geld zu verdienen und die Opposition kaputtzumachen. Der Mann, der Fiona bis zu ihrer Wohnung verfolgt hatte, war, soviel stand fest: krank, traurig, böse… ein Außenseiter, ein Verlierer… Hinter dem einen Bündel Verbrechen stand Habgier oder der Wille, etwas zu vertuschen – hinter dem anderen der perverse Selbstbehauptungsversuch eines Verrückten – eine Art Schrei voll Schmerz und Haß auf Frauen im allgemeinen und eine Frau im besonderen.

Aber andererseits, warum gehen wir unbedingt davon aus, diese beiden Arten von Gottlosigkeit hätten über einen gewissen Punkt hinaus nichts miteinander zu tun? Wieso sehen wir heute Verbrechen als eine Reihe feinsäuberlich getrennter Spezialitäten – als kämen sie von einem japanischen Fließband? Vielleicht weil uns Wörter wie »Gottlosigkeit« verlorengegangen sind und wir heute lieber die häßlichen Seiten des Menschen oder jede Schreckenstat, die wir nicht verstehen, als außerhalb der moralischen Grenzen sehen. Und da wir vergessen haben, wie man mit Moral umgeht, kann man sagen, wir haben vergessen, wozu sie dient.

Ich blickte jetzt auf den Regen hinaus, der über die Felder wischt. Er prasselt gegen das Klettergerüst auf dem Kinderspielplatz, fährt in die klitschigen Rasen und wirft sich gegen das Fenster meines Arbeitszimmers. An der Wand hinter mir hängt eine von Jonnys Zeichnungen – ein primitiver Kopf, erstaunlich primitive Zähne, große, große Augen. Darunter ein einziges Wort: PAPPI. Ein erschreckend ehrliches Bild. Ich muß absolut ehrlich sein, nicht nur im Hinblick darauf, was ich denke, sondern auch, warum ich es denke. Und merkwürdigerweise hat mein Geständnis in bezug auf Fiona meine Gewißheit hinsichtlich dessen, was ich gestern abend vor ihrer Wohnung gesehen habe, nicht gemindert, sondern bestärkt.

Als ich sie das zweite Mal anrief, ging sie ran. »Ist jemand bei Ihnen«, sagte ich.

Es kam zu einem Schweigen. Dann sagte sie: »Nein. Warum?«

»Es ist etwas passiert...«, sagte ich.

Was sollte ich sagen? Daß ein Psychopath auf dem Weg zu ihr war? Daß sie versuchen sollte, die Ruhe zu bewahren. Sie hatte ohnehin schon Angst genug. Ich hörte, wie sie sich nervös räusperte. Es war merkwürdig. Ich hatte Fionas Wohnung noch nie gesehen. Aber jetzt hatte ich ein ganz klares Bild von ihr. Dank des Mannes, der wahrscheinlich genau in diesem Augenblick auf seine Chance wartete, diese schmalen, lebhaften Lippen für immer zum Schweigen zu bringen.

»Was denn?«

»Es geht um den Mann, der dich überfallen hat…«, sagte ich. »Ich habe etwas gefunden. Im Büro.«

Ich hörte sie am anderen Ende der Leitung den Atem anhalten. Mir kam mit einemmal der absurde Gedanke, daß sie von dem Dokument wußte. Daß auch sie es geöffnet, diesen abscheulichen, selbstgefälligen Katalog von Ekelhaftigkeiten gelesen hatte und jetzt wie ich, wenn auch aus anderen Gründen, niemandem etwas davon sagen konnte. Oder vielleicht, dieser Gedanke kam mir erst einige Zeit später, *benutzte* sie es…

Selbst in einer Ehe können Menschen Angst davor haben, sich etwas zu sagen. Wenn Sie nicht einsam sein wollen, heiraten Sie nicht. Manchmal brechen Anna und ich – ich sehe, ich habe mir alle Mühe gegeben, uns auf diesen Seiten als ideales Paar darzustellen – einen Streit vom Zaun, erlauben ihm, bis zum Schweigen abzukühlen und dieses Schweigen dann zu Bitterkeit gerinnen zu lassen, die tagelang anhält. Manchmal werden aus den Tagen Wochen, bis ein zufälliges Ereignis – eine Wendung des Kopfes, ein Lachen – uns wieder dorthin zurückbringt, wo wir zuvor gewesen waren. Ich nehme an, Fiona und ich haben, was man oft schon als »Büroehe« bezeichnet hat. Wir verbringen etwas mehr Zeit zusammen als das durchschnittliche Ehepaar – und mit Sicherheit mehr als ich und Anna.

»Was haben Sie gefunden?« sagte sie.

Die Frage war typisch für sie. Sie stellt immer eine oder zwei Fragen von gerade peinlicher Relevanz. Wenn man sie nicht beantworten kann, macht sie kein böses Gesicht. Sie sitzt einfach da und sieht einen an mit einem amüsierten Lächeln um diesen breiten, agilen Mund.

»Ich weiß nicht. Es ist ein Art... Hören Sie, ich denke, ich komme besser rüber«, antwortete ich.

Es entstand eine Pause. Ich ertappte mich bei dem Gedanken: Traut sie denn sogar *mir*? Und dann dachte ich: *Sie vertraut niemandem.*

Vor einigen Wochen war ich auf dem Weg zur Schule, um die Kinder abzuholen, als ich ein junges Mädchen an der Straße stehen und weinen sah. Sie muß sechs oder sieben gewesen sein. In der Nähe standen drei Männer. Keiner von ihnen wagte hinzugehen, um sie zu trösten. Einer von ihnen, schon älter, ein typischer Arbeiter, sagte: »Isses so weit gekommen?« Wir alle wußten, er hatte recht. Wir haben uns heutzutage an den Gedanken gewöhnt, daß alle Männer verdächtig sind, daß eine Geste eines Mannes einer Frau gegenüber gar nicht harmlos sein kann. Und Väter sind das verdorbenste überhaupt. Vielleicht sind sie das. Es gibt Zeiten, da mache ich mir Gedanken über meinen Vater. Es gibt Zeiten, da frage ich mich, wieso er nie über meine Mutter sprach oder wenn, dann nur auf ausgesprochen beleidigende Art. Sie war schließlich nur gestorben, Himmel noch mal!

»Hören Sie, Fiona... es ist so...«

Sie hörte sich mit jedem Augenblick verängstigter an.

»Fiona... der, der Ihnen das angetan hat...«

»Ja?«

Ich hielt mich an der Schreibtischkante fest. Es war schwer, mir meine Panik nicht anhören zu lassen. *Am besten neutral sein*, erinnerte ich mich, gedacht zu haben, *laß sie nicht wissen, wie ernst es ist.*

»Hören Sie, Sie waren etwas durcheinander... nach Dartsea... und sie haben gesagt, es hätte sie jemand überfallen...«

Ich schluckte schwer. Ich brachte es nicht über mich, ihr all das zu sagen, was ich wußte. Auf keinen Fall wollte ich damit anfangen, was in dem schrecklichen Dokument stand.

»Es ist einer der Männer aus dem Büro. Nicht wahr?«

Eine lange, lange Pause. Und dann eine ganz, ganz kleine Stimme.

»Ja.«

Ich hustete. Es war mir fast peinlich, jemandem, der so offensichtlich Angst hatte, derart nahe zu sein. Ich hatte mit einemmal ein deutliches Bild von ihr, das, wie mir klar wurde, kaum daß ich es sah, geradewegs aus der Phantasie ihres Angreifers kam. Sie saß auf der Bettkante in der tristen kleinen Wohnung in der Nähe der Bahn. Sie hatte das Telefon auf dem Schoß. Sie blickte hinaus auf die Straße, durch die geblümten Vorhänge, verängstigt, allein…

»Hören Sie«, sagte ich, »ich komme rüber. Schließen Sie ab. Bleiben Sie, wo Sie sind. Warten Sie, bis ich komme.«

»Peter…«

»Halten Sie einfach aus…«

Ich war schon auf der Straße und lief auf meinen Wagen zu, als mir einfiel, daß ich gar nicht gefragt hatte, wie man zu ihr kam. Ich kenne zwar ihre Telefonnummer, den ersten Blick auf ihre Wohnung jedoch verdankte ich dem Autor von A:/LUFT. Ich würde sie vom Wagen aus anrufen. Es war nicht viel Zeit. Vermutlich hatte *er* sie hineingehen sehen. Vermutlich stand *er* jetzt, in diesem Augenblick schon, da draußen im Dunkeln und wartete. Wartete, wie er versprochen hatte, wartete, bis es finster und still war und er die Eisentreppe hinaufsteigen konnte, vorbei an den schäbigen Wohnungstüren, den ungepflegten Blumenkästen, die Scheiben darüber schmierig vom Schmutz der Stadt. Er wartete auf seine letzte Verabredung mit der jungen Frau mit den braunen Haaren und der Hakennase. Und diesmal würde er keine Fehler machen. Diesmal würde er sie umbringen.

◇

Dann hatte Peter Paul also aus Eifersucht zu verdächtigen begonnen. Er richtete sich ebensowenig wie ich nach der teuflischen Beweislast des Dokuments. Er vertraute auf die Tatsache, daß ich wissen – oder wenigstens einen Verdacht haben – mußte, welcher von ihnen dreien es sein könnte, und derjenige, dessen Identität ich am wahrscheinlichsten geheimhalten würde, war Paul. Aber da waren immer noch die Handschuhe in Pauls Aktenkoffer. Und die Augenblicke in dem Dokument, die so merkwürdig an Paul erinnerten.

Außerdem war da noch das, was an der Wohnung passiert war. Aber da konnte er sich natürlich geirrt haben. Es war eine dunkle Nacht, total verregnet. Er hatte Paul sehen wollen – das stand außer Frage. Genauso wie er in IHM keine Wahnsinnigen sehen wollte. Das ist natürlich Peters Moral. Kriminelle sind gottlos. Man bestraft sie, und es ist vorbei mit der Gottlosigkeit. Ich würde das gerne glauben, aber im Gegensatz zu Peter war ich diejenige, die vor ihrem Bett den Scheißkerl in der gelben Maske auf sich zukommen sah. Ich war es, der er gesagt hatte, was mir nach wie vor der bedeutungsvollste Satz in dieser ganzen Geschichte zu sein scheint.

Wenn du's jemandem sagst, bring' ich dich um.

Viel mehr Papier gab es nicht mehr. Der letzte Absatz meines Tagebuchs. Der, den ich gestern abend geschrieben hatte. Ich hielt ihn hoch und sah mir die Handschrift an. Was würde Peter zu ihr sagen – falls man ihn aufforderte, sie zu analysieren –, wie wir beide, jeder auf seine Art, A:/LUFT zu analysieren versucht hatten? Ich habe schon immer so schreiben wollen, wie ich rede. Aber mehr als jeder von ihnen hege ich den Verdacht, daß das, was ich schreibe, nur verhüllt, wer ich bin. Wenn ich, um ein Beispiel zu nennen, dem Papier gestehe, daß ich meinen Vater geliebt habe und mein Verhältnis zu meiner Mutter immer etwas angespannt war, dann ist das wahrscheinlich ebensosehr eine Täuschung wie die Erklärung des Gegenteils.

»Das ist das letzte Mal, daß ich an diesem Tagebuch schreibe.« Diesen Satz schrieb ich gestern abend in der Wohnung, nachdem Peter gekommen war. Und er hat den Ton eines Menschen, der jeder Art Beichte oder Selbsterklärung entsagt. Aber natürlich war das nur der Anfang. Was ich jetzt geschrieben habe, macht mich, wie es sein sollte, zum Erzähler dieser Geschichte, und ich erzähle es auf eine Art, wie ich sie einem Fremden in einer Bar erzählen würde. Ich habe das ganze Tagebuch hier sozusagen unter Zwang geschrieben – und an diesem letzten Abend hatte ich nicht nur Angst vor dem, was da draußen in der verregneten Nacht geschehen war. Ich hatte auch Angst vor dem Mann, der mir gegenüber saß – Peter Taylor.

Ich denke, ich hatte Angst vor der Tatsache, daß er mich, mehr als jeder der anderen, versteht. Er hat so eine kalte, geduldige Art, einen anzusehen, die sich alle Chefs anzueignen scheinen. Und an diesem letzten Abend war er so kühl, ruhig und distanziert, als redeten wir über Büropolitik und nicht über Mord, Vergewaltigung und Betrug.

Montag, 12. April, 23.00 (F)

Wir haben späten Montag abend. Und ich schreibe unter Peters Augen und für ihn. Es ist kein Tagebuch mehr. Es ist öffentliches Eigentum. Wenn ich damit fertig bin, werde ich es Peter aushändigen – *alles*, und er soll es auffassen, wie er will. Weil ich nämlich nicht mehr weiß, wem ich trauen soll. Verstehen Sie mich nicht falsch. Ich gebe es ihm nicht, weil ich ihn für meinen Papa halte und weil alles in Ordnung sein wird, wenn er es gelesen hat. Ich gebe es ihm, weil ich aufgegeben habe. Ich traue keinem mehr. Ich traue Peter nicht, ich traue Paul nicht und auch nicht John. Die Apostel stecken da zusammen mit drin. Ich bin so was von müde.

Ein Tagebuch soll unsere geheimen Gedanken wiedergeben, aber ich weiß nicht mehr, ob ich überhaupt noch geheime Gedanken habe. Ich weiß nicht mehr, ob noch irgend etwas an mir geheim ist. Nachdem die Polizei, deren Sache es ist, Frauen in die Vagina zu gucken, mit mir durch war, konnte ich mich kaum beherrschen, am nächsten Morgen im Zug nicht den Rock zu heben, den Pendlern meine Möse unter die Nase zu schieben und dabei zu schreien: »Na, willst du auch mal sehen? Willst du auch mal sehen?«

Fiona ist öffentliches Eigentum.

Ich empfand die Dinge so, wie man sie zu empfinden hat. Aber ich spürte auch etwas, was ich nicht erwartet hatte. Nach wie vor spürte ich mich selbst. Man kann geschlagen werden, mißbraucht, angegriffen und dennoch man selbst sein. Ich wollte nicht einmal mehr IHM was antun. Zuerst wollte ich das. Ich wollte, daß er genauso Angst hätte wie ich. Aber jetzt wünsche ich ihm nichts mehr. ER interessiert mich nicht. Und ich denke, er hat versagt. Weil er diese schrecklichen Dinge getan hat, um mich auf ihn aufmerksam zu machen.

Ich schreibe das hier mit demselben Füller, mit dem ich das ganze Tagebuch geschrieben habe. Peter sieht mich von der anderen Seite des Raumes her an. Von Zeit zu Zeit wendet er den Blick ab, taktvoll wie ein Arzt, der darauf warte, daß man ihm seine Urinprobe gibt, aber ich möchte ihm sagen – und ich *sage* es ihm, denn schließlich wird er das hier lesen –, das hier, das bin nicht ich. Weil ich so gut zu verbergen gelernt habe, was ich bin – wie so viele Frauen tue ich das schon mein ganzes Leben lang –, daß Sie nicht wissen können, hier Fiona, die Sekretärin, vor sich zu haben, oder Fiona, die Schmachtende...

Peter, Du bist ein *netter* Mensch und ich nicht. Kein Tagebuch ist eine echte Beichte. Jeder, der die Feder aufs Papier setzt, beginnt zu lügen. Glaub mir oder beurteile selbst, was ich über das Wetter sage oder über die Beschaffenheit des Papiers vor mir, aber gehe auch nicht einen Augenblick davon aus, daß alles, was ich sonst schreibe, nicht reine Phantasie ist. Schau – es ist mein Leben, aber ich kann es nicht glauben, wenn ich es zu Papier bringe. Genügt Dir das?

Ich fange mit dem Regen an. Es regnet immer noch. Draußen kommen die Wassertropfen aus der Dunkelheit und stechen einem ins Gesicht. Sie werden vom Wind gepeitscht. Hier drinnen sind sie leiser; aber sie sind noch immer entschlossen. Ich kann sie hören, wie sie die Rinnsteine abnutzen, laufen, tröpfeln, stürzen, bis das Wasser die unheilvoll ruhige Konsistenz einer neuen Flut hat. Er wird nicht aufhören – dieser Regen. In der Finsternis scheint er sich für einen neuen Ansturm zu rüsten, als teste er die einst trockene Erde und das strenge trockene Mauerwerk hier am Rand der Stadt.

Als er hereinkam – es tut mir leid, Peter, als *Du* hereinkamst –, da kommst Du angelaufen und hast Dich gegen die Vorhänge geworfen, als wärst du in einem Kriegsfilm, als wären die *Russen* oder wer vor der Tür. Ich dachte einen Augenblick, Du würdest mir befehlen, mich auf den Boden zu legen. Aber wenn ich ehrlich bin, was mir wirklich auffiel an Dir, das war, wie der Regen Dir Dein rotes Haar in dicken dunklen Strähnen an den Kopf geklatscht hat und Dir das Wasser von der Kopfhaut hinunter auf die Schultern rann.

Ja, ich finde dich attraktiv. Okay?

◇

Ich legte die Seiten weg. Tja – das ist eines der Dinge, die ich bisher noch nicht gesagt habe, wie ich bemerke. Daß ich Peter

Taylor schon immer gern gehabt habe. Daß einige der Dinge, die hier – von mir und anderen – geschildert wurden, passiert sind, als hätte ich eine Phantasie zum Leben erweckt. Ich erinnere mich noch, daß ich als Kind dachte, wenn ich einen Jungen wirklich wollte, dann könnte ich ihn in unsere Straße holen, ihn vor unserem Haus zum Stehen bringen, an die Tür treten und ihn hereinkommen lassen (ich könnte ihm natürlich einen Schlüssel wünschen), und wenn alles schlief, würde ich ihn die Treppe heraufsteigen lassen und in mein Zimmer, wo ich lag, allein, in meinem Nachthemd und an die Decke starrte.

Ich trat einmal mehr ans Fenster. Sie waren wieder draußen. Wieder hatten sie Gläser dabei. Diesmal sprachen sie, ziemlich angeregt, miteinander. Sie sahen nicht aus, als hätten sie die geringste Absicht, ins Büro heraufzukommen. Ich setzte mich an meinen Schreibtisch und warf einen weiteren Blick auf das Geschreibsel des Mädchens, das ich am letzten Abend gewesen war, bevor ich IHM von Angesicht zu Angesicht gegenüberstand.

19

Montag, 12. April, 23.30 (F)

Das nächste, was mir auffiel, war, daß Du unheimlich melodramatisch bist. Was mir nicht neu ist. Wenn Du uns im Büro was zu sagen hast, dann gehst Du dabei nicht selten auf und ab, kaust an der Lippe und reißt dann urplötzlich die Arme auseinander, als wolltest Du eine Arie zum Besten geben. Du hast Dich mir zugewandt und gesagt: »Ich glaube, er ist draußen auf der Straße.« Ich fürchte, ich machte mir nicht die Mühe zu überlegen, was Du damit meintest.

Ist Dir aufgefallen, wie mein Entschluß, Dir das Tagebuch zu zeigen, sich auf die Art und Weise ausgewirkt hat, wie ich es schreibe? Ein Teil von mir, zum Beispiel, möchte am liebsten noch mal alles überarbeiten, was ich über John Pappanauer geschrieben habe, und sagen, daß er *ganz und gar* nicht so ist. Mir fällt zum Beispiel auf, daß ich ausgelassen habe, daß er Cello spielt.

Derlei Dinge können die Vorstellung, die man von jemandem hat, völlig verändern, nicht wahr?

Ich sage nicht, daß er gut spielt. Ja, an dem Abend, an dem ich ihn mit seiner Gruppe spielen hörte, die sich, ich weiß nicht, Dream Image oder Firebrand nennt (obwohl sie Big Ears hätten heißen sollen, weil sie die nämlich alle hatten), erinnere ich mich daran, gedacht zu haben, er sei wahrscheinlich der schlechteste Cellist der westlichen Welt. Sein Bogen verfehlte die Saiten nicht selten total. Ich habe außerdem versäumt zu erwähnen, daß Pappanauer seiner Mutter sehr zugetan ist. Er verbringt buchstäblich Tag für Tag Stunden damit, mit ihr zu telefonieren und stellt ihr die peinlichsten persönlichen Fragen über ihre Gesundheit. Ich habe auch ausgelassen, daß er ein Motorrad hat, mit dem ständig etwas nicht stimmt, und daß ich ihn, vor so etwa neun Monaten, als ich eines Nachmittags, als schon alle gegangen waren, ins Büro kam, über seinen Schreibtisch zusammengesunken fand. Ich glaube, obwohl ich mir nicht sicher bin, er hat geweint.

Jedes Detail erzielt eine Wirkung auf das vorhergehende. Jede Wahrnehmung läßt jede andere Wahrnehmung wie eine Lüge dastehen. Wenn ich *Du* schreibe, Peter, während ich von Dir spreche, obwohl Du gegenwärtig gerade am Fenstersims stehst und auf die Straße hinunterstarrst und mehr wie eine Romanfigur als sonst etwas aussiehst, gerät mir Dein Bild zwischen mich und die Seite. Du blockierst meine Sicht mit meinen Gefühlen für Dich. Ich schiebe die Schultern etwas nach links und schreibe den folgenden Satz … Als Peter in die Wohnung kam, wußte ich sofort, daß es etwas DAMIT zu tun hatte. Er hatte denselben väterlichen Blick wie unten in Dartsea. Aber wie schon da unten war ich außerstande, darauf zu reagieren. Ich glaube, ich bin jetzt an einem Punkt, an dem ich langsam das Gefühl habe, daß mir all das hier gar nicht wirklich passiert. Es ist, als stünde ich neben mir, als sähe ich die Leute diesem merkwürdigen kleinen Mädchen mit den braunen Haaren und dem komischen Lächeln zulächeln, zunicken, zuflüstern.

Ich sehe es für etwa eine Stunde auf dem Boden des Hotelzimmers liegen. Nach einer Weile steht das kleine Mädchen auf und geht ins Bad. Es wäscht sich nicht. Es steht nur vor dem Spiegel und sieht sich darin an. Es ist nackt. Es sieht sich seine Brüste an, die knochigen Hüften, den dunklen Flaum des

Schambergs, und dann streckt es die Hand, um seine eigenen Finger auf dem Glas zu berühren. Es ist nichts zu hören, nirgendwo, außer dem fernen Rauschen des Meeres. Dann geht es, mit der Mattigkeit einer Krankenhauspatientin, zurück ins Zimmer und zieht sich das Nachthemd an. Das Mädchen nimmt den Hörer vom Telefon.

Ich wählte die Nummer meiner Mutter. Das war das erste, was ich danach machte. Ich weiß auch nicht, warum. Als sie ranging, sagte sie als erstes: »Ja-a?« Ich hörte, daß sie Angst hatte. Eine alte Frau, allein im Haus. Ein Anruf um vier Uhr morgens. Sie hat genauso große Angst wie ich. Wenn ich an die Dinge zurückdenke, die ich über sie in diesem Tagebuch geschrieben habe, dann sehe ich, wie unfair sie doch oft sind. Sie entstammen der schrecklichen Nähe, die Frauen füreinander empfinden – eine primitive Angst, vereinnahmt zu werden. »Mama –«, wollte ich sagen. Und dann hörte ich mich weinen. Ich hatte bereits angefangen zu weinen, als mir plötzlich wieder einfiel, wie sehr ich es hasse, meiner Mama meine Gefühle zu zeigen. Weil es genau das ist, was sie immer ergründen will. Aber es war zu spät. Also weinte ich auch noch aus diesem Grund, für mich und sie und all die Fehler, die wir gemacht haben, aber noch während ich weinte, ertappte ich mich bei dem Gedanken – *diese Tränen bedeuten gar nichts. Sie wollen nichts anderes, als Mitleid heischen.*

Peter sieht mich an, während ich schreibe. Er sieht ungemein feierlich aus. Er will etwas sagen. Mit dem roten Haar und der Stupsnase kann er ein bißchen wie ein Schuljunge aussehen, aber jetzt, in diesem Augenblick, trägt er jenes typische Gebaren zur Schau, wenn er mit seinen Kindern am Telefon spricht. Ich sehe mir sein Gesicht an, seine Schultern und beginne mich zu fragen – *würde er eine Maske tragen, einen dicken Anorak und einen Pulli...*

»Ich habe Grund zu der Annahme, daß er Sie heute nacht zu überfallen versucht.«

Das »versucht« gefiel mir. Ich verkniff mir die Frage, warum er nicht das Überfallkommando gerufen hatte. Ich sage nur, und das völlig ruhig: »Wenn er die Wohnung beobachtet, dann hat er Sie reinkommen sehen.«

Peter nickte bedächtig. »Das weiß ich«, sagte er und bedachte mich mit einem nicht unbedingt freundlichen Blick, »aber ich weiß mehr über ihn als er über mich!«

Ich konnte mir nicht denken, was er damit meinte. Ich muß wohl genauso verloren und verwirrt ausgesehen haben, wie ich mir auch vorkam, denn er kam herüber zu mir und legte mir die Hand auf die Schulter, so wie er das im Büro macht, wenn ich etwas nicht verstanden habe. Plötzlich wollte ich von ganz gewöhnlichen Dingen hören. Ich wollte nicht an *jenes* oder *ihn* denken.

»Sagen Sie mir«, sagte ich, »was Sie am Wochenende so machen...«

Worauf er lächelte. »Das ist zu langweilig«, sagte er.

Ich legte mein Kinn in die hohle Hand. »Ich möchte etwas Langweiliges hören«, sagte ich, »etwas Langweiliges, Sicheres und Gewöhnliches.«

Er sah mir direkt in die Augen – etwas, was Peter, wie mir aufgefallen war, selten tat. Als ich seinen Blick erwiderte, dachte ich, wie leicht es doch wäre, sich in einen verheirateten Mann zu verlieben. Man würde ihn nicht einfach nur lieben. Man hätte gern sein schönes Haus, seine süße Frau, seine entzückenden Kinder – man wäre eine Art Geist an der Seite seiner Familie... Ich wollte nicht an ihn denken. Ich dachte ganz bewußt nicht an Paul. Ich wollte nicht an ihn denken.

»Nun«, sagte Peter. »Ich stehe auf. Ich mache den Kindern Frühstück. Ich spaziere mit ihnen durch den Garten. Wir sehen uns die Blumen an. Wenn es Blumen gibt.« Er lachte. Ich lachte mit. »Ich kann das nicht erzählen, es ist zu langweilig. Wirklich.«

»Es gefällt mir«, sagte ich. »Und dann, was passiert dann.«

Er überlegte einen Augenblick. Dann sagte er: »Ich mache mir eine Tasse Tee.«

»Milch und Zucker?«

»Milch«, sagte Peter, »aber keinen Zucker.«

Ich ließ ihn seine ganze Sonntagsroutine durchgehen. Ehrlich. Können Sie sich das vorstellen? Und er war nicht nur bescheiden, als er sagte, daß es langweilig war. Es gab Augenblicke, in denen ich mich fragte, wie er das aushielt. Ich rang ihm auch die kleinste Einzelheit ab. Als er mir sagte, daß er in den Park ging, wollte ich wissen, wie groß er war, wie die Geländer aussahen, wie er hieß ... Als er sagte, er ginge in den Supermarkt, wollte ich wissen, ob er immer in denselben ging. Ich wollte wissen, was er kaufte, ob seine Frau mitging ... All die kleinen Details, das sah er, wirkten beruhigend auf mich. Als er sie beschrieb, sah ich sein Leben so wie damals, als ich zu seinem Jackett gegangen war und unerlaubterweise das Foto von seiner Familie herausgeholt hatte. Und dennoch, jetzt, wo ich das hier schreibe, frage ich mich, ob ich es wohl gemerkt hätte, wenn er all das nur erfand. Sein Ton war so beruhigend, als erzähle er mir eine Gutenachtgeschichte. Vielleicht tat er das auch. Vielleicht verbringt er seine Samstage beim Stockcar-Rennen oder Windsurfen. Er wußte einfach, daß ich etwas Langweiliges hören mußte.

Seit wir darüber gesprochen haben, ist er wieder in Schweigen versunken. Manchmal geht er ans Fenster. Manchmal kommt er herüber zu mir und guckt mir über die Schulter wie eine Aufsichtsperson bei einem Examen. Wann immer er das macht, versuche ich, ihm mit meinen Schultern die Sicht zu blockieren. Er beschwert sich nicht. Was ist los, Peter? Ich habe nicht den Mut, Dich das direkt zu fragen. Weil ich die Antwort im Grunde gar nicht wissen will. Das einzige, was passiert, ist, daß das Telefon klingelt.

Das war unheimlich. Es war, als hätte er darauf gewartet. Er lief praktisch durchs Zimmer und riß den Hörer vom Apparat, als stünde das Ding kurz vor der Explosion. »Hallo«, sagte er. Und dann, völlig neutral: »Ja…« Es war schwer zu sagen, ob es eine Frage oder eine Aussage war. Erst dann wurde mir klar, daß er den Anrufer zum Reden zu bringen versuchte. Als er sagte, »Sagen Sie, was Sie zu sagen haben…«

»Wer ist dran?« fragte ich.

Es herrschte Stille. Peter zuckte die Achsel auf eine Art, die wohl heißen sollte, daß sich der Anrufer nicht zu erkennen geben wollte, wer immer es war. Dann sagte er: »Ich habe gelesen, was Sie zu sagen haben. Ich wußte, Sie würden anrufen. Sie können mich genausogut Ihre Stimme hören lassen. Ich denke, ich weiß, wer Sie….« Es hörte sich an, als wäre ihm der Anrufer am anderen Ende der Leitung ins Wort gefallen. Mit grimmiger Miene legte er auf.

»Er hat gemacht, was er gesagt hat«, sagte er. Er ging wieder ans Fenster.

Ich bat ihn nicht, mir das alles zu erzählen. Etwas später jedoch sagte ich einfach: »Ist es Pappanauer? Ist er die Person, die mich überfallen hat?«

Da saß er gerade am Tisch. Er legte die rechte Hand über die meine. Er hat erstaunlich kräftige Hände. Er erwähnt des öfteren, daß er trainiert. Sie fühlen sich anders an als Pappanauers – sie sind trocken und fest. Ich ließ meine Hand in der seinen erschlaffen.

»Hören Sie«, sagte er, »ich habe ein Tagebuch gefunden. Dieser Mann hat eine Art Tagebuch geführt…«

»Ich will davon nichts wissen!« sagte ich rasch. Was er zu verstehen schien. Er nickte. Da begann ich ihm zu erzählen, daß ich alles aufgeschrieben hatte. Ich sagte ihm nicht alles, obwohl ich aus einigem, was er so sagte, schloß, daß er von dem ersten Überfall wußte. Und da sagte er dann: »Sie müssen das festhalten, Fiona. Sie müssen es aufschreiben. Wir brauchen einen Fall für die Polizei. Verstehen Sie?«

Und da holte ich dann den Stapel Unterlagen heraus und

begann wieder zu schreiben, unter seinem wachsamen Blick. Wenn ich so zurückschaue, was ich geschrieben habe, sehe ich, daß ich, obwohl ich auf derselben Seite anfing, auf der ich in der Nacht aufgehört hatte, als ER unter dem Hotelbett auf mich wartete, noch gar nicht erzählt habe, was passiert ist. Teils wohl deshalb, weil nicht viel passiert ist, klar. Ich möchte nicht an die Polizisten denken. Hauptsächlich aber auch wegen dem, was im Zug passiert ist, auf der Rückfahrt nach London, mit Paul. Ich erzähle es jetzt. Weil mir, wie gesagt, jetzt an kaum mehr was liegt. Warum es also verschweigen?

Paul, Pappanauer und ich kamen zusammen am Samstag zurück. Die Polizei hatte keine Einwände, daß ich abfuhr. Ich nehme an, die war bis dahin zu dem Schluß gekommen, ich sei lediglich hysterisch. Peter erbot sich, uns alle im Wagen mitzunehmen, aber aus irgendeinem Grund bestand ich darauf, mit dem Zug zu fahren. Wir drei sprachen kaum ein Wort. Wir waren auf halbem Weg zurück nach London, als Wolken sich auftürmten und wir Regen von Osten herüberkommen sahen... Das war dann der Augenblick, in dem Pappanauer sagte, er wolle in den Speisewagen. Er war einige Zeit weg. Ich schaute aus dem Fenster auf eine Böschung, vereinzelt mit grobem Gras bewachsen, dahinter eine Fabrik und ein Kühlturm. Ich sah Paul an. Er starrte auf den Tisch vor sich, einen verschlossenen Ausdruck auf dem Gesicht. »Bitte«, sagte ich plötzlich, »leg deinen Arm um mich! Nimm mich in die Arme!«

Wir hatten uns kaum unterhalten, seit ich von dem Überfall auf mich zu plappern begonnen hatte. Er sah mich einfach an, den Mund vor Entsetzen weit offen, und sagte so gut wie nichts. Die Polizei hatte ihn vernommen, allein, aber er hatte mir erzählt, was er gesagt hatte. Jetzt sah er mich an, als hätte er vor mir entsetzliche Angst. Und dann hob er, ganz, ganz langsam und vorsichtig, den rechten Arm und schlängelte ihn um meine Schultern. Seine Hand fühlte sich an, als hätte sich ein Vogel auf mir niedergelassen. Es fühlte sich noch nicht mal an wie eine Berührung.

»Bitte«, sagte ich, »halt mich!«

»Fiona...«, sagte Paul. Er spannte die Hand um meine Haut. Ich spürte, welche Anstrengung ihn das kostete. Und dann begann er zu weinen.

Dave hat geweint, als wir Schluß gemacht hatten. Ich haßte das. Einen Moment war er der große, bierselige Dave, und im nächsten Moment war sein Gesicht verrunzelt und tränenverschmiert. Pauls Tränen waren jedoch anders. Sie schienen aus ihm herausgezogen, als erbreche er sich. Herrgott, ich war schließlich diejenige, die man überfallen hat! Aber als er schließlich soweit war, mich anzusehen, hätte ich schwören können, er war derjenige, der litt.

»Fiona«, sagte er, »die Sache ist die. Weißt du... ich bin ein schlechter, ein ganz schlechter Mensch. Fiona, es ist, als...«

Jetzt bekam ich es mit der Angst zu tun. »Als was?«

»Als würden zwei Menschen in mir sein. Zwei völlig verschiedene Menschen...«

Ich fragte nicht, was das bedeutete. Dann sagte er. »Als wir miteinander geschlafen haben...« Paul ließ den Satz offen. Wir saßen beide einfach da, aneinandergelehnt, während der Zug über die Schienen ratterte und London mit seiner Finsternis und dem Regen näher und näher kam. Die Wolkenbank im Osten, die sich wie ein großer Bluterguß ausnahm, hatte die Sonne unter uns aufgefangen, und ein unheimliches, furchtbar theatralisches Licht fiel auf sein Gesicht. Der Gedanke, der mir zuerst gekommen war, als ich am Abend zuvor an seine Tür gegangen war, stellte sich wieder ein. Er nagte an mir wie ein häßliches Flüstern. *Er ist nicht, was er scheint*. Ich gebe dir mein Tagebuch, weil ich ihn verdächtige.

Nach dem ersten Anruf schwiegen Peter und ich eine ganze Weile. Auch um uns herum schien alles still. Auf der Straße weder Autos, Radios, noch Geschrei. Selbst der Regen schien aus Mitegefühl nachzulassen – es war jetzt ein weicher, lautlos irischer Regen, der aus der Dunkelheit heraus auf die Stadt heruntertrieb. Es gab nur noch mich und Peter und diesen Stapel Unterlagen. Bis zu dem zweiten Anruf.

Das war vor etwa fünfzehn Minuten. Seither läuft er immer wieder ans Fenster, als erwarte er, daß jeden Augenblick irgendein Monster das Glas zerbricht. Das Merkwürdige daran war, daß ich einmal mehr den Eindruck hatte, daß er es erwartete. Auch dieses Mal rannte er geradezu ans Telefon, und als er in den Hörer sprach, schien er zu wissen, wer da am anderen Ende der Leitung war.

»Ja. Ja, ich bin hier.« Derselbe neutrale, fast gelangweilte Ton. Und dann eine Veränderung – als könnte er nicht länger an sich halten in seinem Zorn. »Hören Sie«, hörte ich ihn sagen, »ich weiß, daß Sie da sind. Ich weiß, was Sie vorhaben. Und ich sage Ihnen das jetzt ganz im Vertrauen, Freundchen…« Er behielt das Fenster im Auge, als er das sagte. Dann verstummte er. Er schien draußen etwas gehört zu haben.

»Haben Sie das gehört?« sagte er. »Auf der Treppe?«

Ich war mir nicht sicher. Diesmal glaubte ich ein leises Geräusch zu hören, draußen im Dunkeln. Ich wagte nicht zu sprechen. Es war, als wäre ER mit uns hier im Raum. Peter sprach wieder ins Telefon. »Hören Sie«, sagte er, »ich sollte die Diskette doch finden, oder? Nun, ich habe sie gefunden. Und Sie kommen damit nicht durch, okay? Nie und nimmer, okay? Das ist etwas Persönliches, okay?«

Dann sagte er etwas so leise, daß ich es das erste Mal nicht mitbekam. Aber er sagte es zweimal. Er sagte es, als wüßte er genau, daß er damit den anderen, wer immer da am anderen Ende der Leitung war, treffen würde. »Kein Friede für die Gottlosen!« Ich weiß nicht, warum, aber kaum hatte er es gesagt, fiel mir ein, daß das jemand – einer der drei – zu mir im Büro gesagt hatte. Schon vor langer Zeit. Nur wegen seiner

Bemerkung fiel es mir wieder ein. Ich kam jedoch im Augenblick nicht darauf, welcher von ihnen es gesagt hatte. Aber ich erinnerte mich noch an den Nachmittag, an dem es einer zu mir gesagt hatte. Es hatte geregnet, wie jetzt, und etwas an dem Ton, in dem man es mir sagte, kam mir merkwürdig vor. »Keine Friede für die Gottlosen!« Es war die Art Spruch, den meine Großmutter hätte sagen können, aus ihrem Sessel in der Ecke des Zimmers, eine Erinnerung an die Tage, als noch jeder Christ war und an solche Sachen wie Gottlosigkeit noch glaubte. Aber wer immer es gesagt hatte, er hatte dabei den Mund verzogen. Wer hatte das nur gesagt?

Dann hörte ich draußen wirklich etwas. Aber noch bevor ich mich bewegen konnte, war Peter bereits auf die Tür zugestürzt und riß sie auf. Er wandte sich nach mir um. Sein Ton war nachdrücklich und streng, als er sprach, wie man mit einem Kind sprechen würde. »Bleiben Sie hier. Schließen Sie hinter mir ab!« Ich ging auf ihn zu. »Gehen Sie wieder rein!« rief er noch, bevor er davonpolterte, auf den Treppenabsatz zu und dann die eiserne Treppe hinab.

Was ich natürlich nicht tat. Kaum war er verschwunden, war ich schon hinter ihm her und draußen auf dem Podest. Aber Peter interessierte sich viel zu sehr für den, den er da jagte, um auf mich zu achten. Er lief auf die Straße und die Hauswand entlang, aber nicht in Richtung der Hauptstraße, sondern auf der Rückseite der Häuser. Zirka fünfzig Meter hinter unseren Häusern verliert sich die Straße auf einem leeren Grundstück. Dahinter steht ein rostiger Stacheldrahtzaun, der die Grenze zu den Parzellen markiert, die sich dahinter erstrecken. Ich begann die Treppe hinabzusteigen. Nicht, daß ich lief. Ich nahm eine Stufe nach der anderen. Obwohl der Regen von dem Stahlgeländer tropfte, so daß es sich erschreckend eisig anfühlte, nahm ich die Hand nicht weg, um einen sicheren Halt zu haben. Ich lauschte nach einem Laut. Alles, was ich hören konnte, waren Schritte unter mir. Peter lief in die Dunkelheit, auf die Schrebergärten zu, während ich jetzt auf der stillen Straße stand. Ich sah nach oben auf den Treppenabsatz. Es gab hier unten kein Licht. Mit einemmal hatte ich all meinen Mut verloren. Es war so still. Es rührte sich nichts. Der Regen seufzte schier gegen die Wand hinter mir.

Als ich so dastand, hörte ich langsame Schritte die Straße entlangkommen. Nicht aus der Richtung, in die Peter gelaufen war. Sie kamen von der Straße, die auf die Hauptstraße geht. Es war ein langsamer, schwerer Gang. Als wollte er – wer immer es war – mich wissen lassen, daß er da war. Eins – zwei – drei... Er blieb stehen. Es herrschte wieder Stille. Ich drückte mich an die Wand, direkt am Fuß der Treppe. Ich hörte meine Herz gegen die Rippen pochen. Es schüttelte das Blut in mir, tobte in meiner Brust wie ein gefangenes Tier. So laut, so heftig, so verzweifelt, daß ich fast sicher war, daß ER es hörte. Und ich war mir jetzt sicher, daß ER da draußen, gleich um die Hausecke, in der Dunkelheit war.

Ich ging wieder auf die Treppe zu. Wenn ER mich hört. Wenn ER denkt, daß ich Angst habe, dann folgt ER mir. Vielleicht wartet ER, daß Peter zurückkehrt. Oder vielleicht wartet ER, bis Peter weiter weg ist, irgendwo auf den durchweichten Feldern zwischen den Schrebergärten herumirrt, damit ER dann still und gemächlich hinter mir die Treppe hinaufgehen kann und... Halt. Es war wieder still. Weiter. Eine Stufe, zwei Stufen, drei Stufen, vier. War das ich oder ER? Weiter. Eine Stufe, zwei Stufen, drei Stufen, vier. Halt. Wieder war es still. Horch! War das eine Stimme? Drüben bei den Gärten, das war doch eine Stimme? Ich sage Ihnen ganz ehrlich, ich weiß nicht, ob ich der Nacht lauschte oder sie mir. Ob nicht das einzige, was sich in dieser Stadt rührte, mein gegen die Rippen pochendes Herz war...

Als ich oben angekommen war, lief ich los. Es war mir egal, ob ihn das wieder scharf auf mich machte. Es war mir egal, ob mein Anblick, die Art wie ich lief – linkisch, die Ellbogen von mir gestreckt, das Haar vom Regen übers Gesicht geklatscht –, ihn wieder hinter mir herjagen ließ wie ein wildes Tier seiner Beute und er dabei drei Stufen auf einmal nahm und dann in der Dunkelheit nach mir griff. Es war mir plötzlich egal, ob er sich gleich in das Ungeheuer verwandelte, das er ist, ob seine Arme wie ein Teleskop schrumpften, seine Schultern sich zu einem Buckel verwuchsen, der mächtige schwarze Schwingen gebar, die sich aus seiner Haut heraus raschelnd emporhoben wie ein obszöner Schirm. Es war mir egal, schließlich dachte ich ohnehin, daß mir genau das die Treppe herauf folgte. Es war zu *spät*, um mich darum zu kümmern, ob sein Gesicht zu zwei feurigen Augen über einem monströsen Schnabel schrumpfte und seine Füße zu Krallen, die über mir in der Nacht schwebten, während ich auf meine Tür zuhielt. Ich rannte einfach. Sie verstehen, ja? Wie verrückt.

Als ich die Tür erreichte, warf ich mich hinein und verschloß sie, verriegelte, verrammelte sie, rückte einen Stuhl dagegen und lief ins Schlafzimmer. Erst als ich aufs Bett gefallen war, fiel mir ein, hier war es doch, wo ER an jenem Abend auf mich losgegangen war, aus dem Bad. Als sich dieses Bild wieder einstellte, wußte ich, genau das hatte ich zu vergessen versucht. Weil es das erste war. Wie er aus dem Bad kam, dieses gräßliche gelbe Ding auf dem Kopf, die Hände nach mir gestreckt, und dann die weichen Gummihandschuhe auf meinem Hals, und dann sein Geruch, sauer und dick, mit so etwas wie Angst darin, als fürchte er sich genauso vor mir wie ich mich vor ihm. Und ich dachte zurück, wie Peter mich gebeten hatte, und erinnerte mich an das eine oder andere. Ich stellte mir die Szene im Büro vor an jenem Nachmittag – wann immer es war –, als jemand zu mir sagte: »Kein Friede für die Gottlosen.« »Kein Friede für die Gottlosen.« »Kein Friede für die Gottlosen.« »Kein Friede für die Gottlosen.« Immer und immer wieder wie ein Automat, der in irgendeiner Rille hängengeblieben war.

Ich bin ein schlechter Mensch, Fiona. Ich bin ein ganz, ganz schlechter Mensch. Während ich das hier schreibe, höre ich nichts von draußen. Hat ER Peter erwischt? Wartete ER da draußen im Dunkeln auf ihn? Und wenn ER ihn verstümmelt oder umgebracht oder irgendwie zum Schweigen gebracht hat, kommt ER dann die Straße und die Treppe herauf, die zu meiner Wohnungstür führt? Es klopft an der Tür. Ich werde Hilfe holen. Ich werde die Polizei anrufen.

◇

Als ich wieder in den Hof hinabsah, waren die drei nicht mehr da. Ich ging an die Doppeltür und blickte hinaus, den Korridor entlang. Es war keiner da. Es war jetzt schon spät, und das Haus leerte sich. Ich versuchte mir den gestrigen Abend ins Gedächtnis zurückzurufen. Aber ich erinnerte mich nicht mehr so recht, wie er war. Es war, als könnte ich nur dem trauen, was ich geschrieben hatte. Aber als ich ihn mir vor Augen führte, war ich verwirrt von dem, was er zu bedeuten schien.

20

Montag, 12. April – 23.30 (F)

Das an der Tür war Peter. Ich war schon auf halbem Wege zum Telefon, als er durch die Tür rief: »Fiona!« Ich schluchzte geradezu, als ich loslief, um ihn hereinzulassen. Dann stand er im Licht meines Wohnzimmers. Er atmete schwer. Das Wasser lief ihm aus dem dichten, glänzendem Haar, und an seinen tadellosen schwarzen Schuhen klebte Schlamm. Er hatte sich schlimm an der Hand geschnitten. Völlig außer Atem schwankte er wie betrunken auf den Tisch zu. Er setzte sich vor dieses Tagebuch hier, das längst kein Tagebuch mehr ist. Er neigte den Kopf in die Hände. Zwei große Blutstropfen perlten aus dem Schnitt an der Hand und platschten auf die Seite, auf die ich das hier schreibe. Dann sackte er nach vorn auf den Tisch. Ich ging nicht zu ihm. »Ich bin in Ordnung«, sagte er, »dieser verdammte Stacheldraht...«

Ich wartete, bis er wieder zu Atem kam. Ich hielt mich an dem Gedanken fest, er würde mir sagen, was passiert war. Aber er tat es nicht. Schließlich war ich es, die sagte: »Haben Sie...«

»Habe ich was?« Es hörte sich ärgerlich an. Als hätte er da draußen etwas erwartet, das nicht aufgetaucht war.

»Haben Sie ihn gesehen?«

»Allerdings«, sagte er. »Ich meine, er trug die verdammte Maske. Aber gesehen habe ich ihn.«

Ich fragte noch immer nicht. Sehen Sie, ich wollte die Frage nicht beantworten. Ich war einfach froh, jemanden hier zu haben. Dann hob Peter den Kopf und sah mich an. Er schüttelte den Kopf.

»Was wissen Sie über Paul?« sagte er.

»Ich weiß nicht…«, sagte ich.

Peter nickte langsam. »Ich habe Paul gern«, sagte er. »Den Paul, den ich *kenne…*«

»Ja«, sagte ich, »ich auch.«

Er stand auf. Er begann wieder auf und ab zu gehen. Ich sah mich um, sah mir die Möbel an, die rissigen Wände. Nichts hier schien mir zu gehören. Manchmal glaube ich, ich werde nie etwas Eigenes haben, weder eine Wohnung noch irgendwas. Draußen, auf der Hauptstraße schaltete ein einsamer Wagen vor der Kurve den Gang herunter, und irgendwo, meilenweit weg, begann das Auf und Ab einer Sirene, wie ein Baby, das nicht schlafen kann.

»Ich dachte, ich hätte ihn erkannt!« sagte er.

»Haben Sie?« sagte ich, ganz bewußt. »Was haben Sie erkannt?«

Peter schüttelte bedächtig den Kopf. »Woran erkennt man jemanden? An der Art, wie er sich bewegt? Spricht? Schreibt? Ich dachte lange, ich könnte die Stimme hinter dem verdammten Dokument erkennen. Aber es ging nicht. Erkennen ist etwas anderes.«

Peter hob den Kopf und sah mich vom Tisch her an. Wie gewöhnlich schien er zu wissen, was ich dachte. Er sagte mir nicht, was ich nicht wissen wollte. Jedenfalls noch nicht.

»Wer war es? Wer war draußen?« Mein Ton hatte eine gewisse Dringlichkeit.

Peter wich meinem Blick nicht aus. Ich schob das Manuskript meines Tagebuchs ein Stück auf die Tischmitte zu. Es ist komisch. Es gab eine Zeit, da wäre ich *gestorben*, wenn es jemand gelesen hätte. Und jetzt… Ach, Peter, wenn ich diesen letzten Abschnitt fertig habe, werde ich Dir alles aushändigen. Du bringst mich weg von hier. Du fährst mich zu meiner Mutter, und ich denke, ich komme nie wieder in diese triste kleine Wohnung zurück. Vielleicht komme ich auch nie wieder in Dein Büro oder an irgendeinen anderen Teil meines früheren Lebens. Ein Neuanfang.

»Paul«, sagtest Du, »ist sehr, sehr kompliziert.«

»Ach ja?«

»Zwei Menschen sind ...«

Ich versuchte mich an einer Art Lachen. »Schizo, meinen Sie?« Du hast nicht geantwortet. Gedankenlos klopftest Du mit dem Fingernagel auf eine Seite des Manuskripts hier. Du sahst mich ausgesprochen intensiv an.

»Ich bitte Sie jetzt, sehr sorgfältig über alles nachzudenken, was passiert ist. Ich bitte Sie zurückzudenken und sich auch die kleinste Einzelheit ins Gedächtnis zu rufen, über den Mann, der Sie überfallen hat und über alles, was im Büro passiert ist!«

Ich habe Dir nicht geantwortet, oder? Ich brauchte nicht, stimmt's? Weil wir es beide wußten, nicht wahr?

»Warum haben Sie das nicht gesagt?« fuhr Peter fort. »Daß man Sie überfallen hat? Das erste Mal. Hier in der Wohnung?«

Ich antwortete nicht.

»Hat er Sie wirklich überfallen? Oder war das nur ... Phantasie?«

Ich antwortete immer noch nicht. Und wußtest Du, warum? Und ahntest Du, warum, als Du mir ganz, ganz sachte gesagt hast. »Es war Paul. Ich habe Paul da draußen gesehen!«

Ich begann zu weinen. Du kamst herüber zu mir und nahmst mich in die Arme in einer Art, wie Paul das an dem Tag im Zug nicht konnte. Du hast mir noch mal gesagt, was ich zu tun hätte und was ich jetzt auch tue. Ich schreibe das hier, während Du mich beobachtest. Ich sorge für Beweismittel. Ich stelle mir Paul draußen auf der Straße vor, der vielleicht auf mich wartet, während ich das hier schreibe, und ich schreibe jetzt, was mich am härtesten trifft: daß ich mich zu erinnern glaube, wer vor all den Monaten im Büro zu mir gesagt hat... »Kein Friede für die Gottlosen.« »Kein Friede für die Gottlosen.« Ich weiß jetzt alles. Ich erinnerte mich genau daran, wie ER roch und wie ER sich anhörte. Ich erinnerte mich genau, wie ER sich bewegte. Ich weiß, was ich sagen muß, damit ER mir das Gesicht unter der Maske zeigt. Aber ich habe Angst. Ich werde die letzte Zeile dieses Tagebuchs schreiben, das kein Tagebuch ist, und es Dir dann über den Tisch schieben und noch einmal sagen: »Ich habe Angst. Ich habe immer noch Angst.«

◇

Ich hob den Kopf aus meinem Tagebuch. Paul stand in der Doppeltür. Er hatte zwei Gläser dabei. Eines davon sah aus wie ein großer Gin Tonic. Er setzte es auf dem Schreibtisch neben ihm ab. Ich sagte, und das ziemlich scharf: »Bring ihn mir rüber!« Als er ihn brachte, kamen Pappanauer und Peter Taylor durch die Tür hinter ihm.

Ich schob die Unterlagen weg von mir über den Schreibtisch. Ich hob den Blick zu Paul.

»Du warst es«, sagte ich, »der mir das seinerzeit gesagt hat. Du hast gesagt ›Kein Friede für die Gottlosen‹, nicht wahr?«

Paul nickte langsam. »Eine dumme Redensart, typisch für mich«, sagte er. »Aber natürlich beweist das nichts...«

Ich wies auf die Unterlagen auf meinem Schreibtisch. Nichts davon«, sagte ich, »beweist irgendwas. Weil der Mann, der mir das angetan hat, ein Lügner ist. Was mich interessiert, ist, warum er lügt und wann er lügt.«

Pappanauer sah betrunken aus, dachte ich. Er hatte sich bei dem, was immer sie da draußen getrieben hatten, eine geplatzte Lippe geholt.

»Du und Peter«, sagte ich zu Paul, »ihr habt mir beide eine Frage gestellt. Ihr beide habt mir nach dem ersten Überfall auf mich eine Frage gestellt.« Es herrschte absolute Stille im Raum. »Es war genauso, wie er es in dem Dokument beschrieben hat!« sagte ich. Pappanauer sah hinüber zu Paul. »Aus irgendeinem Grund«, fuhr ich fort, »sollte ich keinem davon erzählen. Zuerst habe ich nicht verstanden, warum. Ich hielt es für den Bestandteil eines komplizierten Fetischs. Warum hat ER hier und da gelogen? Was hat ihn dazu veranlaßt, wegen der zweiten Vergewaltigung zu lügen? War es dasselbe, was ihn zu lügen veranlaßt hat, den anderen Frauen angetan zu haben?«

Noch immer sagte keiner von ihnen was. Ich fuhr fort: »Der Grund dafür ist ganz einfach. Es hat mit den Beweisen zu tun. Das einzige Beweismittel in dieser Geschichte ist das, was die Polizei unten in Dartsea – gegen meinen Willen – einkassiert hat.« Ich schob meinen Fuß näher an die Einkaufstasche. Durch das Gewebe spürte ich die Umrisse des Hammerkopfes. Paul nahm einen langen Schluck aus seinem Glas. Pappanauer zwinkerte mir durch das Dämmerlicht des Büros zu. »Und der Beweis auf meinem Nachthemd.« Noch immer sagte keiner von ihnen etwas. »Deswegen wollte er nicht, daß ich jemandem etwas über den ersten Überfall sage. Aber genau das werde ich tun. Jetzt. Und in dieser Tasche hier habe ich mein Nachthemd. Wenn es mit dem übereinstimmt, was die Polizei unten in Dartsea – gegen meinen Willen – aus meinem Körper geholt hat, dann wissen wir, wer es ist – nicht wahr? Ihr drei braucht nichts weiter zu tun, als in ein Glas zu wichsen. Was ihr wahrscheinlich schon euer ganzes armseliges Leben hättet tun sollen.« Ich schob den Plastikbeutel ein bißchen näher an mich heran. Draußen stob immer noch der Regen gegen das Fenster.

Langsam, aber sicher ging mir ihr Schweigen auf den Geist. Wenigstens einer von ihnen mußte etwas zu sagen haben. Ich stellte fest, daß ich jetzt Pappanauer ansah. Er stand, wie so oft, kurz vor einem schmierigen Grinsen. Warum hatte er mir Pauls Wohnung gezeigt? Weil er vermutlich, wie Peter, überzeugt war, daß Paul der Mann war, der mich überfallen hatte. Aber da steckte mehr dahinter. Mir war, als wir in dieser unheimlichen, leeren Wohnung gewartet hatten, als hätte Pappanauer irgend etwas mit dieser Geschichte zu tun. Einmal mehr hatte ich ganz stark den Eindruck, daß alle drei für das verantwortlich waren, was mir passiert war. Wenn nur einer von ihnen über Al Hunter und Harold Porter falsche Rechnungen ausgestellt hatte – wäre ihm da nicht einer der beiden anderen draufgekommen? Weswegen hatten sie sich da unten im Hof gestritten? Und wieso standen die drei jetzt wie belämmerte Schuljungs vor mir?

Männer sind mir ein Rätsel! Sie gehen so ungeduldig miteinander um, und dennoch so beeindruckend!

»Ich habe mich gefragt«, fuhr ich fort, »warum ich nicht gesagt habe, daß es einer von euch gewesen ist. Unten in Dartsea. Und zuerst, wißt ihr, da dachte ich, das käme nur daher, weil ich Angst hatte. Ich dachte, wenn ich es sage, laut ausspreche, dann würde ER hinter mir herkommen und mich aufspüren. Aber das war es nicht.«

Paul räusperte sich. »Was war es dann?«

»Daß ich in dich verliebt bin, ist doch klar. Das war der Grund. Und ich weiß noch nicht mal wieso. Aber so ist es nun mal. Selbst jetzt noch. Was immer du bist und was immer du gemacht hast.«

Ich ging zurück an meinen Schreibtisch und setzte mich. Als ich wieder etwas sagte, war meine Stimme belegt, als wäre ich betrunken. »Würdet ihr jetzt gehen, alle? Würdet ihr bitte verschwinden, ja? Versteht ihr, ich kann wirklich... keinen Mann mehr sehen.«

Meine Stimme wurde schrill. Ich schien zu schreien. »Raus mit euch!«

Sie gingen, genauso lammfromm, wie sie gekommen waren. Peter sagte ziemlich Aufgeblasenes über die Polizei und daß doch einiges in Bewegung gesetzt sei, was einfach nicht aufzuhalten wäre. Paul machte sich an eine Antwort: Man sollte nichts unternehmen, bevor ich mich nicht an die Polizei gewandt hätte. Pappanauer stimmte beiden zu. Sie stritten sich noch, als sie draußen auf dem Hof auftauchten. Ich dachte schon, sie würden sich wieder prügeln. Dann nahmen sie, genau wie ich es mir gedacht hatte, die Tür ins Kasino. Ich konnte mir die drei auf dem Weg die schmale Treppe hinauf sehr gut vorstellen. Nicht nur das. Ich wußte, kurz bevor sie in die Bar kamen – oder vielleicht auch erst nachdem sie sich gesetzt und was zu trinken bestellt hatten –, würde ER eine Entschuldigung finden, wieder zu gehen. »Ich geh' mal eben Kippen holen!« »Muß nur schnell mal wo anrufen!«

ER wußte, er hatte nicht viel Zeit. Weil ER nämlich genausowenig wie ich wußte – was genau die Flecken auf meinem Nachthemd aussagten. Darum ging es jedoch nicht. Es ging darum, daß ich es ausgesprochen hatte. Ich hatte ihm gedroht. Vor den anderen. Damit würde ER nicht klarkommen. Ich nahm den Splitthammer mit dem schwarzen Stil aus der Einkaufstasche und legte ihn, in Reichweite, unter einen Stapel Papier auf dem Tisch. Es war durchaus möglich, daß ER Gelegenheit gehabt hatte, in die Tasche zu sehen. Bei ihm ging ich davon aus.

Ich glaubte außerdem, seine Gefühle zu kennen, als er die schmale Treppe vom Kasino hinunterstieg und wieder in den verregneten Abend hinausging. ER würde nur an eines denken – genauso wie er nur an eines gedacht hatte, als er mir an jenem Abend nach Hause gefolgt war oder in Dartsea unter meinem Bett lag. Er würde an das weiße Nachthemd denken. Wenn er das in die Hände bekam, dann wäre alles in Ordnung. Er würde sich keine Gedanken mehr zu machen brauchen über das Geld, die Mädchen am Fluß oder wie viele Schritte es waren über die Fußgängerbrücke hinüber nach Fiona-Town.

Genau deswegen macht er es natürlich, dachte ich mir. Weil er Angst hat. Der prahlerische, distanzierte Ton, von dem Peter Taylor gesprochen hatte, diente nur dazu, nicht zu verzagen. Nicht daß er vor mir Angst hätte, natürlich nicht, ebensowenig wie vor dem armen Mädchen, daß er unten am Fluß umgebracht hatte. Er hat Angst vor sich selbst.

Jetzt kommt er die Treppe herauf. Zunächst nahm er zwei Stufen auf einmal, blieb dann aber stehen. Weil er fürchtete, ich könnte ihn hören. Er will reinkommen, wenn ich nicht auf ihn gefaßt bin. Er weiß nicht, wie gut ich ihn kenne. Alles, was er weiß, ist, daß ich mich nicht an die Regeln gehalten habe. Ich wehre mich. Warum wehren sie sich nicht – all die Leute, die von Politikern und Perversen verstümmelt, mißhandelt und gequält werden? Und wenn sie sich wehren, wieso sind Politiker und Perverse so scharf darauf, daß ihre Geschichte nicht an die Öffentlichkeit kommt? Das hier ist meine Geschichte. Um die anderen kümmere ich mich nicht. Das hier ist meine Geschichte, und ich erzähle sie.

Ich höre jetzt die Schritte. Ein Schritt. Pause. Zwei weitere Schritte. Pause. Ganz, ganz leise durch die Tür zur Feuerleiter und dann in dem Flur zu unserem Büro. Ich lauschte angestrengt auf jeden Schritt. Merkwürdig. Einen Augenblick lang hätte ich schwören können, sie hätten die Pingeligkeit, die Sauberkeit John Pappanauers. Aber ich nehme an, ich wußte, lange bevor er neben der Doppeltür stand, den Kopf zur Seite geneigt, ein spöttisches Lächeln auf dem Gesicht, daß es Peter Taylor war, der es auf mich abgesehen hatte.

Er sagte nichts. Ich achtete ganz genau auf die Entfernung zwischen mir und der Einkaufstasche. Und ich sah, daß auch er einen Blick darauf warf. Er ist sich sicher, so erinnere ich mich, gedacht zu haben, daß der Hammer noch drin ist – er glaubt zu wissen, wo er ist. Er trug sogar den Anflug eines kleinen Lächelns auf dem Gesicht. Er sah aus wie immer. Es war derselbe alte Peter Taylor. Dasselbe rote Haar, derselbe pausbäckige Jungencharme. Mörder sehen nicht anders aus als Sie und ich. Vielleicht sind sie auch gar nicht anders. Ich erinnere mich, mal einen Freund von Dave getroffen zu haben, der, wie er mir später erzählt hatte, ein Mädchen vergewaltigt hatte, eine Bekannte. Keiner hat was unternommen. Es war schlicht nicht zu beweisen. Der Mann sah völlig anonym aus, er war total charmant. Erst als ich ihm die Hand drückte, bemerkte ich, daß irgend etwas an ihm merkwürdig war. Sie war schlaff wie ein toter Fisch. Das war es auch, was mir an Peter auffiel, als er weiter ins Zimmer kam, ohne mich dabei aus den Augen zu lassen. Er hatte so etwas Schlaffes – eine Leere. Natürlich war mir das bis dahin nie aufgefallen. So etwas wie Charakter gibt es nicht. Es zählt nur, was man macht – und nur danach können wir eventuell jemanden beurteilen. Ich dachte, er würde stehenbleiben, aber das tat er nicht. Über die Weiten des Teppichs in unserem Büro kam er auf mich zu. Mir kam der Gedanke, er würde sich auf mich stürzen, so wie das erste Mal in meiner Wohnung, und so warf ich ihm, um ihn von mir abzulenken, die Einkaufstasche zu.

»Deswegen sind Sie doch hier!« sagte ich. Er zeigte mir ein merkwürdig mattes Lächeln. Jetzt wußte ich natürlich genau, daß er es war. Ich verstand nicht, warum ich das nicht schon längst gemerkt hatte. Dieses leise Keuchen manchmal, wenn er atmete. Und wer sonst saß an einer so guten Stelle, um finanzielle Machenschaft zu vertuschen, als der Chef? Oder um ein Dokument zu fabrizieren, das einen anderen belasten sollte?

»Sie können Paul nicht ausstehen, stimmt's?« sagte ich.

»Ich habe gesehen, wie er dich ansah«, sagte Peter, »noch bevor du überhaupt wußtest, daß du ihn ansahst.« Dann sagte er: »Du widerst mich an!«

»Das beruht auf Gegenseitigkeit«, sagte ich. »Sie haben immer aus einem bestimmten Grund gelogen, um es so hinzustellen, als stehe kein Plan hinter der Tat. Aber natürlich mußten Sie behaupten, mich in Dartsea vergewaltigt zu haben. Weil alles, was man aus mir herausholte, Paul belasten würde.«

Er sah mich nicht weiter an. Das machte es mir leichter zu reden. Sein Blick richtete sich auf den Einkaufsbeutel. Den würde er sich als erstes schnappen. Dann würde er sich ganz unvermittelt auf mich stürzen. Ziemlich schwerfällig. So wie schon in dem Hotelzimmer. Ich hatte nicht den geringsten Zweifel daran, daß er zurückgekommen war, um mich umzubringen, und dazu hatte er nicht viel Zeit. Aber ich wußte auch, daß er eine ungeheure Angst vor dem hatte, was er tun mußte.

»Was kam als erstes?« sagte ich. »Das Geld? Oder die Mädchen am Fluß? Oder ich? Oder wollten Sie Paul kaputtmachen?«

Worauf er lächelte. In diesem Augenblick dachte ich an das Wort »gottlos« in bezug auf ihn. Es war die einzige Erklärung für ihn. Dann dachte ich: *Kein Friede für die Gottlosen.*

»Ich will dir mal was sagen, Fiona«, sagte er. »Ich will dir mal eines sagen. Ich…«

Und damit bückte er sich nach dem Einkaufsbeutel. Ich bewegte mich blitzschnell. Ich hatte den Hammer in der Hand, noch während er nach meinem Nachthemd griff. Er blickte zu mir auf, als er den Stoff zu fassen bekam. Ich glaube nicht, daß er gesehen oder so recht verstanden haben konnte, daß ich bereits den Hammer hinter meinem Kopf schwang, da er sich nämlich langsam auf mich zubewegte. Er sah, so fand ich, ganz unglaublich selbstgefällig aus – als erwartete er, ich würde stillhalten, während er mein Nachthemd herausholte, und dann lammfromm abwarten, während er mir die überraschend kräftigen Hände um den Hals legte.

Als erstes schlug ich gegen seine Schläfe. Der Kopf des Hammers krachte durch eine dünne Knochenkruste, und für einen Augenblick war ich der unheimlichen und irrationalen

Überzeugung, ihn nicht mehr aus seinem Kopf ziehen zu können. Erst als ich ihn mit einem Ruck herauszog, begriff ich langsam, wie leicht dies zu bewerkstelligen war. Peter fiel nach vorn, obwohl ich nicht sagen konnte, ob das daran lag, daß ich ihn getroffen oder ob er schon das Gleichgewicht verloren hatte, lange bevor ich ihm das Pfund Stahl in den Schädel schlug.

Nachdem ich den Hammerkopf freibekommen hatte, begann ich wie wild auf seinen Kopf einzuschlagen, immer und immer wieder. Wie Geysire spritzte das Blut aus ihm, und das in völlig verrückte Richtungen, als hätte das gar nichts damit zu tun, wohin ich ihn traf oder wie schwer. Einmal ging der Schlag so tief, daß ich äußerste Mühe hatte, den Hammer wieder in den Griff zu bekommen. Dann jedoch, so erinnere ich mich, schien er plötzlich nicht mehr zu bluten – ich hörte nur noch das unheimlich endgültige Geräusch krachender, splitternder Knochen und eine Art keuchendes Seufzen, das von hinter mir zu kommen schien, aber in Wirklichkeit gurgelnd aus seiner Kehle entwich, als er schwer auf den Einkaufsbeutel fiel.

Nachdem er erst mal auf dem Boden lag, schlug ich ihm ins Gesicht. Ich wollte es nicht mehr sehen. Ich wollte es ihm in den Schädel zurückstoßen, bis alle seine Züge glatt waren wie Porzellan. Ich beugte mich über ihn und bearbeitete jede Einzelheit des Reliefs in diesem aalglatten, selbstgefälligen Chefgesicht. Und dabei schoß das Blut aus ihm heraus auf meinen weißen Pulli, über meine Hände, in mein Gesicht, bis es den Anschein hatte, als wäre jeder Zentimeter des Gesichts, das ich der Welt präsentierte, scharlachrot. Ich sagte etwas, wußte aber nicht, was. Irgend etwas, das ich ihm schon jenes erste Mal hätten sagen sollen, oder das zweite oder all die anderen Male, in denen ich nicht auf ihn gefaßt war. Jetzt war ich auf ihn gefaßt. Und wie. »Kein Friede für die Gottlosen!« War es das, was ich sagte? Es hörte sich danach an. Wenn es das war, so schien ich es immer wieder zu sagen, als ich den Hammer nach unten schwang, auf seine Stirn, und seine Hände sich in die Luft vor seinen Augen krallten, über denen sich das spritzende Blut wie ein Vorhang zu schließen begann. »Kein Friede für die Gottlosen!«

Er sagte meinen Namen. Wie konnte er überhaupt noch etwas sagen? Würde er vom Teppich aufstehen wie der kopflose Geist einer Rachetragödie und dann hinter mir herkommen, die Hände nach meinem Hals gestreckt? Wie konnte ich ihn davon abhalten, meinen Namen zu sagen? Ich traf ihn wieder – auf die Wange, auf die Kopfhaut, auf den Mund, unterm Ohr, ins Auge und dann ins andere. Ich schlug zu, bis ich nicht mehr wußte, was genau ich da traf oder ob die Laute, die da aus seinem Hals kamen, noch etwas mit ihm zu tun haben konnten. Es konnte doch unmöglich Peter Taylor sein, der mich da rief! »Fiona! Fiona! Fiona!« Und wenn er es war, wie konnte ich ihn daran hindern? Wie fest mußte ich mit dem blutigen Stück Stahl des Hammers auf ihn einschlagen, bevor ich mir absolut sicher war, daß er nie, nie wieder aufstand?

Es war nicht er. Es war Pauls Stimme. Sie kam von der Tür her. Als ich die Hand mit der Waffe endlich auf den Teppich sinken ließ und zu Paul hinübersah, merkte ich, daß die Laute nicht nur von ihm kamen, sondern daß er ein Geschrei veranstaltete. Er schrie auf mich ein, die Fäuste geballt, das Gesicht völlig verzerrt. Der Lärm hörte erst auf, als der Hammer neben Peter Taylor lag, der jetzt still war und nicht mehr atmete, ein regloser, blutiger Brei, dort, wo sein Gesicht gewesen war.

»Ich habe alles gehört!« sagte Paul.

»Was hast du gehört?«

»Sein Geständnis!« sagte Paul. »Ich habe gehört, wie er gesagt hat, was er getan hat.«

Ich war mir nicht sicher, ob er überhaupt dergleichen gesagt hatte. Aber wenn wir beide beeideten, daß dem so war, dann genügte das womöglich der Polizei. Schwer atmend stand ich da. Ich blickte auf meinen weißen Pulli. Er schien jetzt eine ganz andere Farbe zu haben als das Zeug, das da aus seinem Kopf auf den Teppich sickerte. Irgendwie wollte es mir nicht gelingen, meine Hand mit dem Hammer in Verbindung zu bringen, der da zu meinen Füßen gleich neben Taylor lag. Mir war nach irgend etwas, aber ich konnte mir nicht denken, was das war. Noch immer stand Paul an der Tür. Ich sah ihm ins Gesicht, lang und mit festem Blick. Dann fiel mir ein, was ich sagen wollte.

»Komm her!« sagte ich mit einer belegten Säuferstimme. »Komm her, bitte, ja?«

Pauls Kopf ging auf und ab wie eine der Marionetten, die man im Heck von Autos sieht. Seine Hände, so bemerkte ich, hielten sich am Revers fest, als sei er drauf und dran, auf irgendeiner Versammlung ein Statement abzugeben. Ich wandte den Blick von seinen Händen ab. Seine Augen waren nicht so hell, wie ich sie in Erinnerung hatte. Sie waren lebendig, fast lebhaft, und als sie sich widerstrebend mit den meinen trafen, hätte ich schwören können, ich entdeckte einen vagen Anflug von Freude darin.

»Du liebst mich doch angeblich, nicht?« hörte ich mich sagen. Sein Kopf hüpfte nach wie vor hin und her. Ich dachte schon, er würde auf der Schwelle Wurzeln schlagen, als hätte auch er Angst, Peter Taylor könnte noch mal vom Teppich hochkommen. Es schien Minuten zu dauern, bevor er sich an den langen Marsch über den Teppich machte, in meine Richtung, und selbst dann blieb er einen guten Meter vor mir stehen. Ich hatte, wie ich bemerkte, auch Blut auf meinen Jeans. Auf meinen Schuhen, meinem Haar, meinem Gesicht und an meinen Händen. Meine Hände zitterten unkontrollierbar.

»Nimmst du mich in den Arm?« sagte ich, als Paul nur dastand und mich ansah. »Versprichst du mir, mich niemals zu verlassen? Sagst du mir, daß du mich genauso liebst wie ich dich?«

Paul sah mich an. Es schien, als vergrößerte sich die Distanz zwischen uns. Als dehnte sich die Zeit vor uns und als würde auch seine Stimme, wenn er wieder den Mund aufmachte, langsamer werden – wie ein kaputtes Tonband. Falls er den Mund aufmachte. Vielleicht, so dachte ich, würde alles das zum Stillstand kommen wie ein Gletscher und keiner von uns würde sich je wieder bewegen, was sagen oder auch nur den leisesten Versuch machen, sein Leben wieder in Gang zu bringen. Schließlich – aber erst, als ich mir anderer Schritte auf dem Flur bewußt wurde – machte er dann den Mund auf. »Ja«, sagte er. »Ja. Ja. Ja.«

Dann kam er auf mich zu und nahm mich, blutverschmiert und zitternd, in die Arme. Wie zwei verwundete Soldaten, die einander vom Schlachtfeld halfen, gingen wir aus dem Büro in den Korridor, an den regennassen Fenstern vorbei, hinaus in die Welt, die draußen wartete.